HARLAN COBEN

ALTA TENSIÓN

Traducción de
ALBERTO COSCARELLI

R B A

IV Premio Internacional de Novela Negra RBA
Otorgado por un jurado formado por Paco Camarasa, Anik Lapointe,
Antonio Lozano, Soledad Puértolas y Lorenzo Silva.

Título original: *Live Wire*

© Harlan Coben, 2011

Publicado por Dutton, miembro de Penguin Group (USA) Inc, 2011

© de la traducción: Alberto Coscarelli, 2011

© de esta edición: RBA Libros, S.A., 2011

Diagonal, 189 - 08018 Barcelona

rba-libros@rba.es / www.rbalibros.com

Primera edición: marzo de 2011

Ref.: OAFI504 / ISBN: 978-84-9867-938-0

Composición: Víctor Igual, S.L.

Depósito legal: B- 6273-2011

Impreso por: LIBERDÚPLEX

Para Anne, porque lo mejor está a punto de llegar

1

La más fea de las verdades, le dijo una vez un amigo a Myron, es mejor que la más bonita de las mentiras.

Myron pensó en aquella frase mientras miraba a su padre en la cama del hospital. Volvió dieciséis años atrás, a la última vez que le había mentido a su padre, a la mentira que había causado tanta desolación y dolor, una mentira que inició una trágica oleada y que, finalmente, de forma desastrosa, terminaría aquí.

Los ojos de su padre permanecían cerrados, su respiración era rasposa e irregular. Los tubos parecían salir por todas partes. Myron miró el antebrazo de su padre. Recordó que en su infancia acudía a visitar a su padre a aquel almacén de Newark, y la manera en que su padre se sentaba a la enorme mesa, con las mangas enrolladas. Entonces, el antebrazo era tan poderoso que tensaba la tela, haciendo que el puño se apretase como un torniquete sobre el músculo. Ahora el músculo se veía esponjoso, deshinchado por la edad. Aquel pecho de tonel que había hecho sentirse tan seguro a Myron todavía estaba allí, pero se había vuelto tan quebradizo que si una mano lo estrujase podría romperle las costillas como si fueran ramas secas. El rostro sin afeitar de su padre mostraba unas manchas grises en lugar de la habitual sombra de barba, y la piel alrededor de la barbilla suelta le colgaba como una capa que le viniese demasiado grande.

La madre de Myron —la esposa de Al Bolitar durante los últimos cuarenta y tres años— estaba sentada junto al lecho. Su mano, temblorosa por el Parkinson, sujetaba la de él. Ella también parecía sorprendentemente frágil. En su juventud, su madre había sido una de las primeras feministas que quemaron su sujetador con Gloria Steinem y llevaba camisetas con lemas como «El lugar de una mujer está en la casa... Blanca». Y ahora, ahí estaban los dos, Ellen y Al Bolitar. («Somos el El-Al —siempre bromeaba mamá—, como las Líneas Aéreas Israelíes»), destrozados por la edad, agarrados de la mano, más afortunados que la gran mayoría de amantes ancianos; éste era el final que la suerte parecía depararles.

Dios tenía sentido del humor.

—¿Qué? —preguntó mamá a Myron en voz baja—. ¿Estamos de acuerdo?

Myron no respondió. La más bonita de las mentiras contra la más fea de las verdades. Myron tendría que haber aprendido la lección entonces, dieciséis años atrás, con aquella última mentira a este gran hombre que amaba como a ningún otro. Pero no, no era tan sencillo. La más fea de las verdades podía ser devastadora. Podía sacudir un mundo.

Incluso matar.

Así que cuando su padre abrió los ojos, y ese hombre, al que Myron admiraba como a ningún otro, miró a su hijo mayor con una confusión suplicante, casi infantil, Myron observó a su madre y asintió despacio. Luego se tragó las lágrimas y se preparó para decirle a su padre una última mentira.

2

—Por favor, Myron, necesito tu ayuda.

Para Myron era algo así como la materialización de una fantasía: una preciosa damisela en apuros acababa de entrar en su despacho, como si saliera de una vieja película de Bogart. Sólo que, bueno, caminaba como un pato, y su ausencia de silueta delataba que la preciosa damisela en cuestión estaba embarazada de ocho meses, detalle que, lo siento, mataba todo el efecto de la fantasía.

Su nombre era Suzze T, abreviatura de Trevantino, y era una estrella del tenis retirada. Había sido la sensual chica mala del tour, más conocida por sus atuendos provocativos, los piercings y los tatuajes que por su juego. A pesar de todo, Suzze había ganado uno de los grandes campeonatos y consiguió una millonada con los patrocinios, el más notable de ellos como portavoz (a Myron le encantaba el eufemismo) de la La-La-Latte, una cadena de cafeterías *topless*, donde a los chicos universitarios les encantaba pedir «más leche». Qué buenos tiempos.

Myron abrió los brazos.

—Aquí estoy para ti, Suzze, veinticuatro horas al día, los siete días de la semana; ya lo sabes.

Estaban en su despacho de Park Avenue, sede de MB Reps. La M mayúscula correspondía a Myron, la B a Bolitar y Reps indicaba que era representante de deportistas, actores y escritores. Se trataba de un nombre literal.

—Sólo dime qué puedo hacer por ti.

Suzze comenzó a caminar por el despacho.

—No sé por dónde empezar. —Myron se disponía a hablar cuando ella levantó la mano—. Si te atreves a decir: «Empieza por el principio», te arrancaré uno de tus testículos.

—¿Sólo uno?

—Ahora estás comprometido. Pienso en tu pobre prometida.

Suzze aumentó la velocidad e intensidad de sus pasos hasta tal punto que una pequeña parte de Myron temió que comenzase a parir allí mismo, en su despacho recién acabado de reformar.

—Estoo... la alfombra —dijo Myron—. Es nueva.

Ella frunció el entrecejo, siguió caminando un poco más y comenzó a morderse las uñas, demasiado pulidas.

—¿Suzze?

Ella se detuvo. Sus miradas se encontraron.

—Dímelo —dijo él.

—¿Recuerdas cuando nos conocimos?

Myron asintió. Hacía sólo unos pocos meses que había salido de la Facultad de Derecho y acababa de poner en marcha su empresa. Entonces, en sus comienzos, MB Reps, era conocido como MB Sport Reps. Se llamaba así porque al principio Myron sólo representaba a deportistas. Cuando empezó a representar a actores, escritores y otros profesionales del campo de las artes y las celebridades, quitó el Sports del nombre de la empresa, y éste se quedó en MB Reps. De nuevo, la preferencia por lo literal.

—Por supuesto.

—Era un desastre, ¿verdad?

—Tenías un gran talento para el tenis.

—Y era un desastre. No me dores la píldora.

Myron levantó las palmas hacia el techo.

—Tenías dieciocho años.

—Diecisiete.

—Diecisiete, lo que sea. —Tuvo un rápido recuerdo de Suzze al sol: el pelo rubio recogido en una coleta, la sonrisa traviesa en su rostro, un golpe derecho que le daba a la pelota como si ésta la hubiese ofendido—. Acababas de convertirte en jugadora profesional. Los adolescentes colgaban tu retrato en sus dormitorios. Se suponía que ibas a derrotar a las leyendas de inmediato. Tus padres redefinieron la palabra prepotente. Habría sido un milagro que te mantuvieses incólume.

—Bien dicho.

—Entonces, ¿qué pasa?

Suzze se miró la barriga como si acabase de aparecer.

—Estoy embarazada.

—Eh, sí, ya lo veo.

—La vida es buena, ¿sabes? —Ahora su voz era suave, nostálgica—. Después de todos aquellos años, cuando era un desastre... encontré a Lex. Su música nunca ha sonado mejor. La academia de tenis funciona a tope. Ahora todo va de maravilla.

Myron esperó. Los ojos de ella permanecían fijos en su barriga mientras la acunaba como si su contenido fuese lo que, más o menos, era, dedujo Myron. Para mantener la conversación, preguntó:

—¿Te gusta estar embarazada?

—¿Te refieres al acto físico de gestar un niño?

—Sí.

Suzze se encogió de hombros.

—No es que me sienta radiante ni nada por el estilo. Me refiero a que estoy muy dispuesta a parir. Es un pensamiento interesante. A algunas mujeres les encanta estar embarazadas.

—¿A ti no?

—Es como si tuviese una excavadora aparcada en la vejiga. Creo que la razón por la que a las mujeres les gusta estar embarazadas es porque las hace sentirse especiales. Como si fuesen famosillas. La mayoría de las mujeres pasan por la vida sin llamar la atención, pero cuando están embarazadas, la gente monta revuelo a su alrededor. Puede parecer un poco condescendiente, pero a las mujeres embarazadas les gusta el aplauso. ¿Sabes a qué me refiero?

—Creo que sí.

—Supongo que ya he tenido mi ración de aplausos. —Se movió hacia la ventana y miró al exterior durante unos segundos. Luego se volvió hacia él—. Por cierto, ¿has visto lo grandes que tengo las tetas ahora?

—Hum —dijo Myron, y decidió no añadir nada más.

—Ahora que lo pienso, me pregunto si no deberías llamar a La-La-Latte para una nueva sesión fotográfica.

—¿Unas tomas en ángulos estratégicos?

—Exacto. Se podría hacer una gran campaña con estas mamas. —Se las cogió con las manos, como si Myron no se hubiera dado cuenta de a qué mamas se refería—. ¿Tú qué opinas?

—Creo —respondió Myron— que te estás yendo por las ramas.

Ahora en los ojos de ella había lágrimas.

—Soy tan rematadamente feliz.

—Sí, bueno, comprendo que podría ser un problema.

Ella sonrió al oírle.

—He dejado atrás los demonios. Incluso me he reconciliado con mi madre. Lex y yo no podríamos estar más preparados para tener al bebé. Quiero mantener a los demonios apartados.

Myron se irguió en el sillón.

—¿No estarás consumiendo de nuevo?

—Por Dios, no. No esa clase de demonios. Lex y yo ya hemos acabado con aquello.

Lex Ryder, el marido de Suzze, era la mitad de la legendaria banda/dúo, conocida como HorsePower; en realidad, seamos sinceros, era la mitad menos importante respecto a Gabriel Wire, un tipo con un carisma sobrenatural. Lex era un buen músico, aunque algo atribulado, pero él siempre sería un John Oates y Gabriel, un Daryl Hall; un Andrew Ridgeley y no un George Michael; sería como el resto de componentes de las Pussycat Dolls, eclipsadas por Nicole Scherz o como se llame.

—¿Qué clase de demonios, entonces?

Suzze metió la mano en el bolso. Sacó algo que desde el otro lado de la mesa parecía una foto. La miró durante unos instantes y se la pasó a Myron. Él le echó un vistazo y esperó a que ella hablase de nuevo. Por fin, sólo por decir algo, dijo una obviedad:

—Es la ecografía de tu bebé.

—Sí. Veintiocho semanas de edad.

Más silencio. Myron lo volvió a romper.

—¿Al bebé le pasa algo malo?

—Nada. Es perfecto.

—¿Él?

Suzze T sonrió.

—Voy a tener a mi hombrecito.

—Es muy guay.

—Sí. Oh, es una de las razones por las que estoy aquí: Lex y yo hemos estado hablando de ello. Los dos queremos que seas el padrino.

—¿Yo?

—Sí.

Myron no dijo nada.

—¿Y bien?

Ahora era Myron quien tenía los ojos húmedos.

—Me siento muy honrado.

—¿Estás llorando?

Myron no abrió la boca.

—Estás hecho una nenaza —dijo ella.

—¿Qué pasa, Suzze?

—Quizá nada. —Una pausa—. Creo que hay alguien que tiene la intención de destruirme.

Myron mantuvo los ojos en la ecografía.

—¿Cómo?

Entonces ella se lo mostró. Le mostró tres palabras que resonarían sordamente en su corazón durante mucho tiempo.

3

Una hora más tarde, Windsor Horne Lockwood III —conocido por todos aquellos que le temían (es decir, casi todos) como Win— entraba en el despacho de Myron. Win tenía un estupendo andar arrogante, como si vistiese frac y sombrero negro de copa e hiciese girar un bastón. Sin embargo, vestía una corbata Lilly Pulitzer rosa y verde, una americana azul que llevaba algo que parecía un escudo y pantalón caqui con una raya lo bastante aguda como para hacer sangre. Calzaba mocasines, sin calcetines, y en resumen parecía como si llegara de un crucero en el *SS Ricachón*.

—Suzze T acaba de estar aquí —comentó Myron.

Win asintió y echó la mandíbula hacia fuera.

—La vi cuando salía.

—¿Parecía alterada?

—No me fijé —respondió Win, y se sentó—. Le han crecido los pechos —añadió.

—Tiene un problema —dijo Myron.

Win se echó hacia atrás y cruzó las piernas con su típica calma tensa.

—Explícate.

Myron giró la pantalla del ordenador para que Win la viese. Una hora antes, Suzze T había hecho lo mismo. Pensó en aquellas tres pequeñas palabras. Muy inocentes en sí mismas, pero preñadas de sentido en su contexto. En éste, aquellas tres palabras, todavía helaban la habitación.

Win miró la pantalla y buscó algo en el bolsillo interior de la chaqueta. Sacó un par de gafas. Las llevaba desde hacía casi un mes, y aunque Myron hubiese dicho que eso era imposible, hacían que Win pareciese todavía más altivo y presuntuoso. También le deprimía mucho verlas. No es que fueran viejas ni mucho menos, pero cuando Win se las mostró por primera vez, empleó esta analogía del golf: «Ahora estamos oficialmente en los últimos nueve de la vida».

—¿Es una página de Facebook? —preguntó Win.

—Sí. Suzze dijo que la utiliza para promocionar su academia de tenis.

Win se acercó un poco más.

—¿Es su ecografía?

—Sí.

—¿Y cómo es que usa una ecografía para promocionar una academia de tenis?

—Es lo que le pregunté. Dijo que necesitaba darle un toque personal. La gente no sólo quiere leer propaganda.

Win frunció el entrecejo.

—¿Entonces va y cuelga la ecografía de un feto? —Me miró—. ¿Tiene eso algún sentido para ti?

En realidad no lo tenía. Una vez más —con Win usando gafas para leer y los dos quejándose del nuevo mundo de las redes sociales—, Myron se sintió viejo.

—Mira los comentarios a la foto —dijo Myron.

Win le miró con ojos inexpresivos.

—¿Las personas comentan una ecografía?

—Tú léelos.

Win lo hizo. Myron esperó. Se había aprendido la página de memoria. Había veintiséis comentarios en total; la mayoría expresaban buenos deseos. La madre de Suzze, la envejecida modelo del cartel de Mamá Malvada (tenis), por ejemplo, había escrito: «¡Atención, gente, voy a ser abuela! ¡Viva!». Alguien llamado Amy decía: «¡Qué chuli!». Un jocoso «se parece a su padre :)» era de un batería de estudio que solía trabajar en las sesiones de grabación con HorsePower. Un tipo llamado Kelvin escribía: «¡¡Felicitaciones!!». Tamy preguntaba: «¿Cuándo nacerá el bebé, cariño?».

Win se detuvo cuando faltaban tres para el final.

—Un tipo divertido.

—¿Cuál?

—Un humanoide mierdoso llamado Eric escribió —Win se aclaró la garganta y se acercó más a la pantalla—: «¡Tu bebé se parece a un caballito de mar!», y luego Eric la Monda añadió las letras «MT».

—Él no es su problema.

Win no se aplacó.

—Puede que el viejo Eric aún se merezca una visita.

—Tú continúa.

—Bien.

Las expresiones faciales de Win casi nunca cambiaban. Se había entrenado a sí mismo para no mostrar nunca sus emociones en los negocios ni en el combate.

Pero unos segundos más tarde, Myron vio que algo se oscurecía en los ojos de su viejo amigo. Win le miró. Myron asintió. Porque ahora Myron sabía que Win había encontrado las tres palabras.

Las tres aparecían al final de la página. Las tres palabras estaban en un comentario hecho por «Abeona F», un nombre que no significaba nada para él. La foto del perfil era algo así como un símbolo, quizás una letra china. Después, todo en mayúsculas, sin puntuación, había tres palabras sencillas pero desgarradoras: «NO ES SUYO».

Silencio.

Entonces Win exclamó:

—¡Caray!

—Desde luego.

Win se quitó las gafas.

—¿Necesito hacer la pregunta obligada?

—¿Cuál es?

—¿Es verdad eso?

—Suzze jura que el bebé es de Lex.

—¿La creemos?

—Sí —dijo Myron—. ¿Importa?

—No desde un punto de vista moral. ¿Mi teoría? Esto es obra de un tarado.

Myron asintió.

—Lo mejor de Internet es que da voz a todo el mundo. Y lo peor de Internet es que da voz a todo el mundo.

—El gran bastión de los cobardes y los anónimos —asintió Win—. Suzze tendría que borrarlo antes de que Lex lo vea.

—Demasiado tarde. Es parte del problema. Al parecer, Lex se ha largado.

—Entiendo —dijo Win—. ¿Quiere que nosotros le encontremos?

—Y que le llevemos a casa, sí.

—No será muy difícil encontrar a una famosa estrella del rock —afirmó Win—. ¿Cuál es la otra parte del problema?

—Ella quiere saber quién escribió esto.

—¿La verdadera identidad del señor Loco?

—Suzze cree que es algo más gordo. Que alguien va a por ella.

Win sacudió la cabeza.

—Es un loco.

—Vamos. Escribir «No es suyo»... Es bastante asqueroso.

—Un loco asqueroso. ¿Acaso no lees las tonterías de Internet? Coges cualquier noticia, en cualquier sitio, y te encuentras siempre con los típicos comentarios racistas, homófobos y paranoicos. —Trazó comillas en el aire con dos dedos—. Te hará aullar a la luna.

—Lo sé, pero le prometí investigarlo.

Win exhaló un suspiro, se puso de nuevo las gafas y se inclinó hacia la pantalla.

—La persona que lo colgó es una tal Abeona F. Supongamos que se trata de un seudónimo.

—Supongamos.

—¿Qué pasa con la foto del perfil? ¿Qué significa este símbolo?

—No lo sé.

—¿Se lo preguntaste a Suzze?

—Sí. Dijo que no tenía ni idea. Se parece a un símbolo chino.

—Quizá podamos encontrar a alguien que lo traduzca. —Win se echó hacia atrás y volvió a unir los dedos—. ¿Te has fijado en la hora que colgaron el comentario?

Myron asintió.

—La tres y diecisiete de la madrugada.

—Muy tarde.

—Es lo que estaba pensando —dijo Myron—. Podría ser el equivalente a la red social de los borrachos.

—Un ex con agravios —opinó Win.

—¿Los hay de otra clase?

—Si recuerdo bien la alocada juventud de Suzze, podría haber, por lo menos, unos cuantos candidatos.

—Ninguno al que ella crea capaz de hacer esto.

Win continuó mirando la pantalla.

—¿Cuál va a ser nuestro primer paso?

—¿De verdad?

—¿Perdón?

Myron se paseó por su despacho recién renovado. Habían desaparecido los carteles de las obras de Broadway y los recuerdos de Batman. Los habían quitado cuando tuvieron que pintarlo, y Myron no tenía claro si quería volver a colgarlos. También habían desaparecido los viejos trofeos y premios de sus días de deportista —los anillos de los campeonatos de la NCAA, su certificado del Parade All-American, su premio como Jugador del Año del Colegio Universitario—, salvo una excepción. Justo antes de su primer partido profesional, con los Boston Celtics, cuando su sueño por fin se hizo realidad, Myron había sufrido una grave lesión en la rodilla. *Sports Illustrated* lo sacó en portada con este título: «¿ESTÁ ACABADO?». Y si bien ellos no contestaban a la pregunta, la respuesta acabó siendo un gran «¡SÍ!». No tenía claro por qué había conservado aquella portada enmarcada. Si le preguntaban, decía que era una advertencia para cualquier «superestrella» que entrara en su despacho sobre lo rápido que podría desaparecer del firmamento, pero Myron, hasta cierto punto, sospechaba que se trataba de algo más profundo.

—No es tu modus operandi habitual —señaló Myron.

—Oh, por favor, dime.

—Ahora viene cuando me dices que soy un agente, no un investigador privado, y que tú no ves ningún sentido en hacerlo porque no hay ningún beneficio económico en juego para la firma.

Win no dijo nada.

—A veces te quejas de que tengo complejo de héroe y de que tengo necesidad de ayudar a la gente para sentirme realizado. Y últimamente, o tal vez debería decir, más recientemente, tratas de explicarme que mis intervenciones han hecho más daño que bien o que he acabado hiriendo, e incluso matando, quizás a más personas de las que haya podido salvar.

Win bostezó.

—¿Hay algo más que quieras decir?

—Creía que era evidente, pero aquí está. ¿Por qué de pronto pareces tan dispuesto, e incluso entusiasmado, a aceptar esta misión en particular, cuando en el pasado...?

—En el pasado —interrumpió Win—. Siempre te he ayudado, ¿no?

—La mayoría de las veces, sí.

Win me miró, se golpeó la barbilla con el índice.

—¿Cómo explicarlo? —Se detuvo, pensó, asintió—. Tenemos tendencia a creer que las cosas buenas durarán para siempre. Está en nuestra naturaleza. Por ejemplo, los Beatles. Oh, siempre estarán con nosotros. *Los Soprano*, esa serie que no dejarán nunca de emitir. La serie de Zuckerman, de Philip Roth. Los conciertos de Springsteen. Pero las cosas buenas son escasas. Hay que disfrutarlas, porque siempre nos dejan demasiado pronto.

Win se levantó y se dirigió hacia la puerta. Antes de salir de la habitación miró atrás.

—Trabajar contigo —dijo— es una de esas cosas buenas.

4

No costó mucho encontrar a Lex Ryder.

Esperanza Díaz, la socia de Myron en MB Reps, le llamó a las once de la noche y dijo:

—Lex acaba de usar su tarjeta de crédito en el Three Downing.

Myron se alojaba, como hacía a menudo, en el apartamento de Win en el legendario edificio Dakota, que daba a Central Park West, en la esquina de la Calle 72. Win tenía uno o tres dormitorios libres. El Dakota databa de 1884 y destacaba. Su estructura de fortaleza era hermosa, oscura y, en cierto modo, maravillosamente deprimente. Era un batiburrillo de gabletes, balcones, florones, pedimentos, balaustradas, hierros forjados, medias cúpulas, rejas forjadas, arcadas, buhardillas; una extraña mezcla sin solución de continuidad, más perfecta que abrumadora.

—¿Qué es eso? —preguntó Myron.

—¿No conoces el Three Downing? —preguntó Esperanza.

—¿Debería?

—Sin duda. Ahora mismo es el local de moda en la ciudad. Diddy, las supermodelos, los diseñadores, toda esa pandilla. Está en Chelsea.

—Oh.

—Es un poco decepcionante —opinó Esperanza.

—¿Qué?

—Que un chuleta de tu categoría no conozca los lugares de moda.

—Cuando Win y yo vamos de clubes, llegamos en la limusina Hummer blanca y utilizamos las entradas subterráneas. Los nombres se confunden.

—Puede que estar prometido esté estropeando tu estilo —dijo Esperanza—. ¿Quieres pasar por ir allí y recogerle?

—Estoy en pijama.

—Sí, todo un chuleta. ¿Tus pijamas tienen pies?

Myron consultó su reloj de nuevo. Podía estar en el centro antes de medianoche.

—Voy para allá.

—¿Win está ahí? —preguntó Esperanza.

—No, todavía no ha vuelto.

—¿Vas a ir solo?

—¿Te preocupa que un bocado delicioso como yo vaya a un club nocturno solo?

—Me preocupa que no te dejen entrar. Me encontraré contigo allí. Dentro de media hora. En la entrada de la Calle 17. Vístete para impresionar.

Esperanza colgó. Eso sorprendió a Myron. Desde que había sido madre, Esperanza, una juerguista chica bisexual, ya no salía por las noches. Siempre se había tomado su trabajo muy en serio. Ahora era dueña del cuarenta y nueve por ciento de MB Reps y, con tantos viajes extraños de Myron en los últimos tiempos, había tenido que asumir casi toda la carga de la empresa. Pero, tras años de llevar una vida nocturna tan hedonista que hubiese puesto verde de envidia a Calígula, Esperanza se había pasado a la abstinencia total, después de casarse con el correctísimo Tom y tener un hijo llamado Héctor. Pasó de ser Lindsey Lohan a Carol Brady en cuatro segundos y cinco centésimas.

Myron echó un vistazo a su armario, preguntándose qué debería ponerse para ir al local nocturno de moda. Esperanza le había dicho que se vistiese para impresionar, así que se decidió por lo habitual y seguro —tejanos, americana azul, mocasines caros—, el Señor Chic

Informal, más que nada porque era lo único disponible que encajaba con la sugerencia. En realidad había poco más en su armario que tejanos, americanas y un traje de confección, a menos que quisiese parecer un vendedor de una tienda de electrodomésticos.

Cogió un taxi en Central Park West. El cliché sobre los taxistas de Manhattan es que son todos extranjeros y apenas saben hablar inglés. El cliché puede ser cierto, pero habían pasado por lo menos cinco años desde la última vez que Myron había hablado con uno. Todos los taxistas de Nueva York llevan el audífono de un móvil Bluetooth en el oído, las veinticuatro horas del día, siete días a la semana, y hablan en voz baja en su lengua nativa con quien sea que esté al otro lado. Modales aparte, Myron siempre se preguntaba qué persona podía haber en sus vidas que quisiera hablar con ellos a todas horas. En ese sentido, se podía afirmar que se trataba de hombres muy afortunados.

Myron estaba preparado para encontrarse con una cola de público inmensa, un cordón de terciopelo o algo así, pero cuando llegaron a la dirección, en la Calle 17, no había ninguna señal de un club nocturno. Por fin comprendió que el «Three» correspondía al tercer piso y que Downing era el nombre del edificio que había enfrente. Alguien había ido a la Escuela de Nombres Literales de MB Reps.

El ascensor llegó al tercer piso. Tan pronto como se abrieron las puertas, Myron sintió el ritmo del bajo en su pecho. La larga cola de desesperados por entrar ya se había formado. Al parecer, las personas acudían a clubes como éste para divertirse, pero la realidad era que la mayoría, después de hacer cola, acababan recibiendo un severo recordatorio de que no eran lo bastante interesantes para sentarse a la mesa de los chicos más populares. Los vips pasaban a su lado casi sin mirarles, y eso hacía que su deseo de entrar creciera aún más. Había un cordón de terciopelo, que indicaba su estatus inferior, vigilado por tres gorilas con cabezas afeitadas y caras agrias.

Myron se acercó con su mejor andar estilo Win.

—Hola, chicos.

23

Los gorilas no le hicieron caso. El más grande de los tres llevaba un traje negro sin camisa. Nada. La chaqueta y sin camisa. Su pecho untado con vaselina mostraba una impresionante musculatura metrosexual. Ahora mismo se estaba ocupando de un grupo de cuatro chicas de quizá-veintiún años. Todas llevaban unos tacones ridículamente altos —la confirmación de que los tacones estaban de moda este año—, y más que caminar, se tambaleaban. Los vestidos eran lo bastante cortos como para que las denunciasen, pero eso ya no era nada nuevo.

El gorila las miró como si fuesen ganado. Las chicas hicieron poses y sonrieron. Myron casi esperó verlas abrir la boca para que él pudiese mirarles los dientes.

—Vosotras tres, vale —dijo Músculos—. Vuestra amiga es demasiado gorda.

La chica gorda, que debía de usar una talla cuarenta y dos, comenzó a llorar. Sus tres amigas formaron un círculo y discutieron si debían entrar sin ella. La chica gorda se marchó llorando. Las amigas se encogieron de hombros y entraron. Los tres gorilas sonrieron.

—Elegante —dijo Myron.

Las sonrisas burlonas se volvieron hacia él. Músculos le miró a los ojos, con actitud desafiante. Myron aguantó la mirada y no la apartó. Músculos le miró de arriba abajo y, evidentemente, le pilló en falta.

—Bonito atuendo —comentó Músculos—. ¿Va camino de discutir una multa de aparcamiento en el juzgado de tráfico?

Sus dos colegas, ambos con camisetas Ed Hardy ajustadísimas, le rieron la gracia.

—Sí —respondió Myron, y le señaló el pecho—. Tendría que haberme dejado la camisa en casa.

El gorila situado a la izquierda de Músculos formó una O de sorpresa con los labios.

Músculos levantó el pulgar, al estilo de un árbitro de béisbol.

—Al final de la cola, compañero. O mejor todavía, váyase.

—Estoy aquí para ver a Lex Ryder.

—¿Quién dice que está aquí?

—Lo digo yo.

—¿Y usted es?

—Myron Bolitar.

Silencio. Uno de ellos parpadeó. Myron estuvo a punto de gritar: «¡Ta-chán!», pero se contuvo.

—Soy su agente.

—Su nombre no está en la lista —señaló Músculos.

—Y no sabemos quién es usted —añadió O de Sorpresa.

—Así que... —el tercer gorila movió sus cinco gruesos dedos—, adiós.

—Qué ironía —dijo Myron.

—¿Qué?

—Tíos, ¿no veis la ironía? —preguntó Myron—. Sois cancerberos de un lugar donde a vosotros nunca os permitirían la entrada. Sin embargo, en lugar de verlo y, por lo tanto, añadir un toque humano, actuáis como payasos.

Más parpadeos. Los tres avanzaron hacia él, una gigantesca pared de pectorales. Myron sintió que le ardía la sangre. Sus dedos se cerraron en puños. Los relajó y mantuvo la respiración normal. Se acercaron. Myron no retrocedió. Músculos, el líder, se inclinó hacia él.

—Será mejor que te largues, tío.

—¿Por qué? ¿Soy demasiado gordo? Por cierto, dime la verdad, ¿crees que estos tejanos me hacen el culo grande? Dímelo.

La larga cola de aspirantes a entrar guardó silencio ante la visión del desafío. Los gorilas se miraron entre ellos. Myron se hizo un reproche a sí mismo. Podría tratarse de una actitud contraproducente. Había ido hasta allí a buscar a Lex, no para meterse con unos tipos dominados por la rabia.

Músculos se rió.

—Vaya, vaya. Al parecer tenemos aquí un comediante.

—Sí —asintió el gorila O de Sorpresa—, un comediante. Ja, ja.

—Sí —dijo su compañero—. Es un auténtico comediante, ¿verdad, gracioso?

—Bueno —respondió Myron—, a riesgo de parecer poco modesto, también soy un cantante bien dotado. Por lo general, comienzo con «Mac the Knife» y sigo con una versión más sencilla de «Lady», más en plan Kenny Rogers que Lionel Richie. No queda ni un ojo seco en la sala.

Músculos se inclinó hacia la oreja de Myron, con sus compañeros cada vez más cerca.

—¿Se da cuenta, por supuesto, de que vamos a echarle de aquí a patadas en el culo?

—¿Y usted se da cuenta, por supuesto —respondió Myron—, de que los esteroides le achican los testículos?

Entonces, detrás de él, Esperanza dijo:

—Viene conmigo, Kyle.

Myron se volvió, vio a Esperanza, y consiguió no decir «¡Caray!» en voz alta, aunque no fue fácil. Conocía a Esperanza desde hacía veinte años, había trabajado codo a codo con ella, y algunas veces, cuando ves a una persona todos los días y te conviertes en su mejor amigo, te olvidas de lo espectacular que es. Cuando se conocieron, Esperanza era una luchadora profesional con muy poca ropa conocida como La Pequeña Pocahontas. Adorable, ágil y caliente a más no poder, había dejado de ser la chica guapa de las Fabulosas Damas de la Lucha para convertirse en su ayudante personal, mientras estudiaba Derecho por las noches. Por decirlo de alguna manera, había ascendido y ahora era la socia de Myron en MB Reps.

En el rostro de Músculos Kyle apareció una sonrisa.

—¿Poca? Chica, ¿de verdad eres tú? Estás tan buena que te lamería en un cucurucho de helado.

—Bonita frase, Kyle —aprobó Myron.

Esperanza le ofreció la mejilla para que le diera un beso.

—Yo también me alegro de verte.

—Ha pasado mucho tiempo, Poca.

La belleza morena de Esperanza hacía evocar cielos iluminados por la luna, paseos nocturnos por la playa y olivos mecidos por la brisa. Llevaba pendientes de aro. Su largo pelo negro tenía ese punto de despeinado perfecto. Su blusa blanca parecía cortada por una deidad generosa; quizá llevaba abierto un botón de más, pero funcionaba. Los tres gorilas se apartaron. Uno quitó el cordón de terciopelo. Esperanza le recompensó con una sonrisa deslumbrante. Mientras Myron la seguía, Músculos Kyle se interpuso en su camino para tropezar con él. Myron se preparó y se aseguró de que Kyle se llevase la peor parte. Esperanza murmuró:

—Hombres.

—Tú y yo no hemos acabado, tío —le susurró Músculos Kyle a Myron.

—Quedaremos para comer —dijo Myron—. Quizá podamos ir a la matiné de *South Pacific*.

Mientras entraban, Esperanza observó a Myron y sacudió la cabeza.

—¿Qué?

—Dije que te vistieses para impresionar. Y pareces un chaval de quinto grado a punto de ir a la reunión de padres con el maestro.

Myron señaló sus pies.

—¿Con mocasines Ferragamo?

—¿Por qué te estabas metiendo con esos neardentales?

—Llamó gorda a una chica.

—¿Y tú acudiste a su rescate?

—Bueno, no. Pero se lo dijo a la cara. «Tus amigas pueden entrar, pero tú no porque estás gorda.» ¿Quién sería capaz de hacer eso?

La sala principal del club era oscura con unos toques de neón. Había grandes pantallas de televisión en una pared porque, cuando vas a un club nocturno lo que de verdad quieres, pensó Myron, es mirar la tele. El equipo de sonido, que tenía más o menos el tamaño y la dimensión de un concierto al aire libre de los Who, atacaba los sentidos. El Dj pinchaba música house, un estilo en el que los Dj con talento toman una canción decente y la destrozan a fondo añadiendo bajos sintetizados o percusión electrónica. Había un espectáculo láser, algo que Myron creía pasado de moda después de la gira de Blue Oyster Cult en 1979, y un grupo de chicas esqueléticas hacían «oooh» y «aaah» por encima de unos efectos especiales en un lugar donde la pista de baile escupía vapor, como si eso no pudieses verlo en la calle, cerca de cualquier camión de Con Ed.

Myron intentó gritar por encima de la música, pero era inútil. Esperanza le llevó a una zona tranquila, provista nada menos que de ordenadores. Todos los sitios estaban ocupados. Una vez más Myron sacudió la cabeza. ¿Iban a un club nocturno para navegar por la red? Se volvió hacia la pista de baile. Las mujeres encajaban, en aquella luz vaporosa, en el concepto de atractivas, aunque eran demasiado jóvenes e iban vestidas más como si jugaran a ser adultas que como si lo fueran. La mayoría de las mujeres sujetaban móviles y enviaban mensajes con los dedos huesudos; bailaban con una languidez que bordeaba lo comatoso.

Esperanza mostraba una leve sonrisa en su rostro.

—¿Qué? —preguntó Myron.

Ella le señaló el lado derecho de la pista de baile.

—Mira el culo de la tía de rojo.

Myron contempló las caderas vestidas de rojo que bailaban y recordó una frase de Alejandro Escovedo: «Me gusta más cuando se aleja». Hacía mucho tiempo que Myron no oía a Esperanza hablar de esa manera.

—Bonito —dijo Myron.

—¿Bonito?

—¿Espectacular?

Esperanza asintió mientras seguía sonriendo.

—Hay muchas cosas que podría hacer con un culo como ése.

Al mirar a la erótica bailarina y luego a Esperanza, una imagen apareció en la mente de Myron. La apartó de inmediato. Hay lugares en tu mente en los que más vale no entrar cuando estás intentando concentrarte en otras cosas.

—Estoy seguro de que a tu marido le encantaría.

—Estoy casada, no muerta. Puedo mirar.

Él la miró al rostro y notó su excitación, la extraña sensación de que ella se sentía de nuevo en su elemento. Cuando nació su hijo Héctor, hacía dos años, Esperanza se activó en modo mamá. Su mesa se llenó de pronto del clásico popurrí de imágenes cursis: Héctor con el Conejito de Pascua, Héctor con Santa Claus, Héctor con los personajes de Disney en la zona de juegos infantiles en Hershey Park. Sus mejores prendas de trabajo a menudo estaban salpicadas con saliva de bebé y, más que ocultarlo, le encantaba explicar cómo llegaban los escupitajos a su persona. Trababa amistad con mujeres de ese tipo mamá que le hubiesen hecho vomitar en el pasado, y hablaban de cochecitos Maclaren, de parvularios Montessori, de movimientos intestinales y de cuándo sus retoños habían gateado, caminado y hablado por primera vez. Todo su mundo, como el de muchas madres antes que ella —aunque decirlo parezca una declaración sexista—, se había reducido a una pequeña masa de carne de bebé.

—¿Dónde puede estar Lex? —preguntó Myron.

—Es probable que en una de las salas VIP.

—¿Cómo entramos?

—Me desabrocharé otro botón —respondió Esperanza—. En serio, déjame trabajar sola un minuto. Ve al lavabo. Te apuesto veinte pavos a que no puedes mear en el urinario.

—¿Qué?

—Apuesta y ve —dijo, y señaló a la derecha.

Myron se encogió de hombros y fue hacia el lavabo. Era negro, oscuro y de mármol. Se acercó a los urinarios y de inmediato entendió a qué se refería Esperanza. Los urinarios estaban en una enorme pared de cristal de una sola dirección, como el espejo de una sala de interrogatorios de la policía. En resumen, desde ahí veías toda la pista de baile. Las lánguidas mujeres estaban literalmente a unos pasos de él, y algunas utilizaban el lado espejo del cristal para comprobar su maquillaje, sin darse cuenta (o quizá sí que se daban cuenta) de que estaban mirando a un hombre que intentaba mear.

Salió. Esperanza tenía la mano extendida con la palma hacia arriba. Myron la cruzó con un billete de veinte dólares.

—Veo que todavía tienes la vejiga tímida.

—¿El lavabo de señoras es idéntico?

—No lo quieras saber.

Esperanza hizo un gesto con la barbilla hacia el hombre con el pelo peinado hacia atrás que se abría camino hacia ellos. Si hubiera tenido que llenar su solicitud de trabajo, Myron no dudaba de que habría escrito: «Apellido: Basura. Nombre de pila: Euro». Myron contempló la estela del hombre en busca de babas.

Euro sonrió con dientes de comadreja.

—Poca, mi amor.

—Antón —dijo ella, y le dejó que le besase la mano con quizá demasiado entusiasmo.

Myron temió que pudiese utilizar aquellos dientes de comadreja para roerle la piel hasta el hueso.

—Todavía eres una criatura magnífica, Poca.

Hablaba con un curioso acento, quizás húngaro, quizás árabe, como si lo utilizara para hacer un número cómico. Antón iba sin afeitar, la sombra de la barba en su rostro brillaba de una manera poco agradable. Llevaba gafas de sol, pese a que allí adentro reinaba la oscuridad de una caverna.

—Te presento a Antón —dijo Esperanza—. Dice que Lex está en el servicio de botellas.

—Oh —exclamó Myron, sin tener idea de lo que era el servicio de botellas.

—Por aquí —dijo Antón.

Navegaron entre un mar de cuerpos. Esperanza iba delante. Myron disfrutó al ver cómo todos los cuellos se giraban para echarle una segunda mirada. Mientras continuaban serpenteando entre la multitud, algunas mujeres cruzaron la mirada con Myron y la mantuvieron, aunque no tantas como uno, dos o cinco años atrás. Se sentía como un viejo lanzador que necesitara este radar particular para saber si su pelota rápida estaba perdiendo velocidad. O quizá se tratara de otra cosa. Quizá las mujeres intuían que ahora Myron estaba prometido, que se había retirado del mercado por la encantadora Terese Collins y que ya no se le podía tratar como una simple golosina para los ojos.

«Sí —pensó Myron—. Sí, tenía que ser eso.»

Antón utilizó su llave para abrir la puerta de otra habitación y, al parecer, otra época. Mientras que el club actual era puro tecno con ángulos duros y superficies suaves, esa sala VIP era como un burdel de la América primitiva. Sofás color burdeos, candelabros de cristal, molduras de cuero hasta el techo, velas en las paredes. La habitación también tenía una pared de cristal de una sola dirección, de forma que los vips pudiesen mirar a las chicas bailar y quizás escoger unas cuantas para que se uniesen a ellos. Varias chicas con muchos implantes modelo porno suave, vestidas con corsés de época y ligueros, caminaban con botellas de champán; de ahí vendría, dedujo Myron, lo de «servicio de botellas».

—¿Estás mirando las botellas? —preguntó Esperanza.

—Casi.

Esperanza asintió y le sonrió a una camarera muy bien dotada y ataviada con un corsé negro.

—Humm... no me vendría mal un poco de servicio de botella para mí misma, ya sabes a qué me refiero.

Myron pensó en eso.

—En realidad, no —dijo—. Ambas sois mujeres, ¿no? Así que no estoy seguro de entender la referencia a la botella.

—Dios mío, sí que eres literal.

—Me has preguntado si estaba mirando las botellas. ¿Por qué?

—Porque están sirviendo champán Cristal —respondió ella.

—¿Y?

—¿Cuántas botellas ves?

Myron echó una ojeada.

—No lo sé, nueve, quizá diez.

—Vale ocho mil cada una, propina aparte.

Myron se llevó las manos al pecho para fingir palpitaciones. Vio a Lex Ryder despatarrado en un sofá, entre un colorido grupo de bellezas. Los otros hombres de la habitación eran músicos o pipas mayorcitos de pelo largo, pañuelos, barba, brazos nervudos y tripas fofas. Myron se abrió paso entre ellos.

—Hola, Lex.

La cabeza de Lex cayó a un lado. Miró y gritó con demasiado entusiasmo:

—¡Myron!

Lex intentó levantarse y no pudo, así que Myron le ofreció una mano. Lex la utilizó, consiguió ponerse de pie y abrazó a Myron con el entusiasmo que los hombres reservan para cuando beben demasiado.

—Tío, es fantástico verte.

HorsePower había comenzado como una banda en la ciudad natal de Lex y Gabriel, en Melbourne, Australia. El nombre venía del apellido de Lex, Ryder (Horse-Ryder) y el apellido de Gabriel, Wire (Power-Wire), pero desde el momento en que habían comenzado, Gabriel asumió todo el protagonismo. Gabriel Wire tenía una voz magnífica, claro, y era increíblemente guapo, con un carisma casi sobrenatural; pero también tenía aquel intangible aire esquivo, aquella cosa que «la sabes cuando la ves», que elevaba a los grandes a la categoría de legendarios.

Debía de ser duro, pensaba Myron a menudo, para Lex, o para cualquiera, vivir bajo aquella sombra. Claro que Lex era famoso y rico, y, técnicamente, todas las canciones eran producciones Wire-Ryder, pensó Myron. Puesto que él manejaba las finanzas del dúo, sabía que Lex cobraba un veinticinco por ciento contra el setenta y cinco por ciento de Gabriel. Y por supuesto, las mujeres todavía intentaban ligar con él y los hombres todavía querían ser sus amigos, pero Lex también era objeto de las inevitables bromas referentes al eterno segundón.

HorsePower todavía era un grupo importante, quizá más importante que nunca, pese a que Gabriel Wire se había esfumado después de un trágico escándalo ocurrido más de quince años atrás. Con la excepción de unas pocas fotos de *paparazzi* y muchos rumores, Gabriel Wire no había dado señales de vida en todo aquel tiempo: ninguna gira, ninguna entrevista, ninguna portada, ninguna aparición pública. Todo aquel secretismo hacía que el público desease más que nunca a Wire.

—Creo que es hora de irse a casa, Lex.

—No, Myron —dijo él con la voz pastosa, y Myron deseó que sólo fuese por efecto de la bebida—. Venga. Nos estamos divirtiendo. ¿No nos estamos divirtiendo, peña?

Se oyeron vocalizaciones de asentimiento. Myron miró a su alrededor. Puede que conociera a uno o dos de aquellos tipos, pero sólo reconocía a uno con seguridad: Buzz, el guardaespaldas y asistente personal de Lex. Buzz cruzó la mirada con Myron y se encogió de hombros, como diciendo: «¿Qué puedo hacer?».

Lex pasó un brazo alrededor del cuello de Myron, rodeándolo como si fuera la correa de una cámara de fotos.

—Siéntate, viejo amigo. Tomemos un trago, relájate, descansa.

—Suzze está preocupada por ti.

—¿Lo está? —Lex enarcó una ceja—. Así que ha enviado a su viejo chico de los recados para que me recoja.

—En sentido estricto, también soy tu chico de los recados, Lex.

—Ah, agentes. La más mercenaria de las ocupaciones.

Lex vestía pantalones negros y un chaleco de cuero negro, y parecía como si hubiese acabado de ir a comprar ropa en el Rocker-R-Us. Tenía el pelo corto gris. Se dejó caer en el sofá de nuevo.

—Siéntate, Myron —repitió.

—¿Por qué no vamos a dar un paseo, Lex?

—Tú eres también mi chico de los recados, ¿no? He dicho siéntate.

Tenía razón. Myron encontró un lugar y se hundió profunda y lentamente en los cojines. Lex giró una perilla a su derecha y bajó la música. Alguien le dio a Myron una copa de champán derramando un poco al hacerlo. La mayoría de las damas con corsé —aceptémoslo, es un efecto que funciona en cualquier época— habían desaparecido sin que nadie se diese cuenta, como si se hubiesen evaporado a través de las paredes.

Esperanza charlaba con la chica en la que se había fijado cuando entraron en la habitación. Los otros hombres de la sala miraban coquetear a las dos mujeres con la fascinación de cavernícolas viendo arder el fuego por primera vez.

Buzz fumaba un cigarrillo que, bueno, olía raro. Intentó pasárselo a Myron. Myron sacudió la cabeza y se giró hacia Lex, que estaba echado hacia atrás como si alguien le hubiese administrado un relajante muscular.

—¿Suzze te mostró la página? —preguntó Lex.

—Sí.

—¿Tú cómo lo ves, Myron?

—Un maníaco que intenta tocar las narices.

Lex bebió un gran trago de champán.

—¿De verdad lo crees?

—Sí, pero en cualquier caso estamos en el siglo XXI.

—¿Y eso qué significa?

—Significa que no es tan importante. Puedes pedir una prueba de ADN, si tanto te preocupa, y establecer la paternidad a ciencia cierta.

Lex asintió con lentitud y tomó otro buen sorbo. Myron intentaba mantenerse fuera de su papel de agente, pero cada una de aquellas botellas contenía setecientos cincuenta mililitros, lo que, dividido por ocho mil dólares, equivalía a 10,66 dólares el mililitro.

—He oído que estás prometido —dijo Lex.

—Sí.

—Bebamos por eso.

—O tomemos un sorbo. Sorber es más barato.

—Tranquilo, Myron. Estoy forrado.

Muy cierto. Bebieron.

—Entonces, ¿qué es lo que te preocupa, Lex?

Lex no hizo caso de la pregunta.

—¿Cómo es que todavía no conozco a tu futura esposa?

—Es una larga historia.

—¿Dónde está ahora?

Myron contestó con vaguedad.

—En ultramar.

—¿Puedo darte un consejo sobre el matrimonio?

—¿Qué te parece: «No creas ningún estúpido rumor en Internet sobre la paternidad»?

Lex sonrió.

—Muy bueno.

—Bah —dijo Myron.

—Éste es el consejo: «Que seáis abiertos el uno con el otro». Del todo.

Myron esperó. Al ver que Lex no decía nada más, preguntó:

—¿Ya está?

—¿Esperabas algo profundo?

Myron se encogió de hombros.

—Bueno.

—Hay una canción que me encanta —añadió Lex—. La letra dice: «Tu corazón es como un paracaídas». ¿Sabes por qué?

—Creo que la frase habla de que la mente es como un paracaídas: sólo funciona cuando se abre.

—No, ésa la conozco. Ésta es mejor: Tu corazón es como un paracaídas, sólo se abre cuando caes. —Sonrió—. ¿A que es buena?

—Supongo.

—Todos tenemos amigos en nuestras vidas, como por ejemplo mis amigos aquí presentes. Les quiero, voy de fiesta con ellos, hablamos del tiempo, de los deportes y de las tías buenas, pero si no los viera durante un año, o no los volviera a ver nunca más, no significaría una gran diferencia en mi vida. Ocurre con la mayoría de las personas que conocemos.

Bebió otro sorbo. Se abrió la puerta detrás de ellos. Entró un grupo de mujeres que reían. Lex sacudió la cabeza y ellas se marcharon en el acto.

—Después —continuó—, muy de vez en cuando, tienes algún amigo de verdad. Como Buzz, que está allí. Hablamos de todo. Sabemos la verdad del otro; hasta el último fallo repugnante y depravado. ¿Tienes amigos así?

—Esperanza sabe que tengo una vejiga tímida —respondió Myron.

—¿Qué?

—No importa. Continúa. Sé de qué estás hablando.

—Vale, en cualquier caso, amigos de verdad. Dejas que vean toda la porquería que hay en tu cerebro. Lo feo. —Se irguió en el asiento, ahora que ya iba lanzado—. ¿Sabes qué es lo más extraño? ¿Sabes qué ocurre cuando estás totalmente abierto y dejas que la otra persona vea que eres un completo degenerado?

Myron sacudió la cabeza.

—Tus amigos te quieren todavía más. Con todos los demás, pones la fachada para esconder la mierda y hacer que te quieran. Pero con los amigos verdaderos, les muestras la mierda y eso hace que se preocupen por ti. Cuando nos quitamos la fachada, conectamos más. Entonces te pregunto, Myron, ¿por qué no lo hacemos con todos?

—Supongo que vas a decírmelo.

—Que me cuelguen si lo sé. —Lex se echó hacia atrás, bebió un buen trago y ladeó la cabeza, pensativo—. Pero aquí viene lo importante: la fachada es, por naturaleza, una mentira. Está bien casi siempre. Pero si no te abres con la persona que más quieres, si no muestras los fallos, no puedes conectar. De hecho, estás ocultando secretos. Y esos secretos se infectan y te destruyen.

La puerta se abrió de nuevo. Cuatro mujeres y dos hombres entraron tambaleantes, riéndose y sonriendo, y sosteniendo botellas de champán de un precio obsceno en sus manos.

—¿Qué secretos le ocultas a Suzze? —preguntó Myron.

Él se limitó a sacudir la cabeza.

—Es una calle de dos direcciones, compañero.

—¿Qué secretos te oculta Suzze?

Lex no respondió. Miraba a través de la habitación. Myron se volvió para seguir su mirada.

Entonces la vio.

O al menos creyó haberla visto. Un parpadeo a través de la sala VIP, iluminada con la luz de las velas y llena de humo. Myron no la había vuelto a ver desde aquella noche nevada, dieciséis años atrás, con el vientre hinchado, las lágrimas corriendo por las mejillas y la sangre entre sus dedos. Ni siquiera había vuelto a saber nada de ellos. Pero lo último que había oído era que estaban viviendo en algún lugar de Sudamérica.

Sus ojos se cruzaron a través de la habitación durante no más de un segundo. Por imposible que pareciese, Myron la reconoció.

—¿Kitty?

Su voz quedó apagada por la música, pero Kitty no titubeó. Sus ojos se abrieron un poco, ¿quizá por miedo?, y se volvió. Corrió hacia la puerta. Myron intentó incorporarse, pero el mullido cojín del sofá le demoró. Cuando consiguió levantarse, Kitty Bolitar —la cuñada de Myron, la mujer que tanto le había arrebatado— ya se había ido.

5

Myron corrió tras ella.

Cuando llegó a la salida de la sala VIP, ésta era la imagen que cruzó su mente: Myron tenía once años, su hermano Brad, seis, con el pelo rizado, y estaban en el dormitorio que compartían, jugando a un sucedáneo de baloncesto. El tablero era de cartón, la pelota una esponja redonda. El aro estaba sujeto a la parte superior de la puerta del armario con dos ventosas de color naranja que tenías que lamer para pegarlas. Los dos hermanos jugaban durante horas, se inventaban equipos y se asignaban apodos y nombres de otras personas. Estaban Shooting Sam, Jumping Jim y Leaping Jenny, y Myron, por ser el hermano mayor, controlaba la acción, se inventaba un universo falso con jugadores que eran buenos tipos y jugadores que eran malos tipos, partidos emocionantes y juegos reñidos hasta el último segundo. Pero la mayoría de las veces, al final, dejaba que Brad ganase. Por la noche, cuando se acostaban en sus literas —Myron en la de arriba, Brad debajo—, recapitulaban los encuentros en la oscuridad como comentaristas de televisión haciendo sus análisis después del partido.

El recuerdo se clavó de nuevo en su corazón.

Esperanza le vio correr.

—¿Qué?

—Kitty.

—¿Qué?

No había tiempo para dar explicaciones. Llegó a la puerta y salió.

Ahora estaba de nuevo en el club, con aquella música ensordecedora. El hombre mayor que había en él se preguntó quién podía disfrutar socializando si no podías oír lo que te decían. Pero en realidad ahora sus pensamientos estaban completamente concentrados en alcanzar a Kitty.

Myron era alto, un metro noventa, y de puntillas, veía por encima de la mayoría de la multitud. Ninguna señal de Quizá-Kitty. ¿Qué vestía? Un top turquesa. Buscó destellos de turquesa.

Allí. De espaldas a él. Iba hacia la salida del club.

Myron tenía que moverse. Gritó «perdón» mientras intentaba nadar entre los cuerpos, pero había demasiados. Las luces estroboscópicas y el espectáculo láser tampoco ayudaba. Kitty. ¿Qué demonios estaba haciendo Kitty allí? Años atrás, Kitty también había sido una maravilla del tenis, y se entrenaba con Suzze. Así se habían conocido. Podría ser que las dos viejas amigas estuviesen de nuevo en contacto, por supuesto, pero ¿respondía eso de verdad a la cuestión de por qué estaba Kitty allí esa noche, en ese club, sin su hermano?

¿O es que Brad también estaba allí?

Comenzó a moverse más rápido. Intentó no chocar con nadie pero, por supuesto, eso era imposible. Recibió miradas asesinas y gritos de «¡Eh!» o «¿Dónde está el fuego?», pero Myron no les hizo caso, siguió adelante; toda la escena comenzaba a adquirir una cualidad onírica, como uno de esos sueños en los que corres sin ir a ninguna parte y los pies te pesan cada vez más, o en los que tratas de avanzar a través de un metro de nieve.

—¡Ay! —gritó una chica—. ¡Imbécil, gilipollas, me has dado un pisotón!

—Lo siento —se disculpó Myron, que seguía insistiendo en abrirse paso.

Una mano grande se apoyó en el hombro de Myron y le hizo girar. Alguien le empujó con fuerza por detrás y casi le derribó. Myron recuperó el equilibrio y se vio frente a lo que podría ser una actuación del *Jersey Shore: la reunión de los diez años*. Formaban una mezcla de espuma para el pelo, falso bronceado, cejas depiladas, pechos aceitados y músculos de concurso. Tenían las expresiones desdeñosas de los tipos duros, el aspecto extraño de los que se acicalan y depilan a tope. Darles un puñetazo en la cara dolería; estropearles el peinado dolería todavía más.

Eran cuatro, cinco o quizá seis —tendían a confundirse en una masa de baboso aspecto y asfixiante hedor a colonia Axe—, y estaban excitados por la posibilidad de demostrar lo hombres que eran en defensa del honor de los dedos de los pies de una chica.

A pesar de todo, Myron se comportó como todo un diplomático.

—Lo siento, tíos —dijo—. Es una emergencia.

—¿Dónde está el fuego? —preguntó Gorro de Ducha—. ¿Tú ves algún fuego, Vinny?

—¿Sí, dónde está el fuego? —repitió Vinny—. Porque yo no lo veo. ¿Tú lo ves, Slap?

Antes de que Slap pudiese hablar, Myron dijo:

—Sí, ya lo entiendo. No hay fuego. Lo siento mucho, de verdad, pero tengo mucha prisa.

Pero Slap tenía que decir la suya.

—No, yo tampoco veo ningún fuego.

No tenía tiempo para eso. Myron trató de a moverse (maldita sea, ninguna señal de Kitty), pero los tipos cerraron filas. Gorro de Ducha, con la mano todavía en el hombro de Myron, decidió apretar los dedos.

—Dile a Sandra que lo sientes.

—Ah, ¿qué parte de «lo siento mucho, de verdad» no has entendido?

—A Sandra —insistió.

Myron se volvió hacia la muchacha que, a juzgar por el vestido y la compañía que llevaba, no recibía nunca bastante atención de su papá. Sacudió el hombro para apartar la molesta mano que lo agarraba.

—Lo siento mucho, Sandra.

Lo dijo porque era lo mejor que se podía hacer. Intentar hacer las paces y seguir adelante. Pero Myron lo sabía. Lo veía en el rojo de los rostros, en los ojos húmedos. Ahora estaban funcionando las hormonas. Así que cuando se volvió hacia el tipo que lo había empujado, Myron no se sorprendió al ver que un puño venía hacia su rostro.

Las peleas por lo general sólo duran unos segundos, y estos segundos están llenos de tres cosas: confusión, caos y pánico. Por lo tanto, cuando las personas ven que un puño viene hacia ellas, lo normal es que tengan una reacción excesiva. Intentan agacharse o se echan hacia atrás. Es un error. Si pierdes el equilibrio o dejas de ver a tu adversario, te metes en un peligro mucho mayor. Los buenos pugilistas a menudo lanzan golpes por esta razón; no porque quieran hacer impacto, sino para que el oponente se coloque en una posición más vulnerable.

En consecuencia, el movimiento de Myron para evitar el golpe fue corto, sólo unos pocos centímetros. Su mano derecha ya estaba levantada. No tienes que apartar el puño con fuerza ni con algún gran movimiento de karate. Sólo necesitas desviar un poco su rumbo. Fue lo que hizo Myron.

El objetivo de Myron era sencillo: derribar a ese tipo con un mínimo de escándalo o lesión. Myron redirigió el puño en movimiento, y luego, con la misma mano ya levantada, unió el índice y el anular y descargó un golpe como un dardo en el hueco blando de la garganta del atacante. El golpe dio de lleno en su objetivo. Jerzie Boy soltó un gorgoteo. Sus dos manos volaron hacia la garganta y le dejaron totalmente expuesto. En una pelea normal, ése era el momento en que Myron lo hubiera derribado. Pero no era eso lo que quería hacer ahora. Lo que quería era irse.

Así que, antes de que Myron pudiese calcular su siguiente golpe, comenzó a dejar atrás al tipo en un intento por apartarse lo más rápido posible de la escena, pero se dio cuenta de que ahora tenía cerradas todas las vías de escape. Los clientes del club abarrotado se habían acercado, atraídos por el olor de una pelea y el instinto básico de ver a otro ser humano herido o maltratado.

Otra mano le sujetó por el hombro. Myron la apartó. Alguien se lanzó a sus piernas y le agarró los tobillos, en un intento de placarle. Myron flexionó las rodillas. Utilizó una mano para apoyarse en el suelo. Con la otra, unió los dedos y descargó un golpe con la palma en la nariz del otro. El hombre soltó las piernas de Myron. Ahora había cesado la música. Alguien gritó. Los cuerpos comenzaron a caer.

Eso no pintaba bien.

Confusión, caos y pánico. En un club nocturno abarrotado, estas cosas se propagan y resultan ridículamente contagiosas. Alguien cercano se ve empujado y se deja llevar por el pánico. Descarga un puñetazo. La gente se echa hacia atrás. Los espectadores que habían estado disfrutando de la relativa seguridad del acto pasivo comprenden que se hallan en peligro. Tratan de escapar, chocan los unos con los otros. Un pandemonio.

Alguien golpeó a Myron en la nuca. Se volvió. Alguien le golpeó en el vientre. La mano de Myron se movió como un rayo y sujetó la muñeca del agresor. Puedes aprender las mejores técnicas de lucha y prepararte con los mejores, pero no hay nada mejor que haber nacido con una excelente coordinación mano-ojo. Como solían decir en sus días de baloncesto: «No puedes enseñar altura». Tampoco puedes enseñar coordinación, condición atlética o instinto competitivo, por mucho que los padres intenten hacerlo.

Por consiguiente, Myron Bolitar, el atleta superior, fue capaz de sujetar la muñeca del puño atacante. Atrajo al hombre hacia él y, utilizando su propio impulso, golpeó su rostro con el antebrazo.

El hombre cayó.

Más gritos. Más pánico. Myron se volvió y, entre la multitud, entrevió a Quizá-Kitty junto a la puerta. Se movió hacia allí, pero ella desapareció detrás de una pared de gorilas, incluidos dos de los tipos que se habían metido con Myron en la entrada. Los gorilas —y aho-

43

ra había un montón de ellos— se dirigieron en línea recta hacia Myron.

Oh, oh.

—Eh, tío, un momento. —Myron levantó las manos para demostrar que no tenía intención de luchar con ellos. Mientras se acercaban, Myron mantuvo las manos en alto—. Ha sido otro el que ha empezado.

Uno intentó hacerle una llave Nelson completa, un movimiento de aficionado, si es que lo hay.

Myron se zafó sin problemas.

—Se acabó, ¿vale? Se...

Otros tres gorilas trataron de derribarlo. Myron golpeó el suelo como un saco de patatas. Uno de los tipos de la puerta se le echó encima. Otro le pateó las piernas. El tipo que se le había echado encima intentó pasarle un fornido antebrazo por debajo de la garganta de Myron. Myron bajó la barbilla para impedírselo. El tipo apretó más y acercó tanto el rostro que Myron pudo oler su aliento a perrito caliente rancio. Otro puntapié. El rostro se acercó todavía más. Myron se giró con fuerza y golpeó el rostro del tipo con el codo. El gorila soltó una maldición y se apartó.

En el momento en que Myron comenzaba a levantarse sintió que algo metálico se apoyaba debajo de sus costillas. Durante una décima de segundo, o quizá dos, se preguntó qué era. Entonces el corazón de Myron explotó.

Al menos, eso fue lo que sintió. Sintió como si algo dentro de su pecho acabase de estallar, como si alguien hubiese conectado unos cables eléctricos en cada una de sus terminaciones nerviosas para que su sistema parasimpático entrara en un espasmo total. Sus piernas se convirtieron en agua. Sus brazos cayeron, incapaces de ofrecer la más mínima resistencia.

Un arma paralizante.

Myron cayó como un pescado en el muelle. Alzó la mirada y vio a Músculos Kyle sonriéndole. Kyle soltó el gatillo. El dolor cesó, pero sólo por un segundo. Con sus compañeros gorilas rodeándole de forma tal que nadie en el club podía verles, Kyle clavó la pistola paralizante bajo las costillas de Myron y soltó otra descarga. El grito de Myron quedó apagado por la mano que le tapaba la boca.

—Dos millones de voltios —susurró Kyle.

Myron sabía algo de las pistolas paralizantes y las Taser. Se suponía que sólo debías apretar el gatillo durante unos segundos, no más, para inmovilizar a alguien sin herirlo de gravedad. Pero Kyle, con una sonrisa demoníaca, no aflojó. Mantuvo el gatillo apretado. El dolor fue en aumento, se hizo abrumador. Todo el cuerpo de Myron comenzó a sacudirse y a saltar. Kyle mantuvo el dedo en el gatillo. Incluso uno de los gorilas gritó: «¡Eh, Kyle!». Pero Kyle continuó hasta que Myron puso los ojos en blanco y se hundió en la oscuridad.

6

Al cabo de lo que debieron ser unos segundos más tarde, Myron sintió que alguien lo levantaba y lo cargaba sobre un hombro al estilo de los bomberos. Sus ojos permanecieron cerrados, el cuerpo inerte. Se hallaba en la cúspide de la inconsciencia, aunque seguía sabiendo dónde estaba y lo que estaba pasando. Sus terminaciones nerviosas estaban destrozadas. Se sentía agotado y tembloroso. El hombre que lo llevaba a cuestas era grande y musculoso. Oyó que volvía a sonar la música en el club y una voz que gritaba por los altavoces: «¡Vale, gente, se acabó el follón! ¡Volvamos a la fiesta!».

Myron permaneció inmóvil, dejó que el hombre lo llevase. No se resistió. Utilizó el tiempo para rehacerse, recuperarse y poner en marcha un plan. Una puerta se abrió y se cerró una, disminuyó el sonido de la música. Myron notó a través de los párpados cerrados que la luz era más brillante.

—Ahora tendríamos que echarle y ya está, ¿no, Kyle? —dijo el hombre que lo transportaba—. Creo que ya ha tenido bastante.

Era la misma voz que había dicho: «¡Eh, Kyle!» cuando Myron había recibido la descarga eléctrica. La voz tenía un tono asustado. A Myron no le gustó.

—Déjalo en el suelo, Brian —dijo Kyle.

Brian lo hizo con una gentileza sorprendente. Tendido en el suelo de cemento, con los ojos todavía cerrados, Myron pensó con rapidez para saber cuáles serían los siguientes pasos: mantener los ojos cerrados, fingir que estaba desvanecido, y mover poco a poco la mano hacia la Blackberry del bolsillo.

En la década de 1990, cuando apenas empezaba a extenderse el uso de los móviles, Myron y Win habían aprendido a desarrollar un truco técnico que podía llegar a ser un sistema de comunicación que te salvara la vida: cuando alguno de los dos estaba en apuros (o sea, Myron), apretaba la tecla de marcado rápido en su móvil y el otro (o sea, Win) contestaba, conectaba el teléfono sin sonido, y podía escuchar o correr y acudir en su ayuda. En aquellos tiempos, quince años atrás, este truco había sido el no va más; ahora estaba tan anticuado como el Betamax.

Eso significaba, por supuesto, pasar al siguiente nivel. Con los últimos avances de la técnica, Myron y Win podían protegerse de una manera más eficaz. Uno de los expertos técnicos de Win había mejorado las Blackberry, y ahora disponían de un emisor de radio vía satélite de dos bandas que funcionaba incluso en lugares donde no hubiera cobertura, junto con sistemas de grabación de audio y vídeo, y un rastreador GPS, de manera que sabías con exactitud dónde estaba el otro, en cualquier momento, con una aproximación de un metro, y todo eso se podía activar con sólo apretar una tecla.

Por lo tanto, hizo reptar la mano hacia la Blackberry del bolsillo. Con los ojos cerrados, fingió un gemido mientras se movía lo suficiente para acercar la mano a su bolsillo...

—¿Buscas esto?

Era Músculos Kyle. Myron parpadeó y abrió los ojos. El suelo de la habitación era de formica granate. Las paredes también eran de color granate. Había una mesa con lo que parecía una caja de pañuelos de papel encima. No había más muebles. Myron miraba a Kyle. Sonreía.

Sostenía en alto la Blackberry de Myron.

—Gracias —dijo Myron—. La estaba buscando. ¿Puedes pasármela?

—Oh, no creo.

Había otros tres gorilas en la habitación, todos ellos con las cabezas afeitadas, todos enormes, con tanto esteroides y tantas máquinas de pesas. Myron vio al que parecía un poco asustado y dedujo que había sido su transportista, por decirlo de alguna manera.

—Será mejor que vuelva a la sala para asegurarme de que está todo en orden —sugirió el tipo asustado.

—Sí, hazlo, Brian —dijo Kyle.

—Su amiga, la luchadora que está como un tren, sabe que está aquí.

—Yo no me preocuparía por ella —afirmó Kyle.

—Yo sí —intervino Myron.

—¿Perdona?

Myron intentó sentarse.

—Tú no ves mucho la tele, ¿verdad, Kyle? ¿Sabes aquella parte de la serie donde triangulan la señal del móvil y encuentran al tipo? Bueno, es lo que está pasando aquí. No sé cuánto tardarán pero...

Con la Blackberry en alto y una expresión más allá de la autosuficiencia, Kyle apretó el botón de desconexión y miró cómo se apagaba el artefacto.

—¿Decías?

Myron no respondió. Gigante Asustado se marchó.

—En primer lugar —dijo Kyle, arrojándole a Myron su billetero—, por favor, escolten al señor Bolitar fuera del local. Le solicitamos que no vuelva nunca más por aquí.

—¿Incluso si prometo no llevar camisa?

—Dos de mis hombres le escoltarán hasta la puerta de atrás.

Era un desarrollo curioso: lo dejaban ir. Myron decidió seguir el juego, para ver si resultaba así de fácil. Se sentía, por decir algo, escéptico. Los dos hombres le ayudaron a levantarse.

—¿Qué pasa con mi Blackberry?

—Se la devolveremos cuando salga del local —contestó Kyle.

Un hombre sujetó a Myron por el brazo derecho, y el otro por el izquierdo. Lo llevaron por un pasillo. Kyle se ocupó de cerrar la puerta. Cuando estuvieron fuera de la habitación, Kyle dijo:

—Vale, ya está bien. Traedlo de nuevo.

Myron frunció el entrecejo. Kyle volvió a abrir la misma puerta. Los dos hombres sujetaron a Myron con más fuerza y comenzaron a arrastrarlo de vuelta a la habitación. Cuando Myron trató de resistirse, Kyle le mostró el arma paralizante.

—¿Quieres otros dos millones de voltios?

Myron no quería. Volvió a la habitación granate.

—¿De qué va esto?

—Esa parte ha sido una actuación —respondió Kyle—. Por favor, ve al rincón.

Al ver que no obedecía de inmediato, le mostró la pistola paralizante. Myron retrocedió, sin darle la espalda a Kyle. Había una mesa pequeña junto a la puerta. Kyle y los dos matones fueron hacia ella. Metieron la mano en lo que parecía la caja de pañuelos de papel y sacaron guantes quirúrgicos. Myron les observó ponerse los guantes en las manos.

—Sólo para que figure en el registro —dijo Myron—, los guantes de goma me ponen cachondo. ¿Significa que me tengo que agachar?

—Un mecanismo de defensa —comentó Kyle, que se calzaba los guantes con demasiado celo.

—¿Qué?

—Utilizas el humor como un mecanismo de defensa. Cuanto más asustado estás, más mueves la boca.

«Un matón terapeuta», pensó Myron.

—Deja que te explique la situación, para que incluso tú la entiendas —añadió Kyle con un sonsonete—. A ésta la llamamos la habitación de las palizas. De ahí el color granate. La sangre no se nota, como no tardarás en ver.

Kyle se detuvo y sonrió. Myron permaneció quieto.

—Acabamos de grabarte en un vídeo saliendo de esta habitación por tu propia voluntad. Como ya habrás adivinado, la cámara ahora está apagada. Por lo tanto, para el registro oficial estás saliendo por tu propia voluntad, relativamente ileso. También tenemos testigos que declararán que tú les atacaste, que nuestra respuesta fue proporcionada a la amenaza que representabas y que tú iniciaste la refriega. Tenemos antiguos clientes y empleados dispuestos a firmar cualquier declaración que les pongamos delante. Nadie respaldará cualquier denuncia que hagas. ¿Alguna pregunta?

—Sólo una. ¿De verdad acabas de usar la palabra refriega?

Kyle mantuvo la sonrisa.

—Mecanismo de defensa —repitió.

Los tres hombres se desplegaron en torno a él con los puños apretados, los músculos preparados. Myron se movió un poco más hacia el rincón.

—¿Entonces cuál es tu plan? —preguntó Myron.

—Es muy sencillo, Myron. Vamos a hacerte daño. Hasta qué punto, depende de cuánto resistas. En el mejor de los casos, acabarás hospitalizado. Estarás meando sangre durante un tiempo. Quizá te rompamos un hueso o dos. Pero vivirás, y probablemente te curarás. Si te resistes, utilizaré la pistola para paralizarte. Será muy doloroso. Y entonces la paliza será más larga y salvaje. ¿Estoy siendo lo suficientemente claro?

Se acercaron un poco más. Flexionaron las manos. Uno movió el cuello. Músculos Kyle se quitó la chaqueta.

—No quiero que se ensucie —dijo—. Con las manchas de sangre y todo eso.

Myron señaló hacia abajo.

—¿Qué me dices de tus pantalones?

Kyle tenía ahora el torso desnudo. Hizo esas flexiones que hacen bailar los pectorales.

—No te preocupes por ellos.

—Pues me preocupo —dijo Myron.

Entonces, mientras los hombres se aproximaban, Myron sonrió y se cruzó de brazos. El movimiento hizo que los hombres se detuviesen.

—¿Te he hablado de mi nueva Blackberry? —preguntó Myron—.

¿Del GPS? ¿De la radio satélite de dos bandas? Se pone en marcha cuando aprietas un botón.

—Tu Blackberry está apagada —contestó Kyle.

Myron sacudió la cabeza e imitó un zumbido como si hubiese oído la respuesta equivocada en un programa de preguntas y respuestas. La voz de Win sonó en el diminuto altavoz de la Blackberry.

—No, Kyle, me temo que no lo está.

Los tres hombres se detuvieron en seco.

—Deja que te explique la situación —dijo Myron, que imitó lo mejor que pudo el sonsonete de Kyle—, para que incluso tú la entiendas. ¿Cuál es la tecla que activa todas las nuevas funciones? Lo has adivinado: es la tecla OFF. En resumen, todo lo que se ha dicho aquí está grabado. Además está en marcha el GPS. ¿A qué distancia estás, Win?

—Ahora mismo estoy entrando en el club. También activé la llamada a tres. Esperanza está en la línea sin sonido. ¿Esperanza?

Se conectó el sonido. La música del club sonó en el móvil.

—Estoy junto a la puerta lateral por donde sacaron a Myron —dijo Esperanza—. Adivina qué. Encontré a un viejo amigo aquí, a un agente de policía llamado Roland Dimonte. Dile hola a mi amigo Kyle, Rolly.

—Será mejor que vea aparecer por aquí la fea jeta de Bolitar sin ninguna marca en treinta segundos, soplapollas.

No tardaron ni veinte.

—Quizá no era ella —dijo Myron.

Eran las dos de la madrugada cuando Myron y Win llegaron al Dakota. Se sentaron en una habitación que las personas ricas llaman «un estudio», con muebles Luis Algo, bustos de mármol, un gran globo terráqueo antiguo y estanterías con primeras ediciones encuadernadas en cuero. Myron ocupaba una silla color burdeos con tachones dorados en los brazos. Cuando las cosas se tranquilizaron en el club, Kitty ya hacía tiempo que había desaparecido, si es que alguna vez estuvo allí. Lex y Buzz también se habían largado.

Win abrió la falsa hilera de primeras ediciones encuadernadas en cuero para dejar a la vista una nevera. Sacó una lata de Yoo-Hoo de chocolate y se la arrojó a Myron. Myron la cogió al vuelo y leyó las instrucciones: «¡Agítela! ¡Es fantástica!», y lo hizo. Win destapó una licorera y se sirvió un coñac exclusivo con el curioso nombre de La Última Gota.

—Podría haberme equivocado —dijo Myron.

Win levantó la copa y la miró al trasluz.

—Me refiero a que han pasado dieciséis años, ¿no? Tenía el pelo de otro color. La habitación estaba a oscuras y sólo la vi un segundo. En realidad podría no ser ella.

—Era Kitty —afirmó Win.

—¿Cómo lo sabes?

—Lo sé. Tú no cometes esa clase de errores. Otros errores, sí, pero éstos no.

Win tomó un sorbo de coñac. Myron bebió un poco de Yoo-Hoo. Frío, chocolatado, dulce néctar. Tres años atrás, Myron casi había llegado a renunciar a su bebida favorita en favor del café de boutique que te comía el forro del estómago. Cuando regresó a casa después del estrés de vivir en ultramar, comenzó de nuevo con el Yoo-Hoo, más por comodidad que por gusto, y ahora le volvía a encantar.

—Por un lado no importa —dijo Myron—. Kitty no forma parte de mi vida desde hace mucho tiempo.

Win asintió.

—¿Y por el otro?

Brad. Aquél era el otro lado, el primer lado, los dos lados, todos los lados, la oportunidad, después de todos estos años, de ver y, quizá, de reconciliarse con su hermano menor. Myron se tomó unos segundos y se removió en la butaca. Win le miró sin decir nada. Por fin, Myron dijo:

—No puede ser una coincidencia. Kitty en el mismo club nocturno. Incluso en la misma sala VIP que Lex.

—Parece poco probable —admitió Win—. ¿Cuál es nuestro próximo paso?

—Encontrar a Lex. Encontrar a Kitty.

Myron observó la etiqueta del Yoo-Hoo y se preguntó, no por primera vez, qué demonios era el suero de leche. La mente se estanca. Elude, esquiva, encuentra irrelevancias en los envases de gaseosas, con la ilusión de evitar lo inevitable. Pensó en la primera vez que había probado esa bebida, en aquella casa de Livingston, Nueva Jersey, que ahora era suya, en Brad, que siempre quería tomarla, porque Brad siempre quería hacer lo mismo que hacía Myron, el hermano mayor. Pensó en las horas en que había lanzado tiros libres en el patio de atrás, dejando a Brad el honor de buscar los rebotes para que Myron pudiese concentrarse en el lanzamiento. Myron pasó allí muchas horas, haciendo lanzamientos, moviéndose, recibiendo los pases de Brad, volviendo a lanzar, moviéndose, horas y horas solo, y aunque Myron no lamentaba ni un solo momento, debería de preguntarse por sus prioridades: las prioridades de la mayoría de los deportistas de élite. Lo que nosotros admiramos tanto y llamamos «dedicación exclusiva» en realidad era «egoísmo obsesivo». ¿Qué tiene eso de admirable?

El pitido de un despertador —un tono realmente molesto que la gente de Blackberry por alguna razón había llamado «antílope»— les interrumpió. Myron miró su Blackberry y apagó el molesto sonido.

—Bien, puedes contestar —dijo Win, y se levantó—. De todas maneras, tengo que ir a un sitio.

—¿A las dos y media de la madrugada? ¿Quieres decirme su nombre?

Win sonrió.

—Quizá más tarde.

Dada la demanda que había para acceder al único ordenador de la zona, las dos y media de la madrugada hora del este —las siete y media de la mañana en Angola— era casi el único momento en que Myron podía ver a su prometida Terese Collins a solas, aunque sólo fuese gracias a la tecnología.

Myron abrió el Skype, el equivalente en Internet de una videoconferencia, y esperó. Al cabo de un momento se abrió un recuadro de vídeo y apareció Terese. Sintió un impacto embriagador y una sensación de ligereza en el pecho.

—Dios, eres hermosa —le dijo.

—Una buena frase de apertura.

—Siempre abro con esta frase.

—No envejece nunca.

Terese tenía un aspecto soberbio, sentada a la mesa con una blusa blanca, con las manos cruzadas para que pudiese ver el anillo de compromiso y el pelo moreno por el tinte —era rubia natural— recogido en una coleta.

Al cabo de unos pocos minutos, Myron dijo:

—Esta noche estuve con un cliente.

—¿Quién?

—Lex Ryder.

—¿La mitad pequeña de HorsePower?

—Me gusta. Es un buen tipo. En cualquier caso, dijo que el secreto de un buen matrimonio es ser abierto.

—Te quiero —afirmó ella.

—Yo también te quiero.

—No pretendo interrumpir, pero me encanta sólo poder decirlo. Nunca lo había hecho antes. Soy demasiado vieja para sentirme de esta manera.

—Siempre tenemos dieciocho años y esperamos que comiencen nuestras vidas.

—Es una cursilería.

—A ti te encantan las cursilerías.

—Es verdad. Así que Lex Ryder dijo que deberíamos ser abiertos. ¿No lo somos?

—No lo sé. Tiene su teoría sobre los fallos. Dice que deberíamos revelarnos todos los secretos, nuestras peores verdades, porque, de alguna manera, eso nos vuelve más humanos y, por lo tanto, más cercanos.

Myron le dio unos pocos detalles más de la conversación. Cuando acabó, Terese opinó:

—Tiene sentido.

—¿Conozco los tuyos? —preguntó Myron.

—Myron, ¿recuerdas cuando estuvimos por primera vez en aquella habitación de hotel, en París?

Silencio. Él lo recordaba.

—Así que tú conoces mis fallos —añadió ella en voz baja.

—Supongo que sí. —Se movió en el asiento, en un intento por cruzar su mirada con la de ella, mirando fijamente a la cámara—. No estoy seguro de que conozcas todos los míos.

—¿Fallos? —preguntó ella con un asombro fingido—. ¿Qué fallos?

—Para empezar, tengo la vejiga tímida.

—¿Crees que no lo sé?

Él se rió un poco demasiado fuerte.

—¿Myron?

—Sí.

—Te quiero. Estoy impaciente por ser tu esposa. Eres un buen hombre, quizás el mejor hombre que he conocido. La verdad no lo cambiará. Sea lo que sea que no me hayas dicho. Puede infectarse o lo que sea, como dijo Lex. O puede que no. La sinceridad puede que esté sobrevalorada. Así que no te atormentes. Te amaré de todas maneras.

Myron se echó hacia atrás.

—¿Sabes lo fantástica que eres?

—No me importa. Dime de nuevo lo hermosa que soy. Me chifla.

7

El Three Downing había dado por concluida la noche.

Win observó a dos clientes salir parpadeando a la luz artificial de Manhattan a las cuatro de la madrugada. Esperó. Al cabo de unos pocos minutos vio al grandullón que había utilizado la pistola paralizante con Myron. El grandullón —Kyle— estaba arrojando a alguien afuera, como si fuese una bolsa de la lavandería. Win mantuvo la calma. Recordó que una ocasión, no hacía mucho, Myron desapareció durante varias semanas y, con toda probabilidad, fue torturado. En aquel momento, Win no pudo ayudar a su mejor amigo, ni siquiera pudo vengarle después de los hechos. Win revivió aquella horrible sensación de impotencia. No se había sentido así desde sus años de juventud, en los barrios ricos de Main Line de Filadelfia, cuando aquellos tipos que le odiaban le atormentaban y le pegaban. Win se había jurado entonces que jamás volvería a sentirse así. Luego tuvo que hacer algo al respecto. Y ahora, ya adulto, seguía aplicando la misma regla.

Si te hieren, respondes. Una represalia masiva. Pero con un propósito. Myron no siempre estaba de acuerdo con esa doctrina. No pasaba nada. Eran amigos, los mejores amigos. Matarían el uno por el otro. Pero no eran la misma persona.

—¡Hola, Kyle! —gritó Win.

Kyle miró y frunció el entrecejo.

—¿Tienes un momento para una conversación privada? —preguntó Win.

—¿Me tomas el pelo?

—Por norma, soy un tipo muy divertido, todo un Dom Deluise, pero no, Kyle, esta noche no bromeo. Quiero que hablemos en privado.

Kyle se lamió los labios.

—¿Esta vez nada de móviles?

—No. Tampoco pistolas paralizantes.

Kyle miró alrededor para asegurarse de que en la proverbial costa no hubiese moros.

—¿Aquel poli no está?

—Se marchó hace mucho.

—¿Así que sólo tú y yo?

—Sólo tú y yo —repitió Win—. Es más, se me están poniendo duros los pezones sólo de pensarlo.

Kyle se acercó.

—No me importa a quien conozcas, bonito —dijo Kyle—. Te romperé el culo.

Win sonrió e hizo un gesto para cederle el paso.

—Oh, no puedo esperar más.

Dormir solía ser una válvula de escape para Myron.

Ya no lo era. Yacía en la cama durante horas, mirando al techo, con miedo a cerrar los ojos. Eso le llevaba con frecuencia a un lugar que se suponía debía olvidar. Sabía que tenía que enfrentarse a ello —visitar a un psiquiatra o algo así—, pero también sabía que probablemente nunca lo haría. Aunque decir eso estuviera muy trillado, Terese era algo así como una cuna para él. Cuando dormía con ella, los terrores nocturnos se mantenían a distancia.

Su primer pensamiento, cuando el despertador le devolvió al presente, fue el mismo que cuando intentaba cerrar los ojos: Brad. Era extraño. Pasaban días, algunas veces semanas, quizás incluso meses, sin pensar en su hermano. Su distanciamiento funcionaba un poco como el dolor. A menudo nos dicen que en los momentos de desconsuelo el tiempo cura todas las heridas. Es pura filfa. En realidad, estás destrozado, sufres y lloras hasta el punto de creer que nunca podrás dejar de hacerlo; y entonces llegas a una etapa donde empieza a funcionar el instinto de supervivencia. Te detienes. Ya no quieres, o no puedes, volver allí nunca más porque el dolor es demasiado grande. Bloqueas. Niegas. Pero no cicatrizas de verdad.

Volver a ver a Kitty la noche anterior había derrumbado la negación y le hizo tambalearse. ¿Ahora qué? Sencillo: hablar con las dos personas que podían decirle algo de Kitty y Brad. Cogió el teléfono y llamó a su casa en Livingston, Nueva Jersey. Sus padres habían venido de visita desde Boca Ratón, en Florida, para pasar allí una semana.

Le contestó su madre.

—¿Hola?

—Hola, mamá, ¿cómo estás?

—Estoy muy bien, cariño. ¿Cómo estás tú?

Su voz era casi demasiado tierna, como si una respuesta equivocada pudiese destrozarle el corazón.

—Yo también estoy muy bien. —Pensó en preguntarle por Brad, pero no, eso requería un poco de tacto—. He pensado que quizá podría llevaros a ti y a papá a cenar esta noche.

—A Nero's no —dijo ella—. No quiero ir a Nero's.

—Está bien.

—No estoy de humor para un italiano. Nero's es italiano.

—Correcto. Nada de Nero's.

—¿Alguna vez te ha pasado?

—¿Pasado qué?

—Que no estás de humor para según qué clase de comida. Por ejemplo, mira lo que me pasa a mí. No quiero comida italiana y ya está.

—Sí, lo entiendo. ¿Qué clase de comida te gustaría?

—¿Podemos ir a un chino? No me gustan los chinos de Florida. Demasiada grasa.

—Claro. ¿Qué te parece Baumgart's?

—Oh, me encanta su pollo *kung pao.* Myron, ¿qué clase de nombre es Baumgart's para un restaurante chino? Suena a colmado judío.

—Solía serlo —dijo Myron.

—¿De verdad?

Le había explicado el origen del nombre a su madre por lo menos diez veces.

—Tengo que darme prisa, mamá. Estaré en casa a las seis. Díselo a papá.

—Vale. Cuídate, cariño.

De nuevo la ternura. Le dijo a ella que hiciese lo mismo. Después de colgar decidió enviarle a su padre un mensaje de texto para confirmar la cena. Se sintió un poco mal al respecto, como si de alguna manera estuviese traicionando a su madre, pero su memoria..., bueno, ya estaba bien de tanta negación, ¿no?

Myron se dio una ducha rápida y se vistió. Desde su regreso de Angola y debido a la tenaz insistencia de Esperanza, Myron había comenzado a ir caminando al trabajo todas las mañanas. Entró en Central Park por la 72 Oeste y fue hacia el sur. A Esperanza le encantaba caminar, pero Myron nunca le había pillado el gusto. No tenía el temperamento adecuado para que poner un pie delante de otro le despejase la cabeza, le tranquilizase los nervios, o proporcionase solaz o lo que fuese. Pero Esperanza le había convencido de que sería bueno para su mente y le hizo prometer que lo intentaría durante tres semanas. Ah, Esperanza estaba en un error, aunque quizás él no le había dado una oportunidad. Myron caminaba la mayor parte del tiempo con el Bluetooth pegado a la oreja, hablando con los clientes y gesticulando como un loco, bueno, como la mayoría de la gente que caminaba por el parque. Sin embargo, se sentía mejor, se sentía más «él» cuando hacía varias cosas a la vez. Así que, con esa idea en mente, se llevó el Bluetooth al oído y llamó a Suzze T. Ella contestó a la primera.

—¿Le has encontrado? —preguntó Suzze.

—Lo hicimos. Después le perdimos. ¿Has oído mencionar un club nocturno llamado Three Downing?

—Por supuesto.

Por supuesto.

—Lex estaba allí anoche. —Myron le explicó que le había encontrado en la sala VIP—. Comenzó a hablar de secretos infectados y de no ser abiertos.

—¿Le dijiste que el mensaje no era verdad?

—Sí.

—¿Qué dijo?

—Nos interrumpieron. —Myron pasó junto a unos críos que jugaban en la fuente del parque Hecksher. Podría haber niños más felices en alguna otra parte, en este día soleado, pero lo dudaba—. Tengo que preguntarte algo.

—Ya te lo he dicho. El bebé es suyo.

—No, otra cosa. Anoche, en el club, juraría que vi a Kitty.

Silencio.

Myron dejó de caminar.

—¿Suzze?

—Aquí estoy.

—¿Cuándo fue la última vez que viste a Kitty? —preguntó Myron.

—¿Cuánto tiempo hace que se escapó con tu hermano?

—Dieciséis años.

—Entonces la respuesta es dieciséis años.

—¿O sea, que sólo me lo imaginé?

—No dije eso. Es más, juraría que era ella.

—¿Te importa explicarte?

—¿Estás cerca de un ordenador? —preguntó Suzze.

—No. Camino al despacho como un estúpido animal. Debería estar allí dentro de unos cinco minutos.

—Olvídalo. ¿Puedes coger un taxi y venir a la academia? De todas maneras, quiero mostrarte algo.

—¿Cuándo?

—Estoy a punto de comenzar una clase. ¿Una hora?

—Vale.

—¿Myron?

—¿Qué?

—¿Qué aspecto tenía Lex?

—Se le veía bien.

—Tengo un mal presentimiento. Creo que lo voy a joder todo.

—No lo harás.

—Es lo que hago siempre, Myron.

—Esta vez no. Tu agente no te dejará.

—No te dejará —repitió ella, y Myron casi la vio sacudir la cabeza—. Si algún otro me hubiese dicho eso, creería que es la cosa más tonta que había oído nunca. Pero viniendo de ti... No, lo siento, sigue siendo tonta.

—Te veré dentro de media hora.

Myron aceleró el paso y entró en el edificio Lock-Horne —sí, el nombre completo de Win era Windsor Horne Lockwood y, como solían decir en la escuela, tienes que pillar el concepto— y subió en el ascensor hasta el piso doce. Las puertas se abrieron directamente en la recepción de MB Reps. Algunas veces, cuando los chicos del ascensor apretaban el botón equivocado y se abría la puerta, gritaban ante lo que veían.

Big Cyndi. La extraordinaria recepcionista de MB Reps.

—Buenos días, señor Bolitar —gritó con la aguda voz de la adolescente que acaba de ver aparecer a su ídolo.

Big Cyndi medía un metro noventa y dos y hacía poco que había acabado una dieta depurativa de sólo zumos durante cuatro días, así que ahora pesaba ciento cincuenta y cinco kilos. Sus manos tenían el tamaño de almohadas. Su cabeza parecía un ladrillo de hormigón.

—Hola, Big Cyndi.

Ella insistía en que la llamase así, nunca Cyndi o Big a secas, y a pesar de que le conocía desde hacía años, le gustaba la formalidad de llamarle señor Bolitar. Dedujo que hoy Big se sentía mucho mejor. La dieta había oscurecido el habitual talante alegre de Big Cyndi. Durante algunos días había gruñido más que hablado, y su maquillaje, por lo general un espectáculo en tecnicolor, había pasado a un duro blanco y negro, a medio camino entre el gótico de la década de 1990 y los Kiss de la de 1970. Ahora, como siempre, parecía que se había aplicado una caja de sesenta y cuatro barras de colores de cera en el rostro y encendido después una lámpara de infrarrojos.

Big Cyndi se levantó de un salto. Myron ya estaba curado de espantos respecto a cómo se vestía —chándales elásticos, tops—, pero este atuendo casi le hizo retroceder. El vestido era de gasa, pero parecía como si hubiese intentado envolver todo su cuerpo en serpentinas. Una especie de tiras de papel crepé púrpura rosado comenzaban a la altura de los pechos y la envolvían y envolvían hasta más allá de las caderas y se detenían apenas por debajo de las nalgas. Había roturas en la tela y fragmentos que colgaban como los andrajos que Bruce Banner vestía después de convertirse en La Masa. Ella le sonrió y giró con fuerza sobre una pierna, y la Tierra tembló sobre su eje mientras lo hacía. Había una abertura con forma de diamante en la parte inferior de la espalda, cerca del coxis.

—¿Le gusta? —preguntó ella.

—Supongo.

Big Cyndi se volvió hacia él, apoyó las manos en sus caderas envueltas en papel crepé e hizo un puchero.

—¿Supone?

—Es fantástico.

— Lo diseñé yo misma.

—Tienes mucho talento.

—¿Cree que a Terese le gustará?

Myron abrió la boca, se detuvo y la cerró. Oh, oh.

—¡Sorpresa! —gritó Big Cyndi—. Yo misma diseñé estos vestidos para las damas de honor. Es mi regalo para ustedes dos.

—Ni siquiera hemos fijado la fecha.

—La verdadera moda soporta la prueba del tiempo, señor Bolitar. Me alegra tanto que le guste. Estuve a punto de decidirme por el color espuma de mar, pero creo que el fucsia es más cálido. Soy más una persona de tonos cálidos. Creo que Terese también lo es, ¿no?

—Claro que sí —dijo Myron—. Se pirra por el fucsia.

Big Cyndi le dirigió una sonrisa lenta —unos dientes diminutos en una boca gigante— que haría chillar a los niños. Él le devolvió la sonrisa. Dios, amaba a esa giganta chiflada.

Myron señaló la puerta de la izquierda.

—¿Está Esperanza?

—Sí, señor Bolitar. ¿Debo informarle de que está usted aquí?

—Ya lo hago yo, gracias.

—Por favor, dígale que estaré con ella para la prueba dentro de cinco minutos.

—Lo haré.

Myron llamó con suavidad a la puerta y entró. Esperanza estaba sentada a su mesa. Vestía el vestido fucsia, aunque ella, con los estratégicos rotos, se parecía más a Raquel Welch en *Hace un millón de años*. Myron contuvo la carcajada.

—Un solo comentario y eres hombre muerto —le advirtió Esperanza.

—¿Yo? —Myron se sentó—. Sin embargo, creo que el gris espuma de mar te sentaría mejor. No eres una persona de tonos cálidos.

—Tenemos una reunión al mediodía.

—Volveré para entonces, y con un poco de suerte te habrás cambiado. ¿Algún cargo en las tarjetas de crédito de Lex?

—No.

Esperanza no le miró, su mirada leía unos papeles que había en su mesa con demasiada concentración.

—¿Qué? —dijo Myron con el tono más indiferente posible—. ¿A qué hora volviste a casa anoche?

—No te preocupes, papá. No me salté el toque de queda.

—No me refería a eso.

64

—Claro que sí.

Myron miró el montón de fotos de familia en la mesa.

—¿No quieres hablar de ello?

—No, doctor Phil, no quiero.

—Vale.

—Y no me vengas con esa cara de santurrón. Anoche no hice nada más que coquetear.

—No estoy aquí para juzgarte.

—Sí, pero lo haces de todas maneras. ¿Adónde vas?

—A la academia de tenis de Suzze. ¿Has visto a Win?

—Creo que todavía no ha llegado.

Myron cogió un taxi para ir al oeste, hacia el río Hudson. La academia de tenis de Suzze T estaba cerca del muelle de Chelsea, en algo que parecía, o quizá lo era, una gigantesca burbuja blanca. Cuando entrabas en las pistas, la presión del aire utilizado para hinchar la burbuja hacía que te pitasen los oídos. Había cuatro pistas, todas llenas de mujeres jóvenes/adolescentes/niñas que jugaban al tenis con los instructores. Suzze estaba en la pista uno, embarazada de ocho meses, y daba instrucciones de cómo acercarse a la red a dos adolescentes con coletas, rubias y bronceadas. Los golpes directos se practicaban en la pista dos, el revés en la pista tres, y el servicio en la pista cuatro. Alguien había puesto aros de hula-hop en las esquinas de las líneas de servicio como objetivos. Suzze vio a Myron y le hizo señas de que le diese un minuto.

Myron volvió a la sala de espera que daba a las pistas. Las mamás estaban allí, todas vestidas con prendas de tenis blancas. El tenis es el único deporte donde a los espectadores les gusta vestirse como los participantes, como si de pronto pudiesen llamarles para que dejasen las gradas y jugasen. A pesar de todo —y Myron sabía que eso era políticamente incorrecto—, las mamás vestidas con ropas de tenis tenían un atractivo especial. Así que las miró. Sin que se le desorbitasen los ojos. Era demasiado sofisticado para eso. Pero las miró.

La lujuria, si es que se trataba de eso, desapareció muy pronto.

Las mamás observaban a sus hijas con demasiada intensidad, como si sus vidas dependiesen de cada golpe. Al mirar a Suzze a través de la ventana y verla compartir unas risas con una de sus alumnas, recordó a la propia madre de Suzze, que utilizaba términos como «concentrada» o «impulsiva» para disimular lo que tendría que haberse llamado «crueldad innata». Algunos creen que estos padres pierden la chaveta porque están viviendo sus vidas a través de los hijos, pero no es verdad, porque nadie se trataría a sí mismo con tanta dureza. La madre de Suzze quería crear una jugadora de tenis, y punto. Consideraba que la mejor manera de hacerlo era destrozar cualquier otra cosa que le diese a su hija alegría o autoestima, y hacerla completamente dependiente de cómo manejaba la raqueta. Si derrotas a tu oponente, eres buena; si pierdes, no eres nada. Hizo más que reprimir el amor. Reprimió cualquier indicio de autoestima.

Myron había crecido en una época en que todos culpaban a los padres de sus problemas. Muchos eran pura y sencillamente unos quejicas, poco dispuestos a mirarse en el espejo y coger las riendas. La generación de la culpa, que encontraba faltas en todos y en todo excepto en sí mismos. Pero la situación de Suzze T era diferente. Él había visto el tormento, los años de lucha, el intento de rebelarse contra todo lo que fuese tenis, el deseo de renunciar, pero también el amor al juego. La pista se convirtió en su cámara de torturas y en su único lugar de escape, y era duro de reconciliar ambos aspectos. De forma casi inevitable, eso la condujo a las drogas y a un comportamiento autodestructivo, hasta que por fin incluso Suzze, que podría haber jugado al juego de la culpa con un cierto grado de legitimidad, se había mirado al espejo y había podido encontrar la respuesta.

Myron se sentó y hojeó una revista de tenis. Cinco minutos más tarde, las chicas comenzaron a salir de la pista. Las sonrisas desaparecieron cuando dejaron los confines presurizados de la burbuja, con la cabeza gacha ante las poderosas miradas de sus madres. Suzze entró tras ellas. Una madre la detuvo, pero Suzze sólo le dedicó unas palabras. Sin detenerse, pasó junto a Myron y le hizo un gesto para que la siguiese. «Un blanco móvil», pensó Myron. Sería más duro para un padre con ganas de charlar.

Ella entró en el despacho y cerró la puerta detrás de Myron.

—No funciona —comentó Suzze.

—¿Qué es lo que no funciona?

—La academia.

—A mí me parece que hay mucha gente —dijo Myron.

Suzze se dejó caer en la silla del escritorio.

—Vine aquí con lo que creía una gran idea: una academia de tenis para jugadores de élite, pero que también les permitiera respirar, vivir y ser personas equilibradas. Confiaba en que este entorno las haría personas más equilibradas, más felices, y también proclamé que a largo plazo esto les convertiría en mejores tenistas.

—¿Y?

—¿Quién sabe qué significa a largo plazo? La verdad es que mi idea no funciona. No son mejores jugadores. Los chicos que sólo tienen un objetivo y no sienten ningún interés por el arte, el teatro, la música o los amigos, esos chicos son los que llegan a ser los mejores jugadores. Los chicos que sólo quieren machacarte el cerebro, destruirte, mostrarse implacables, son los que ganan.

—¿De verdad lo crees?

—¿Tú no?

Myron no dijo nada.

—Los padres también lo ven. Sus críos son felices aquí. No se quemarán tan pronto, pero los mejores jugadores se marchan a las academias donde los machacan.

—Eso es pensar a corto plazo —señaló Myron.

—Quizás. Pero si se queman cuando tienen veinticinco, bueno, de todas maneras, eso es tarde en una carrera. Necesitan ganar ahora. Nosotros lo hicimos, ¿no es así Myron? Ambos fuimos afortunados en el deporte, pero si no desarrollas el instinto asesino, esa parte de ti que te hace ser un gran competidor aunque no un gran ser humano, es difícil pertenecer a la élite.

—¿Estás diciendo que nosotros éramos así? —preguntó Myron.

—No, yo tenía a mi madre.

—¿Y yo?

—Recuerdo haberte visto jugar en Duke, en las finales de la NCAA. La expresión de tu rostro... Hubieses preferido morir que perder.

Durante unos segundos ninguno de los dos habló. Myron contempló los trofeos de tenis, los brillantes objetos que representaban el éxito de Suzze. Por fin, Suzze preguntó:

—¿De verdad viste a Kitty anoche?

—Sí.

—¿Qué me dices de tu hermano?

Myron sacudió la cabeza.

—Brad podría haber estado allí, pero no le vi.

—¿Estás pensando lo mismo que yo?

Myron se removió en el asiento.

—¿Crees que Kitty colgó eso de «No es suyo»?

—Estoy planteando esa posibilidad.

—De momento no saquemos conclusiones. Dijiste que querías mostrarme algo. De Kitty.

—Sí. —Suzze comenzó a morderse el labio inferior, algo que Myron no le había visto hacer en los últimos años. Esperó, le dio un poco de tiempo y espacio—. Ayer, después de hablar contigo, comencé a buscar.

—¿A buscar qué?

—No lo sé, Myron —respondió ella, un poco impaciente—. Algo, una pista, cualquier cosa.

—Vale.

Suzze comenzó a teclear en su ordenador.

—Comencé por mirar en mi propia página de Facebook, donde colgaron la mentira. ¿Sabes cómo las personas se hacen admiradoras tuyas?

—Supongo que basta con darse de alta.

—Así es, de modo que decidí hacer lo que me sugeriste. Empecé a buscar antiguos novios, rivales de tenis o músicos despedidos, alguien que quisiera herirnos.

—¿Y?

Suzze continuaba tecleando.

—Comencé a buscar entre las personas que se habían dado de alta desde hacía poco tiempo en la página. Me refiero a que ahora tengo cuarenta y cinco mil admiradores. Así que me llevó algún tiempo. Pero al final...

Hizo clic con el ratón y esperó.

—Vale, aquí está. Encontré este perfil de alguien que se apuntó hace tres semanas. Me pareció muy extraño, sobre todo a la luz de lo que tú dijiste de anoche.

Le hizo un gesto a Myron, y éste se levantó y dio la vuelta a la mesa para ver lo que aparecía en la pantalla. Cuando vio el nombre en mayúsculas en lo alto de la página del perfil, no se sorprendió demasiado.

Kitty Hammer Bolitar.

8

Kitty Hammer Bolitar.

De nuevo en la intimidad de su despacho, Myron echó una mirada con más detenimiento a la página de Facebook. No le cupo ninguna duda cuando vio la foto del perfil. Era su cuñada. Más vieja, por supuesto. Un poco más curtida. La belleza de sus días de tenista se había endurecido un poco, pero su rostro todavía mostraba vitalidad. La miró un momento e intentó dominar el odio que con toda naturalidad afloraba en él cada vez que pensaba en ella.

Kitty Hammer Bolitar.

Esperanza entró y se sentó a su lado sin decir palabra. Algunos habrían supuesto que Myron quería estar solo. Esperanza sabía que no. Miró la pantalla.

—Nuestro primer cliente —comentó.

—Sí —asintió Myron—. ¿Anoche la viste en el club?

—No. Oí que gritabas su nombre, pero cuando me volví, ella había desaparecido.

Myron leyó los mensajes en el muro. Pocos. Algunas personas jugaban a la Guerra de las Mafias, a Farmville y a adivinar acertijos. Myron vio que Kitty tenía cuarenta y tres amigos.

—En primer lugar —dijo—, imprimiremos la lista de sus amigos, a ver si conocemos a alguno.

—De acuerdo.

Myron pinchó el icono del álbum de fotos titulado «Brad y Kitty, una historia de amor». Comenzó a mirar las fotos, con Esperanza a su lado. Durante algún tiempo ninguno de los dos dijo nada. Myron hacía clic, miraba y volvía a hacer clic. Una vida. Eso era lo que veía ante él. Siempre se había burlado de las redes sociales, no las entendía y se imaginaba toda clase de cosas extrañas o perversas acerca de ese asunto, pero lo que estaba viendo ahora, lo que estaba descubriendo clic a clic era nada menos que una vida, o mejor dicho, dos. Las vidas de su hermano y de Kitty.

Myron vio envejecer a Brad y a Kitty. Había fotografías en una playa de Namibia, piragüismo en Cataluña, turismo en la isla de Pascua, ayuda a los nativos en Cuzco, saltos desde acantilados en Italia, recorridos con mochila por Tasmania, una expedición arqueológica en el Tíbet. En algunas fotos, como en esa con unos aldeanos en una colina de Myanmar, Kitty y Brad vestían prendas nativas. En otras, pantalones cortos y camiseta. Las mochilas casi siempre estaban presentes. Brad y Kitty posaban a menudo abrazados, con las mejillas unidas y sonriendo. El pelo de Brad seguía siendo una masa rizada oscura, en algunas ocasiones lo llevaba tan largo y alborotado que parecía un rastafari. Su hermano no había cambiado mucho. Myron observó su nariz y notó que estaba un poco más torcida, o quizá sólo era un reflejo.

Kitty había perdido peso. Ahora su aspecto se había tornado algo más nervudo y quebradizo. Myron continuó haciendo clic. La verdad era —una verdad de la que debería alegrarse— que Brad y Kitty estaban deslumbrantes en todas las fotos. Como si le leyese el pensamiento, Esperanza dijo:

—Parecen rematadamente felices.

—Sí.

—Pero son fotos de vacaciones. No puedes deducir nada a partir de ellas.

—No son vacaciones —precisó Myron—. Ésta es su vida.

Navidad en Sierra Leona. Día de Acción de Gracias en Sitka, Alaska. Otra celebración de algún tipo en Laos. Kitty ponía como dirección actual «Los rincones oscuros del planeta Tierra», y describía su ocupación como «Antigua y desgraciada niña prodigio del tenis, y ahora nómada feliz que aspira a mejorar el mundo». Esperanza señaló la ocupación e imitó un gesto de vómito poniéndose el dedo en la boca.

Cuando acabaron de mirar el primer álbum, Myron volvió a la página de fotos. Había otros dos álbumes. Uno llamado «Mi familia» y otro titulado «Lo mejor de nuestras vidas: nuestro hijo Mickey».

—¿Estás bien? —preguntó Esperanza.

—Sí.

—Entonces continúa.

Myron pinchó en la carpeta de Mickey y se descargaron las pequeñas fotos como iconos. Durante unos instantes sólo miró, con la mano en el ratón. Esperanza permanecía inmóvil. Después, casi de manera mecánica, Myron empezó a hacer clic en las fotos del chico. Comenzó con la de Mickey recién nacido y acabó en algún momento reciente, cuando el chico tendría ya unos quince años. Esperanza se inclinó hacia delante para mirar mejor y observó el paso de las imágenes, hasta que de pronto susurró:

—Dios mío.

Myron no dijo nada.

—Vuelve atrás —le pidió Esperanza.

—¿A cuál?

—Ya sabes cuál.

Lo hizo. Volvió a la foto de Mickey jugando al baloncesto. Aparecía en muchas imágenes tirando a la canasta —en Kenia, Serbia, Israel—, pero en esta foto en particular, Mickey se disponía a realizar un tiro en un salto. Tenía la muñeca flexionada hacia atrás y la pelota cerca de la frente. Un oponente más alto que él trataba a bloquearlo sin éxito. Mickey daba un salto, sí, pero además daba un paso atrás para alejarse de la mano extendida de su oponente. Myron casi podía ver el suave lanzamiento, la manera como la pelota se elevaría con un retroceso perfecto.

—¿Puedo decir algo muy evidente? —preguntó Esperanza.

—Adelante.

—Éste es tu movimiento. Ésta podría ser una foto tuya.

Myron no dijo nada.

—Salvo que, bueno, en aquella época llevabas aquella ridícula permanente.

—No era una permanente.

—Sí, claro, los rizos naturales que desaparecieron cuando cumpliste los veintidós.

Silencio.

—¿Qué edad tendría aquí? —preguntó Esperanza.

—Dieciséis.

—Parece más alto que tú.

—Podría ser.

—No cabe duda de que es un Bolitar. Tiene tu físico y los ojos de tu padre. Me gustan los ojos de tu padre. Tienen alma.

Myron no dijo nada. Miró las fotos del sobrino que nunca había conocido. Intentó rebuscar entre las emociones que se agitaban en su interior y finalmente decidió dejarlas estar.

—Entonces, ¿cuál va ser nuestro próximo paso? —preguntó Esperanza.

—Encontrarlos.

—¿Por qué?

Myron dedujo que la pregunta no requería una respuesta, o quizás él no tenía una lo bastante buena. En cualquier caso, lo dejó estar. Después de que Esperanza se hubo marchado, Myron volvió a mirar las fotos de Mickey, esta vez más despacio. Cuando acabó, hizo clic en la casilla de Mensaje. Apareció la foto de perfil de Kitty. Le escribió un mensaje, lo borró y escribió de nuevo. Las palabras eran erróneas. Siempre. El mensaje también era demasiado largo, demasiadas explicaciones, demasiadas racionalizaciones, circunloquios y demasiados «por otro lado». Así que, por fin, hizo un último intento con tres palabras:

POR FAVOR PERDÓNAME.

Lo miró, sacudió la cabeza y, antes de que pudiese cambiar de opinión, hizo clic en Enviar.

Win no apareció. Tenía su despacho más arriba, en la esquina de la planta de operaciones bursátiles de Lock-Horne Securities, pero en las ocasiones en que Myron estaba indispuesto durante un período significativo, bajaba a MB Reps (literal y figuradamente) para echarle una mano a Esperanza y asegurar a los clientes que seguían estando en buenas manos.

No tenía nada de particular que Win no apareciese o no estuviese en contacto con él. Win desaparecía muchas veces; algo menos en los últimos tiempos, pero cuando lo hacía, por lo general no era buena señal. Myron estaba tentado de llamarle, pero, como Esperanza le había señalado antes, él no era una de sus madres.

El resto del día se dedicó a atender a los clientes. Uno estaba alterado porque le habían traspasado hacía poco; otro estaba alterado porque quería que lo traspasasen. Una estaba disgustada porque la habían obligado a ir a un estreno cinematográfico en un coche normal, cuando le habían prometido una limusina. Otra estaba disgustada (obsérvese aquí la tendencia) porque estaba alojada en un hotel en Phoenix y no encontraba la llave de la habitación. «¿Por qué utilizan estas estúpidas tarjetas como llaves, Myron? ¿Recuerdas cuando tenías aquellas llaves enormes con una placa metálica? Aquéllas nunca las perdía. Asegúrate de que me alojan en hoteles con esas llaves a partir de ahora, ¿vale?»

—Por supuesto —prometió Myron.

Un agente tiene que ejercer muchos oficios —negociador, cuidador, amigo, asesor financiero (Win se encargaba de la mayor parte de este apartado), agente inmobiliario, recadero, agente de viajes, controlador de daños, gestor de patrocinios, chófer, canguro, figura paterna—, pero lo que a los clientes les gustaba más era que su agente se preocupase más por sus intereses que ellos mismos. Diez años atrás, durante una tensa negociación con el propietario de un equipo, el cliente le dijo con toda calma a Myron: «Yo no me tomo como algo personal nada de lo que él me diga», y Myron había contestado: «Pues tu agente sí». El cliente sonrió: «Por eso nunca te dejaré».

Éste es el mejor resumen de la relación agente-talento. A las seis de la tarde, Myron entró en su muy conocida calle, en el paraíso suburbano conocido como Livingston, en Nueva Jersey.

Como muchos de los suburbios que rodeaban Manhattan, Livingston había sido antes una zona con campos de cultivo, y se consideraba como un lugar remoto hasta principios de los años sesenta, cuando alguien se dio cuenta de que estaba a menos de media hora de la ciudad. Entonces empezaron a imponerse las casas de dos plantas. En los últimos años, las McMansions —definición: cuántos metros cuadrados de espacio edificado podemos meter en el solar más pequeño— habían hecho grandes avances, pero todavía no en su calle. Cuando Myron aparcó delante de la casa familiar, la segunda de la esquina, la misma donde había vivido gran parte de su vida, se abrió la puerta principal. Apareció su madre.

Si hubiera sido unos años atrás, su madre hubiese corrido por el camino de cemento al verle llegar, como si fuese una pista de aterrizaje y él fuera un prisionero de guerra que regresaba a casa. Hoy permaneció junto a la puerta. Myron le dio un beso en la mejilla y un gran abrazo. Notaba el suave temblor del Parkinson. Su padre estaba detrás de ella, atento y vigilante, a su manera, a que llegase su turno. Myron también le besó en la mejilla, como siempre, porque eso era lo que hacían.

Ellos siempre se alegraban mucho de verle, y él, a su edad, ya tendría que haberlo superado, pero no lo había hecho, ¿y qué? Seis años atrás, cuando su padre se había retirado por fin del almacén en Newark y sus padres decidieron emigrar al sur, a Boca Ratón, Myron había comprado la casa de su infancia. Seguramente, algún psiquiatra se rascaría la barbilla y murmuraría algo acerca del desarrollo detenido o cordones umbilicales no cortados, pero a Myron le pareció una decisión práctica. Sus padres venían mucho aquí. Necesitaban un lugar donde alojarse. Era una buena inversión; Myron no tenía ninguna propiedad inmobiliaria. Podía venir aquí cuando quería escapar de la ciudad, y podía quedarse en el Dakota cuando no quería estar aquí.

Myron Bolitar, el maestro de la autorracionalización.

Había realizado algunas reformas recientemente; había cambiado los baños, pintado las paredes de un color neutro, remodelado la cocina y, sobre todo, para que sus padres no tuviesen que subir las escaleras, Myron había convertido lo que había sido un estudio en la planta baja en un dormitorio para ellos. La primera reacción de su madre fue: «¿Esto disminuirá el valor de su precio?». Después de haberle asegurado que no sería así —aunque en realidad no tenía ni la menor idea—, ella se había acomodado muy bien.

El televisor estaba encendido.

—¿Qué estáis viendo? —preguntó Myron.

—Tu padre y yo ya nunca miramos nada en directo, utilizamos esa máquina DMV para grabar los programas.

—DVR —le corrigió papá.

—Gracias, señor Televisión. El señor Ed Sullivan, damas y caballeros. El DMV, DVR o lo que sea. Grabamos el programa, Myron, luego lo miramos y nos saltamos los anuncios. Así ahorramos tiempo.

Se tocó la sien, para indicar que hacerlo era una muestra de inteligencia.

—Entonces, ¿qué estabais viendo?

—Yo —dijo papá, estirando esa única palabra— no estaba viendo nada.

—Sí, el señor Sofisticación ya no mira nunca la tele. Nada menos que un hombre que se quiere comprar todas las temporadas del show de Carol Burnett y que todavía añora aquellos tostones de Dean Martin.

Su padre se encogió de hombros.

—Tu madre —continuó su madre, encantada de usar la tercera persona— es mucho más moderna, está mucho más al día, y mira los *reality shows*. Tú dirás lo que quieras, pero a mí me divierten. En cualquier caso, estoy pensando en escribirle una carta a Kourtney Kardashian. ¿Sabes quién es?

—Imagínate que sí.

—No me imagino nada. La conoces. No hay nada vergonzoso en ello. Lo que es una vergüenza es que todavía esté con aquel idiota borracho del traje color pastel, que parece un gigantesco Pato de Pascua. Es una chica bonita. Podría hacerlo mucho mejor, ¿no crees?

Myron se frotó las manos.

—Veamos, ¿quién tiene hambre?

Fueron a Baumgart's y pidieron pollo *kung pao* y un montón de entrantes. Antes sus padres solían comer con el entusiasmo de jugadores de rugby en una barbacoa, pero ahora su apetito era menor, su manera de masticar más lenta y sus hábitos en la mesa se habían vuelto muy delicados.

—¿Cuándo vamos a conocer a tu prometida? —preguntó mamá.

—Pronto.

—Creo que deberíais celebrar una boda por todo lo alto. Como Khloe y Lamar.

Myron interrogó a su padre con la mirada. Éste dijo por toda explicación:

—Khloe Kardashian.

—Y —añadió mamá—, Kris y Bruce van a conocer a Lamar antes de la boda, y él y Kloe apenas si se conocen entre ellos. Tú conoces a Terese desde hace, ¿cuánto?, ¿diez años?

—Algo así.

—Entonces, ¿dónde viviréis? —preguntó mamá.

—Ellen —dijo papá con aquel tono.

—Calla. ¿Dónde?

—No lo sé —contestó Myron.

—No quiero entrometerme —comenzó ella, con el típico aviso de que sí lo haría—, pero yo no mantendría nuestra vieja casa. Me refiero a que no viváis allí. Sería muy extraño, todo eso del vínculo. Necesitáis un hogar propio, algo totalmente nuevo.

—El... —comenzó papá.

—Ya veremos, mamá.

—Yo sólo lo decía.

Cuando acabaron, Myron los llevó de vuelta a casa. Su madre se disculpó, dijo que estaba cansada y que quería tumbarse un rato. «Vosotros dos hablad tranquilos, chicos.» Myron observó a su padre, preocupado. Éste le dirigió una mirada que decía «No te preocupes». Su padre levantó un dedo cuando la puerta se cerró. Unos momentos más tarde, Myron oyó un pequeño sonido emitido, supuso, por uno de los Kardashian, que decía: «Oh, Dios mío, si ese vestido fuese un poco más de pelandusca podrías llevarlo al Salón de la Vergüenza».

Su padre se encogió de hombros.

—Ahora mismo está obsesionada. Es inofensivo.

Fueron a la galería de madera, en la parte de atrás. Habían tardado casi un año en construirla y era lo bastante fuerte para soportar un tsunami. Cogieron unas sillas con los cojines desteñidos y miraron hacia el patio que Myron todavía veía como el campo de béisbol donde Brad y él jugaban durante horas. El árbol doble era la primera base, un trozo de hierba quemada era la segunda, y la tercera era una piedra enterrada en el suelo. Si le pegaban a la pelota muy fuerte, caía en el huerto de la señora Diamond y ella salía en lo que ellos solían llamar un vestido de estar por casa y les gritaba que se mantuviesen fuera de su propiedad.

Myron oyó las risas procedentes de una fiesta tres casas más allá.

—¿Los Lubetkin ofrecen una barbacoa?

—Los Lubetkin se marcharon hace cuatro años —dijo papá.

—¿Entonces quién vive allí ahora?

Su padre se encogió de hombros.

—Yo ya no vivo aquí.

—Aun así. Nos invitaban a todas las barbacoas.

—En nuestros tiempos —señaló su padre—. Cuando nuestros hijos eran jóvenes y conocíamos a todos los vecinos, y los chicos iban a la misma escuela y jugaban en los mismos equipos. Ahora es el turno de otras personas. Así es como debe ser. Necesitas dejar que las cosas se vayan.

Myron frunció el entrecejo.

—Tú solías ser el sutil.

Su padre se rió.

—Sí, lo siento. Así que mientras estoy interpretando este nuevo papel, ¿qué pasa?

Myron evitó decir «¿cómo lo sabes?», porque no tenía ningún sentido. Su padre vestía un polo de golf blanco, aunque nunca había jugado al golf. El vello gris del pecho asomaba por el cuello en forma de uve. Su padre desvió la mirada, consciente de que Myron no era un entusiasta del intenso contacto visual.

Myron decidió lanzarse sin más.

—¿Has tenido alguna noticia de Brad?

Si su padre se sorprendió al oír a Myron decir ese nombre —la primera vez en más de quince años— no lo demostró. Bebió un sorbo de su té frío y fingió pensar.

—Recibimos un e-mail, oh, hace un mes.

—¿Dónde estaba?

—En Perú.

—¿Qué hay de Kitty?

—¿Qué pasa con ella?

—¿Estaba con él?

—Supongo. —Ahora su padre se volvió para mirarle—. ¿Por qué?

—Creo que anoche vi a Kitty en Nueva York.

Su padre se echó hacia atrás.

—Supongo que es posible.

—¿No se hubiesen puesto en contacto contigo, si estuvieran aquí?

—Quizás. Puedo enviarle un e-mail y preguntárselo.

—¿Podrías?

—Claro. ¿Quieres decirme de qué va todo esto?

80

No le dio muchas explicaciones. Le dijo que estaba buscando a Lex Ryder cuando vio a Kitty. Su padre asintió mientras Myron hablaba. Cuando acabó, su padre dijo:

—No tengo noticias suyas con frecuencia. Algunas veces pasan meses. Pero está bien. Me refiero a tu hermano. Creo que ha sido feliz.

—¿Ha sido?

—¿Perdón?

—Has dicho «ha sido feliz». ¿Por qué no has dicho «es feliz»?

—Sus últimos e-mails —explicó papá—. Son, no sé, diferentes. Quizá más secos. Más para informar. Pero claro, no estoy muy unido a él. No me interpretes mal. Le quiero. Le quiero tanto como a ti y a tu hermana. Pero no estamos muy unidos.

Su padre bebió otro sorbo de té frío.

—Lo estabas —dijo Myron.

—No, en realidad no. Por supuesto, cuando él era joven, todos formábamos parte de su vida.

—¿Qué fue lo que cambió?

Su padre sonrió.

—Tú culpaste a Kitty.

Myron no dijo nada.

—¿Crees qué tú y Terese tendréis hijos? —preguntó papá.

El cambio de tema le desconcertó. Myron no sabía muy bien qué responderle.

—Es una pregunta delicada —dijo, con voz pausada. Terese ya no podía tener más hijos. Él todavía no se lo había dicho a sus padres porque, hasta que no la llevase a los médicos adecuados, seguía sin poder aceptarlo. En cualquier caso, no era el mejor momento para sacar el tema—. Ya somos un poco mayores, pero quién sabe.

—Bien, en cualquier caso, deja que te diga algo sobre ser padre, algo que ninguno de esos libros de autoayuda o revistas para padres te dirán. —Papá se volvió para acercarse un poco—. Nosotros, los padres, sobrevaloramos mucho nuestra importancia.

—Estás siendo modesto.

—No es verdad. Sé que tú crees que tu madre y yo somos unos padres fantásticos. Me alegra. De verdad que sí. Quizá para ti lo fuimos, aunque tú has olvidado la parte mala.

—¿Cómo qué?

—Ahora no voy a recordar todos mis errores. En cualquier caso, no es importante. Supongo que fuimos unos buenos padres. La mayoría lo son. La mayoría intenta actuar lo mejor que puede, y si cometen errores, es por intentarlo demasiado. Pero la verdad es que nosotros, los padres, somos, digamos, como mecánicos de coches. Podemos poner a punto el motor y asegurarnos de que todo funcione correctamente. Lo mantenemos en condiciones, miramos el aceite, nos aseguramos de que esté preparado para salir a la carretera. Pero el coche sigue siendo un coche. Cuando llega un coche, ya es un Jaguar, un Toyota o un Prius. No puedes convertir un Toyota en un Jaguar.

Myron hizo una mueca.

—¿Un Toyota en un Jaguar?

—Ya sabes a qué me refiero. Sé que no es una buena comparación, y ahora que lo pienso, no se aguanta porque suena como un juicio, como si el Jaguar fuese mejor que el Toyota o algo así. No lo es. Sólo es diferente, tiene diferentes necesidades. Algunos chicos son tímidos, otros son más abiertos, otros más estudiosos, otros unos gamberros, o lo que sea. En realidad, la manera de criarlos no tiene mucho que ver en el asunto. Claro que podemos inculcarles valores y todo eso, pero por lo general la liamos cuando intentamos cambiar lo que ya está ahí.

—Cuando intentas —añadió Myron— convertir un Toyota en un Jaguar.

—No te hagas el listillo.

No hacía mucho tiempo, antes de ir a Angola y en circunstancias muy diferentes, Terese le había dicho estas mismas cosas. La naturaleza por encima de la crianza, había insistido. Ese argumento le transmitía al mismo tiempo una sensación de consuelo y un escalofrío, pero ahora, sentado con su padre en la galería, Myron no acababa de creérselo.

—Brad no estaba destinado a quedarse en casa o aposentarse —continuó su padre—. Siempre estaba anhelando escapar. Estaba destinado a vagar. Supongo que a ser un nómada, como sus antepasados. Así que tu madre y yo le dejamos marchar. Cuando erais unos adolescentes, ambos erais unos atletas fantásticos. Tú vivías para la competición; Brad no. La detestaba. Eso no lo hace mejor ni peor, sólo diferente. Dios mío, estoy cansado. Ya basta. Supongo que debes de tener una muy buena razón para intentar encontrar a tu hermano después de todos estos años.

—La tengo.

—Bien. Porque a pesar de lo que te he dicho, la separación entre vosotros ha sido uno de los grandes dolores de mi vida. Sería bonito veros reconciliados.

Silencio. Se rompió cuando sonó el móvil de Myron. Miró la pantalla y se sorprendió al ver que la llamada era de Roland Dimonte, el poli de Nueva York que le había ayudado la noche anterior en el Three Downing. Dimonte era un amigo/adversario desde hacía tiempo.

—Necesito contestar esta llamada —dijo Myron.

Su padre le hizo un gesto para que contestara.

—¿Hola?

—¿Bolitar? —ladró Dimonte—. Creía que él ya había dejado de hacer estas mierdas.

—¿Quién?

—Ya sabes quién. ¿Dónde demonios está ese psicópata de Win?

—No lo sé.

—Pues más vale que le encuentres.

—¿Por qué, qué pasa?

—Tenemos aquí un jodido problema, eso es lo que pasa. Encuéntrale.

9

Myron observó a través de la ventana con tela metálica de la sala de urgencias. Roland Dimonte estaba a su izquierda. Dimonte apestaba a tabaco de mascar y a algo que recordaba un frasco de Hi-Karate rancio. A pesar de haber nacido y de haberse criado en el barrio conocido como «la cocina del infierno» de Manhattan, a Dimonte le gustaba el estilo vaquero urbano, y ahora mismo llevaba una ajustada camisa brillante con broches de presión y unas botas tan chabacanas que parecían robadas a una animadora de los San Diego Chargers. Llevaba el cabello corto por delante y a los lados y muy largo por detrás, como un jugador de hockey retirado que actuaba de comentarista en una emisora de televisión local. Myron podía sentir la mirada de Dimonte clavada en él.

Tumbado boca arriba en la cama, con los ojos muy abiertos y mirando el techo, con tubos saliéndole de por lo menos tres sitios, yacía Músculos Kyle, el gorila jefe del Three Downing.

—¿Qué le pasa? —preguntó Myron.

—Un montón de cosas —respondió Dimonte—. La principal es un riñón roto. El doctor dice que fue causado por, cito textualmente, «un trauma abdominal preciso y severo». Irónico, ¿no te parece?

—¿Irónico por qué?

—Verás, nuestro amigo estará meando sangre durante bastante tiempo. Quizá recuerdes algo de anoche. Es calcado a lo que nuestra víctima dijo que te ocurriría a ti.

Dimonte se cruzó de brazos para recalcar el efecto.

—¿Qué? ¿Crees que yo hice esto?

Dimonte frunció el entrecejo.

—Vamos a fingir por un momento que no soy un imbécil descerebrado, ¿vale? —Tenía una lata de Coke vacía entre las manos. Escupió dentro el jugo de tabaco—. No, no creo que tú lo hicieses. Ambos sabemos quién lo hizo.

Myron señaló con la barbilla hacia la cama.

—¿Qué dijo Kyle?

—Dijo que lo asaltaron. Que un grupo entró en el club y se le echó encima. Nunca vio sus caras, no los puede identificar; en cualquier caso, no quiere presentar una denuncia.

—Quizá sea verdad.

—Y quizás una de mis ex esposas me va a decir que ya no quiere que le pague la pensión.

—¿Qué quieres que diga ahora, Rolly?

—Creía que lo tenías controlado.

—No sabes si fue Win.

—Los dos sabemos que fue Win.

Myron se apartó de la ventana.

—Déjame que te lo diga de otra manera. No tienes ninguna prueba de que haya sido Win.

—Claro que sí. Hay una cámara de vigilancia de un banco fuera del club. Cubre toda la zona. Muestra a Win acercándose a nuestro amigo de los pectorales. Los dos hablan durante unos minutos y después entran en el club. —Dimonte se detuvo, desvió la mirada—. Es extraño.

—¿Qué?

—Win por lo general es mucho más cuidadoso. Supongo que debe de ser por la edad.

«Poco probable», pensó Myron.

—¿Qué hay de los vídeos de vigilancia dentro del club?

—¿Qué pasa con ellos?

—Dijiste que Win y Kyle entraron en el club. ¿Entonces qué muestran los vídeos de dentro?

Dimonte volvió a escupir en la lata, en un intento por disimular su obvio lenguaje corporal.

—Todavía estamos trabajando en ello.

—Ah, vamos a fingir por un momento que no soy un imbécil descerebrado.

—Han desaparecido, ¿vale? Kyle dice que los tipos que le atacaron tuvieron que llevárselos.

—Parece lógico.

—Mírale, Bolitar.

Myron lo hizo. Los ojos de Kyle seguían fijos en el techo. Los tenía llorosos.

—Cuando le encontramos anoche, el Taser con el que te atacó estaba en el suelo, a su lado. La batería estaba agotada por exceso de uso. Temblaba, estaba casi catatónico. Se había cagado en los pantalones. Durante doce horas no pudo pronunciar ni una palabra. Le mostré una foto de Win y se echó a llorar de tal manera que el doctor le tuvo que sedar.

Myron miró de nuevo a Kyle. Pensó en el Taser, en el brillo de los ojos de Kyle cuando apretaba el gatillo, y en lo cerca que había estado él, Myron, de acabar en ese mismo estado. Entonces Myron se volvió y miró a Dimonte. Su voz era pura monotonía.

—Me-sien-to-muy-mal-por-él.

Dimonte se limitó a sacudir la cabeza.

—¿Puedo irme ya? —dijo Myron.

—¿Vas a tu casa en el Dakota?

—Sí.

—Tenemos a un hombre allí esperando a Win. Cuando llegue, quiero tener una pequeña charla con él.

—Buenas noches, señor Bolitar.

—Buenas noches, Vladimir —respondió Myron mientras pasaba junto al portero del Dakota y la famosa puerta de hierro forjado.

Había un coche de la poli aparcado delante, enviado por Dimonte. Cuando Myron llegó al apartamento de Win, las luces estaban a media luz.

Win estaba sentado en su sillón de cuero con una copa de coñac. Myron no se sorprendió al verle. Como la mayoría de los viejos edificios con un pasado histórico, el Dakota tenía varios pasajes secretos subterráneos. Win le había mostrado uno que comenzaba en el sótano de un edificio cerca de Columbus Avenue y otro que lo hacía una calle más arriba, junto a Central Park. Myron estaba seguro de que Vladimir ya sabía que Win estaba allí, pero no diría nada. Los polis no le daban a Vladimir su gratificación de Navidad.

—Y yo que creía que anoche habías salido a la búsqueda de sexo de pago —dijo Myron—. Ahora descubro que fue para darle una paliza a Kyle.

Win sonrió.

—¿Quién ha dicho que no podía hacer las dos cosas?

—No era necesario.

—¿El sexo? Bueno, nunca lo es, pero nunca detiene a un hombre, ¿verdad?

—Gracioso.

Win juntó las manos formando una pirámide.

—¿Crees que eres el primer tipo al que Kyle ha arrastrado a aquella habitación granate, o sólo el primero que se ha librado de una visita al hospital?

—Es un mal tipo, ¿y qué?

—Es un mal tipo. Tres denuncias por agresión el año pasado; en todos los casos los testigos del club le dejaron libre.

—¿Entonces tú te ocupaste de él?

—Es lo que suelo hacer.

—No es tu trabajo.

—Pero disfruto mucho haciéndolo.

No tenía ningún sentido entrar ahora en esa cuestión.

—Dimonte quiere hablar contigo.

—Ya lo sé. Pero yo no quiero hablar con él. Por lo tanto, mi abogado le llamará dentro de una media hora y le dirá que, a menos que tenga una orden de arresto, no hablaremos. Fin de la historia.

—¿Serviría de algo que te dijese que no deberías haberlo hecho?

—Espera —le pidió Win, y comenzó con su número de mímica—. Antes de que empieces, permíteme que afine mi violín de aire.

—De todas maneras, ¿qué le hiciste?

—¿Encontraron el Taser? —preguntó Win.

—Sí.

—¿Dónde?

—¿Qué quieres decir con dónde? Junto a su cuerpo.

—¿Junto a su cuerpo? Oh, bien. Por lo menos tuvo que ser capaz de disfrutar un poco por su cuenta.

Silencio. Myron abrió la nevera y sacó un Yoo-Hoo. En la pantalla del televisor se movía el logo del DVD Blu-Ray.

—¿Qué fue lo que dijo Kyle? —añadió Win, y agitó el coñac en su copa, con las mejillas rojas—. Meará sangre durante un tiempo. Quizá tendrá un par de huesos rotos. Pero al final se recuperará.

—Pero no hablará.

—Oh, no. Nunca hablará.

Myron se sentó.

—Eres un tipo aterrador.

—Bueno, no me gusta presumir —dijo Win.

—De todas maneras, ésa no fue una acción prudente.

—Te equivocas. Fue una acción muy prudente.

—¿Por qué?

—Hay tres cosas que debes recordar. Una —Win levantó un dedo—, nunca he lastimado a inocentes, sólo a quienes se lo merecen. Kyle entraba en esa categoría. Dos —otro dedo—, lo hice para protegernos. Cuanto más miedo les meto a ciertas personas, más seguros estamos.

Myron casi sonrió.

—Por eso dejaste que te filmase aquella cámara de vídeo en la calle. Querías que supiesen que eras tú.

—Te repito que no me gusta presumir, pero sí. Tres —dijo Win, y levantó un tercer dedo—, siempre lo hago por otros motivos distintos que vengarme.

—¿Como hacer justicia?

—Para conseguir información. —Win cogió el mando a distancia y apuntó al televisor—. Kyle tuvo la bondad de facilitarme todos los vídeos de vigilancia de esa noche. He pasado la mayor parte del día mirándolos en busca de Kitty y Brad Bolitar.

Caramba. Myron se volvió hacia la pantalla.

—¿Y?

—Todavía los estoy mirando —respondió Win—, pero lo que he visto por ahora no es bueno.

—Explícate.

—¿Por qué explicártelo cuando te lo puedo mostrar? —Win se sirvió una segunda copa de coñac y se la mostró a Myron. Myron sacudió la cabeza. Win se encogió de hombros, dejó la copa a su lado y pulsó la tecla de Play en el mando a distancia. El logo saltarín desapareció de la pantalla. Apareció una mujer. Win pulsó Pausa—. Ésta es la mejor toma de su cara.

Myron se inclinó hacia delante. Una de las cosas fascinantes de los vídeos de vigilancia era que se rodaban desde cámaras colocadas en alto, y por lo tanto casi nunca se podía ver bien el rostro. Eso parecía una contradicción, pero quizá no había una alternativa mejor. Esa toma en particular era un poco borrosa, un primer plano, y Myron supuso que alguien había intervenido para enfocar su rostro. En cualquier caso, despejaba cualquier duda sobre su identidad.

—Vale, ahora ya sabemos que era Kitty —dijo Myron—. ¿Qué pasa con Brad?

—No hay ni rastro de él.

—Entonces, para utilizar tu expresión, ¿qué es lo que no es bueno?

Win pensó en eso.

—Quizá «no es bueno» fue una manera inapropiada de decirlo.

—¿Cómo deberías haberlo dicho?

Win se tocó la barbilla con el dedo índice.

—En realidad muy, muy malo.

Myron sintió un escalofrío y se volvió hacia la pantalla. Win apretó otra tecla en el mando a distancia. La cámara se alejó.

—Kitty entró en el club a las diez y treinta y tres de la noche con un grupo de unas diez personas. Si quieres, la comitiva de Lex. Allí estaba ella. Con una blusa turquesa y la cara pálida. El vídeo era uno de esos que filman cada dos o tres segundos, y por lo tanto parecía como si avanzase a trompicones, como un libro de pasar imágenes o un viejo noticiario de Babe Ruth corriendo las bases.

—Esta filmación fue tomada en una pequeña habitación cerca de la sala VIP a las diez cuarenta y siete.

No mucho antes de que llegasen él y Esperanza, pensó Myron. Win apretó la tecla de avance rápido y llegó a una imagen congelada. De nuevo el ángulo de la cámara era desde arriba. Resultaba difícil ver el rostro de Kitty. Estaba con otra mujer y un tipo con el pelo largo recogido en una cola de caballo. Myron no les identificó. El tipo de la coleta tenía algo en la mano. Quizás una cuerda. Win apretó la tecla de Play y los actores de este pequeño drama cobraron vida. Kitty extendió el brazo. Coleta se acercó a ella y envolvió la... No, no era una cuerda... alrededor del bíceps y la ató. Luego le tocó el brazo con dos dedos y sacó una jeringuilla. Myron sintió que el corazón se le caía a los pies cuando Coleta clavó la jeringuilla en el brazo de Kitty con una habilidad que demostraba mucha práctica, apretaba el émbolo y desataba la goma alrededor del bíceps.

—¡Caray! —exclamó Myron—. Esto es nuevo, incluso para ella.

—Sí —asintió Win—. Ha pasado de esnifar a volverse adicta a la heroína. Impresionante.

Myron sacudió la cabeza. Tendría que haberse quedado pasmado, pero lamentablemente no era así. Pensó en las fotos de Facebook, en aquellas grandes sonrisas, en los viajes de familia. Se había equivocado antes. Aquello no era una vida. Era una mentira. Una enorme mentira. Clásico de Kitty.

—¿Myron?

—Sí.

—Ésta no es la peor parte —dijo Win.

Myron observó a su viejo amigo.

—No será fácil de mirar.

Win no era partidario de las hipérboles. Myron se volvió hacia el televisor y esperó a que Win apretase el botón de Play. Sin apartar la mirada de la pantalla, Myron dejó el Yoo-Hoo en un posavasos y tendió la mano. Win tenía a punto la copa de coñac que había servido antes. Myron la aceptó, bebió un sorbo, cerró los ojos, dejó que le quemase la garganta.

—Avanzo unos catorce minutos —añadió Win—. En resumen, esto muestra unos pocos minutos antes de que la vieses entrar en la sala VIP.

Win apretó por fin la tecla de Play. La perspectiva era la misma; aquella pequeña habitación vista desde arriba. Pero esta vez sólo había dos personas en la habitación: Kitty y el hombre de la coleta larga. Hablaban. Myron dirigió una rápida mirada a Win. El rostro de Win, como siempre, no mostraba nada. En la pantalla, Coleta comenzaba a retorcerle el pelo a Kitty con los dedos. Myron sólo miraba. Kitty comenzó a besar el cuello del hombre, continuó por su pecho, le desabrochó la camisa a medida que bajaba, hasta que su cabeza desapareció del encuadre. El hombre echó la cabeza hacia atrás. Había una sonrisa en su rostro.

—Apágalo —dijo Myron.

Win apretó el botón de parada en el mando a distancia. La pantalla se volvió negra. Myron cerró los ojos. La más absoluta tristeza y una profunda rabia le recorrieron el cuerpo en idéntica proporción. Notó latir las sienes. Se sujetó la cabeza con las manos. Win estaba de pie a su lado y le puso una mano sobre el hombro. Win no dijo nada.

Se limitó a esperar. Al cabo de unos minutos, Myron abrió los ojos y se irguió en el asiento.

—La encontraremos —prometió Myron—. Cueste lo que cueste, la encontraremos.

—Seguimos sin tener noticias de Lex —dijo Esperanza.

Tras otra noche de sueño agitado, Myron estaba sentado a su mesa. Le dolía todo el cuerpo. Le martilleaba la cabeza. Esperanza estaba sentada al otro lado de la mesa. Big Cyndi, apoyada en el marco de la puerta, sonreía de una manera que alguien con problemas de visión podría llamar recato. Vestía un resplandeciente traje púrpura de Batgirl, unas cuantas tallas más grande que el que Yvonne Craig había hecho famoso en la vieja serie de televisión. La tela se tensaba en las costuras. Big Cyndi tenía un bolígrafo metido detrás de una de las orejas de gato y un Bluetooth en la otra.

—No hay ningún cargo en su tarjeta de crédito —añadió Esperanza—. Tampoco ninguna llamada de móvil. De hecho, le pedí a nuestro viejo amigo PT que utilizase el GPS en su móvil. Está apagado.

—Vale.

—También tenemos un primer plano muy bueno del tipo de la coleta que parecía tan... mmm... tan amigo de Kitty en el Three Downing. Big Cyndi irá al club dentro de unas horas con la foto y preguntará por él al personal.

Myron observó a Big Cyndi. Big Cyndi movió las pestañas. Imagínense a dos tarántulas tumbadas panza arriba bronceándose al sol del desierto.

—También estamos investigando a tu hermano y a Kitty —continuó Esperanza—. Nada en Estados Unidos. Ni tarjetas de crédito, ni carné de conducir, ni propiedades, devoluciones de impuestos, multas de aparcamiento, ninguna boda o divorcio, nada.

—Tengo otra idea —dijo Myron—. Investiguemos a Buzz.

—¿El compañero de ruta de Lex?

—Es más que un compañero de ruta. En cualquier caso, el nombre verdadero de Buzz es Alex I. Khowaylo. Probemos con sus tarjetas de crédito y el móvil; quizá lo tenga conectado.

—Perdón —se disculpó Big Cyndi—. Tengo que atender una llamada. —Big Cyndi tecleó en su Bluetooth y puso voz de recepcionista—. ¿Sí, Charlie? Vale, sí, gracias. —Myron sabía que Charlie era el guardia de seguridad de la planta baja. Big Cyndi apagó el Bluetooth y dijo—: Michael Davis, de Shears, sube en el ascensor.

—¿Le atiendes tú? —le preguntó Esperanza.

Myron asintió.

—Hazle pasar.

Shears, junto con Gillette y Schick, dominaban el mercado de las hojas de afeitar. Michael Davis era vicepresidente del departamento comercial. Big Cyndi esperó junto al ascensor al nuevo visitante. Los nuevos visitantes a menudo soltaban una exclamación cuando el ascensor se abría y Big Cyndi aparecía allí. Michael no lo hizo. Ni siquiera demoró el paso al pasar junto a Big Cyndi y dirigirse sin más preámbulos al despacho de Myron.

—Tenemos un problema —dijo Michael.

Myron abrió los brazos.

—Soy todo oídos.

—Vamos a retirar del mercado la Shears Delight Seven dentro de un mes.

Shears Delight Seven era una hoja de afeitar, pero, si había que creer al departamento de comercialización de Shears, se trataba de lo más nuevo en «innovación tecnológica del afeitado», porque contaba con un mango más ergonómico (¿alguien tenía problemas para sujetar una maquinilla de afeitar?), un «estabilizador de cuchilla profesional» (Myron no tenía ni idea de lo que significaba eso), «siete hojas de precisión más delgadas» (porque las otras hojas debían de ser gordas) y «un funcionamiento por micropulsaciones» (o sea, que vibraba).

Ricky «Smooth»* Sules, defensa del All-Pro NFL y cliente de Myron, aparecía en la campaña de publicidad. El eslogan era: «El doble de suave». Myron no lo entendía. En el anuncio de televisión, Ricky se afeitaba, sonreía como si estuviese en pleno acto sexual y decía que Shears Delight Seven le proporcionaba «el rasurado más preciso y cómodo», y después una chica preciosa exclamaba: «Oh, Smooth...», y le pasaba las manos por las mejillas. En resumen, era el mismo anuncio de maquinillas de afeitar que las tres empresas utilizaban desde 1968.

—Ricky y yo teníamos la impresión de que funcionaba bien.

—Oh, sí —asintió Davis—, funcionaba. Me refiero a que la respuesta del público ha superado todas las expectativas.

—¿Y?

—Funciona demasiado bien.

Myron le observó y esperó que dijese algo más. Al ver que no lo hacía, preguntó:

—¿Entonces cuál es el problema?

—Vendemos hojas de afeitar.

—Lo sé.

—Es con eso con lo que ganamos el dinero. No lo ganamos vendiendo las maquinillas. Demonios, casi las podríamos regalar. Ganamos vendiendo los recambios: las hojas de afeitar.

—Correcto.

—Así que necesitamos que las personas cambien las hojas, al menos, una vez a la semana. Pero las Shears Delight funcionan mejor de lo esperado. Tenemos informes de que hay personas que usan una misma hoja durante más de seis semanas. No podemos aceptarlo.

—No puede haber hojas que funcionen tan bien.

—Exacto.

—¿Y por esa razón vais a cancelar la campaña?

* *Smooth* significa «suave». *(N. del T.)*

—¿Qué? No, por supuesto que no. Hemos conseguido una tremenda aceptación del producto. El consumidor lo adora. Lo que vamos a hacer es lanzar un nuevo producto mejorado. La Shears Delight Seven Plus con una nueva tira lubricante; para el mejor rasurado de tu vida. La introduciremos en el mercado poco a poco. Con el paso del tiempo, retiraremos las Shears Seven a favor de la versión mejorada Plus.

Myron intentó no exhalar un suspiro.

—Permíteme que me asegure de haberlo entendido bien: las hojas Plus no durarán tanto como las hojas normales.

—Pero —Davis levantó un dedo y sonrió de oreja a oreja— le ofrece al consumidor una tira lubricante. La tira lubricante le proporcionará el mejor afeitado posible. Es como un *jacuzzi* para la cara.

—Un *jacuzzi* cuyos recambios se tienen que reponer una vez a la semana y no una vez al mes.

—Es un producto fantástico. A Ricky le encantará.

Myron podría haber adoptado aquí una postura moral, pero, bah, no valía la pena. Su trabajo era velar por los intereses de sus clientes, y en el caso de los patrocinadores, eso significaba conseguir para el cliente la mayor cantidad posible de dinero. Sí, si había que tener en cuenta las cuestiones éticas, él le explicaría con exactitud a Ricky lo que diferenciaba a la Plus del modelo normal. Pero era Ricky quien debía tomar la decisión, y existían pocas dudas acerca de que, si eso significaba más dinero, él debía aceptarlo. Uno podía perder el tiempo lamentándose de que se trataba de un claro intento de estafar al público a través de la publicidad, pero sería muy difícil encontrar un producto o una campaña de comercialización que no hiciese lo mismo.

—Por lo tanto —dijo Myron—, quieres contratar a Ricky para que patrocine el nuevo producto.

—¿Qué quieres decir con contratar? —Davis pareció muy ofendido—. Ya está bajo contrato.

—Pero ahora quieres que salga en los nuevos anuncios. Para las nuevas hojas Plus.

—Sí, por supuesto.

—Pues entonces pienso —dijo Myron— que Ricky debería cobrar un veinte por ciento más de dinero por esos anuncios.

—¿Un veinte por ciento más? ¿Cómo?

—Un veinte por ciento más de lo que le habéis pagado por promocionar la Shears Delight Seven.

—¿Qué? —gritó Davis, con una mano sobre el corazón, como si quisiese protegerse de un ataque—. ¿Estás de coña? Si será como repetir el mismo anuncio. Nuestros abogados dicen que, según el contrato, podemos pedirle que lo ruede de nuevo sin pagar ni un céntimo.

—Tus abogados están en un error.

—Vamos. Seamos razonables. Somos personas generosas, ¿no? Debido a eso, aunque en realidad no tenemos ninguna obligación de hacerlo, le podemos ofrecer una gratificación del diez por ciento de lo que ya está recibiendo.

—No es suficiente —opinó Myron.

—Es una broma, ¿no? Te conozco. Eres un tipo divertido, Myron. Ahora mismo estás bromeando, ¿verdad?

—Ricky está muy contento con la hoja tal como es —señaló Myron—. Si quieres que patrocine un nuevo producto en una nueva campaña de publicidad, desde luego que tendrá que cobrar más dinero.

—¿Más? ¿Estás loco?

—Ganó el premio al Hombre del Año de la Destructora de Barbas Shears. Eso hizo aumentar su cotización.

—¿Qué? —Se mostró aún más ofendido—. ¡Nosotros le dimos ese premio!

Parecía cada vez más y más furioso.

Media hora más tarde, cuando Michael Davis se marchó maldiciendo por lo bajo, Esperanza entró en el despacho de Myron.

—He encontrado a Buzz, el amigo de Lex.

10

Biddle Island tiene trece kilómetros de ancho por un kilómetro y medio de largo, y, como Win dijo una vez, es el «epicentro de los WASP».* Está a unas diez millas de la costa norte de Long Island. Según la oficina del censo, sólo doscientas once personas viven en la isla todo el año. Dicho número crecía —es difícil de decir cuánto, pero era una cantidad varias veces mayor— durante los meses de verano, cuando los aristócratas de sangre azul de Connecticut, Filadelfia y Nueva York llegaban en avión o transbordador. El Biddle Golf Course había sido distinguido como uno de los diez mejores campos por *Golf Magazine*. Eso intranquilizó más que agradó a los socios del club, porque Biddle Island era su mundo privado. No querían visitas en la isla. Había un transbordador «público», pero se trataba de un transbordador pequeño, con horarios difíciles de entender, y si alguien conseguía llegar hasta allí, las playas y gran parte de los terrenos de la isla eran propiedad privada y estaban vigilados. Sólo había un restaurante en Biddle Island, el Peacoat Lodge, y era más un lugar para beber que para comer. Había un bazar, una tienda de alimentos, una iglesia. No había hoteles ni hostales ni ningún lugar donde alojarse. Las mansiones, la mayoría con nombres encantadores como Dupont Cottage, The Waterbury o Triangle House, eran espectaculares y discretas. Si querías comprar una, podías ha-

* WASP. *White, anglosaxon, protestant.* Blanco, anglosajón, protestante. *(N. del T.)*

cerlo —éste es un país libre—, pero no serías bien recibido, no se te permitiría ingresar en el «club», no se te permitiría entrar en las pistas de tenis o en las playas ni te animarían a frecuentar el Peacoat Lodge. Tenías que ser invitado a este enclave privado o aceptar ser un paria social; y a nadie le gusta ser un paria. La isla se mantenía segura, no tanto por los guardias de verdad sino por los gestos de desaprobación del viejo mundo.

Sin un restaurante de verdad, ¿dónde comerían los señoritos? Tomarían comidas preparadas por el servicio. Las cenas eran la norma, casi en rotación. El turno de Bab, y después una noche en casa de Fletcher, o quizás en el yate de Conrad el viernes y, bueno, la finca de Windsor el sábado. Si veraneabas aquí —y una pista podía ser que utilizaras la palabra «verano» como verbo—, lo más probable es que tu padre y abuelo también veraneasen aquí. El aire estaba cargado con la espuma del océano y *l'eau* de la sangre azul.

A cada lado de la isla había dos misteriosas áreas cercadas. Una cerca de las pistas de tenis de hierba, propiedad de los militares. Nadie sabía con exactitud qué pasaba allí, pero los rumores sobre operaciones secretas y secretos tipo Roswell eran interminables.

El otro enclave aislado se hallaba en el extremo sur de la isla. La tierra era propiedad de Gabriel Wire, el excéntrico y recluido líder de HorsePower. El recinto de Wire estaba bañado en secretos: diez hectáreas protegidas por guardias de seguridad y lo último en tecnología de vigilancia. Wire era la excepción en la isla. Parecía estar muy bien viviendo allí, solo y aislado como un paria. De hecho, pensaba Myron, Gabriel Wire se empeñaba en ser un paria.

A lo largo de los años, si había que dar crédito a los rumores, los residentes de sangre azul de la isla habían acabado por aceptar al recluso rockero. Algunos afirmaban haber visto a Gabriel Wire comprando en el mercado. Otros decían que a menudo iba a nadar, solo o acompañado por alguna belleza despampanante, en una tranquila playa a última hora de la tarde. Como todo lo que se decía de Gabriel Wire, era imposible confirmarlo.

La única forma de llegar a la finca de Wire era a través de un camino de tierra con unos cinco mil carteles de «PROHIBIDA LA ENTRADA» y una garita de guardia con una barrera. Myron no hizo caso de los carteles, porque era un especialista en saltarse las reglas. Tras llegar en una embarcación particular, pidió prestado un coche, un impresionante Wiesmann Roadster MF5 que valía más de un cuarto de millón de dólares, propiedad de Baxter Lockwood, un primo de Win que tenía una casa en Biddle Island. Myron pensó en saltarse la barrera, pero quizás al viejo Bax no le gustarían los arañazos en la carrocería.

El guardia apartó la mirada de su novela. Llevaba el pelo corto, gafas de aviador y tenía un porte militar duro. Myron levantó una mano, movió los cinco dedos y le dedicó la sonrisa diecisiete: tímida y encantadora, al estilo del primitivo Matt Damon. Muy deslumbrante.

—Dé la vuelta y váyase —dijo el guardia.

Error. La sonrisa diecisiete sólo funcionaba con las tías guarras.

—Si usted fuese una tía, ahora mismo estaría deslumbrada.

—¿Por la sonrisa? Lo estoy por dentro. Dé la vuelta y váyase.

—¿No se supone que debe llamar a la casa y asegurarse de que no me esperan?

—Oh. —El guardia hizo como si cogiera un teléfono con los dedos y simuló una conversación. Después colgó los dedos y dijo—: Dé la vuelta y váyase.

—Estoy aquí para ver a Lex Ryder.

—No lo creo.

—Me llamo Myron Bolitar.

—¿Tengo que arrodillarme?

—Me bastaría con que levantase la barrera.

El guardia dejó su libro y se levantó sin prisa.

—No lo creo, Myron.

Myron había esperado algo así. Durante los últimos dieciséis años, desde la muerte de una joven llamada Alista Snow, sólo un puñado de personas había visto a Gabriel Wire. Cuando se produjo la tragedia, los medios publicaron centenares de imágenes del carismático cantante. Algunos afirmaban que había recibido un tratamiento preferencial, que como mínimo a Gabriel Wire le tendrían que haber acusado de homicidio involuntario, pero los testigos se echaron atrás e incluso el padre de Alista Snow acabó por dejar de exigir justicia. Fuese cual fuese la razón: exonerado de culpa, sin cargos o con la basura barrida bajo la alfombra, el incidente cambió a Gabriel Wire para siempre. Desapareció y, si había que dar crédito a los rumores, pasó dos años en el Tíbet y la India antes de regresar a Estados Unidos envuelto en una nube de secretismo que hubiese hecho palidecer de envidia a Howard Hughes.

A Gabriel Wire no se le había vuelto a ver en público desde entonces.

Había multitud de rumores. El nombre de Wire se unió a la lista de leyendas conspiratorias, como la falsa llegada del hombre a la Luna, el asesinato de Kennedy y los avistamientos de Elvis con vida; algunos decían que se disfrazaba y se movía con total libertad, que iba al cine, a los clubes y los restaurantes. Otros decían que se había hecho la cirugía plástica o que se había afeitado su famoso pelo rizado y se había dejado crecer la barba. Otros afirmaban que, sencillamente, le encantaba el aislamiento de Biddle Island y que se hacía llevar allí a supermodelos y otras bellezas escogidas. Este último rumor recibió una confirmación añadida cuando un tabloide interceptó una llamada telefónica entre una famosa joven estrella y su madre discutiendo su fin de semana con «Gabriel en Biddle», pero muchos, incluido Myron, sospechaban que se trataba de una historia inventada y publicada, con sospechosa coincidencia, la semana antes de que se estrenara la gran película de la susodicha estrella. En alguna ocasión algún gacetillero recibía el aviso de que a Gabriel se le había visto en algún lugar, pero las fotos nunca eran concluyentes, y siempre se publicaban en el periodicucho que fuese con el titular «¿ES ÉSTE GABRIEL WIRE?». Otros rumores afirmaban que Wire pasaba mucho tiempo ingresado en alguna institución de salud, mientras que otros insistían en que la razón de que se mantuviese apartado de los focos era pura vanidad: su hermoso rostro había quedado marcado en una pelea en un bar de Bombay.

La desaparición de Gabriel Wire no significó el final de Horse-Power. De hecho, pasó todo lo contrario. La leyenda de Gabriel Wire creció, como era de esperar. ¿Acaso la gente recuerda a Howard Hughes sólo por ser un tipo rico? ¿Los Beatles tuvieron problemas por los rumores sobre la muerte de Paul McCartney? La excentricidad vende. Gabriel, con la ayuda de Lex, consiguió mantener firme el nivel de producción musical y, aunque dejaron de ganar algo de dinero porque ya no hacían giras, las ventas de discos les compensaba de sobra.

—No estoy aquí para ver a Gabriel Wire —dijo Myron.

—Bien —respondió el guardia—, porque nunca había oído hablar de él.

—Necesito ver a Lex Ryder.

—Tampoco le conozco.

—¿Le importa si hago una llamada?

—Cuando dé la vuelta y se vaya —dijo el guardia—, por mí puede follarse a un mono.

Myron le observó. Había algo que le resultaba familiar en aquel hombre, pero no sabía qué era.

—Usted no es el típico poli de alquiler.

—Hummm. —El guardia enarcó una ceja—. ¿Quiere deslumbrarme con un halago además de la sonrisa?

—Deslumbrarle por partida doble.

—Si yo fuese una chica guapa, es probable que ahora mismo me estuviese desnudando.

Sí, resultaba evidente no era el poli de alquiler habitual. Tenía los ojos, los modales y la tensión relajada de un auténtico profesional. Ahí había algo que no cuadraba.

—¿Cuál es su nombre? —preguntó Myron.

—Adivine la respuesta. Venga, adelante. Inténtelo.

—¿Dé la vuelta y váyase?

—Bingo.

Myron decidió no discutir. Dio la vuelta, al tiempo que sacaba con disimulo la Blackberry modificada por Win. Tenía una cámara con zoom. Fue hasta el final del camino de entrada, sacó la cámara, tomó una foto rápida del guardia. Se la envió por e-mail a Esperanza. Ella sabría qué hacer. Luego llamó a Buzz, que sabría que se trataba de Myron al ver su número en la pantalla.

—No te diré dónde está Lex.

—En primer lugar estoy bien —dijo Myron—. Gracias por cubrirme la espalda en el club anoche.

—Mi trabajo es cuidar de Lex, no de ti.

—En segundo lugar, no tienes que decirme dónde está Lex. Los dos estáis en casa de Wire, en Biddle Island.

—¿Cómo lo has averiguado?

—Por el GPS de tu teléfono. De hecho, ahora mismo estoy delante de la entrada.

—Espera, ¿ya estás en la isla?

—Sí.

—No importa. No puedes entrar aquí.

—¿De verdad? Podría llamar a Win. Si estrujamos nuestras mentes, encontraremos la manera.

—Tío, eres un plasta. Mira, Lex no quiere ir a casa. Está en su derecho.

—Tienes razón.

—Eres su agente, por el amor de Dios. Se supone que también deberías cuidar de sus intereses.

—Eso también es verdad.

—Exacto. No eres su consejero matrimonial.

Quizá, quizá no.

—Necesito hablar con él cinco minutos.

—Gabriel no deja entrar a nadie. Joder, si no me permiten salir de la casa de invitados.

—¿Hay una casa de invitados?

—Dos. Creo que tiene a las chicas en la otra y se las lleva de una en una.

—¿Chicas?

—¿Qué, quieres que diga mujeres, que es más políticamente correcto? Eh, todavía es Gabriel Wire. No sé qué edad tienen. En cualquier caso, no se le permite a nadie entrar en el estudio de grabación ni en la casa principal, excepto a través de un túnel.

De nuevo el Dakota.

—Esto es siniestro, Myron.

—¿Conoces a mi cuñada?

—¿Quién es tu cuñada?

—Kitty Bolitar. Quizá la conozcas como Kitty Hammer. Estuvo con vosotros anoche en el Three Downing.

—¿Kitty es tu cuñada?

—Sí.

—...

—¿Buzz?

—Espera un momento. —Pasó un largo minuto antes de que Buzz se volviera a poner al teléfono—. ¿Conoces el Peacoat?

—¿El bar de la ciudad?

—Lex se reunirá allí contigo dentro de media hora.

Myron esperaba que el único bar de la isla de los millonarios fuese como el despacho de Win: maderas oscuras, cueros color burdeos, un viejo globo terráqueo, licoreras, cristales gruesos, alfombras orientales y, quizá, cuadros con escenas de caza del zorro. No era el caso. El Peacoat Lodge tenía el aspecto de un abrevadero del barrio más pobre de Irvington, Nueva Jersey. Todo parecía desvencijado. Las ventanas estaban tapadas con anuncios de neón de cervezas. Había serrín en el suelo y una máquina de palomitas en un rincón. Había también una pequeña pista de baile con una bola de espejos. «Mac the Knife», cantada por Bobby Darin, sonaba en los altavoces. La pista estaba llena.

Las edades eran variadas: desde «mayor de edad legal» a «un pie en la tumba». Los hombres vestían camisas Oxford azul con suéteres atados a los hombros o americanas verdes que Myron sólo había visto llevar a los campeones del Master. Bien conservadas, aunque no operadas ni con implantes de bótox, las mujeres vestían blusas rosa Lilly Pulitzer y deslumbrantes pantalones blancos. Los rostros se veían rubicundos por la endogamia, el ejercicio y la bebida.

Esa isla era extraña.

Al «Mac the Knife» de Bobby Darin le siguió un dueto de Eminem y Rihanna que iba de mirar cómo un amante se quemaba y de amar la manera de mentir de dicho amante. Es un cliché que las personas blancas no saben bailar, pero allí el cliché era concreto e implacable. La canción podía cambiar, pero los limitados pasos de baile no se alteraban de manera visible. Ni siquiera el ritmo o la falta de él. Demasiados hombres chasqueaban los dedos cuando bailaban, como si fueran Dino y Frank actuando en el Sands.

El camarero, que mostraba una sonrisa sospechosa y un peinado digno de la Pompadour, le preguntó:

—¿Qué le sirvo?

—Cerveza —contestó Myron.

Pompadour siguió mirándole y esperando.

—Cerveza —repitió Myron.

—Si, ya le he oído. Es que no había oído a nadie pedir eso antes.

—¿Una cerveza?

—Sólo la palabra cerveza. Aquí la costumbre es decir la marca. Bud, Michelob, o lo que sea.

—Oh, ¿qué marcas tiene?

El camarero comenzó a recitar algo así como un millón de marcas. Myron le interrumpió cuando dijo Flying Fish Pale Ale, más que nada porque le gustó el nombre. La cerveza resultó ser horrible, pero Myron no era un experto. Se sentó en un reservado de madera, cerca de un grupo de encantadoras mujeres jóvenes. Era difícil adivinar sus edades. Las mujeres hablaban en algo que sonaba a escandinavo.

Myron no era lo bastante bueno con las lenguas extranjeras para saber en qué idioma hablaban. Varios de los hombres de rostro rubicundo las arrastraban a la pista de baile. Niñeras, comprendió Myron, o, más exactamente, chicas *au pair*.

Al cabo de unos pocos minutos se abrió la puerta del bar. Entraron dos hombres fornidos con unos andares que parecía que estuviesen apagando incendios. Ambos llevaban gafas de sol estilo aviador, vaqueros y chaquetas de cuero, pese a que afuera hacía cuarenta grados. Gafas de sol para entrar en un bar en penumbra; eso sí que es querer hacerse el duro. Uno de los hombres dio un paso a la izquierda y el otro a la derecha. El de la derecha asintió.

Lex entró con aspecto muy comprensible de sentirse avergonzado por el espectáculo de los guardaespaldas. Myron levantó una mano y le hizo señas. Los dos guardaespaldas se acercaron hacia él, pero Lex les detuvo. No parecían muy contentos, pero se quedaron junto a la puerta. Lex se acercó y se sentó en el reservado.

—Los tipos de Gabriel —dijo Lex a modo de explicación—. Insistió en que viniesen.

—¿Por qué?

—Porque es un psicópata y cada día está más paranoico, por eso.

—Por cierto, ¿quién es el tipo de la entrada?

—¿Qué tipo?

Myron se lo describió. El color desapareció del rostro de Lex.

—¿Estaba en la entrada? Habrás puesto en marcha un sensor cuando llegaste. Por lo general está dentro.

—¿Quién es?

—No lo sé. No es lo que se dice un tipo amistoso.

—¿Le habías visto antes?

—No lo sé —contestó Lex un poco demasiado rápido—. Mira, a Gabriel no le gusta que hable de su seguridad. Como te acabo de decir, es un paranoico. Olvídalo, no es importante.

A Myron no le importaba demasiado. No había venido aquí para aprender nada sobre el estilo de vida de una estrella del rock.

—¿Quieres beber algo?

—No, esta noche trabajaremos hasta tarde.

—¿Entonces por qué te escondes?

—No me escondo. Estamos trabajando. Es lo que hacemos siempre. Gabriel y yo nos encerramos solos en su estudio. Componemos música. —Miró a los dos fornidos guardaespaldas—. ¿Qué haces aquí, Myron? Ya te lo dije: Estoy bien. Esto no te concierne.

—Ahora ya no se trata sólo de ti y Suzze.

Lex soltó un suspiro y se echó hacia atrás. Con el pelo recogido en una coleta, los mechones grises se hacían más pronunciados. Lex, como muchos viejos rockeros, tenía aspecto consumido, con la piel como la corteza de un árbol viejo.

—¿Qué, ahora es por ti?

—Quiero saber más sobre Kitty.

—Tío, tampoco soy su guardián.

—Sólo dime dónde está, Lex.

—No tengo ni idea.

—¿No tienes una dirección o un número de teléfono?

Lex sacudió la cabeza.

—¿Entonces cómo acabó contigo en el Three Downing?

—No sólo ella —respondió Lex—. Éramos una docena.

—No me importan los demás. Sólo quiero saber cómo Kitty acabó con vosotros.

—Kitty es una vieja amiga —afirmó Lex, y se encogió de hombros de forma exagerada—. Apareció de la nada, llamó y comentó que le apetecía salir. Le dije dónde estábamos.

Myron le observó.

—Bromeas, ¿no?

—¿Qué?

—¿Que llamó de la nada para salir? Por favor.

—Oye, Myron, ¿por qué me haces todas estas preguntas? ¿Por qué no le preguntas a tu hermano dónde está?

Silencio.

—Ah —dijo Lex—, ya veo. ¿Entonces haces esto por tu hermano?

—No.

—Sabes que me encanta el rollo filosófico, ¿verdad?

—Sí.

—Aquí tienes un pensamiento muy sencillo: las relaciones son complicadas. Sobre todo los asuntos del corazón. Tienes que dejar que la gente arregle sus propias cosas.

—¿Dónde está, Lex?

—Ya te lo he dicho. No lo sé.

—¿Le preguntaste por Brad?

—¿Su marido? —Lex frunció el entrecejo—. Ahora me toca a mí decir «bromeas, ¿no?».

Myron le dio una copia de la foto del tipo de la coleta que había sacado con la cámara de seguridad.

—Kitty estaba con ese tipo en el club. ¿Le conoces?

Lex le echó una mirada y sacudió la cabeza.

—No.

—Era parte de tu grupo.

—No —dijo Lex—, no lo era.

Suspiró, cogió una servilleta de papel y la comenzó a romper en tiras.

—Dime lo que pasó, Lex.

—No pasó nada. Quiero decir, que nada importante. —Lex miró hacia la barra. Un tipo regordete con un polo de golf charlaba con una de las chicas *au pair*. Sonaba «Shout», de los Tears for Fears, y todos en el bar coreaban «¡Grita!» en el momento correcto. Los tipos que habían estado chasqueando los dedos en la pista seguían chasqueándolos.

Myron esperó; le dio tiempo a Lex.

—Mira, Kitty me llamó —añadió Lex—. Dijo que necesitaba hablar conmigo. Parecía desesperada. Ya sabes que nos conocemos desde hace mucho. Recuerdas aquellos días, ¿no?

Hubo un tiempo en que los dioses del rock salían con las estrellas del tenis. Myron había formado parte de aquello, cuando acababa de salir de la facultad y andaba buscando clientes para su flamante agencia. También su hermano menor, Brad, disfrutaba del verano antes de sus años en la universidad, y era la sombra de su hermano mayor. Aquel verano había comenzado con muchas promesas. Había acabado con el amor de su vida y eso le partió el corazón, y Brad desapareció de su vida para siempre.

—Lo recuerdo —asintió Myron.

—En cualquier caso supuse que Kitty sólo quería saludarme. Por los viejos tiempos. Siempre me sentí mal por ella, ya sabes, toda una carrera perdida como si nada. Supongo que también sentía curiosidad. Han pasado quince años desde que renunció.

—Algo así.

—Así que Kitty se reunió con nosotros en el club, y de inmediato noté que algo no iba bien.

—¿En qué sentido?

—Temblaba como una hoja, tenía los ojos vidriosos. Tío, sé cuándo alguien está colgado en cuanto lo veo. Dejé de consumir hace mucho tiempo. Suzze y yo ya pasamos por aquella guerra. No lo tomes como una ofensa, pero Kitty todavía sigue consumiendo. No vino a decirme hola. Vino a buscar droga. Cuando le dije que ya no estaba en aquello me pidió dinero. Le dije que no también a eso. Así que ella siguió.

—¿Siguió?

—Sí.

—¿Qué quieres decir con eso de que siguió?

—¿Qué parte no entiendes, tío? Es una ecuación sencilla. Kitty es una yonqui y nosotros no le íbamos a dar una dosis. Por lo tanto, se enganchó con algún otro que pudiera ayudarla.

Myron levantó la foto de Coleta.

—¿Este tipo?

—Supongo.

—¿Y despés qué?

—Después nada.

—Dijiste que Kitty era una vieja amiga.

—Sí, ¿y qué?

—¿No se te ocurrió intentar ayudarla?

—¿Ayudarla cómo? —preguntó Lex, y levantó las palmas hacia el cielo—. ¿Qué tenía que hacer, organizar una intervención allí mismo, en el club? ¿Llevarla por la fuerza a rehabilitación?

Myron no dijo nada.

—No conoces a los yonquis.

—Recuerdo cuando eras uno de ellos —dijo Myron—. Recuerdo cuando tú y Gabriel os gastabais toda la pasta en drogas y en el blackjack.

—Drogas y blackjack. —Lex sonrió—. ¿Y cómo es que nunca nos ayudaste entonces?

—Quizá tendría que haberlo hecho.

—No, no podrías haber ayudado. Un hombre tiene que encontrar su propio camino.

Myron se lo preguntó. Se preguntó por Alista Snow, y se preguntó si de haber intervenido antes en la situación de Gabriel Wire podría haberla salvado. Estuvo a punto de decir algo, pero ¿de qué serviría?

—Sigues intentando arreglar las cosas —añadió Lex—, pero el mundo tiene flujos y reflujos. Si te metes, sólo sirve para empeorarlo. No siempre es tu batalla, Myron. ¿Te importa si te doy un rápido ejemplo de tu pasado?

—Supongo que no —admitió, y lamentó las palabras en el momento en que salieron de sus labios.

—Cuando te conocí por primera vez, hace tantos años, tenías una novia de verdad, ¿cierto? Jessica algo. La escritora.

El arrepentimiento comenzaba a tomar forma y a expandirse.

—Entonces ocurrió algo malo entre vosotros. No sé qué. Entonces tenías, ¿cuántos, veinticuatro, veinticinco años?

—¿Qué quieres decir, Lex?

—Yo era un gran aficionado al baloncesto, así que conocía toda tu historia. Elegido en la primera ronda para los Boston Celtics. Se esperaba que fueses la siguiente superestrella, con todos los planetas alineados, y entonces vas y te jodes la rodilla en un partido de la pretemporada. La carrera acabada, así, sin más.

Myron hizo una mueca.

—¿Qué quieres decir?

—Escúchame un segundo, ¿vale? Así que ingresas en la Facultad de Derecho en Harvard y después vas al club de tenis de Nick para reclutar a aquellas jugadoras. No tenías ninguna probabilidad contra los grandes como IMG y TruPro. Quiero decir, ¿quién eras tú? Acababas de salir de la facultad. Pero pescas a Kitty, la mejor promesa, y luego, cuando ella renuncia al deporte, pillas a Suzze. ¿Sabes cómo lo hiciste?

—De verdad, no veo la relevancia que puede tener eso.

—Sólo sígueme un momento. ¿Sabes cómo?

—Supongo que hice un buen discurso.

—No. Las pescaste de la misma manera que me pescaste a mí cuando oí que ampliabas el negocio más allá de los deportes. Hay decencia en ti, Myron. Una persona lo intuye de inmediato. Sí, hiciste una buena oferta y, digamos la verdad, tener a Win como encargado de las finanzas te da una gran ventaja. Pero lo que te distingue es que sabemos que te preocupas en serio. Sabemos que nos rescatarás si tenemos problemas. Sabemos que te dejarías cortar una mano antes de robarnos un centavo.

—Con el debido respeto —dijo Myron—, sigo sin ver adónde quieres ir a parar.

—Así que cuando Suzze te llama para decirte que hemos tenido una pelea, vienes corriendo. Es tu trabajo. Estás contratado para hacerlo. Pero a menos que una persona esté contratada, bueno, yo tengo una filosofía diferente: las cosas ondulan.

—Caray, ¿puedo anotarlo? —Myron imitó el gesto de sacar una estilográfica y escribir—. Las cosas ondulan. Fantástico. Ya está.

—Deja de hacer el gilipollas. Lo que trato de decirte es que las personas no deben entrometerse, ni siquiera con la mejor de las intenciones. Es peligroso y es una intromisión. Cuando tú y Jessica tuvisteis vuestro gran problema, ¿hubieses querido que todos nosotros hubiésemos intentado entrometernos y ayudar?

Myron le observó inexpresivo.

—¿Estás comparando mis problemas con una novia con tu desaparición cuando tu mujer está embarazada?

—Sólo en un aspecto: es una tontería y, francamente, un tanto ególatra por tu parte creer que tienes esa clase de poder. Lo que está pasando entre Suzze y yo no es asunto tuyo. Tienes que respetarlo.

—Ahora que te he encontrado y sé que estás bien, lo respeto.

—Vale. Y a menos que tu hermano o tu cuñada te pidan ayuda, bueno, te estás metiendo en un asunto del corazón. El corazón es como una zona de guerra. Es como cuando intervenimos en otros países, en Irak o Afganistán. Crees que estás actuando como un héroe y arreglando las cosas, pero en realidad sólo las estás empeorando.

Myron le observó de nuevo, inexpresivo.

—¿Acabas de comparar mi preocupación por mi cuñada con las guerras en el exterior?

—Como Estados Unidos de América, te estás entrometiendo. La vida es como un río, y cuando cambias su curso, eres el responsable de adónde va.

Un río. Suspiro.

—Por favor, para.

Lex sonrió y se levantó.

—Es mejor que me vaya.

—¿Así que no tienes ni idea de dónde está Kitty?

Lex suspiró.

—No has escuchado ni una palabra de lo que te he dicho.

—Sí, te he escuchado —dijo Myron—. Pero algunas veces las personas tienen problemas. Algunas veces necesitan que las ayuden.

Y algunas veces las personas que necesitan ayuda no tienen el valor de pedirla.

Lex asintió.

—Debe de ser cosa de los dioses saber cuándo ocurre.

—No siempre hago la jugada correcta.

—Nadie lo hace. Por eso lo mejor es dejar a la gente en paz. Pero te diré una cosa, por si te sirve de ayuda. Kitty dijo que se marchaba por la mañana. Que volvía a Chile, Perú o a algún lugar así. Así que yo diría que si quieres ayudar, quizá llegues un poco tarde a la fiesta.

11

—Lex está bien —dijo Myron.

Suzze y Lex tenían un ático en un edificio junto al río Hudson en Jersey City, Nueva Jersey. El ático ocupaba toda la planta y tenía más metros cuadrados que una sala de fiestas. A pesar de la hora —era medianoche cuando Myron regresó de Biddle Island—, Suzze estaba vestida y le esperaba en la enorme terraza. La terraza estaba a mucha altura, con sofás tipo Cleopatra y butacas, estatuas griegas, gárgolas francesas y arcos romanos, y era perfecta cuando lo que querías —y desde luego, eso era lo que ibas a ver de todas maneras— era una vista espectacular del perfil de Manhattan.

Myron hubiera preferido volver a casa. No había nada más que hablar ahora que sabía que Lex estaba bien, pero al oír su voz por teléfono le había parecido que Suzze le necesitaba. Con algunos clientes, los mimos formaban parte del trabajo. Con Suzze nunca había sido así.

—Dime qué dijo Lex.

—Está con Gabriel, grabando algunas canciones para su próximo álbum.

Suzze miró el perfil de Manhattan a través de la neblina del verano. En su mano sujetaba una copa que parecía contener vino. Myron no tenía claro qué decir al respecto —embarazo y vino—, así que se limitó a carraspear.

—¿Qué? —preguntó Suzze.

Myron señaló la copa de vino. El señor Sutileza.

—El doctor dice que está bien tomar una —explicó ella.

—Oh.

—No me mires así.

—No lo hago.

Ella miró el perfil desde el arco, con las manos sobre la barriga.

—Vamos a necesitar unas balaustradas más altas. Con un bebé en camino..., y ni siquiera dejo que suban aquí mis amigos cuando están borrachos.

—Buena idea —asintió Myron. Ella estaba tratando de ganar tiempo. No pasaba nada—. Mira, en realidad no sé qué pasa con Lex. Admito que se está comportando de una forma un tanto extraña, pero también me explicó claramente que no es asunto mío. Querías que averiguase si estaba bien y lo he hecho. No puedo obligarle a volver a casa.

—Lo sé.

—¿Entonces qué más hay? Puedo seguir buscando quién colgó aquel comentario, «No es suyo»...

—Sé quién lo colgó —dijo Suzze.

Eso le sorprendió. Observó su rostro y, al ver que ella no añadía nada más, preguntó:

—¿Quién?

—Kitty.

Bebió un sorbo de vino.

—¿Estás segura?

—Sí

—¿Cómo?

—¿Quién más querría vengarse de esa manera? —preguntó ella.

La humedad pesaba sobre Myron como una pesada manta. Miró la abultada barriga de Suzze y se preguntó cómo debía de ser cargar con ella todo ese tiempo.

—¿Por qué querría vengarse de ti?

Suzze no hizo caso de la pregunta.

—Kitty era una gran tenista, ¿verdad?

—Tú también.

—No tan buena como ella. Era la mejor tenista que he visto nunca. Me hice profesional, gané unos cuantos torneos, acabé cuatro años seguidos entre las diez primeras. Pero Kitty... podría haber sido una de las grandes.

Myron sacudió la cabeza.

—Eso no habría podido ocurrir jamás.

—¿Por qué lo dices?

—Kitty era un desastre. Las drogas, las fiestas, las mentiras, la manipulación, el narcisismo, su pulsión autodestructiva...

—Era joven. Todas éramos jóvenes. Todas cometimos errores.

Silencio.

—¿Suzze?

—¿Sí?

—¿Por qué querías verme esta noche?

—Para explicarte algo.

—¿Explicarme qué?

Ella se le acercó, abrió los brazos y le abrazó. Myron la sujetó con fuerza, sintió la barriga cálida contra él. Al principio le pareció una sensación extraña, pero a medida que se prolongaba el abrazo, comenzó a sentarle bien, era terapéutico. Suzze apoyó la cabeza en el pecho de Myron y se quedó allí durante un rato. Myron se limitó a acogerla en sus brazos.

—Lex está equivocado —acabó por decir Suzze.

—¿En qué?

—Algunas veces las personas necesitan ayuda. Recuerdo la noche en que me salvaste. Me abrazabas así. Me escuchabas. No me juzgaste. Quizá no lo sepas, pero me salvaste la vida un centenar de veces.

—Estoy aquí para ayudarte —afirmó Myron en voz baja—. Dime qué es lo que va mal.

Ella siguió abrazándole, con la cabeza hundida en su pecho.

—Kitty y yo estábamos a punto de cumplir los diecisiete. Yo deseaba desesperadamente ganar la categoría inferior aquel año y jugar en el Open. Kittty era mi principal competidora. Cuando me derrotó en Boston, mi madre se volvió loca.

—Lo recuerdo —asintió Myron.

—Mis padres me explicaron que en la competición vale todo. Haces lo que sea para ganar. Conseguir una ventaja. ¿Recuerdas esa famosa jugada de béisbol, la del «Golpe», que se oyó en todo el mundo? ¿El jonrón de Bobby Thompson en los años cincuenta?

El cambio de tema le desconcertó.

—Sí, claro. ¿Qué pasó?

—Mi padre dijo que hizo trampas. Thompson. Quiero decir que todos lo hacían. La gente cree que lo de los esteroides sólo pasa ahora. Pero aquellos viejos New York Giants eran unos tramposos de cuidado. Otros lanzadores rayaban las pelotas de béisbol. Aquel tipo que dirigía a los Celtics, el que te fichó a ti, consiguió que en el vestuario del equipo visitante tuviesen una temperatura infernal. Quizá no fuera una trampa. Quizá sólo era intentar sacar ventaja.

—¿Tú buscaste sacar ventaja?

—Sí.

—¿Cómo?

—Divulgué rumores sobre mi competidora. La hice parecer más puta de lo que era. Intenté estropear su concentración añadiendo tensión a su vida. A ti te dije que su bebé probablemente no era de Brad.

—No fuiste la única que me lo dijo. Yo conocía a Kitty. En cualquier caso, no basé mi opinión en lo que tú me dijiste. Ella era un desastre, ¿no?

—Yo también lo era.

—Pero tú no estabas manipulando a mi hermano. No fingías que estabas locamente enamorada y después te acostabas con un montón de tíos.

—Pero de todas maneras estaba más que dispuesta a decírtelo, ¿verdad? —Suzze apoyó la cabeza en su pecho con más fuerza—. ¿Sabes qué es lo que no te dije?

—¿Qué?

—Kitty también amaba a tu hermano. Con todo su corazón y todo su ser. Cuando se separaron, su juego sufrió las consecuencias. Su corazón ya no estaba por la labor. La empujé a ir a una fiesta. Insistí en que Brad no era para ella, que tenía que ligar con otros.

Myron pensó en las felices fotos de Kitty, Brad y Mickey en Facebook, y se preguntó qué podría haber pasado. Intentó dejar que su mente se conformase con recordar aquellas benditas imágenes, pero la mente va donde quiere. En esos momentos su mente regresaba al vídeo de Kitty y Coleta en aquella habitación privada del Three Downning.

—Kitty cometió sus propios errores —dijo, y percibió amargura en su tono de voz—. Lo que dijiste o dejaste de decir no cambia las cosas. Le mintió a Brad en todo. Le mintió sobre el consumo de drogas. Le mintió sobre mi participación en su pequeño drama, y también le mintió cuando dijo que tomaba la píldora.

Pero mientras le daba esas explicaciones, notaba que había algo en sus propias palabras que no encajaba. Allí estaba Kitty, a punto de convertirse en la nueva Martina, Chrissy, Steffi, Serena o Venus, y al final acababa preñada. Quizá se trató, como ella afirmaba, de un accidente. Cualquiera que asistiera a las clases de salud en el instituto sabía que la píldora no garantizaba sus resultados el cien por cien de las ocasiones. Pero Myron nunca se había creído ni una coma de aquella excusa.

—¿Lex sabe todo esto? —preguntó.

—¿Todo? —Ella sonrió—. No.

—Me dijo que ésa era la cuestión principal. Las personas tienen secretos, y esos secretos se infectan y acaban destruyendo la confianza. No puedes tener una buena relación sin una transparencia total. Tienes que conocer todos los secretos de tu esposo.

—¿Lex dijo eso?

—Sí.

—Es muy dulce, pero se equivoca de nuevo.

—¿Cómo es eso?

—Ninguna relación sobrevive a la transparencia total. —Suzze apartó el rostro de su pecho. Myron vio las lágrimas resbalar por sus mejillas, sintió la humedad en su camisa—. Todos tenemos secretos, Myron. Lo sabes tan bien como cualquiera.

Cuando Myron llegó al Dakota eran las tres de la madrugada. Miró a ver si Kitty había respondido a su mensaje («Por favor perdóname»). No lo había hecho. Ante la remota posibilidad de que Lex le hubiese dicho la verdad, y de que Kitty le hubiese dicho la verdad a Lex, le envió un e-mail a Esperanza para que comprobara si el nombre de Kitty aparecía en las listas de embarque de los vuelos que hubieran salido de Newark o del aeropuerto J.F.K. con destino a Sudamérica. Se conectó a Skype para ver si Terese estaba conectada. No lo estaba.

Pensó en Terese. Pensó en Jessica Culver, su antiguo amor, a quien Lex había mencionado. Después de proclamar durante años que el matrimonio no era para ella —los años en que estuvo con Myron—, Jessica acabó casándose, y no hacía mucho tiempo de eso, con un hombre llamado Stone Norman. Stone, por el amor de Dios. ¿Qué clase de nombre era ése? Sus amigos sin duda le debían de llamar Stone Man o Stoner.* Pensar en los antiguos amores, sobre todo en aquellos con los que te habías querido casar, no le iba a llevar a ninguna parte, así que Myron se obligó a detener sus pensamientos.

Media hora más tarde, Win volvió a casa. Le acompañaba su última amiga, una asiática alta con tipo de modelo, llamada Mii. Le acompañaba también una tercera persona, otra atractiva mujer asiática que Myron nunca había visto antes.

Myron observó a Win, que alzó las cejas.

* *Stone* significa «piedra». *Stone Man* es «hombre de piedra». *Stoner* es una forma de referirse a los consumidores de cannabis. *(N. del T.)*

—Hola, Myron —saludó Mii.

—Hola, Mii.

—Ésta es mi amiga, Tuu.

Myron contuvo un suspiro y la saludó. Tuu asintió. Las dos mujeres salieron de la habitación y Win le sonrió a Myron. Myron sacudió la cabeza.

—¿Tuu?

—Sí.

Cuando Win había empezado a salir con Mii, disfrutaba bromeando con su nombre. «Mii tan cachondo. Es Mii hora. Algunas veces sólo quiero hacer el amor con Mii...»

—¿Tuu y Mii? —preguntó Myron.

Win asintió.

—Maravilloso, ¿no te parece?

—No. ¿Dónde has estado toda la noche?

Win se le acercó con aire de conspirador.

—Entre Tuu y Mii...

—¿Sí?

Win sonrió.

—Oh —Myron suspiró—. Lo he pillado. Muy bueno.

—Sé feliz. Solía ser todo de Mii. Pero luego comprendí algo. También soy de Tuu.

—Oh, en ese caso, Tuu y Mii juntos.

—Ahora sí que lo has pillado —dijo Win—. ¿Qué tal tu estancia en Biddle Island?

—¿Quieres saberlo ahora?

—Tuu y Mii pueden esperar.

—Con eso te refieres a las chicas, no a nosotros, ¿verdad?

—Sí que parece confuso, ¿no?

—Por no decir perverso.

—No te preocupes. Cuando no estoy, Tuu puede mantener a Mii ocupada. —Win se sentó, y juntó las manos formando una pirámide—. Dime qué has averiguado.

Myron lo hizo. Cuando acabó, Win dijo:

—Mii piensa que Lex parlotea demasiado.

—¿Tú también te has dado cuenta?

—Cuando un hombre filosofa tanto es que está ocultando algo.

—¿Además de aquello de que ella iba a volver a Chile o a Perú mañana?

—Te apartaba de la pista. Quiere que te mantengas apartado de Kitty.

—¿Crees que sabe dónde está?

—No me sorprendería.

Myron pensó en lo que dijo Suzze acerca de la transparencia y de que todos tenían secretos.

—Ah, una cosa más. —Myron buscó su Blackberry—. Gabriel Wire tiene un guardia vigilando la entrada de su casa. Me resultó familiar, pero no sé de qué.

Le dio a Win la Blackberry con la foto del guardia de seguridad en la pantalla. Win la observó un momento.

—Esto no es bueno —comentó.

—¿Le reconoces?

—No había vuelto a oír su nombre desde hace años. —Win le devolvió la Blackberry—. Pero se parece a Evan Crisp. Un profesional. Uno de los mejores.

—¿Para quién trabaja?

—Crisp siempre trabajó por libre. Los hermanos Ache solían llamarle cuando había problemas graves.

Los hermanos Ache, Herman y Frank, habían sido dos jefes mafiosos de la vieja escuela. Por fin, acabaron aplicándoles la RICO* y los encerraron. Como muchos de sus colegas mayores que él, Frank Ache estaba cumpliendo condena en una cárcel federal de máxima seguridad, casi olvidado por todos. Herman, que ya tenía más de

* RICO: Racketeer Influenced and Corrupt Organizations Act. Ley contra las organizaciones mafiosas y corruptas. *(N. del T.)*

setenta años, consiguió librarse de la acusación y utilizó su fortuna ilegal para comprar legitimidad.

—¿Un sicario?

—Hasta cierto punto —aclaró Win—. A Crisp lo llaman cuando tus matones necesitan un toque de finura. Si quieres que alguien haga mucho ruido o destroce un local, Crisp no es tu hombre. Si quieres que alguien muera o desaparezca sin levantar sospechas, llamas a Crisp.

—¿ Y ahora Crisp trabaja como poli de alquiler para Gabriel Wire?

—La respuesta sería «no» —dijo Win—. Es una isla pequeña. A Crisp le avisaron de que acababas de llegar y se limitó a esperar que aparecieras por allí. Mi teoría es que sabía que le tomarías una foto y que deduciríamos su identidad.

—Para asustarnos —dijo Myron.

—Sí.

—Excepto que nosotros no nos asustamos así como así.

—Sí —dijo Win con un leve movimiento de hombros—. Somos muy machos.

—Vale, así que primero tenemos ese extraño mensaje en la página de Suzze, con toda probabilidad colgado por Kitty. Luego tenemos a Lex, que se encuentra con Kitty. Tenemos a Crisp trabajando para Wire. Además, Lex se oculta en casa de Gabriel Wire y, casi sin lugar a dudas, nos está mintiendo.

—Y cuando sumas todo esto, ¿cuál es el resultado?

—Nada —dijo Myron.

—No es de extrañar que seas nuestro líder. —Win se levantó, se sirvió un coñac y le lanzó a Myron una lata de Yoo-Hoo. Myron no la sacudió ni abrió. Sólo sujetó la lata fría con su mano—. Por supuesto, el hecho de que Lex esté mintiendo, no significa necesariamente que el mensaje básico que te envió sea erróneo.

—¿Cuál es el mensaje?

—Que estás interfiriendo en la situación, aunque sea con las mejores intenciones. Pero, en cualquier caso, estás interfiriendo. Sean cuales sean los problemas por los que tu hermano y Kitty estén pasando, no son asunto tuyo. No formas parte de sus vidas desde hace mucho tiempo.

Myron pensó en ello.

—Quizá sea por mi culpa.

—Oh, por favor —dijo Win.

—¿Qué?

—¿Culpa tuya, dices? De modo que cuando Kitty, por ejemplo, le dijo a Brad que tú intentabas ligártela, ¿estaba diciendo la verdad?

—No.

Win separó las manos.

—¿Y?

—Puede ser que sólo tratara de vengarse de mí. Dije unas cuantas cosas horribles de ella. La acusé de haberle tendido una trampa a Brad, de manipularle. Dije que no creía que el bebé fuera suyo. Y que quizás estaba mintiendo para defenderse.

—Buhhh. —Win comenzó a tocar el violín de aire—. Buhhh.

—No estoy defendiendo lo que ella hizo. Pero quizá yo también lo compliqué todo.

—Dime, por favor, ¿qué hiciste para que se complicase todo? Myron no dijo nada.

—Adelante —insistió Win—. Estoy esperando.

—Quieres que diga que fue porque interferí.

—¡Bingo!

—Y que, por lo tanto, quizás ésta sea mi oportunidad de corregir mis errores.

Win sacudió la cabeza.

—¿Qué?

—¿Cómo lo enredaste todo al comienzo? Interfiriendo. ¿Cómo pretendes disculparte por aquello? ¿Interfiriendo de nuevo?

—¿Así que debería olvidarme de lo que vi en el vídeo de aquella cámara de vigilancia?

—Yo lo haría. —Win bebió un sorbo—. Pero sé que tú no puedes.

—¿Entonces qué hacemos?

—Lo que siempre hacemos. Pero mañana por la mañana. Esta noche tengo otros planes.

—¿Y esos planes incluyen a Tuu y Mii?

—Diría bingo de nuevo, pero detesto repetirme.

—Ya sabes —dijo Myron, escogiendo las palabras con cuidado—, y yo no pretendo moralizar ni juzgar.

Win cruzó las piernas. Cuando lo hacía, la raya continuaba perfecta.

—Oh, esto va a ser muy bueno.

—Reconozco que Mii ha sido una parte de tu vida durante más tiempo que cualquier otra mujer que pueda recordar, y me alegro de que al menos parezca que has reducido tu afición por las putas.

—Prefiero el término chicas de compañía de alto nivel.

—Vale. En el pasado, eras un mujeriego...

—Un sinvergüenza libertino —dijo Win con una sonrisa libertina—. Siempre me ha gustado la palabra libertino, ¿a ti no?

—Encaja —admitió Myron.

—¿Pero?

—Cuando teníamos veinte, e incluso treinta años, todo funcionaba de una manera, no sé, encantadora.

Win esperó.

Myron miró la lata de Yoo-Hoo.

—Olvídalo.

—Y ahora —dijo Win—, crees que mi comportamiento, para un hombre de mi edad, empieza a resultar patético.

—No pretendía decirlo de esa manera.

—Crees que debería calmarme un poco.

—Sólo quiero que seas feliz, Win.

Win separó las manos.

—Lo soy.

Myron le dirigió una mirada inexpresiva.

—Te estás refiriendo a Tuu una vez más, ¿no?

La sonrisa libertina.

—Quiéreme por mis defectos.

—Una vez más, con me, ¿te refieres a Mii?

Win se levantó.

—No te preocupes, viejo amigo. Soy feliz. —Win comenzó a moverse hacia la puerta del dormitorio. De pronto se detuvo, cerró los ojos y pareció preocupado—. Quizá tengas algo de razón.

—¿En qué?

—Quizá no soy feliz —dijo, con una mirada distante y nostálgica en su rostro—. Quizá tampoco lo seas tú.

Myron esperó y estuvo a punto de exhalar un suspiro.

—Adelante. Dilo.

—Quizá sea que ha llegado el momento de que Tuu y Mii seamos felices.

Desapareció en la otra habitación. Myron se quedó mirando la lata de Yoo-Hoo durante un buen rato. No oyó ningún sonido. Por fortuna, Win había aislado su dormitorio desde hacía años.

A las siete y media, Mii apareció con una bata y comenzó a preparar el desayuno. Le preguntó a Myron si quería desayunar. Myron declinó cortésmente la invitación.

A las ocho sonó su teléfono. Miró la pantalla y vio que era Big Cyndi.

—Buenos días, señor Bolitar.

—Buenos días, Big Cyndi.

—El camello de la coleta estuvo anoche en el club. Le seguí.

Myron frunció el entrecejo.

—¿Con el vestido de Batgirl?

—Estaba oscuro. Me camuflaba.

La imagen se formó en su mente, pero por fortuna desapareció enseguida.

—¿Le dije que Yvonne Craig en persona me ayudó a hacerlo?

—¿Conoces a Yvonne Craig?

—Oh, somos viejas amigas. Verá, ella me dijo que la tela era elástica. Es algo así como la tela de una faja, no tan fina como la lycra, pero tampoco tan gruesa como el neopreno. Fue muy difícil de conseguir.

—No lo dudo.

—¿Sabía que Yvonne comenzó haciendo el papel de la preciosa chica verde de *Star Trek*?

—Marta, la esclava de Orión —respondió Myron, sin poder evitarlo. Intentó volver al tema—. ¿Dónde está ahora nuestro camello?

—Enseñando francés en la Thomas Jefferson Middle School de Ridgewood, Nueva Jersey.

12

El cementerio daba al patio de la escuela.

¿A quién se le habría ocurrido poner una escuela llena de chicos que entraban en la adolescencia justo enfrente de un lugar destinado al descanso de los muertos? Estos chicos pasaban junto al cementerio o se topaban directamente con él cada día. ¿Se preocuparían por ello? ¿Les recordaría acaso su propia mortalidad, que ellos llegarían a viejos, en lo que equivalía a un suspiro del infinito, y que acabarían también allí? Lo más probable es que vieran el cementerio como algo abstracto, que no tuviera nada que ver con ellos, algo tan cotidiano que ni siquiera reparaban en ello.

Escuela, cementerio. Para que luego hablen de los extremos de la vida.

Big Cyndi, todavía con su traje de Batgirl, estaba arrodillada junto a una lápida, con la cabeza encogida y los hombros encorvados, de tal manera que, desde la distancia, podía confundirse con un Volkswagen escarabajo. Cuando Myron se acercó, ella le miró por el rabillo del ojo y susurró: «Me estoy camuflando», y volvió a fingir que lloraba.

—¿En qué lugar exacto está Coleta?

—Dentro de la escuela, en el aula dos-cero-siete.

Myron miró hacia la escuela.

—¿Un camello trabajando de profesor de francés en una escuela primaria?

—Eso parece, señor Bolitar. Una vergüenza, ¿no?

—Así es.

—Su verdadero nombre es Joel Fishman. Vive en Prospect Park, no muy lejos de aquí. Está casado y tiene dos hijos, un chico y una chica. Es profesor de francés desde hace más de veinte años. No tiene antecedentes. Sólo una multa por superar el nivel de alcoholemia hace ocho años. Se presentó para concejal del ayuntamiento hace seis años.

—Un ciudadano ejemplar.

—Sí, todo un ciudadano, señor Bolitar.

—¿Cómo conseguiste la información?

—Al principio pensé en seducirle para que me llevase a su casa, ya sabe. Una charla íntima en la cama. Pero sé que a usted no le gusta que me degrade de esa manera.

—Nunca dejaría que utilizases tu cuerpo para el mal, Big Cyndi.

—¿Sólo para el pecado?

Myron sonrió.

—Exacto.

—Así que le seguí desde el club. Utilizó el transporte público, el último tren, a las dos diecisiete de la madrugada. Fue a pie hasta el setenta de Beechmore Drive. Le pasé la dirección a Esperanza.

A partir de allí, sólo hubo que pulsar un par teclas para saberlo todo. Bienvenidos a la edad de la informática, chicos y chicas.

—¿Alguna cosa más? —preguntó Myron.

—Joel Fishman utiliza el nombre de Crush en el club.

Myron sacudió la cabeza.

—La coleta es un postizo. Como una extensión del pelo.

—Bromeas.

—No, señor Bolitar. Supongo que la utiliza como un disfraz.

—¿Y ahora qué?

—Hoy no hay clases, sólo reuniones de padres con los maestros. Por lo general aquí hay mucha seguridad, pero estoy segura de que podría entrar fingiendo ser un padre. —Levantó una mano para disimular una sonrisa—. Como diría Esperanza, con los tejanos y la americana azul queda perfecto.

Myron se señaló los pies.

—¿Con mocasines Ferragamo?

Cruzó la calle y esperó hasta que vio a unos pocos padres que se dirigían hacia la puerta. Se unió a ellos y les saludó como si les conociese. Ellos le respondieron, fingiendo lo mismo. Myron les sostuvo la puerta, la esposa pasó y el marido insistió para que Myron pasase delante. Myron lo hizo con una sonora risa de padre.

Big Cyndi creía que ella también podía pasar desapercibida.

Había una hoja para firmar y un guardia detrás de una mesa. Myron se acercó, firmó como David Pepe, con la precaución de que el apellido quedase ilegible. Cogió una pegatina, escribió «David», y debajo, «Papá de Madison» en letra pequeña. Myron Bolitar, el Hombre de las Mil Caras, el Maestro del Disfraz.

Según un viejo dicho, las escuelas públicas nunca cambian excepto en que parecen pequeñas. Ese viejo dicho aquí se cumplía: suelos de linóleo, taquillas de metal, puertas de madera con cristales reforzados con tela metálica. Llegó al aula 207. Había un cartel en la ventana, así que no podía ver el interior. El cartel decía: «*Lors d'une reunión. S'il vous plaît attendre*». Myron no hablaba mucho francés, pero entendió que la segunda parte le pedía que esperase.

Buscó una hoja de citas, algo que mostrase las horas, los padres o lo que fuese. Nada. Se preguntó qué iba a hacer allí. Había dos sillas delante de la mayoría de las puertas. Las sillas parecían fuertes, prácticas y tan cómodas como un cactus. Myron pensó en esperar sentado en una de ellas, pero ¿qué pasaría si aparecían los padres citados para la siguiente visita?

Decidió caminar por el pasillo y mantener la puerta al alcance de la vista. Eran las diez y veinte. Myron se dijo que la mayoría de las reuniones acabarían cada media hora o tal vez cada quince minutos. Era sólo una suposición, pero sin duda acertada. Quince minutos por reunión, quizá treinta. Como mínimo sería cada diez minutos. En cualquier caso, la siguiente reunión sería a las diez y media. Si nadie se presentaba a las, digamos, diez y veintiocho, Myron volvería a la puerta e intentaría entrar a las diez y media.

Myron Bolitar, el Gran Planificador.

Pero aparecieron unos padres a las diez y veinticinco, y siguieron apareciendo muchos más, en sucesión continua, hasta el mediodía. Para que nadie se fijase en que andaba rondando por allí, Myron bajaba las escaleras cuando comenzaban las reuniones, se ocultaba en los aseos o permanecía en las escaleras. Comenzó a aburrirse en serio. Myron advirtió que la mayoría de los padres vestían americanas azules y tejanos. Tendría que actualizar su vestuario.

Por fin, a mediodía se interrumpieron las visitas. Myron esperó junto a la puerta y sonrió cuando los últimos padres salieron. Hasta ahora no había podido ver a Joel Fishman. Esperaba en la habitación mientras una pareja de padres reemplazaba a la anterior. Los padres llamaban a la puerta y Fishman gritaba: «*Entrez s'il vous plaît*».

Myron llamó, pero esta vez no hubo respuesta. Llamó de nuevo. Otra vez, y nada. Myron giró el pomo y abrió la puerta. Fishman estaba sentado a su mesa, comiendo un emparedado. Había una lata de Coca-Cola y una bolsa de Fritos en la mesa. Coleta parecía muy diferente sin la coleta. La tela de su desteñida camisa amarilla de manga corta era tan delgada que permitía ver la camiseta tipo imperio que llevaba debajo. También lucía una de esas corbatas de UNICEF que estaban de moda en 1991. Llevaba el cabello corto, peinado con raya a un lado, y todo en él encajaba con el aspecto de un profesor de francés de escuela primaria; nada que ver con un camello en un club nocturno.

—¿En qué puedo ayudarle? —preguntó Fishman, muy enfadado—. Las reuniones con los padres comienzan de nuevo a la una.

Otro que se había dejado engañar por su astuto disfraz. Myron señaló los Fritos.

—¿Tiene mono?

—¿Perdón?

—Como cuando está colocado. ¿Tiene mono?

—¿Perdón?

—Es una astuta referencia a... no importa. Me llamo Myron Bolitar. Me gustaría hacerle unas preguntas.

—¿Quién?

—Myron Bolitar.

Silencio. Myron casi estuvo a punto de añadir «¡tachán!», pero se contuvo. Cosas de la madurez.

—¿Le conozco a usted? —preguntó Fishman.

—No.

—No tengo a su hijo en ninguna de mis clases. La señora Parsons también da clases de francés. Quizá tendría que hablar con ella. Aula doscientos once.

Myron cerró la puerta.

—No busco a la señora Parsons. Busco a Crush.

Fishman se quedó a medio masticar. Myron cruzó la habitación, cogió la silla de los padres, la giró y se sentó al estilo macho. El señor Intimidación.

—En la mayoría de los hombres una coleta apesta a la crisis de los cuarenta. Pero en usted me gusta, Joel.

Fishman tragó lo que fuese que tenía en la boca. Tal vez un pedazo de atún, por el olor. Con pan integral, vio Myron. Lechuga y tomate. Myron se preguntó quién se lo preparaba, o si se lo habría hecho él mismo, y a continuación se preguntó por qué se preguntaba cosas como ésas.

Fishman tendió la mano para coger la Coca-Cola despacio, tratando de ganar tiempo, y bebió un sorbo. Después dijo:

—No sé de qué me habla.

—¿Puede hacerme un favor? —preguntó Myron—. En realidad, es muy pequeño. ¿Podemos saltarnos las ridículas negativas? Ahorraríamos tiempo, y no quiero entretener a los padres que lleguen a la una.

Myron le arrojó una de las fotos del club nocturno.

Fishman miró la foto.

—No soy yo.

—Sí, lo es.

—Ese hombre lleva una coleta.

Myron exhaló un suspiro.

—Sólo le pedí un pequeño favor.

—¿Es policía?

—No.

—Si se lo pregunto de esta manera es para que me diga la verdad —dijo él. No era verdad, pero Myron no se molestó en corregirle—. Lo siento, pero debe de haberme confundido con alguna otra persona.

Myron tenía ganas de inclinarse por encima de la mesa y de darle un golpe en la frente.

—¿Anoche, en el Three Downing, se fijó en una mujer gruesa con traje de Batgirl?

Fishman no respondió, pero el tipo nunca sería un gran jugador de póquer.

—Ella le siguió hasta su casa. Lo sabemos todo de sus visitas al club, la venta de drogas, sus...

Fue entonces cuando Fishman sacó un arma del cajón de su escritorio.

La rapidez pilló a Myron por sorpresa. Un cementerio pega con una escuela casi tanto como un maestro sacando un arma en un aula. Myron había cometido un error, había confiado demasiado en el entorno, había bajado la guardia. Un grave error.

Fishman se inclinó por encima de la mesa, con el arma a unos centímetros del rostro de Myron.

—No se mueva o le vuelo la puta cabeza.

Cuando alguien te apunta con un arma, todo el mundo tiene la tendencia a reducirse aproximadamente al tamaño de la boca del cañón. Por un momento, sobre todo si es la primera vez que te apuntan con un arma a la cara, a la altura de los ojos, ese agujero es todo lo que ves. Es tu mundo. Te paraliza. El espacio, el tiempo, las dimensiones, los sentidos ya no son factores relevantes en tu vida. Sólo importa aquel agujero oscuro.

«Quieto —pensó Myron—, trata de detener el tiempo.»

El resto ocurrió en menos de un segundo.

Primero: calcular si va a apretar el gatillo. Myron echó un vistazo más allá del arma, a los ojos de Fishman. Resaltaban, grandes y acuosos, sobre el rostro brillante. Además, Fishman le apuntaba con el arma en un aula, y todavía había bastante gente en la escuela. La mano le temblaba. El dedo en el gatillo. Si reúnes todas esas piezas, puedes comprender la sencilla verdad. Ese hombre estaba loco y, por lo tanto, podía disparar.

Segundo: evaluar a tu oponente. Fishman era un maestro casado y tenía dos hijos. Hacer de camello en un club nocturno de moda no alteraba esos hechos. Las probabilidades de que estuviese preparado para una situación de combate real parecían remotas. También había hecho un movimiento de aficionado, al poner el arma tan cerca del rostro de Myron, inclinado sobre la mesa de esa manera, estaba en una posición desequilibrada.

Tercero: decidir tu jugada. Imaginarla. Si tu asaltante no está cerca, si está al otro lado de la habitación o incluso a más de un par de metros de distancia, bueno, entonces no tienes alternativa. No puedes desarmarle, no importa qué clase de puntapiés de artes marciales hayas visto dar en las series. Tienes que esperar. Quedaba todavía la opción A. Myron podía permanecer quieto. Sería lo lógico. Podía tratar de convencerle. Después de todo estaban en una escuela, y tendría que estar no sólo trastornado, sino loco de remate, para disparar un arma allí dentro.

Pero si eras un hombre como Myron, un hombre que aún tenía reflejos del deportista profesional y muchos años de entrenamiento, podías considerar con seriedad la opción B: intentar desarmar a tu oponente. Si escogías la opción B no podías titubear. Lo mejor era quitártelo de encima de inmediato, antes de que él comprendiese que había una posibilidad y retrocediese o actuase con más cautela. Ahora mismo, en la fracción de segundo en que había sacado el arma y le había gritado a Myron que no se moviese, Joel Fishman todavía estaba muy excitado por la adrenalina, y eso llevaba a...

Cuarto: ejecución.

Aunque parezca imposible —o quizá no lo sea—, es más fácil desarmar a un hombre que empuña un revólver que una navaja. Si lanzas la mano hacia la hoja, acabarás cortándote la palma. Las navajas son difíciles de sujetar. Tienes que ir a buscar la muñeca o el antebrazo del agresor, más que el arma en sí misma. Queda muy poco margen para el error.

Para Myron, la mejor manera de desarmar a una persona que empuñara un arma de fuego incluía dos pasos. Uno, antes de que Fishman pudiese reaccionar de cualquier manera, Myron se apresuró a apartarse de la línea de tiro. No tienes que moverte mucho para hacerlo; sólo una leve inclinación a la derecha con la velocidad de un rayo, hacia el lado de la mano dominante de Myron. Se pueden usar varias técnicas, según el tipo de arma que lleve el asaltante. Algunos prefieren, por ejemplo, sujetar el percutor con el pulgar para que prevenir que el arma se dispare. Myron no confiaba en esa posibilidad. Tenía muy poco tiempo y hacía falta demasiada precisión, por no mencionar el cálculo de tu reacción con tantas prisas, intentando decidir si te enfrentas a una semiautomática, un revólver o lo que sea.

Myron hizo algo mucho más sencillo, pero os recuerdo, chicos, que si no estáis entrenados profesionalmente y en buena forma, no intentéis hacerlo en casa. Con su mano dominante, Myron le arrebató el arma. Así de sencillo. Como si le quitara un juguete a un chico revoltoso. Con más fuerza, habilidad atlética, rapidez y potencia, y aprovechando el factor sorpresa, levantó la mano y le arrebató el arma. Al mismo tiempo, levantó el codo y golpeó a Fishman en el rostro, haciéndole caer despatarrado en el asiento.

Myron saltó por encima de la mesa y tumbó la silla. Fishman cayó de espaldas. Intentó apartarse de la silla reptando como una serpiente. Myron se le echó encima y se le sentó en el pecho. Aprisionó los brazos de Fishman contra el suelo con las rodillas, como un hermano mayor sujetando a su hermano menor en una pelea. La vieja escuela.

—¿Es que se te ha ido la puta olla? —preguntó Myron. Ninguna respuesta. Myron golpeó las orejas de Fishman con fuerza. Fishman chilló aterrorizado e intentó protegerse, acobardado e indefenso. Myron recordó el vídeo donde se veía a Kitty, y con expresión burlona y satisfecha, le dio un puñetazo a Fishman en la cara.

—¡El arma no está cargada! —gritó Fishman—. ¡Mírelo! Por favor.

Myron lo comprobó sin soltarle los brazos. Fishman decía la verdad. No había balas. Myron arrojó el arma al otro extremo de la habitación. Levantó el puño para descargar otro golpe. Pero ahora Fishman sollozaba, encogido y aterrorizado, de una manera extraña en una persona adulta. Myron se apartó de él, manteniendo la atención para protegerse de un posible ataque por sorpresa.

Fishman se acurrucó en posición fetal. Cerró los puños, los apretó contra sus ojos y continuó sollozando. Myron esperó.

—Lo siento mucho, tío —consiguió decir Fishman entre sollozos—. Soy un desastre. De verdad que lo siento, lo siento mucho.

—Me has apuntado con un arma.

—Soy un desastre —repitió él—. No lo entiende. Estoy tan jodido.

—¿Joel?

Continuó sollozando.

—¿Joel? —Myron deslizó por el suelo otra foto hacia él—. ¿Ves a la mujer de la foto?

Joel seguía tapándose los ojos. Myron adoptó un tono autoritario.

—Mira, Joel.

Fishman apartó las manos poco a poco. Su rostro estaba empapado en las lágrimas y, probablemente, mocos. Crush, el duro camello de Manhattan, se limpió la cara con la manga. Myron intentó esperar a que hablara, pero el tipo se limitó a mirar.

—Hace dos noches estuviste en el Three Downing con esta mujer —continuó Myron—. Si vuelves a decirme que no sabes de qué te estoy hablando, me quitaré un zapato y te pegaré, ¿entiendes?

Fishman asintió.

—La recuerdas, ¿no?

Él cerró los ojos.

—No es lo que usted cree.

—No me importa nada de eso. ¿Sabes cómo se llama?

—No estoy seguro de que deba decírselo.

—Mi zapato, Joel. Puedo sacártelo a golpes.

Fishman se limpió la cara y sacudió la cabeza.

—No parece su estilo.

—¿Qué quieres decir con eso?

—Nada. Sólo que no creo que me vuelva a pegar.

En el pasado, pensó Myron, lo hubiese hecho sin vacilar. Pero ahora mismo Fishman tenía razón. No podría.

Al ver que Myron titubeaba, Fishman añadió:

—¿Sabe algo de la adicción?

¿Adónde quería ir a parar con esto?

—Sí, Joel, lo sé.

—¿Por experiencia personal?

—No. ¿Vas a explicarme qué es un drogadicto, Joel?

—No. Me refiero, bueno, sí, yo consumo. Pero en realidad no se trata de eso. —Inclinó la cabeza a un lado, como si fuera el maestro inquisidor—. ¿Sabe cuándo acuden los adictos a pedir ayuda?

—Supongo que cuando no les queda más remedio que hacerlo.

Joel sonrió como si estuviese de acuerdo. Myron Bolitar, el alumno aventajado.

—Así es. Cuando llegan al fondo. Es lo que ocurrió esa noche. Ahora lo entiendo. Entiendo que tengo un problema y que voy a necesitar ayuda.

Myron estaba a punto de hacer un chiste, pero se detuvo. Cuando un tipo del que quieres obtener información empieza a hablar, lo mejor es dejar que continúe.

—Suena como un movimiento productivo —dijo Myron, e intentó no vomitar.

—Tengo dos hijos. Una esposa maravillosa. Mire, eche un vistazo.

Cuando Fishman movió la mano hacia el bolsillo, Myron se acercó de un salto. Fishman asintió, se movió poco a poco y sacó un llavero. Le dio a Myron uno de esos llaveros con fotos. Era una foto de familia tomada en el Six Flags Great Adventure. Bugs Bunny y Tweety Bird estaban a la izquierda y la derecha. La señora Fishman era adorable. Joel estaba arrodillado. A su derecha, una niña de unos cinco o seis años con el pelo rubio con ese tipo de sonrisa tan contagiosa, y Myron se dio cuenta de que las comisuras de sus propios labios se movían hacia arriba. Al otro lado de Joel había un niño, unos dos años menor que la niña. El niño parecía tímido, y ocultaba el rostro a medias en el hombro de su padre.

Le devolvió el llavero.

—Unos chicos preciosos.

—Gracias.

Myron recordó algo que su padre le había dicho una vez: las personas tienen una capacidad asombrosa para destrozar sus propias vidas. En voz alta, Myron comentó:

—Eres un gilipollas integral, Joel.

—Estoy enfermo —le corrigió él—. Hay una diferencia. Sin embargo, quiero curarme.

—Demuéstramelo.

—¿Cómo?

—Empieza a demostrarme que estás dispuesto a cambiar. Háblame de la mujer con la que estuviste hace dos noches.

—¿Cómo sé que no quiere hacerle daño?

—De la misma manera que sabes que no me voy a quitar el zapato y pegarte.

Joel Fishman miró el llavero y se echó a llorar de nuevo.

—¿Joel?

—Quiero dejar todo eso atrás, de verdad.

—Sé que lo harás.

—Lo haré. Lo juro por Dios. Buscaré ayuda. Seré el mejor padre y marido del mundo. Sólo necesito una oportunidad. Lo entiende, ¿verdad?

Myron tenía ganas de vomitar.

—Sí.

—Sólo es que... No me interprete mal. Amo a mi familia y a mis hijos. Pero durante dieciocho años me he levantado, he venido a esta escuela y he enseñado francés a los alumnos. Lo odian. Nunca prestan atención. Cuando comencé, tenía una visión de cómo iba a ser: yo les enseñaría este precioso idioma que amo tanto. Pero no es así en absoluto. Sólo quieren conseguir aprobar y seguir adelante. Nada más. Todos los cursos, año tras año, pasamos por este mismo baile. Amy y yo siempre tenemos que hacer filigranas para llegar a final de mes. Siempre es lo mismo. Cada día. Año tras año. El mismo aburrimiento. ¿Cómo será mañana? Será exactamente igual. Todos los días serán iguales hasta que, bueno, hasta que me muera.

Se calló y desvió la mirada.

—¿Joel?

—Prométame —dijo Fishman—. Prométame que si le ayudo, no me denunciará. —Iba a cantar, como uno de esos alumnos a los que han pillado copiando el examen—. Deme esa oportunidad, por favor. Por el bien de mis hijos.

—Si me dices todo lo que sabes de esa mujer —respondió Myron—, no te denunciaré.

—Deme su palabra.

—Tienes mi palabra.

—La conocí en el club hace dos noches. Quería droga. Yo lo arreglé.

—Cuando dices que lo arreglaste, quieres decir que le diste la droga.

—Sí.

—¿Nada más?

—No, nada más.

—¿Te dijo su nombre?

—No.

—¿Qué me dices de un número de teléfono? ¿Por si necesitaba comprar de nuevo?

—No me dio ninguno. Es todo lo que sé. Lo siento.

Myron no se lo creía.

—¿Cuánto te pagó?

—¿Perdón?

—Por la droga, Joel. ¿Cuánto dinero te pagó?

Una sombra cruzó su rostro. Myron lo vio. Ahí llegaba la mentira.

—Ochocientos dólares —contestó Fishman.

—¿En metálico?

—Sí.

—¿Llevaba ochocientos dólares?

—No acepto Visa o Mastercard —dijo él con la risa de un mentiroso—. Sí, por supuesto.

—¿Dónde te dio el dinero?

—En el club.

—¿Cuando le diste la droga?

Joel entrecerró los ojos.

—Por supuesto.

—¿Joel?

—¿Qué?

—¿Recuerdas las fotos que te acabo de enseñar?

—¿Qué pasa con ellas?

—Están sacadas de un vídeo de una cámara de vigilancia —dijo Myron—. ¿Ves por dónde van los tiros?

El rostro de Fishman perdió el color.

—Para decirlo de una manera poco educada —añadió Myron—, se ve el intercambio de fluidos, no de pasta.

Joel Fishman volvió a echarse a llorar. Puso las manos como si rezase, con el llavero entre sus dedos como si fueran las cuentas de un rosario.

—Si me vas a seguir mintiendo —dijo Myron—, no veo la razón para mantener mi palabra.

—Usted no lo entiende.

De nuevo apelaba a su comprensión.

—Lo que hice fue terrible. Me avergüenzo de ello. No me atrevía a contarle esa parte. Pero eso no cambia nada. No la conozco. No sé cómo localizarla.

Fishman comenzó a gimotear de nuevo, ahora con el llavero en alto como si fuese una ristra de ajos para apartar a un vampiro. Myron esperó, considerando sus opciones. Se levantó, cruzó la habitación y recogió el arma.

—Voy a entregarte a la policía, Joel.

Cesó el llanto.

—¿Qué?

—No te creo.

—Le estoy diciendo la verdad.

Myron se encogió de hombros y acercó la mano al pomo de la puerta.

—Tampoco me estás ayudando. Ése era el trato.

—¿Qué puedo hacer? No sé nada. ¿Por qué me castiga?

Myron se encogió de hombros.

—Me estoy cansando.

Giró el pomo.

—Espere.

Myron no esperó.

—Escúcheme, ¿vale? Sólo un segundo.

—No tengo tiempo.

—¿Me promete no decir nada?

—¿Qué es lo que tienes, Joel?

—Su número de móvil. Pero mantenga su palabra, ¿vale?

13

—Es un móvil de prepago —dijo Esperanza—. No hay manera de rastrearlo.

Maldición. Myron salió con el Ford Taurus del aparcamiento del cementerio. Big Cyndi estaba encajada en el asiento y parecía como si se hubiese disparado el airbag. Sí, un Ford Taurus de color verde metalizado. Cuando Myron pasaba, las supermodelos babeaban.

—El punto de compra es una tienda de móviles en Edison, Nueva Jersey —añadió Esperanza—. Pagado en efectivo.

Myron comenzó a dar la vuelta. Era hora de visitar a Joel Fishman para pedirle otro favor. El bueno de Crush estaría encantado de volver a verle.

—Otra cosa más —dijo Esperanza.

—Te escucho.

—¿Recuerdas aquel símbolo extraño junto a las palabras «No es suyo»?

—Sí.

—Como sugeriste, lo colgué en una página de fans de Horse-Power para ver si alguien lo conocía. Respondió una mujer llamada Evelyn Stackman, pero no quiere hablar por teléfono.

—¿Por qué no?

—No lo dijo. Quiere hablar en persona.

Myron hizo una mueca.

—¿Por un símbolo?

—Correcto.

—¿Cómo quieres llevarlo? —preguntó Myron.

—Quizá no me has oído bien —respondió Esperanza—. He dicho «ella», como si fuera una mujer poco dispuesta a hablar.

—Ah —dijo Myron—. Y supones que puedo utilizar mis artimañas y mi encanto masculino para seducirla y sacarle la información.

—Sí —asintió Esperanza—, vamos a probar por ese lado.

—Suponte que sea gay.

—Creía que tu encanto masculino y tu apariencia funcionaban con todas las preferencias.

—Sí, por supuesto. Ha sido un error.

—Evelyn Spackman vive en Fort Lee. He concertado una cita para esta tarde.

Colgó. Myron apagó el motor.

—Vamos —le dijo a Big Cyndi—. Fingiremos que somos los padres de un alumno.

—Qué divertido. —Big Cyndi adoptó una actitud pensativa—. Un momento, ¿tenemos un chico o una chica?

—¿Tú qué prefieres?

—En realidad no me importa, siempre que él o ella estén sanos.

Volvieron a la escuela. Dos padres esperaban fuera del aula. Big Cyndi les mostró las lágrimas, afirmando que su pequeña Sasha tenía una emergencia en francés y que sólo iban a tardar unos segundos. Myron aprovechó la distracción para entrar en el aula solo. No había ninguna razón para que Joel viese a Big Cyndi y se quedase de piedra.

Como era de esperar, Joel Fishman no se mostró muy contento de verle.

—¿Qué demonios quiere?

—Necesito que la llames y arregles un encuentro.

—¿Para qué vamos a reunirnos?

—¿Qué te parece, no sé, fingir que eres un camello y preguntarle si necesita más droga?

Joel frunció el entrecejo. Iba a protestar, pero Myron sacudió la cabeza. Joel hizo un cálculo rápido y comprendió que la mejor manera de acabar con todo eso era cooperar. Sacó el móvil. La tenía en la agenda como Kitty; sin apellidos. Myron mantuvo la oreja cerca del teléfono. Cuando oyó el titubeante hola en el otro extremo de la línea, su rostro se descompuso. No cabía la menor duda: era la voz de su cuñada.

Fishman cumplió su parte con el perfeccionismo de un psicópata. Le preguntó si quería encontrarse con él. Ella dijo que sí. Myron le hizo un gesto a Fishman.

—Vale, guay —dijo Fishman—. Iré a tu casa. ¿Dónde vives?

—No funcionará —afirmó Kitty.

—¿Por qué no?

Entonces Kitty susurró algo que le heló el corazón de Myron.

—Mi hijo está aquí.

Fishman era bueno. Dijo que podía dejar el paquete donde ella quisiera, pero Kitty era muy desconfiada. Por fin acordaron que se encontrarían cerca del tiovivo, en el centro comercial Garden State Plaza, en Paramus. Myron consultó su reloj. Calculó que tendría tiempo más que suficiente para hablar con Evelyn Stackman del símbolo enviado junto a las palabras «No es suyo» y de regresar para ver a Kitty.

Myron se preguntó qué haría cuando eso ocurriese, cuando se encontrase con Kitty. ¿Se le echaría encima y se enfrentaría con ella? ¿Le haría preguntas amables? Podría ser que ella no apareciese. Quizá lo mejor sería pedirle a Fishman que cancelase la cita después de que ella apareciese, para poder seguirla hasta su casa.

Media hora más tarde Myron aparcaba el coche delante de una casa en Lemoine Avenue, en Fort Lee. Big Cyndi se quedó en el vehículo, jugando con su iPod. Myron caminó por el sendero de entrada. Evelyn Stackman abrió la puerta antes de que Myron pudiese tocar el timbre. Parecía tener unos cincuenta y tantos años, y llevaba el pelo rizado de un modo que le recordó a Barbra Streisand en *Ha nacido una estrella*.

—¿Señora Stackman? Soy Myron Bolitar. Gracias por recibirme.

Ella le invitó a entrar. En la sala había un viejo sofá verde, un piano vertical de cerezo claro y carteles de los conciertos de Horse-

Power. Uno era de su primera actuación en el Hollywood Bowl hacía más de dos décadas. El cartel estaba firmado por Lex Ryder y Gabriel Wire. La dedicatoria —en letra de Gabriel— decía «Para Horace y Evelyn, rockeros».

—¡Caray! —exclamó Myron.

—Me han ofrecido diez mil dólares por él. Me vendría bien el dinero, pero... —Se detuvo—. Le busqué en Google. No sigo el baloncesto, así que no conocía su nombre.

—De todas maneras, fue hace mucho tiempo.

—¿Ahora dirige a Lex Ryder?

—Soy su agente. Hay una pequeña diferencia. Pero trabajo para él.

Ella pensó en eso.

—Sígame. —Le precedió al bajar las escaleras hacia el sótano—. Mi esposo Horace. Él era el verdadero fan.

El pequeño sótano tenía el techo tan bajo que Myron no podía mantenerse erguido. Había un futón gris y un viejo televisor sobre un pie de fibra de vidrio negra. El resto del sótano, era, bueno, Horse-Power. Una mesa plegable estaba cubierta con detalles de HorsePower: fotografías, álbumes, pentagramas, anuncios de conciertos, púas de guitarra, palillos de batería, camisas, muñecas. Myron reconoció una camisa negra con broches.

—Gabriel la llevaba durante un concierto en Houston —dijo ella.

Había también dos sillas plegables. Myron vio varias fotos de Wire recortadas de los tabloides.

—Lamento el desorden. Después de la tragedia de Alista Snow, bueno, Horace estaba destrozado. Solía examinar las instantáneas de Gabriel fotografiado por los *paparazzi*. Verá, Horace era ingeniero. Era muy bueno con las matemáticas y los rompecabezas. —Señaló los periódicos—. Son falsas.

—¿A qué se refiere?

—Horace siempre encontraba la manera de demostrar que las imágenes no eran de Gabriel. Como ésta. Gabriel Wire tiene una cicatriz en el dorso de la mano derecha. Horace consiguió el negativo original y lo amplió. No había tal cicatriz. En ésta utilizó una ecuación matemática, pero no me pida que se lo explique, y deduje que este hombre calzaba un cuarenta y tres. Gabriel Wire usa un cuarenta y seis.

Myron asintió, pero no dijo nada.

—Debe parecerle extraño. Esta obsesión.

—No, en realidad no.

—Otros hombres siguen a algún equipo, van a las carreras o coleccionan sellos. Horace amaba a HorsePower.

—¿Qué me dice de usted?

Evelyn sonrió.

—Supongo que también era fan. Pero no como Horace. Era algo que hacíamos juntos. Acampábamos antes de que empezasen los conciertos. Apagábamos las luces, escuchábamos e intentábamos encontrar el verdadero significado de las letras. Quizá no parezca gran cosa, pero daría lo que fuese por otra noche como aquéllas.

Una sombra cruzó su rostro. Myron se preguntó si debía mencionar ese tema y decidió que sí, que debía hacerlo.

—¿Qué le pasó a Horace? —preguntó.

—Murió en enero pasado —respondió ella, con la voz ahogada—. Un paro cardíaco. Estaba cruzando la calle. La gente creyó que le había atropellado un coche. Pero Horace se cayó en el paso de peatones y murió. Así. Se fue. Sólo tenía cincuenta y tres años. Éramos novios desde el instituto. Criamos a dos hijos en esta casa. Hicimos planes para nuestra vejez. Yo acababa de retirarme de mi trabajo en la oficina postal, para que pudiésemos viajar más.

Le dirigió una rápida sonrisa, como diciendo «qué se puede hacer», y desvió la mirada. Todos tenemos nuestras heridas, tormentos y fantasmas. Todos caminamos, sonreímos y fingimos que todo marcha bien. Somos corteses con los extraños, compartimos la carretera con ellos, hacemos cola en el supermercado y conseguimos disimular el dolor y la desesperación. Trabajamos duro, hacemos planes, pero, con frecuencia, todo se va al infierno.

—De verdad, lamento su pérdida —dijo Myron.

—No tendría que haberlo dicho.

—No pasa nada.

—Sé que debería desprenderme de todo esto. Venderlo. Pero es que no puedo todavía.

Sin saber qué decir, Myron tiró por lo clásico:

—Lo comprendo.

Ella consiguió sonreír.

—Pero en realidad usted quiere saber algo acerca del símbolo.

—Si no le importa.

Evelyn Stackman cruzó la habitación y abrió un archivador.

—Horace intentó descubrir qué significaba. Buscó en sánscrito, en chino y los jeroglíficos, cosas así. Pero nunca consiguió encontrarlo.

—¿Cuándo lo vio por primera vez?

—¿El símbolo? —Evelyn metió la mano en el archivador y sacó lo que parecía ser la portada de un CD—. ¿Conoce este álbum?

Myron lo observó. Era la ilustración, si se llama así, de la portada de un álbum. Nunca lo había visto. En la parte superior decía: «*Live Wire*». Después abajo, en letra más pequeña, «*HorsePower Live at Madison Square Garden*». Pero no era eso lo que llamaba la atención. Debajo de las letras había una curiosa foto de Gabriel Wire y Lex Ryder. En la foto se les veía a ambos de cintura para arriba, sin camisa, espalda contra espalda con los brazos cruzados. Lex estaba a la izquierda y Gabriel a la derecha, y miraban al potencial comprador con expresión seria.

—Justo antes de la tragedia de Alista Snow iban a grabar un álbum en directo —dijo Evelyn—. ¿Estaba usted con ellos entonces?

Myron sacudió la cabeza.

—Yo aparecí después.

Myron no podía dejar de mirar la foto. Gabriel y Lex se habían pintado los ojos con lápiz. Ambos hombres compartían el mismo espacio en la foto; es más, Lex ocupaba el mejor lugar, al estar a la izquierda, adonde la mirada se dirige primero, pero de todas maneras no podías evitar que tus ojos se sintieran atraídos hacia Gabriel Wire, casi de forma exclusiva, como si brillara un faro en su mitad de la foto.

Wire era —y Myron lo tenía que reconocerlo así, con todo el debido respeto heterosexual— rematadamente guapo. Su mirada hacía más que arder; te atraía, exigía tu atención, insistía en que le mirases.

Los músicos famoso tienen una gran variedad de recursos, pero las superestrellas del rock, como sus contrapartidas deportivas, también tienen detalles intangibles. Era aquello lo que transformaba a Gabriel en algo más que un músico, en una leyenda del rock. Gabriel tenía un carisma casi sobrenatural. Ya fuera en el escenario o en persona, te hacía sentir transportado, pero incluso allí, en esa foto de la portada de un álbum jamás editado, podías sentirlo de nuevo. Era algo más que guapo. Notabas en aquellos ojos ardientes la sensibilidad, la tragedia, la furia, la inteligencia. Querías escucharle más. Querías saber más.

—Guapísimo, ¿no? —comentó Evelyn.

—Sí.

—¿Es verdad que tiene el rostro desfigurado?

—No lo sé.

Junto a Gabriel, Lex intentaba mostrar una pose con demasiada intensidad. Los brazos cruzados estaban tensos, como si estuviese haciendo una flexión de bíceps. Era un tipo normal con unas facciones un tanto anodinas, y quizá, si le prestabas alguna atención, comprendías que Lex era el sensible, el consistente, el estable, en resumen, el aburrido. Lex era el vulgar yin frente al hipnótico y volátil yang de Gabriel. Pero una vez más, en todos los grupos, para que duren, hacía falta mantener ese equilibrio, ¿verdad?

—Aquí no veo el símbolo —dijo Myron.

—Nunca llegó a aparecer en la portada. —Evelyn estaba de nuevo en el archivador. Sacó un sobre cerrado con una goma elástica. Sujetó la goma entre el pulgar y el índice, se detuvo y miró—. Me pregunto si debería mostrárselo.

—¿Señora Stackman?

—Evelyn.

—Evelyn. Usted sabe que Lex está casado con Suzze T, ¿no?

—Por supuesto.

—Alguien está intentando hacerle daño. Supongo que también a Lex. Intento descubrir quién es.

—¿Cree que el símbolo es una pista?

—Podría serlo, sí.

—Usted parece un buen hombre.

Myron esperó.

—Le dije que Horace era un gran coleccionista. Los artículos exclusivos eran sus preferidos. Hace unos años, el fotógrafo Curk Burgess le llamó. Una semana antes de que muriese Alista Snow, Burgess hizo la foto que está mirando ahora.

—Vale.

—Pero aquel día tomó un montón de fotos, por supuesto. Fue una larga sesión fotográfica. Supongo que Gabriel quería algo más arriesgado, así que hicieron unas cuantas fotos desnudos. ¿Recuerda cuando hace unos años un coleccionista privado compró una película pornográfica de Marilyn Monroe para que nadie más pudiese verla?

—Sí.

—Bueno, pues eso es más o menos lo que hizo Horace. Compró los negativos. En realidad no podíamos permitírnoslo, pero ése era su grado de compromiso. —Señaló la portada del álbum en su mano—. En su origen era una foto de cuerpo entero, pero la cortaron.

Abrió el sobre, sacó una foto y se la mostró. Myron echó un vistazo. Los dos hombres estaban fotografiados de lado, y en efecto, estaban desnudos pero las sombras estaban dispuestas con buen gusto y funcionaban como hojas de parra.

—Sigo sin verlo.

—¿Ve esa marca en la parte superior del muslo de Gabriel?

Evelyn le pasó otra foto, muy ampliada. Allí estaba, en el muslo derecho, muy cerca de la legendaria ingle de Gabriel Wire, un tatuaje.

Un tatuaje que parecía calcado del símbolo colgado en la página de Facebook de Suzze, junto a las palabras «No es suyo».

14

Aún faltaban dos horas para su encuentro con Kitty en el centro comercial Garden State Plaza. En el camino a la parada del autobús junto al puente de George Washington, Myron informó a Big Cyndi de lo que había sabido por boca de Evelyn Stackman.

—Curioso —dijo Big Cyndi.

—¿Qué?

Big Cyndi intentó moverse en el asiento para mirarle.

—Como usted sabe, señor Bolitar, durante muchos años fui *groupie* de varias bandas de rock.

Él no lo sabía. En los días de gloria de las Fabulous Ladies of Wrestling, en el canal 11 WPIX del área de Nueva York, Big Cyndi era conocida como Mamá Gran Jefe. Mamá Gran Jefe y Esperanza, conocida como Pequeña Pocahontas formaban equipo y eran campeonas intercontinentales, aunque no estaba claro qué significaba eso de intercontinentales. Eran de las buenas. Pequeña Pocahontas por lo general ganaba gracias a su talento, antes de que alguna de sus malvadas adversarias hiciese algo ilegal —arrojarle arena a los ojos, utilizar el temido «objeto extraño», distraer al árbitro para que la ayudase su compañera de equipo—, y entonces, cuando la multitud se ponía frenética y gritaba en vano ante la horrible injusticia que se estaba cometiendo contra aquella hermosura, Mamá Gran Jefe rugía y saltaba desde lo alto de las cuerdas del cuadrilátero y liberaba a su ágil y preciosa compañera de las sujeciones y llaves. La multitud se ponía en pie y aplaudía, la Pequeña Pocahontas y Mamá Gran Jefe devolvían el orden al mundo y, por supuesto, defendían su título como equipo de campeonas intercontinentales.

Entretenimiento de masas.

—¿Eras una *groupie*?

—Oh sí, señor Bolitar. Una *groupie* muy grande.

Ella le obsequió de nuevo con una caída de ojos.

Myron asintió.

—No lo sabía.

—Tuve relaciones sexuales con muchas estrellas del rock.

—Vaya.

Ella enarcó la ceja derecha.

—Muchas, señor Bolitar.

—Ya veo.

—Incluso con algunos de sus preferidos.

—Vale.

—Pero yo no soy de esas que lo van contando por ahí. Soy un modelo de discreción.

—Eso es bonito.

—¿Se acuerda de su tipo favorito de los Doobie Brothers?

—Discreción, Big Cyndi.

—Vale. Lo siento. Pero sólo quería dejarlo claro. Seguí los pasos de Pamela des Barres, Sweet Connie, ¿la recuerda en aquella canción de Grand Funk?, Bebé Buell y mi mentora Ma Gellan. ¿Sabe quién es?

—No.

—Ma Gellan se considera a sí misma como una cartógrafa de las estrellas del rock. ¿Sabe lo que es?

Él intentó no poner los ojos en blanco.

—Sé que un cartógrafo es alguien que dibuja mapas.

—Así es, señor Bolitar. Ma Gellan hizo mapas topográficos y topológicos de los cuerpos desnudos de las estrellas del rock.

—Ma Gellan —dijo Myron, que ahora lo acababa de entender. Casi gimió—. ¿Como Magallanes?

—Es usted muy listo, señor Bolitar.

Todo el mundo es listillo.

—Sus mapas son maravillosos, muy detallados y precisos. Muestran las cicatrices, los piercings, las anormalidades, el vello, incluso los lugares donde están colosalmente o muy poco equipados.

—¿De verdad?

—Por supuesto. ¿Conoce los moldes de yeso de Cynthia? Solía hacer moldes de yeso de los penes. Por cierto, es verdad lo que dicen de los líderes. Siempre están bien dotados. Excepto uno de una muy famosa banda británica. No diré quién es, pero la tiene como la de un gatito.

—¿Estás tratando de decirme algo importante?

—Algo muy importante, señor Bolitar. Ma Gellan hizo un mapa topográfico de Gabriel Wire. Era un hombre precioso de cuerpo y de cara. Pero no tiene tatuajes. Ni una sola marca.

Myron se quedó pensativo.

—La foto de Evelyn Stackman fue tomada pocas semanas antes de recluirse lejos del mundo. Quizá se hizo el tatuaje después de que ella realizase su estudio.

Llegaron a la parada de autobús.

—Podría ser —admitió Big Cyndi. Cuando salió, el coche crujió y se movió como el troncomóvil de los Picapiedra cuando Pedro consigue cargar aquellas costillas—. ¿Quiere que lo compruebe con Ma?

—Sí. ¿Estás segura de que no quieres coger un taxi?

—Prefiero tomar el autobús, señor Bolitar.

Se alejó como un medio zaguero, todavía con su traje de Batgirl. Nadie la miró dos veces. Bienvenido a la zona de los tres estados: Nueva York-Nueva Jersey-Connecticut. Los visitantes a menudo creen que los lugareños son personas frías, a las que no les importa nada, o que son unos maleducados. La verdad es que son tremendamente corteses. Cuando vives en un área congestionada, aprendes a darles a las personas su espacio, a respetar su intimidad. Aquí, podías estar rodeado de gente y seguir disfrutando de tu soledad.

El centro comercial del Garden State Plaza ocupaba más de cuatro manzanas de tiendas, y estaba ubicado en el epicentro de los centros comerciales Paramus, en Nueva Jersey. La palabra Paramus viene de los nativos americanos lenape, y significa «lugar de tierra fértil» o «dejen sitio para otra megatienda». Paramus tiene más tiendas que cualquier otro lugar del código de correos en Estados Unidos, y Myron se dijo que ni siquiera eso se acercaba a la realidad.

Entró en el aparcamiento y consultó su reloj. Aún faltaba una hora para que Kitty llegase. Su estómago protestó. Miró las opciones de comida y sintió que se le endurecían las arterias: Chili's, Johnny Rockets, Joe's American Bar and Grill, Nathan's Hot Dogs, KFC, MacDonald's, Sbarro, y Blimpie y Subway, que Myron creía que eran el mismo restaurante. Se decidió por el California Pizza Kitchen. No hizo caso del intento del alegre camarero de venderle un aperitivo y, después de mirar todas las opciones internacionales para la pizza (carne a la jamaicana, pollo tailandés, berenjena japonesa), se decidió por la clásica pepperoni. El camarero pareció desilusionado.

Los centros comerciales son los centros comerciales. Éste era megagigante, pero en realidad lo que hace que la mayoría de centros comerciales destaquen es su deprimente similitud interior. Gap, Old Navy, Banana Republic, JC Penney, Nordstrom, Macy's, Brookstone, AMC Theatres, ya os podéis hacer una idea. Había unas extrañas tiendas especializadas superespecíficas, como una que sólo vendía velas o, la ganadora del nombre más idiota de todos: «El Arte del Afeitado». ¿Cómo es que una tienda así continuaba abierta? Myron se fijó en las tiendas más cutres, tipo quiosco, en medio de los pasillos. Estaban el Palacio del Perfume y Pagoda Piercings. Había por lo menos cuatro tiendas en las que vendían aviones de control remoto, con un idiota que hacía volar el helicóptero hacia donde tú estabas. Sí, cuatro. Sin embargo, ¿alguien ha visto alguna vez a un niño jugar con uno de esos juguetes en la vida real?

Mientras se dirigía hacia el tiovivo, Myron vio el más odioso, deshonesto y tramposo de todos los quioscos: el de los falsos «buscadores de talentos y modelos», que abordaban a todos los transeúntes que podían con frases como «Oh, tiene el aspecto que estamos buscando, ¿alguna vez ha pensado en ser modelo?». Myron se detuvo y miró a los artistas de la estafa que buscaban ganarse una comisión —la mayoría eran mujeres atractivas de veintitantos años— trabajándose al público. No intentaban descubrir personas con un determinado aspecto, supuso Myron, sino restos de alguna cicatriz de lobotomía que les permitieran localizar víctimas lo bastante ingenuas para ser «aceptadas» por su «programa de búsqueda de talentos» y comprar un «book de fotos» por cuatrocientos dólares para comenzar a posar para catálogos importantes y empezar a rodar anuncios para la televisión. Claro que, ¿cómo es que el anuncio en televisión iba acompañado con el número de una cuenta en un banco nigeriano?

Myron no estaba seguro de qué era lo más deprimente: si el hecho de que a esas jóvenes estafadoras de sueños no les importase explotar el deseo de fama de las personas, o que sus víctimas estuvieran tan necesitadas que picasen tan fácilmente.

Ya había sido suficiente. Myron sabía que ésta era su manera de retrasar el momento. Kitty llegaría en unos quince minutos. Dudó en pasar un rato en Spencer's Gifts, la tienda preferida de Brad y él cuando eran unos críos en Livingston, Nueva Jersey, con todos aquellos chistes impresos, los vasos de chupito, las camisetas con leyendas provocativas y las láminas azules en el fondo. Volvió a recordar la última vez que había visto a Brad y Kitty. Pensó en lo que había hecho; en la confusa y dolorida mirada en los ojos de Brad, y en cómo la sangre goteaba entre los dedos de Kitty.

Apartó estos pensamientos de su mente y se dispuso a colocarse en un lugar discreto, para que ella no pudiese verle. Llegó a pensar en comprar un periódico para ocultar el rostro tras él, pero nada llama más la atención en un centro comercial que una persona leyendo.

Quince minutos más tarde, mientras Myron contemplaba el tiovivo desde detrás de un maniquí en Foot Locker, llegó Kitty.

15

El jet privado de Win aterrizó en la única pista del aeropuerto de Fox Hollow. Una limusina negra esperaba en la pista. Win le dio un casto beso a su azafata Mii y bajó la escalerilla.

La limusina le dejó en la penitenciaría federal de Lewisburg, Pensilvania, hogar de los «peores entre los peores» prisioneros federales. Un guardia recibió a Win y le condujo a través de la prisión de máxima seguridad hasta el bloque G, o como se le conocía comúnmente, «el pabellón de la mafia». John Gotti había cumplido allí su condena; también Al Capone.

Win entró en la sala de visitantes.

—Por favor, tome asiento —dijo el guardia.

Win lo hizo.

—Éstas son las reglas —continuó el guardia—. Nada de estrecharse las manos. Nada de tocarse. Ningún contacto físico de ningún tipo.

—¿Qué pasa con el beso francés? —preguntó Win.

El guardia frunció el entrecejo, pero eso fue todo. Win había conseguido la cita muy pronto. Eso significaba, como sin duda había deducido el guardia, que era un hombre con mucha influencia. A los presos de Lewisburg de las Fases 1 y 2 sólo se les permitía recibir visitas a través de cámaras de vídeo. A los presos de la Fase 3 sólo se les permitían recibir visitas sin contactos. Sólo en la Fase 4 —y no estaba claro cómo se llegaba a la Fase 4— se les permitía lo que llamaban «visitas con contacto», con sus familiares. A Frank Ache, el antiguo jefe mafioso de Manhattan, se le había concedido la Fase 3 para recibir la visita de Win. A Win ya le iba bien así. No tenía el más mínimo interés en mantener ningún tipo de contacto físico con ese hombre. Se abrió la pesada puerta. Cuando Frank Ache entró en la sala de visitas, encadenado de pies y manos y vestido con un mono color naranja neón, incluso Win se sorprendió. En su mejor época —que había durado más de dos décadas—, Frank había sido un peligroso y duro jefe mafioso de la vieja escuela. Mostraba entonces un aspecto impresionante. Había sido un hombre corpulento, con el pecho como un barril, y vestía con chándales de poliéster que imitaban el terciopelo, demasiado horteras incluso para un concurso de camioneros. Hubo rumores de que Scorsese quería rodar una película sobre su vida y de que el personaje de Tony Soprano se había inspirado en Frank, excepto en que Frank no tenía una familia cariñosa ni el carácter humano de Soprano. El nombre de Frank Ache despertaba temor. Había sido un asesino peligroso, un hombre que había asesinado a muchas personas y que nunca se había disculpado por ello.

Pero la prisión tiene su manera de empequeñecer a un hombre. Ache debía haber perdido veinticinco o treinta kilos dentro de aquellas paredes, parecía consumido, seco como una vieja rama, frágil. Frank Ache miró al visitante con los ojos entrecerrados e intentó sonreír.

—Windsor Horne Lockwood III —dijo—. ¿Qué demonios haces aquí?

—¿Cómo estás, Frank?

—Como si eso te importase.

—No, no, siempre me he preocupado mucho por tu bienestar.

Frank Ache soltó una risa demasiado larga y fuerte al escucharle.

—Tuviste suerte de que no te matase. Mi hermano siempre me detuvo, ya lo sabes.

Win lo sabía. Miró sus ojos oscuros y vio el vacío en ellos.

—Ahora tomo Zoloft —añadió Frank, como si le leyese el pensamiento—. ¿Te lo puedes creer? Me tienen en vigilancia para evitar que me suicide. Yo no le veo mucho sentido, ¿tú sí?

Win no sabía si se refería al hecho de tomar el medicamento, de cometer un suicidio o incluso a intentar prevenir la posibilidad de que lo hiciera. Tampoco le importaba.

—Quiero pedirte un favor —dijo Win.

—¿Alguna vez fuimos amigos?

—No.

—¿Y?

—Un favor —explicó Win—. Tú me haces un favor a mí y yo te hago uno a ti.

Frank Ache se detuvo. Cerró los ojos y utilizó una mano que alguna vez había sido muy grande para limpiarse el rostro. Era calvo, excepto por unos grandes mechones a los lados de la cabeza. La piel morena tenía el color gris de las calles después de la lluvia.

—¿Qué te hace creer que necesito un favor?

Win no respondió. No tenía nada que añadir.

—¿Cómo se las arregló tu hermano para librarse de la acusación?

—¿Es eso lo que quieres saber?

Win no dijo nada.

—¿Qué más da?

—Hazme el favor, Frank.

—Tú ya conoces a Herman. Es un tipo distinguido. En cambio yo parezco un macarra.

—Gotti era un tipo elegante.

—No, no lo era. Parecía un mono vestido con trajes caros.

Frank Ache desvió la mirada, tenía los ojos llorosos. Se llevó una mano a la cara de nuevo. Comenzó de nuevo a sorber mocos y a continuación el rostro se le descompuso. Se echó a llorar. Win esperó a que recuperase la compostura. Ache lloró un poco más.

—¿Tienes un pañuelo o algo así? —preguntó.

—Utiliza esa manga naranja neón —respondió Win.

—¿Sabes cómo es estar aquí?

Win no dijo nada.

—Estoy sentado solo, en una celda de dos por tres metros. Estoy sentado allí veintitrés horas al día. Solo. Tomo mis comidas allí. Cago allí. Cuando salgo al patio durante una hora, no hay nadie más ahí fuera. Paso días sin oír ni una sola voz. En alguna ocasión intento hablar con los guardias. No me responden ni una palabra. Día tras día, estoy completamente solo. No hablo con nadie. Y así será hasta el día en que me muera. —Comenzó a llorar de nuevo.

Win estaba tentado de hacer el gesto de tocar su violín de aire, pero se contuvo. El hombre hablaba; al parecer necesitaba hablar. Era una buena señal.

—¿A cuántas personas mataste, Frank?

Él dejó de llorar por un momento.

—¿Yo mismo o a las que ordené matar?

—Tú eliges.

—Me has pillado. Me cargué a unos cuantos, a unos veinte o treinta tipos.

Como si estuviese hablando de multas de aparcamiento que no hubiese pagado.

—Cada vez lo siento más por ti —dijo Win.

Si Frank se ofendió, no lo demostró.

—Oye, Win, ¿quieres oír algo divertido?

Continuaba inclinándose adelante mientras hablaba, desesperado por mantener cualquier clase de conversación o de contacto. Es sorprendente cómo un ser humano, incluso alguien tan miserable como Frank Ache, podía llegar a anhelar volver a estar con otros seres humanos después de estar tan solo.

—El escenario es todo tuyo, Frank.

—¿Recuerdas a uno de mis hombres llamado Bobby Fern?

—Puede.

—¿Un tipo gordo, grandote? Solía ir con menores en el barrio de las putas.

Win le recordaba.

—¿Qué pasa con él?

—Tú me ves llorar aquí, ¿no? Ya no intento ocultarlo. Me refiero a qué sentido tiene. Sabes a lo que me refiero. Estoy llorando, ¿y qué? La verdad es que siempre lo hice. Solía echarme a llorar a solas. Incluso durante el día. Tampoco sé por qué. Hacer daño a las personas me hacía sentir bien, así que no era por eso, pero entonces, una vez, estaba viendo *Enredos de familia*. ¿Te acuerdas de aquella serie? Con aquel chico que ahora tiene la enfermedad de los tembleques...

—Michael J. Fox.

—Correcto. Me encantaba aquella serie. La hermana, Mallory, estaba como un tren. Así que la estaba mirando, debía de ser la última temporada, y el padre de familia tenía un infarto. Era una cosa triste de ver, fue así como murió mi viejo. Tampoco era para tanto, era una serie estúpida, y de repente me encuentro llorando como un bebé. Me solía pasar otras veces. Así que me inventaba una excusa y me iba. Nunca dejé que nadie me viese. Tú conoces mi mundo, ¿no?

—Sí.

—Así que un día me eché a llorar, y Bobby entró y me vio. —Frank sonrió—. Bobby y yo éramos amigos desde hacía mucho tiempo. Su hermana fue la primera chica que me tiré. En octavo. Fue tremendo. —Desvió la mirada, perdido en aquel momento feliz—. Así que Bobby entra, yo estaba llorando y, tío, tendrías que haberle visto la cara. No sabía qué hacer. Bobby no dejaba de jurar que nunca se lo diría a nadie, que no me preocupase, joder, que él lloraba a todas horas. Yo quería a Bobby. Era un buen hombre. De una buena familia. Así que pensé en dejarlo correr, ya sabes.

—Siempre fuiste un príncipe —dijo Win.

—Correcto, lo intenté. Pero verás, desde entonces, cada vez que veía a Bobby, me sentía, no sé, como avergonzado o algo así. Él no hacía ni decía nada, pero de pronto parecía siempre nervioso cuando estaba conmigo. No me miraba a los ojos, esa clase de cosas. Y Bobby sonreía mucho, ya sabes, tenía aquella gran sonrisa y se reía muy fuerte. Pero a partir de entonces, cada vez que sonreía o se reía, yo pensaba que quizá se estaba riendo de mí. ¿Entiendes lo que digo?

—Así que lo mataste —dijo Win.

Frank asintió.

—Utilicé un garrote hecho con un sedal. No lo usaba muy a menudo. Casi le corté la cabeza a Bobby. Lo que quiero decir es: ¿puedes culparme por ello?

Win separó los brazos.

—¿Cómo podrían culparte?

Frank se rió de nuevo demasiado fuerte.

—Es bonito tenerte aquí de visita.

—Oh, sí, qué buenos tiempos.

Frank se rió un poco más. Win se dijo que sólo quería hablar. En realidad era patético. Este antiguo gigantón estaba roto, desesperado, y por lo tanto Win le podía utilizar.

—Dijiste antes que Herman tiene clase. Que él parecía más legal que tú.

—Sí.

—¿Podrías explicármelo?

—Tú estabas allí, sabes cómo eran las cosas entre mi hermano y yo. Herman quería ser legal. Quería ir a las fiestas y jugar en los viejos campos de golf, como tú, y consiguió tener una oficina en el centro, en un bonito edificio. Metió dinero sucio en negocios de verdad, como si eso sirviese para limpiar el dinero. Así que, al final, Herman sólo quería ocuparse del juego y de los préstamos usureros. Adivina por qué.

—¿Porque son negocios menos violentos? —preguntó Win.

—No, qué va, son muy violentos cuando hay que cobrar. —Frank Ache se inclinó hacia delante, y Win notó su mal aliento—. El juego y los préstamos con usura a él le parecían negocios legales. Los casinos se ocupan del juego y son legales. Los bancos prestan y son legales. Entonces, ¿por qué Herman no podía hacer lo mismo?

—¿Y tú?

—Yo me ocupaba de los otros asuntos. Las drogas, las putas, cosas así, aunque, permíteme que te lo diga, si el Zoloft no es una droga que funciona mejor que una mamada, se la chuparía a una hiena.

Y no me vengas con que las putas son ilegales. Es la más antigua de las profesiones. Si lo piensas, al final, ¿alguna vez el hombre no paga por el sexo?

Win no discutió.

—Entonces, ¿qué te trae por aquí? —Frank sonrió, y esa imagen continuaba siendo siniestra. Win se dijo que aquella sonrisa era lo último que habían visto muchas personas antes de morir—. O mejor dicho, tal vez debería preguntarte: ¿en el culo de quién ha metido ahora el dedo Myron?

Había llegado el momento de mostrar sus cartas.

—Evan Crisp.

Frank abrió mucho los ojos.

—¡Joder!

—Sí.

—¿Myron se encontró con Crisp?

—Lo hizo.

—Crisp es casi tan peligroso como tú —afirmó Frank.

—Me siento halagado.

—Tío, tú contra Crisp. Sería divertido verlo.

—Te mandaré el DVD.

Algo oscuro atravesó el rostro de Frank.

—Evan Crisp —dijo con voz pausada— es una de las principales razones por las que estoy aquí.

—¿Cómo es eso?

—Verás, uno de nosotros, Herman o yo, tenía que caer. Ya sabes cómo es RICO. Necesitaban un chivo expiatorio.

«Chivo expiatorio», pensó Win. Ese hombre no tenía ni idea de cuántas personas había matado él mismo, incluida una por haberle visto llorar. Pero era el chivo expiatorio.

—Así que era Herman o yo. Crisp trabajaba para Herman. De pronto los testigos de Herman desaparecieron o guardaron silencio. Los míos no. Punto final.

—Así que tú tuviste que cargar con los crímenes.

Frank se inclinó hacia delante una vez más.

—Me echaron a los leones.

—Y mientras tanto, Herman vive feliz y legal —comentó Win.

—Sí —asintió Frank.

Sus miradas se cruzaron durante unos segundos. Frank le dirigió a Win un gesto casi invisible.

—Evan Crisp —dijo Win— trabaja ahora para Gabriel Wire. ¿Sabes quién es?

—¿Wire? Claro. Su música es una pura y auténtica mierda. ¿Myron es su representante?

—No, es agente de su socio.

—Lex algo, ¿no? Otro tipo sin talento.

—¿Tienes alguna idea de por qué Crisp podría estar trabajando para Gabriel Wire?

Frank sonrió y mostró unos dientes pequeños, que parecían pastillas de menta.

—En los viejos tiempos, Gabriel Wire hacía de todo. Drogas, putas, pero sobre todo el juego.

Win enarcó una ceja.

—Por favor, dime.

—¿El favor?

—Hecho.

No dijo nada más al respecto. No hacía falta nada más.

—Wire le debía mucha pasta a Herman —añadió Frank—. Hubo un momento, y ahora me remonto a antes de que empezara a hacer su numerito a lo Howard Hughes, es decir, hace unos quince o veinte años, en que su deuda era de más de medio millón.

Win se quedó pensativo durante unos instantes.

—Corre el rumor de que alguien desfiguró el rostro de Wire.

—Herman, no —dijo Frank, y sacudió la cabeza—. No es tan estúpido. Wire no puede cantar una nota, pero su sonrisa puede desabrochar un sostén desde treinta pasos. Así que no, Herman no le haría nada al paganini.

Fuera de la habitación, en el pasillo, un hombre gritó. El guardia que permanecía junto a la puerta no se movió. Tampoco Frank. Los gritos continuaron, cada vez más fuertes, y de repente se cortaron como si hubiesen apretado un interruptor.

—¿Alguna idea de por qué Crisp está trabajando para Wire? —preguntó Win.

—Oh, dudo que esté trabajando para Wire —respondió Frank—. ¿Mi opinión? Crisp está allí por Herman. Lo más probable es que esté presente para asegurarse de que el señor Rock-n-Roll pague.

Win se echó hacia atrás y cruzó las piernas.

—Entonces, tú crees que tu hermano todavía anda involucrado en algo con Gabriel Wire.

—¿Por qué, si no, iba a estar Crisp vigilándole?

—Creíamos que quizás Evan Crisp se había vuelto legal. Que tal vez se había buscado un bonito trabajo como guardia de seguridad para proteger a una estrella recluida.

Frank sonrió de nuevo.

—Sí, ya veo que podrías pensar eso.

—¿Estoy equivocado?

—Nunca nos volvemos legales, Win. Sólo nos volvemos más hipócritas. En este mundo, perro se come a perro. Algunos acaban comidos; otros, no. Todos nosotros, incluido tu amigo Myron, seríamos capaces de matar a un millón de desconocidos para proteger a los pocos que queremos, y cualquiera que afirme lo contrario miente. Lo hacemos todos los días, de una manera u otra. Puedes comprarte un bonito par de zapatos o utilizar ese dinero para salvar a unos cuantos niños hambrientos de África, pero siempre acabas comprándote los zapatos. Así es la vida. Todos somos capaces de matar, cuando sentimos que tenemos una justificación para hacerlo. Un hombre tiene una familia que se está muriendo de hambre. Si matara a otro hombre, podría robarle el pan y salvar a sus hijos. Si no lo matara, se quedaría sin pan y su familia moriría. Así que matará al hombre. Siempre es así. Pero verás, el rico no necesita matar para conseguir su pan. Así que dice: «Oh, es malo matar», y hace leyes para que nadie le hiera ni le robe el millón de panes que tiene guardado para él y su gorda familia. ¿Oyes lo que te digo?

—La moralidad es subjetiva —afirmó Win, e hizo un exagerado gesto de contener un bostezo—. Qué perspicacia filosófica, Frank.

Frank se rió.

—No recibo muchas visitas. Estoy disfrutando con esto.

—Fabuloso. Así que, por favor, dime, ¿en qué andan metidos Crisp y tu hermano?

—La verdad es que no lo sé. Pero podría explicarte de dónde viene gran parte del dinero de Herman. Cuando aparecieron los tipos de RICO, embargaron todas nuestras cuentas. Pero Herman tenía en alguna parte una gallina de los huevos de oro que pagaba a su abogado y a Crisp. Podría haber sido Gabriel Wire, ¿por qué no?

—¿Podrías preguntárselo?

—¿Preguntarle a Herman? —Frank sacudió la cabeza—. No viene mucho de visita.

—Ah, qué triste. Antes estabais muy unidos.

En aquel momento el móvil de Win vibró dos veces. La doble vibración funcionaba sólo en caso de emergencia. Sacó el móvil, leyó el texto y cerró los ojos.

Frank Ache le miró.

—¿Malas noticias?

—Sí.

—¿Tienes que marcharte?

Win se levantó.

—Sí.

—Eh, Win. Vuelve por aquí, ¿vale? Me gustan estas conversaciones.

Pero ambos sabían que no lo haría. Era patético. Veintitrés horas en una celda solo. «No podías hacerle eso a un hombre —pensó Win—, ni siquiera al peor de su calaña. Tendrías que llevarlo a la parte trasera, apuntarle con un arma en la cabeza y meterle dos balas en el cráneo. Antes de apretar el gatillo, el hombre, incluso alguien tan maltrecho como Frank, suplicaría por su vida.» Era así como funcionaban las cosas. El instinto de supervivencia siempre se ponía en marcha; los hombres, todos los hombres, suplicaban por sus vidas cuando se enfrentaban a la muerte. Sin embargo, sacrificar a un animal tenía una relación coste-efectividad más sabia y, finalmente, más humana.

Win le hizo una seña al guardia y se apresuró en volver a su avión.

Myron observó a Kitty caminar con lentitud por el centro comercial, como si tuviese miedo de que el suelo se hundiese bajo sus pies. Tenía el rostro pálido. Las pecas se habían esfumado, pero no de una manera sana. Continuaba caminando encogida y parpadeando, como si alguien le hubiera levantado la mano y ella se preparase para recibir el golpe.

Por un momento, Myron se quedó quieto donde estaba. Los sonidos del centro comercial resonaban en sus oídos y le recordaban aquellos lejanos días del tenis, cuando Kitty tenía tanta confianza y seguridad en sí misma, que enseguida veías que estaba destinada a alcanzar la fama. Myron recordó aquella vez que llevó a Suzze y a Kitty a un centro comercial como éste, hacía mucho tiempo, después de un torneo en Albany. Las dos grandes promesas del tenis entraron en el centro comercial comportándose como dos adolescentes y se olvidaron de fingir que eran personas adultas durante un buen rato. Repetían «cómo» y «¿sabes?» en cada frase, hablaban a gritos y se reían por las cosas más tontas, como hacían las demás chicas de su edad.

¿Sería una locura preguntarse cuándo se estropeó todo?

Kitty miraba a la izquierda y a la derecha. La pierna derecha comenzaba a temblarle. Myron tenía que tomar una decisión. ¿Debería acercarse a ella poco a poco o sería mejor esperar y seguirla hasta el coche? ¿Debería provocar un encuentro directo o actuar de manera más sutil?

Cuando Kitty le dio la espalda, Myron comenzó a caminar hacia ella. Apresuró el paso, temeroso de que, si ella se giraba, le viese y echase a correr. Se desvió para impedir que pudiese emprender una huida rápida y se dirigió hacia una esquina entre Macy's y Wetzel's Pretzels. Se encontraba a dos pasos de Kitty cuando sintió vibrar la Blackberry. Como si hubiese intuido su proximidad, Kitty comenzó a volverse hacia él.

—Me alegro de verte, Kitty.

—¿Myron? —Retrocedió como si la hubiesen abofeteado—. ¿Qué haces aquí?

—Tenemos que hablar.

Ella abrió la boca.

—¿Cómo me encontraste?

—¿Dónde está Brad?

—Espera, ¿cómo sabías que estaría aquí? No lo entiendo.

Él habló deprisa, con el deseo de acabar cuanto antes.

—Encontré a Crush. Le dije que te llamase y organizase una cita. ¿Dónde está Brad?

—Tengo que irme.

Kitty intentó pasar por su lado. Myron se interpuso en su camino. Ella se movió a la derecha. Myron le sujetó el brazo.

—Suéltame.

—¿Dónde está mi hermano?

—¿Por qué quieres saberlo?

La pregunta le detuvo. No sabía muy bien qué responder.

—Sólo quiero hablar con él.

—¿Por qué?

—¿Cómo que por qué? Es mi hermano.

—Y es mi marido —dijo ella, defendiendo repentinamente su territorio—. ¿Qué quieres de él?

—Te lo dije. Sólo quiero hablar con él.

—¿Para qué, para inventarte más cosas sobre mí?

—¿Inventarme más cosas sobre ti? Tú fuiste la que dijo que

yo... —Improductivo. Se contuvo—. Mira, lo siento mucho. Todo lo que haya dicho o hecho. Quiero dejar eso atrás. Quiero disculparme.

Kitty sacudió la cabeza. Detrás de ella, el tiovivo se puso en marcha. Había unos veinte niños. Algunos padres se acercaron a ellos. Estaban junto a los caballitos, para asegurarse de que sus retoños estuviesen seguros. La mayoría miraba desde los costados, con la cabeza moviéndose en pequeños círculos para poder ver a sus hijos y sólo a sus hijos. Cada vez que pasaba el niño, el rostro del padre se iluminaba de nuevo.

—Por favor —dijo Myron.

—Brad no quiere verte.

Su tono era el de una adolescente petulante, pero las palabras todavía ardían.

—¿Lo ha dicho él?

Kitty asintió. Intentó mirarla a los ojos, pero su mirada estaba fija en cualquier parte menos en él. Myron tenía que dar un paso atrás y controlar sus emociones. Olvidar el pasado. Olvidar la historia. Intentar conectar.

—Desearía poder retirarlo todo —dijo Myron—. No tienes idea de cuánto lamento lo ocurrido.

—Ya no tiene importancia. Tengo que irme.

«Conecta —pensó—. Tienes que conectar.»

—¿Alguna vez has pensado en los arrepentimientos, Kitty? ¿No has deseado nunca volver atrás y hacer las cosas de otra manera, y que entonces todo tu mundo hubiera cambiado? Como si hubieses girado a la derecha en vez de hacerlo a la izquierda en un semáforo. Si tú no hubieses cogido aquella raqueta de tenis cuando tenías, qué sé yo, ¿tres años? Si yo no me hubiese lesionado la rodilla y no hubiese sido tu agente, y si tú nunca hubieses conocido a Brad. ¿Te preguntas alguna vez cosas así?

Tal vez era un señuelo, pero eso no significaba que no fuese verdad. Ahora se sentía vacío. Por un momento ambos permanecieron inmóviles, con su mundo en silencio, mientras el público de la gran superficie se movía a su alrededor.

Cuando Kitty por fin habló, su voz era suave.

—No funciona de esa manera.

—¿Por qué no?

—Todo el mundo se arrepiente de cosas —afirmó ella desviando la mirada—, pero no quieres volver atrás. Si hubiese girado a la derecha en lugar de a la izquierda, o si nunca hubiera cogido una raqueta, bueno, quizá no hubiese conocido a Brad. Nunca hubiésemos tenido a Mickey. —Al mencionar a su hijo, sus ojos se llenaron de lágrimas—. Pasara lo que pasase, jamás volvería atrás, no me arriesgaría a hacerlo. Si cambiase una sola cosa, aunque sólo fuera tener un sobresaliente en matemáticas de sexto en lugar de un aprobado, quizá la reacción en cadena hubiese cambiado un espermatozoide o un óvulo, y entonces no existiría Mickey. ¿Lo ves?

Oír el nombre del sobrino al que nunca había conocido funcionó como un lazo alrededor del corazón de Myron. Intentó mantener la calma en su voz.

—¿Cómo es Mickey?

Por un momento desapareció la jugadora de tenis y el color volvió a su rostro.

—Es el chico más fabuloso del mundo. —Sonrió, pero Myron vio las huellas de la devastación tras aquella sonrisa—. Es tan inteligente, fuerte y bueno. Me sigo asombrando todos los días. Le encanta jugar a baloncesto. —Una pequeña risa escapó de sus labios—. Brad dice que quizá sea mejor que tú.

—Me encantaría verle jugar.

Su espalda se puso rígida y su rostro se cerró como una reja.

—Eso no va a suceder.

La estaba perdiendo; era el momento de cambiar de táctica, de desconcertarla.

—¿Por qué colgaste esas palabras: «No es suyo», en el muro de Suzze?

—¿De qué me estás hablando? —protestó ella, pero no había convicción en su voz.

Abrió el bolso y comenzó a buscar algo. Myron observó y vio dos paquetes de cigarrillos aplastados. Ella sacó uno y se lo puso en la boca, y le miró como si le retase a que dijese algo. Él no lo hizo. Kitty se dirigió hacia la salida. Myron se mantuvo a su lado.

—Vamos, Kitty. Ya sé que fuiste tú.

—Necesito fumar.

Caminaron entre dos restaurantes: Ruby Tuesdays y MacDonald's. El MacDonald's tenía una horrorosa estatua de Ronald MacDonald sentado en el reservado. Ronald mostraba una gran sonrisa, estaba demasiado pintado y parecía como si fuese a guiñarles un ojo cuando pasaron. Myron se preguntó si no les causaría pesadillas a los niños. Cuando Myron no estaba seguro de cuál iba a ser su próximo movimiento, se preguntaba esas cosas.

Kitty ya había encendido el cigarrillo. Chupó con fuerza, cerró los ojos y soltó una larga nube de humo. Los coches pasaban lentamente a la búsqueda de una plaza de aparcamiento.

Kitty dio otra calada. Myron esperó.

—¿Kitty?

—No tendría que haberlo colgado.

Allí estaba. La confirmación.

—¿Por qué lo hiciste?

—Supongo que fue la típica revancha. Cuando yo estaba embarazada, le dijo a mi marido que no era suyo.

—¿Y tú decidiste hacer lo mismo?

Otra calada.

—En aquel momento me pareció una buena idea.

A las tres y diecisiete de la madrugada.

—¿Estabas muy colocada?

—¿Qué?

Error.

—No importa.

173

—No, te he oído. —Kitty sacudió la cabeza, arrojó lo que quedaba del cigarrillo a la acera y lo pisoteó—. Esto no es asunto tuyo. No quiero que formes parte de nuestras vidas. Tampoco Brad. —Algo se apagó de nuevo en sus ojos—. Tengo que irme.

Se giró para entrar de nuevo en el centro comercial, pero Myron puso las manos en sus hombros.

—¿Qué más está pasando aquí, Kitty?

—Quítame las manos de encima.

Él no lo hizo. La miró y vio que la conexión había desaparecido. Ahora parecía un animal acorralado. Un animal acorralado y rencoroso.

—Déjame ir.

—No hay manera de que Brad tolere esto.

—¿Tolerar qué? No te queremos en nuestras vidas. Quizá quieras olvidar lo que nos hiciste...

—Escúchame sólo un momento, ¿vale?

—¡Quítame las manos de encima! ¡Ya!

No había manera de hablar con ella. Su irracionalidad le enfurecía. Myron sintió que le hervía la sangre en las venas. Pensó en todas las cosas horribles que ella había hecho: en cómo había mentido, cómo había hecho que su hermano se alejase. La recordó drogándose en el club, y luego pensó en ella en aquel club nocturno con Joel Fishman.

Ahora su voz tenía un tono cortante.

—¿Cuántas neuronas has quemado, Kitty?

—¿De qué me estás hablando?

Él se inclinó para que su rostro quedase a unos centímetros del de ella. Casi sin mover los labios, dijo:

—Te localicé a través de tu camello. Fuiste a ver a Lex para conseguir droga.

—¿Lex te contó eso?

—Por todos los demonios, mírate —exclamó Myron, sin disimular ya su disgusto—. ¿De verdad vas a decirme que no consumes?

Las lágrimas inundaron sus ojos.

—¿Qué eres tú, mi consejero en drogas?

—Piensa en cómo te encontré.

Kitty entrecerró los ojos, confusa. Myron esperó. Entonces lo comprendió. Él asintió.

—Sé lo que hiciste en el club —añadió Myron, e intentó no perderla—. Incluso lo tengo grabado en vídeo.

Ella sacudió la cabeza.

—No sabes nada.

—Sé lo que vi.

—Hijo de puta. Ahora lo entiendo. —Ella se enjugó las lágrimas—. Quieres mostrárselo a Brad, ¿no?

—¿Qué? No.

—No me lo puedo creer. ¿Me filmaste?

—Yo no. El club. Es un vídeo de una cámara de vigilancia.

—¿Y tú lo buscaste? Eres un maldito cabrón.

—¡Eh! —exclamó Myron—. Yo no soy el que se la chupa a un tío en un club nocturno para poder drogarme.

Ella retrocedió como si la hubiese abofeteado. Estúpido. Había olvidado su propio aviso. Con los desconocidos sabía cómo hablar, sabía cómo interrogarles. Con la familia, siempre tomaba el camino equivocado.

—No pretendía... Mira, Kitty, de verdad, quiero ayudarte.

—Mentiroso. Por una vez di la verdad.

—Estoy diciendo la verdad. Quiero ayudarte.

—No con aquello.

—¿De qué hablas?

Kitty tenía ahora aquella mirada siniestra, astuta, del drogadicto que busca una dosis.

—¿Qué dirías si vieses a Brad de nuevo? Dime la verdad.

Eso le hizo detenerse. Después de todo, ¿qué quería conseguir? Win siempre le advertía que no perdiese de vista su objetivo. Que consiguiese sus fines. Uno: Suzze le había pedido que encontrase a

Lex. Hecho. Dos: Suzze quería saber quién había colgado en su muro aquel mensaje: «No es suyo». Hecho.

Kitty, la drogata y todo lo demás, ¿acaso no tenía razón? ¿Qué diría si viese a Brad? Sin duda le pediría perdón y trataría de reconciliarse con él, ¿y después, qué?

¿Mantendría en secreto lo que había visto en la cinta de vídeo?

—Lo sabía. —El rostro de Kitty tenía una expresión tan pagada de sí misma y triunfal que él deseaba darle una bofetada más que cualquier otra cosa en el mundo—. Le dirías que soy una puta.

—No creo que tuviese que decirle nada, Kitty. El vídeo habla por sí mismo, ¿no?

Ella le abofeteó. La droga no había disminuido los reflejos de la antigua tenista. La bofetada le dolió, y el sonido se repitió. Kitty echó a andar de nuevo. Con la mejilla enrojecida, Myron la sujetó por el codo, quizá con demasiada fuerza. Kitty intentó apartarse, pero él aumentó la fuerza en un punto de presión. Ella torció el gesto y exclamó:

—¡Ay, me haces daño!

—¿Está usted bien, señora?

Myron se giró. Dos guardias de seguridad del centro comercial estaban junto a ellos. Myron soltó el codo de Kitty. Ella entró en el edificio. Myron intentó seguirla, pero los guardias de seguridad se interpusieron en su camino.

—No es lo que parece —les dijo Myron.

Eran demasiado jóvenes para poner los ojos en blanco, como si estuvieran hastiados del mundo, pero lo intentaron; la frase lo merecía.

—Lo siento, señor, pero nosotros...

No había tiempo para dar explicaciones. Como un delantero, Myron se giró a la derecha y se echó a correr con la intención de dejarlos atrás.

—¡Eh! ¡Alto!

No se detuvo. Corrió por el pasillo. Los guardias de seguridad le perseguían. Se detuvo en la intersección del tiovivo, miró a la izquierda, hacia Spencer Gifts, y adelante, hacia Starbucks.

Nada.

Kitty había desaparecido. Otra vez. Pero quizá fuera lo mejor. Tal vez fuera el momento de evaluar qué estaba haciendo allí. Los guardias de seguridad le alcanzaron. Uno parecía dispuesto a atacarle, pero Myron levantó las manos en señal de rendición.

—Se acabó, tíos. Me marcho.

En ese momento ya habían aparecido ocho guardias de seguridad más, pero ninguno quería montar un escándalo. Le escoltaron hasta fuera del centro comercial. Subió a su coche. «Vaya manera de irse —pensó Myron—. De verdad, lo has manejado muy bien.» Pero ¿qué otra cosa hubiera podido hacer? Quería ver a su hermano, pero ¿estaba bien forzar la situación? Había esperado dieciséis años. Podía esperar un poco más. Olvidarse de Kitty. Intentaría llegar a Brad a través de aquella dirección de correo electrónico, a través de su padre o algo así.

Sonó el móvil de Myron. Dirigió un saludo a los amables guardias de seguridad y metió la mano en el bolsillo. En la pantalla aparecía un nombre: LEX RYDER.

—¿Hola?

—Oh, Dios...

—¿Lex?

—Por favor... deprisa. —Comenzó a sollozar—. La están sacando.

—Lex, cálmate.

—Es culpa mía. Oh, Dios. Suzze...

—¿Qué pasa con Suzze?

—No tendrías que haberte metido.

—¿Suzze está bien?

—¿Por qué tuviste que meterte?

Más llanto. Myron sintió un miedo helado en el pecho.

—Por favor, Lex, escúchame. Necesito que te calmes y me digas qué está pasando.

—Deprisa.

—¿Dónde estás?

Lex volvió a sollozar.

—¿Lex? Necesito saber dónde estás.

Se oyó un sonido ahogado, más llanto, y después tres palabras:

—En la ambulancia.

Fue difícil sacarle algo más a Lex.

Myron consiguió averiguar que a Suzze la llevaban al hospital de Santa María. Eso fue todo. Myron envió un mensaje de texto a Win y llamó a Esperanza.

—Estoy en ello —dijo Esperanza.

Myron intentó buscar el hospital en su GPS, pero su mano continuaba temblando y el GPS tardaba demasiado, y cuando comenzó a conducir el coche, aquella maldita característica de seguridad no le permitía conectar la información.

Se vio retenido por el tráfico de la autopista de Nueva Jersey, comenzó a tocar la bocina y a hacer señas a la gente como un loco. La mayoría de los conductores no le hicieron caso. Vio que algunos cogían el móvil, sin duda para llamar a la policía y avisar de que una persona había perdido el juicio en el atasco.

Myron llamó a Esperanza.

—¿Alguna noticia?

—En el hospital no dicen nada por teléfono.

—Vale, llámame si te enteras de algo. Tendría que llegar allí dentro de unos diez o quince minutos.

Fueron quince.

La entrada en el aparcamiento del hospital fue bastante complicada. Estaba lleno y, después de dar varias vueltas, lo envió todo al diablo. Aparcó en doble fila, bloqueando la salida a alguien, y dejó las llaves puestas. Corrió hacia la entrada, pasó junto a un grupo de fumadores vestidos con batas de hospital y entró en la sala de urgencias. Se detuvo en el mostrador de entrada, detrás de otras tres personas, balanceándose de un pie a otro como si fuera un chico de dieciséis años que necesitara ir al lavabo urgentemente.

Por fin le llegó su turno. Le dijo a la recepcionista por qué estaba allí. La mujer que había detrás del mostrador mostraba esa implacable expresión de «ya lo he visto todo».

—¿Es un familiar? —le preguntó en un tono que no podía resultar más indiferente.

—Soy su agente y amigo íntimo.

Exhaló un suspiro muy ensayado. Myron comprendió que iba a ser una pérdida de tiempo. Su mirada recorrió la sala, buscando a Lex, a la madre de Suzze o a alguien. Le sorprendió ver en un rincón a Loren Muse, jefa investigadora del condado. Myron había conocido a Muse tras la desaparición de una adolescente llamada Aimee Biel, hacía unos cuantos años. Muse sujetaba su libreta, hablaba con alguien y tomaba notas.

—¿Muse?

Ella se volvió hacia él. Myron dirigió la mirada a su derecha y vio que estaba interrogando a Ryder. Lex tenía un aspecto horrible, el color había desaparecido de su rostro, sus ojos miraban al vacío y su cuerpo estaba derrumbado contra la pared. Muse cerró la libreta y se acercó a Myron. Era una mujer baja, de apenas un metro cincuenta de estatura, y Myron medía uno noventa. Se detuvo delante de él, alzó la mirada y le miró a los ojos. A Myron no le gustó lo que vio.

—¿Cómo está Suzze? —preguntó Myron.

—Está muerta —contestó Muse.

17

Había sido una sobredosis de heroína.

Muse se lo explicó a Myron mientras él estaba a su lado, con la visión borrosa, sacudiendo la cabeza una y otra vez en una pertinaz negativa. Cuando por fin pudo hablar, preguntó:

—¿Cómo está el bebé?

—Está vivo —respondió Muse—. Nació por cesárea. Es un niño. Parece que está bien, pero lo han ingresado en la unidad de cuidados intensivos para prematuros.

Myron intentó sentir algún alivio ante esa noticia, pero el asombro y la estupefacción seguían dominándole.

—Suzze no hubiese tratado de acabar con su vida, Muse.

—Pudo ser un accidente.

—No consumía.

Muse asintió de la manera que hacen los polis cuando no quieren discutir.

—Lo investigaremos.

—Estaba limpia.

Asintió de nuevo.

—Muse, te lo aseguro.

—¿Qué quieres que te diga, Myron? Lo investigaremos, pero ahora mismo, todo indica que se trata de una sobredosis. No han forzado la entrada. No hay señales de lucha. También tiene un largo historial de consumo de drogas.

—Un historial. Eso pertenece al pasado. Iba a tener un bebé.

—Las hormonas —dijo Muse—. Nos hacen hacer cosas estúpidas.

—Venga, Muse. ¿Cuántas mujeres embarazadas de ocho meses se suicidan?

—¿Cuántos drogadictos consiguen mantenerse limpios para siempre jamás?

Él pensó en su querida cuñada Kitty, otra adicta que no podía mantenerse limpia. El cansancio comenzó a pesarle en los huesos. Curiosamente, comenzó a pensar en su prometida. La hermosa Terese. De pronto decidió alejarse de todo eso ahora mismo, renunciar, sin más. Quería echarlo todo por la borda. Al diablo con la verdad. Al diablo con la justicia. Al diablo con Kitty, Brad, Lex y todos los demás. Tomaría el primer avión con destino a Angola y se reuniría con la única persona que conseguiría hacerle olvidar esa locura.

—¿Myron?

Concentró su atención en Muse.

—¿Puedo verla? —preguntó.

—¿Te refieres a Suzze?

—Sí.

—¿Por qué?

No estaba seguro. Quizás era la típica necesidad de sentir que aquello fuese real, o de encontrar —por Dios, cuánto detestaba esa expresión— alguna especie de punto final. Recordó el movimiento de la coleta de Suzze cuando jugaba al tenis. Pensó en cuando ella posaba para aquellos divertidos anuncios de La-La-Latte, en su risa fácil, en su manera de masticar chicle en la pista y en la expresión de su rostro cuando le pidió que fuese el padrino de su hijo.

—Se lo debo.

—¿Vas a investigarlo?

Él sacudió la cabeza.

—El caso es todo tuyo.

—Ahora mismo no hay caso. Es una sobredosis.

Se internaron por el pasillo y se detuvieron delante de una puerta en el ala de partos.

—Espera aquí —le pidió Muse.

Entró. Cuando salió, le dijo:

—El patólogo del hospital está con ella. La ha limpiado, ya sabes, después de la cesárea.

—Vale.

—Hago esto porque todavía te debo un favor —dijo Muse.

Él asintió.

—Considéralo pagado.

—No lo quiero pagado. Quiero que seas sincero conmigo.

—De acuerdo.

Ella abrió la puerta y le hizo entrar en la sala. El hombre que estaba de pie junto a la camilla —Myron supuso que era el patólogo— vestía una bata y permanecía inmóvil. Suzze estaba acostada boca arriba. La muerte no te hace parecer más joven ni más viejo, ni estar en paz o perturbado. La muerte te hace parecer vacío, hueco, como si algo hubiese escapado de tu interior y de repente te hubieras convertido en una casa abandonada. La muerte convierte el cuerpo en un objeto inanimado: una silla, un archivador, una piedra. Polvo eres y en polvo te convertirás, ¿no? A Myron le hubiera gustado creer en todas esas racionalizaciones, en todo aquello de que la vida continúa, de que un eco de Suzze seguiría viviendo a través de su hijo en la sala de recién nacidos, pero ahora mismo no podía hacerlo.

—¿Sabes si alguien deseaba que muriera? —preguntó Muse.

Él le dio la respuesta fácil.

—No.

—El marido parece bastante conmovido, pero he visto maridos capaces de matar a su mujer y de actuar después mejor que Laurence Olivier. En cualquier caso, Lex afirma que vino en un avión privado desde Biddle Island. Cuando llegó aquí, ya habían sacado el cadáver. Podemos comprobar los horarios.

Myron no dijo nada.

—Lex y Suzze son los dueños del edificio donde vivían —continuó Muse—. No hay informes de que nadie hubiera entrado o salido, pero hay muy pocas medidas de seguridad en esa casa. Investigaremos más, si es necesario.

Myron se acercó al cuerpo. Apoyó la mano en la mejilla de Suzze. Nada. Era como posar la mano en una silla o en un archivador.

—¿Quién llamó?

—Ese detalle parece algo extraño —respondió Muse.

—¿Por qué?

—Un hombre con acento hispano llamó desde un teléfono en el ático. Cuando llegaron los de la ambulancia, ya se había ido. Suponemos que sería un trabajador ilegal que trabajaba en el edificio y no querría meterse en problemas. —No tenía sentido, pero Myron no quería profundizar en ello en ese momento. Como si le hubiese leído el pensamiento, Muse añadió—: Podría ser alguien que se estuviera drogando con ella y no quisiera líos. También podría ser el camello. Ya lo averiguaremos.

Myron se volvió hacia el patólogo.

—¿Puedo mirarle los brazos?

El patólogo miró a Muse. Ella asintió. Myron observó las venas.

—¿Dónde se inyectó?

El patólogo señaló un morado en la parte interna del codo.

—¿Ve pinchazos antiguos? —preguntó Myron.

—Sí —respondió el patólogo—. Muy antiguos.

—¿Algún otro pinchazo reciente?

—No, en los brazos no.

Myron observó a Muse.

—Hace años que no consumía drogas —afirmó.

—Las personas se pinchan en muchos lugares —señaló Muse—. Incluso en sus días de gloria, con aquellos trajes de tenis, corría el rumor de que Suzze se pinchaba en los lugares más insospechados.

—Pues vamos a comprobarlo.

Muse sacudió la cabeza.

—¿Para qué?

—Quiero que veas que no consumía.

El patólogo carraspeó.

—No es necesario —dijo—. Ya he realizado un primer examen del cadáver. Encontré algunas antiguas cicatrices junto al tatuaje, en la parte superior del muslo, pero no había ninguna señal reciente.

—Ninguna señal reciente —repitió Myron.

—Eso no prueba que no se inyectara ella misma —manifestó Muse—. Quizá decidió volver a hacerlo una sola vez, Myron. Quizás estaba limpia y se pasó, o se inyectó una sobredosis intencionadamente.

Myron separó las manos y la miró con incredulidad.

—¿Estando embarazada de ocho meses?

—De acuerdo, vale, entonces dime: ¿por qué iba alguien a querer matarla? Es más, ¿cómo lo habría hecho? Como ya te he dicho, no hay señales de lucha. Ninguna señal de que forzasen la entrada. Muéstrame un solo indicio de que no fue un suicidio o una sobredosis accidental.

Myron no sabía qué decir.

—Colgaron un mensaje en su muro en Facebook —comentó.

Luego se detuvo. Un dedo helado le recorrió la columna. Muse se dio cuenta.

—¿Qué? —preguntó.

Myron se volvió hacia el patólogo.

—¿Ha dicho usted que se pinchaba junto al tatuaje?

El patólogo volvió a mirar a Muse.

—Espera un momento —dijo Loren Muse—. ¿Qué decías de un mensaje en Facebook?

Myron no esperó. Se dijo a sí mismo que aquel cuerpo no era Suzze, pero esta vez sintió que las lágrimas asomaban a sus ojos. Suzze había sobrevivido a tantas cosas, había logrado salir por el lado bueno de la vida, y ahora, cuando parecía tenerlo todo a su alcance, bueno, había llegado la hora de que Myron interviniese. Al demonio con las excusas. Suzze había sido su amiga. Había acudido a él para que la ayudase. Se lo debía.

Apartó la sábana antes de que Muse pudiese protestar. Sus ojos se fijaron en la parte superior del muslo, y en efecto, allí estaba. El tatuaje. El mismo tatuaje que aparecía en el mensaje con las palabras «No es suyo». El mismo tatuaje que Myron había visto en la foto de Gabriel Wire.

—¿Qué pasa? —preguntó Muse.

Myron miraba la parte superior del muslo. Gabriel Wire y Suzze tenían el mismo tatuaje. La implicación era obvia.

—¿Qué significa ese tatuaje? —añadió Muse.

Myron intentó frenar el torbellino que bullía en su cabeza. El tatuaje había aparecido en el muro: ¿cómo es que Kitty lo sabía? ¿Por qué lo había puesto en su mensaje? Y por último, ¿sabría Lex que su esposa y su socio musical compartían el mismo tatuaje?

Todo encajaba. Las palabras «No es suyo»; el símbolo que adornaba la parte superior de los muslos de Suzze y Gabriel Wire. No era de extrañar que aquel correo hubiese conmocionado a Lex.

—¿Dónde está Lex? —preguntó Myron.

Muse cruzó los brazos sobre el pecho.

—¿De verdad no vas a decirme nada?

—Lo más probable es que no sea nada. ¿Está con el bebé?

La investigadora frunció el entrecejo y continuó esperando.

—Además, no puedo decirte nada —continuó Myron—. Al menos por ahora.

—¿Qué quieres decir?

—Soy abogado, Muse. Trabajo para Lex y Suzze.

—Eres un agente.

—También soy abogado.

—Oh, no. No me vengas ahora con que eres abogado. Ahora no. No después de que te dejase entrar aquí y vieses el cadáver.

—Estoy atado de pies y manos, Muse. Necesito hablar con mi cliente.

186

—¿Tu cliente? —Muse se le acercó y señaló el cadáver de Suzze—. Adelante, hazlo, pero no sé si te escuchará.

—No te pases. ¿Dónde está Lex?

—¿Hablas en serio?

—Sí.

—Fuiste tú quien sugirió que podía tratarse de un homicidio —le recordó Muse—. Así que respóndeme a esto: Si de verdad crees que Suzze ha sido asesinada, ¿quién debería ser mi primer sospechoso?

Myron no dijo nada. Muse se llevó una mano a la oreja.

—No te escucho, grandullón. Venga, conoces la respuesta, porque en estos casos siempre es la misma, el marido. El marido siempre es el primer sospechoso. ¿Entonces qué, Myron? ¿Qué pasa si uno de tus clientes mata al otro?

Myron observó de nuevo a Suzze. Estaba muerta. Se sentía tan aturdido como si la sangre hubiese dejado de correr por sus venas. Suzze estaba muerta. Escapaba de su comprensión. Quería derrumbarse, golpear el suelo y llorar. Salió de la sala y siguió los carteles indicadores en dirección a la maternidad. Muse fue tras él.

—¿Qué decías de un mensaje en Facebook? —preguntó.

—Ahora no, Muse.

Siguió la flecha a la izquierda. La maternidad estaba a la izquierda. Dio la vuelta y miró a través del cristal. Había seis recién nacidos en aquellas cunas de acrílico, todos vestidos con ranitas y envueltos en una manta blanca con rayas rosas y azules. Los bebés parecían dispuestos en formación, como si fueran a inspeccionarlos. Todos mostraban su identificación, una ficha azul o rosa con el nombre y la hora de nacimiento.

Separada de la maternidad por una pared de cristal, se encontraba la sala de cuidados intensivos de prematuros. En ese momento sólo había en ella un único padre con un único bebé. Lex estaba sentado en una mecedora, pero ésta no se movía. Vestía una bata amarilla. Sostenía la cabeza de su hijo con la mano izquierda y acunaba al niño con el antebrazo derecho. Las lágrimas rodaban por sus mejillas. Myron se quedó mirándolo durante un rato. Muse se acercó a él.

—¿Qué demonios está pasando aquí, Myron?

—Todavía no lo sé.

—¿Sabes la que van a montar los medios con esto?

Como si eso importase mucho ya. Fue hacia la puerta. Una enfermera le detuvo, le obligó a lavarse las manos y le ofreció una bata amarilla. Myron abrió la puerta con la espalda. Lex no le miró.

—¿Lex?

—Ahora no.

—Creo que deberíamos hablar.

Lex por fin le miró. Tenía los ojos inyectados en sangre. Cuando habló, su voz fue suave.

—Te pedí que lo dejaras correr, ¿no?

Silencio. Más tarde, Myron no lo dudaba, esas palabras le dolerían. Más tarde, cuando se tumbase e intentase dormir, el sentimiento de culpa llegaría a su pecho y estrujaría su corazón como si fuera un vaso de plástico.

—Vi el tatuaje —dijo Myron—. Estaba en aquel mensaje.

Lex cerró los ojos.

—Suzze era la única mujer a la que siempre he amado, y ahora se ha ido. Para siempre. No la volveré a ver nunca más. Ya nunca podré abrazarla. Este niño, tu ahijado, nunca conocerá a su madre.

Myron no dijo nada. Sintió un temblor en el pecho.

—Tenemos que hablar, Lex.

—Esta noche no. —Ahora su voz era muy suave—. Esta noche sólo quiero quedarme aquí y proteger a mi hijo.

—¿Protegerle de qué?

Lex no respondió. Myron sintió la vibración del móvil. Echó una ojeada y vio que la llamada era de su padre. Salió de la sala y se llevó el teléfono al oído.

—¿Papá?

—Me acabo de enterar de lo de Suzze por la radio. ¿Es verdad?

—Sí. Ahora estoy en el hospital.

—Lo siento mucho.

—Gracias. Ahora estoy ocupado...

—Cuando acabes, ¿crees que podrías pasar por casa?

—¿Esta noche?

—Si es posible.

—¿Pasa algo?

—Sólo necesito hablar contigo de una cosa —respondió su padre—. No me importa lo tarde que sea. Estaré despierto.

18

Antes de salir del hospital, Myron hizo de abogado y le advirtió a Loren Muse que no hablase con su cliente, Lex Ryder, sin estar él presente. Ella le respondió que creciera y se multiplicase, aunque no en esos mismos términos. Llegaron Win y Esperanza. Win les informó de su encuentro en la cárcel con Frank Ache. Myron no tenía claro cómo interpretarlo.

—Quizá deberíamos reunirnos con Herman Ache —sugirió Win.

—O quizá tendríamos que reunirnos con Gabriel Wire —señaló Myron. Se dirigió a Esperanza—. También tendríamos que comprobar dónde estaba Crush, nuestro profesor de francés favorito, a la hora de la muerte de Suzze.

—De acuerdo —dijo Esperanza.

—Te puedo acompañar a casa —se ofreció Win.

Myron rechazó la invitación. Necesitaba un tiempo de descanso. Necesitaba dar un paso atrás. Quizá Muse tuviera razón. Podría había sido una sobredosis. La noche anterior, en aquella terraza que daba a Manhattan, toda aquella charla sobre los secretos, los sentimientos de culpa por Kitty y el pasado, quizás habían convocado a los viejos demonios. Tal vez la respuesta fuera así de sencilla.

Myron subió a su coche y se dirigió a su casa en Livingston. Llamó a su padre para decirle que iba de camino. «Conduce con prudencia», le advirtió. Myron confiaba en que quizá su padre podría darle alguna pista sobre lo que necesitaba saber, pero no lo hizo. Las emisoras de radio informaban ya sobre la muerte de la «antigua y problemática estrella del tenis Suzze T», y Myron se volvió a extrañar por las ineptas simplificaciones que siempre hacían los medios.

Ya era de noche cuando Myron llegó a la casa familiar. La luz en el dormitorio de la planta alta, aquel que él había compartido con Brad cuando ambos eran muy jóvenes, estaba aún encendida y Myron miró hacia allí. Vio en la ventana la marca de una pegatina borrada que el cuerpo de bomberos de Livingston había repartido a principios de la administración Carter para indicar que se trataba de la habitación de un niño. La imagen de la pegatina era impresionante, un valiente bombero, con la barbilla alzada, rescataba a un niño inerte y con el pelo largo. Ahora el dormitorio era un despacho.

Los faros del coche iluminaron un cartel de «Se vende» en el jardín de los Nussbaum. Myron había ido al instituto con su hijo Steve, aunque todos le llamaban «Nuss» o «Baum», un chico amable. A Myron le caía muy bien pero, por alguna razón, no frecuentaba su compañía. Los Nussbaum eran una de las familias más antiguas de la zona, compraron su parcela cuando empezaron a urbanizar estas tierras de cultivo, cuarenta años atrás. Los Nussbaum amaban el lugar. Les encantaba la jardinería y trabajar en el cenador del patio de atrás. Les traían a los Bolitar los tomates del huerto que les sobraban; si no has probado nunca un tomate de Jersey en agosto, no lo puedes entender. Ahora, incluso los Nussbaum se marchaban de allí.

Myron aparcó en el camino. Vio un movimiento en la ventana. Lo más probable es que su padre estuviera esperándole, atento como un centinela silencioso. Cuando Myron era un adolescente no tenía una hora límite para regresar a casa porque, como le explicó su padre, había demostrado ser lo bastante responsable y no hacía falta. Al Bolitar dormía fatal, y Myron no recordaba ni una sola vez, no importaba a qué hora volviese a casa, que su padre no estuviese levantado esperándole. Su padre necesitaba que todo estuviese en su lugar antes de cerrar los ojos. Myron se preguntó si todavía seguía siendo así, y por qué su sueño se alteró cuando su hijo menor escapó con Kitty y nunca más volvió.

Aparcó el coche. Suzze estaba muerta. Nunca había sido muy bueno para negar la realidad, pero aún le costaba trabajo conseguir que su cerebro lo aceptase. Ella había estado a punto de iniciar el siguiente gran capítulo de su vida: la maternidad. A menudo imaginaba el día en que sus propios padres llegaron a esa vivienda; su padre trabajaba en el almacén de Newark y su madre estaba embarazada. Se imaginaba a El-Al jóvenes, cogidos de la mano y caminando por el sendero de cemento, mirando la casa de dos plantas y decidiendo que éste sería el lugar que acogería a su nueva familia y albergaría sus sueños e ilusiones. Ahora se preguntaba si, cuando miraban atrás, sentían que aquellos sueños se habían hecho realidad o si se arrepentirían de algo. Se preguntaba: si mamá y papá pudiesen volver atrás y entrar de nuevo por este camino de cemento agrietado, ¿continuarían avanzando cogidos de la mano o darían media vuelta y dejarían que el destino les llevase a alguna otra parte?

Muy pronto Myron también estaría casado. Terese no podía tener hijos. Lo sabía. Durante toda su vida había deseado fundar una familia americana de ensueño: la casa, la cerca blanca, el garaje para dos coches, los 2,4 hijos, la barbacoa en el jardín, el aro de baloncesto en el garaje; en resumen, la vida de personas como los Nussbaum, los Brown, los Lyon, y los Fonteras y los El-Al Bolitar. Al parecer, no iba ser así.

Mamá había hablado con franqueza, y tenía razón en lo de vender la casa. No puedes aferrarte demasiado. Quería a Terese en casa, con él, allí donde pertenecía, porque al final sólo tu amante puede hacer que el mundo desaparezca; sí, sabía lo cursi que sonaba eso.

Myron se adentró por ese camino, perdido en sus pensamientos, y quizá por eso no intuyó el peligro que se cernía sobre él. O quizás el agresor era una persona buena y paciente, acurrucada en la oscuridad, a la espera de que Myron se acercase lo suficiente o estuviese lo bastante distraído para atacarle.

Primero vio el destello de luz. Veinte años atrás, su padre había instalado unos sensores de movimientos que encendían las luces de delante de la casa. Había sido una gran maravilla para sus padres, como el invento del fuego o la televisión por cable. Durante semanas, El-Al habían puesto a prueba esta nueva tecnología, caminaban o se arrastraban con la intención de comprobar si podían engañar al detector de movimientos. Mamá y papá se acercaban desde diversos ángulos, a distintas velocidades, riéndose a carcajadas cada vez que la luz se encendía, pillándoles todas las veces. Los placeres sencillos.

La persona que saltó de entre los arbustos fue detectada por el sensor de movimientos. Myron vio el destello de luz, oyó el sonido, el silbar del viento, el sonido del esfuerzo y, quizás, unas palabras. Se volvió hacia el atacante y vio el puño que avanzaba directamente hacia su rostro.

No tuvo tiempo de agacharse ni de pararlo con el antebrazo. El golpe iba a hacer impacto. Myron se dio la vuelta. Era una técnica sencilla. Moverse con el puñetazo, no contra él. Al girarse disminuiría el impacto, pero el poderoso golpe, lanzado por un hombre fuerte, aún tenía potencia. Por un momento, Myron vio las estrellas. Sacudió la cabeza para aclararla tras el impacto.

—¡Déjanos en paz! —gruñó una voz furiosa.

Otro puñetazo avanzaba hacia la cabeza de Myron. Comprendió que la única manera de apartarse era dejarse caer hacia atrás. Lo hizo, y los nudillos rozaron su cráneo. Aun así, le dolió. Myron estaba a punto de alejarse rodando, rodar en busca de la seguridad hasta que pudiese recuperarse, cuando oyó otro sonido. Alguien había abierto la puerta principal, y a continuación oyó una voz asustada:

—¡Myron!

Maldita sea. Era papá.

Se disponía a gritarle a su padre que se quedase donde estaba, que estaba bien, que entrara en casa y llamara a la policía, y que, pasase lo que pasase, no saliera.

No hubo manera.

Antes de que Myron pudiese abrir la boca, papá ya estaba corriendo hacia allí.

—¡Hijo de puta! —gritó su padre.

Myron recuperó la voz.

—¡Papá, no!

Fue inútil. Su hijo tenía problemas y, como siempre había hecho, su padre se lanzó hacia la refriega. Todavía tumbado de espaldas, Myron vio la silueta de su atacante. Era un hombre alto, con los puños apretados, pero cometió el error de volverse al oír que se acercaba Al Bolitar. Su lenguaje corporal cambió de manera sorprendente. De pronto abrió las manos. Myron se giró con rapidez. Con los dos pies, sujetó el tobillo derecho del atacante. Estaba a punto de revolverse con fuerza para atraparle el tobillo, partirlo o romperle los tendones, cuando vio saltar a su padre, ¡un salto a los setenta y cuatro años!, sobre su atacante. El agresor era corpulento. Papá no tenía ninguna probabilidad, y sin duda lo sabía, pero no le importaba.

El padre de Myron estiró sus brazos como un defensa que intentara bloquear al atacante. Myron cerró su presa sobre el tobillo, pero el hombre corpulento ni siquiera levantó una mano para protegerse y dejó que Al Bolitar lo derribase.

—¡Apártate de mi hijo! —gritó su padre; agarró al asaltante y ambos rodaron por el suelo.

Myron se movió deprisa. Se puso de rodillas, preparó la mano para propinar un golpe con la palma en la nariz o en la garganta. Ahora su padre estaba involucrado en la lucha; no había tiempo que perder. Tenía que inmovilizar a ese tipo deprisa. Agarró al hombre por el pelo, lo sacó de las sombras y se montó sobre su pecho. Myron levantó el puño. Estaba a punto de descargarle un derechazo en la nariz cuando la luz alumbró el rostro de su agresor. Lo que Myron vio le hizo detenerse durante una fracción de segundo. La cabeza del atacante estaba girada hacia la izquierda, mirando con preocupación al padre de Myron. Su rostro, sus facciones... eran demasiado familiares.

Entonces Myron oyó al hombre —no, en realidad era un chico— debajo de él decir una palabra:

—¿Abuelo?

La voz era joven, la furia había desaparecido.

Papá se sentó.

—¿Mickey?

Myron vio a su sobrino volverse hacia él. Sus miradas se cruzaron, sus ojos eran de un color muy parecido al suyo, y Myron hubiese jurado más tarde que sintió una sacudida física. Mickey Bolitar, el sobrino de Myron, apartó la mano de su pelo y se giró con fuerza a un lado.

—¡Apártate de mí!

Papá se había quedado sin aliento.

Cuando Myron y Mickey pudieron salir de su asombro, le ayudaron a incorporarse. Tenía el rostro enrojecido.

—Estoy bien —afirmó papá con una mueca—. Soltadme.

Mickey se volvió hacia su tío. Myron medía un metro noventa, pero Mickey le sacaba más de dos centímetros, quizá cinco. El chico era fornido y de constitución musculosa —todos los chicos levantan pesas hoy en día—, pero no era más que un muchacho. Hincó un dedo en el pecho de Myron.

—Apártate de mi familia.

—¿Dónde está tu padre, Mickey?

—Te digo que...

—Ya te he oído. ¿Dónde está tu padre?

Mickey dio un paso atrás y miró a Al Bolitar. Ahora parecía como si estuviese a punto de echarse a llorar. Su voz, cuando dijo: «Lo siento, abuelo», sonó muy joven.

Papá tenía las manos sobre las rodillas. Myron trató de ayudarle, pero él le apartó. Se irguió con una expresión parecida al orgullo en su rostro.

—No pasa nada, Mickey. Lo comprendo.

—¿Qué quiere decir que lo comprendes? —Myron se volvió hacia Mickey—. ¿Qué demonios está pasando aquí?

—Tú mantente apartado de nosotros.

Conocer a su sobrino de esa manera era una experiencia surrealista y abrumadora.

—Escucha, ¿por qué no entramos y hablamos?

—¿Por qué no te vas al infierno?

Mickey echó una última mirada preocupada a su abuelo. Al Bolitar asintió, como diciendo que todo estaba bien. Después, Mickey miró con expresión ceñuda a Myron y desapareció en la oscuridad. Myron estuvo a punto de seguirle, pero papá le puso una mano sobre el antebrazo.

—Déjale que se vaya. —Al Bolitar tenía el rostro rojo y jadeaba, pero también sonreía—. ¿Estás bien, Myron?

Myron se palpó la boca. Le sangraba el labio.

—Viviré. ¿Por qué sonríes?

Papá mantuvo la mirada en la carretera por donde Mickey había desaparecido en la oscuridad.

—El chico tiene cojones.

—¿Estás de broma o qué?

—Ven —dijo papá—. Entremos y hablemos.

Entraron en la sala de la televisión de la planta baja. Durante la mayor parte de su infancia, su padre había tenido un Barcalounger, reservado específicamente para él, un sillón reclinable mastodóntico que acabó reforzado con cinta adhesiva. Ahora había allí un mueble de cinco piezas llamado Multiplex II, con apoyos integrados y espacios para las bebidas. Myron lo había comprado en una tienda llamada Bob's Discount Furniture, aunque al principio se había resistido, porque los anuncios de radio de Bob eran irritantes.

—Siento mucho lo de Suzze —dijo papá.

—Gracias.

—¿Sabes cómo pasó?

—Todavía no. Estoy trabajando en ello. —El rostro de su padre continuaba enrojecido por el esfuerzo—. ¿Seguro que estás bien?

—Estoy bien.

—¿Dónde está mamá?

—Ha salido con la tía Carol y Sadie.

—Tomaré un vaso de agua —dijo Myron—. ¿Quieres?

—Sí. Ponte hielo en el labio para que no se hinche.

Myron subió los tres escalones hasta la cocina, cogió dos vasos y los puso bajo el caro dispensador de agua. Había paquetes de hielo en el congelador. Cogió uno y volvió a la sala de la televisión. Le dio un vaso a su padre y se sentó en la butaca de la derecha.

—No puedo creer lo que ha pasado —comentó Myron—. La primera vez que veo a mi sobrino y me ataca.

—¿Crees que tiene la culpa? —preguntó papá.

Myron se irguió en el asiento.

—¿Perdón?

—Kitty me llamó —explicó su padre—. Me habló de vuestro encuentro en el centro comercial.

Myron tendría que haberlo sabido.

—¿Eso hizo?

—Sí.

—¿Y ésa es la razón por la que Mickey me asaltó?

—¿No sugeriste tú que su madre era... —su padre se detuvo y buscó una palabra, pero no la encontró— algo malo?

—Es algo malo.

—Si alguien hubiese sugerido lo mismo de tu madre, ¿cómo hubieses reaccionado?

Su padre sonreía de nuevo. Parecía colocado por el subidón de adrenalina de la pelea, o quizá por lo orgulloso que se sentía de su nieto. Al Bolitar había nacido pobre en Newark y había crecido en las calles duras de la ciudad. Había comenzado a trabajar en una carnicería en Mulberry Street cuando sólo tenía once años. La mayor parte de su vida adulta la había pasado en un almacén de ropa interior en el North Ward de Newark, cerca del río Passaic. Su despacho estaba encima de la planta de confección, y era todo de vidrio para poder mirar al exterior mientras sus empleados miraban al interior. Había intentado salvar la empresa durante los disturbios de 1967, pero los saqueadores incendiaron el almacén hasta los cimientos. Papá lo reconstruyó y volvió a trabajar, pero ya nunca miró a sus empleados ni a la ciudad de la misma manera.

—Piénsalo —continuó papá—. Piensa en lo que le dijiste a Kitty. Suponte que alguien se lo hubiese dicho a tu madre.

—Mi madre no es Kitty.

—¿Crees que eso le importa a Mickey?

Myron sacudió la cabeza.

—¿Por qué le explicó Kitty lo que dije?

—¿Acaso una madre debe mentir?

Cuando Myron tenía ocho años se había metido en una pelea a empellones con Kevin Werner delante de la Burnet Hill Elementary School. Sus padres se reunieron en el despacho del director de la escuela y escucharon una severa filípica del director, el señor Celebre, sobre las maldades de las peleas. Cuando volvieron a casa, su madre subió a la planta alta sin decir palabra. Su padre se sentó con él en esa misma habitación. Myron esperaba recibir un severo castigo. Sin embargo, su padre se inclinó hacia delante y le miró a los ojos. «Nunca tendrás problemas conmigo por meterte en una pelea —le dijo—. Si alguna vez te metes en una situación y tienes que hacer algo para arreglarla, respetaré tu decisión. Pelea cuando tengas que hacerlo. No huyas nunca. No retrocedas jamás.» Y por muy sorprendente que este consejo pudiera parecerle, Myron se mantuvo apartado de las peleas durante años, haciendo lo más «prudente», pero la verdad, una verdad que quizás explicaba lo que sus amigos llamaban tener complejo de héroe, era que ninguna pelea duele tanto como retroceder.

—¿Era de eso de lo que querías hablarme? —preguntó Myron.

Su padre asintió.

—Debes prometerme que les dejarás en paz. Tú ya lo sabes, pero no deberías haber dicho lo que le dijiste a la esposa de tu hermano.

—Sólo quería hablar con Brad.

—No está por aquí —dijo papá.

—¿Dónde está?

—Está en alguna misión con alguna organización benéfica en Bolivia. Kitty no quiso entrar en detalles.

—Quizás hay algún problema.

—¿Entre Brad y Kitty? —Papá bebió un sorbo de agua—. Quizá lo haya. No es asunto nuestro.

—Si Brad está en Bolivia, ¿qué hacen Kitty y Mickey aquí?

—Piensan volver a vivir en el país. Están dudando entre esta zona y California.

Otra mentira. Myron lo tenía claro. Kitty estaba manipulando al viejo. «Quítame a Myron de encima y quizá vendremos a vivir cerca de ti. Si nos sigue molestando, nos iremos al otro extremo del país.»

—¿Por qué ahora? ¿Por qué quieren volver a casa después de todos estos años?

—No lo sé. No se lo pregunté.

—Papá, sé que te gusta respetar a tus hijos, pero creo que estás llevando este asunto de no interferir demasiado lejos.

Él se rió al oírle.

—Tienes que respetarles, Myron. Por ejemplo, yo nunca te dije lo que sentía respecto a Jessica.

De nuevo sacaba a relucir a su antigua novia.

—Espera, creía que te gustaba Jessica.

—Era un mal bicho —declaró papá.

—Nunca dijiste nada.

—No era asunto mío.

—Quizá deberías haberlo hecho —dijo Myron—. Quizás eso me hubiese evitado muchos sufrimientos.

Su padre sacudió la cabeza.

—Haría cualquier cosa por protegerte. —Miró hacia el exterior, donde había demostrado sus palabras hacía unos minutos—. Pero la mejor manera de hacerlo es permitir que cometas tus propios errores. Una vida libre de errores no vale la pena vivirla.

—Así que debo dejarlo correr.

—Por ahora sí. Brad sabe que le buscas; Kitty se lo dirá. Yo también le envié un e-mail. Si quiere responderte, lo hará.

Myron recuperó otro recuerdo: Brad a los siete años, víctima de unos gamberros en la casa de colonias. Myron recordaba a Brad sentado solo, junto al viejo campo de sófbol. Brad había fallado la última carrera y los gamberros se habían vuelto en su contra. Myron intentó sentarse junto a él, pero Brad continuó llorando y diciéndole que se fuese. Fue uno de aquellos momentos en que te sientes tan indefenso que matarías para hacer que desaparezca el dolor. Recordó otra ocasión, cuando toda la familia fue a Miami durante las vacaciones escolares de febrero. Brad y Myron compartían una habitación de hotel, y una noche, después de un día lleno de diversiones en Parrot Jungle, Myron le preguntó por la escuela y Brad se vino abajo. Lloró, afirmó que la odiaba y que no tenía amigos, y aquello le rompió el corazón en mil pedazos. Al día siguiente, sentado junto a la piscina, Myron le preguntó a papá qué debía hacer al respecto. El consejo de su padre fue muy sencillo: «No le hables de ello. No le pongas triste. Deja que disfrute de sus vacaciones».

Brad había sido torpe, de desarrollo lento. O quizá sólo había sido por crecer detrás de Myron.

—Creía que deseabas que nos reconciliásemos —dijo Myron.

—Sí, pero no puedes forzarle. Tienes que darle tiempo.

Su padre continuaba respirando con irregularidad a causa del altercado. No había motivos para hacer que se alterara. Podía esperar hasta mañana, pero entonces lo soltó.

—Kitty se droga —dijo Myron.

Su padre enarcó una ceja.

—¿Tú lo sabes?

—Sí.

Su padre se rascó la barbilla y consideró este nuevo aspecto de la cuestión.

—A pesar de todo tienes que dejarlos en paz.

—¿Lo dices en serio?

—¿Sabes que hubo una época en que tu madre fue adicta a los analgésicos?

Myron no dijo nada, estaba sorprendido.

—Es tarde —añadió. papá. Comenzó a levantarse del sillón—. ¿Estás bien?

—Espera, ¿acabas de lanzarme esa bomba y ahora te vas?

—Tampoco fue para tanto. Es lo que quería decirte. Lo solucionamos.

Myron no sabía qué decir. Se preguntó qué diría su padre si le contaba las actividades sexuales de Kitty en el club nocturno. Esperaba que su padre no utilizase otra analogía del tipo mamá-hizo-lo-mismo en este caso.

«Déjalo descansar por esta noche —pensó Myron—. No hay ninguna razón para precipitarse. No habrá ninguna novedad antes de que amanezca.» Oyeron que un coche entraba en el camino y el sonido de la puerta del coche al cerrarse.

—Es tu madre. —Al Bolitar se levantó con cuidado. Myron también—. No le digas nada de lo que ha pasado esta noche. No quiero que se preocupe.

—Vale. Escucha, papá.

—¿Sí?

—Bonito placaje, ahí fuera.

Su padre intentó no sonreír. Myron contempló su rostro envejecido. Le embargaba una abrumadora sensación de melancolía cuando se daba cuenta de que sus padres se hacían mayores. Quería decir más cosas, quería darle las gracias, pero su padre ya sabía todo eso y cualquier manifestación adicional sobre el asunto sería superflua o poco adecuada. «Deja fluir el tiempo en paz. Déjalo respirar.»

19

A las dos y media de la madrugada, Myron subió las escaleras para ir al dormitorio que había compartido con Brad durante su infancia, el mismo que todavía tenía la pegatina en la ventana, y encendió el ordenador. La mesa del ordenador estaba junto a la misma pared donde una vez habían estado las literas. Myron y Brad se quedaban mucho tiempo hablando en susurros después de que papá les dijera que apagasen las luces. El aro de baloncesto había estado colgado en la puerta del armario. Abrían la puerta y el armario se convertía en la portería de hockey-mano; Brad hacía de portero y Myron tiraba a portería con una pelota de tenis.

Entró en Skype. La pantalla mostró el rostro de Terese y, como siempre, sintió una sensación embriagadora y de ligereza en el pecho.

—Dios mío, qué hermosa eres —dijo.

Terese sonrió.

—¿Puedo hablar con sinceridad?

—Por favor.

—Eres el hombre más sexy que he conocido, y ahora mismo, sólo de mirarte, me estoy subiendo por las paredes.

Myron se irguió un poco más. Para que luego hablen del medicamento perfecto.

—Estoy intentando no acicalarme —dijo—. Y ni siquiera sé lo que significa acicalarse.

—¿Puedo continuar siendo sincera?

—Por favor.

—Estoy dispuesta a hacer algo por vídeo, pero no acabo de ver cómo, ¿tú sí?

—Confieso que no.

—¿Significa eso que estamos anticuados? No se cómo funciona el sexo por ordenador, ni el sexo telefónico, ni nada de eso.

—Una vez intenté practicar sexo telefónico —confesó Myron.

—¿Y?

—Nunca me había sentido tan cohibido. Me dio la risa en un momento muy inoportuno.

—Vale, así que estamos de acuerdo.

—Sí.

—¿O lo dices por decir? Porque ya sabes, me refiero, que estamos muy lejos...

—No estoy diciendo eso.

—Bien —dijo Terese—. ¿Qué está pasando por ahí?

—¿Cuánto tiempo nos queda? —preguntó Myron.

—Quizás otros veinte minutos.

—¿Qué tal si seguimos diez minutos hablando de esta manera y luego te lo cuento?

Incluso a través de una pantalla de ordenador, Terese le miraba como si fuese el único hombre que hubiera en el mundo. Todo lo demás desapareció. Sólo estaban ellos dos.

—¿Tan mal va? —preguntó ella.

—Sí.

—Vale, guapo. Tú empiezas y yo te sigo.

Pero no funcionó. Le contó lo de Suzze. Cuando acabó, Terese preguntó:

—¿Y qué vas a hacer?

—Quiero olvidarme de todo. Estoy tan cansado.

Ella asintió.

—Quiero ir a Angola. Quiero casarme contigo y quedarme allí.

—Yo también.

—Sin embargo hay un pero.

—La verdad es que no —dijo Terese—. Nada me haría más feliz. Quiero estar contigo más de lo que nunca podrías imaginar.

—¿Pero?

—Pero no puedes marcharte. Tú no eres así. Para empezar, no podrías abandonar a Esperanza ni a tu empresa, así, sin más.

—Podría venderle mi parte.

—No, no puedes. Y aunque pudieses hacerlo, necesitas saber la verdad de lo que le pasó a Suzze. Necesitas descubrir qué le está pasando a tu hermano. Necesitas cuidar de tus padres. No puedes abandonar todo eso y venir aquí.

—Y tú no puedes volver —dijo Myron.

—No, todavía no.

—¿Y todo eso qué significa?

Terese se encogió de hombros.

—Que estamos jodidos. Pero sólo será por un tiempo. Descubrirás lo que le pasó a Suzze y arreglarás las cosas.

—Pareces muy confiada.

—Te conozco. Sé que lo harás. Y después, bueno, cuando las cosas se arreglen, podrás venir a hacerme una larga visita, ¿de acuerdo?

Enarcó una ceja y le sonrió. Él le devolvió la sonrisa. Notó que se le relajaban los músculos de los hombros.

—Tienes toda la razón —asintió.

—¿Myron?

—Sí.

—Hazlo rápido.

Myron llamó a Lex por la mañana. No obtuvo respuesta. Llamó a Buzz. Tampoco. La jefa investigadora del condado, Loren Muse, sin embargo, atendió la llamada en su móvil. Myron todavía tenía el número de su anterior encuentro. La convenció para que se reuniese con él en el ático de Suzze y Lex, el escenario de la sobredosis.

—Si sirve para solucionar esto —dijo Muse—, de acuerdo.

—Gracias.

Una hora más tarde, Muse se reunió con él en el vestíbulo. Entraron en el ascensor y subieron hasta el último piso.

—De acuerdo con la autopsia preliminar —comentó Muse—, Suzze T murió a causa de un paro respiratorio provocado por una sobredosis de heroína. No sé si sabes mucho sobre las sobredosis de opiáceos, pero la droga disminuye la capacidad de la víctima para respirar prácticamente hasta que se detiene. A menudo la víctima conserva el pulso y sobrevive varios minutos sin respirar. Creo que eso ayudó a salvar al bebé, pero no soy médico. No había otras drogas en su cuerpo. Nadie le pegó ni nada por el estilo; no había ninguna señal de forcejeo.

—En resumen —dijo Myron—, nada nuevo.

—Bueno, hay un detalle. Encontré el mensaje que mencionaste anoche. En el Facebook de Suzze T. Ese que decía: «No es suyo».

—¿Tú qué crees?

—Creo que quizá sea verdad —manifestó Muse.

—Suzze me juró que era suyo.

Muse puso los ojos en blanco.

—Sí, ninguna mujer miente nunca sobre la paternidad. Piénsalo. Supón que el bebé no fuera de Lex Ryder. Quizá se sentía culpable. Quizá le preocupaba que lo descubriera.

—Siempre podrías solicitar un análisis de ADN —señaló Myron—. Y averiguarlo con seguridad.

—Claro que podría hacerlo, si estuviese investigando un asesinato. Si estuviese investigando un asesinato, podría solicitar una orden del juez. Pero como te dije, no es así. Sólo te estoy explicando una razón por la que una mujer podría haber tomado una sobredosis. Punto final.

—Quizá Lex te dejaría pedir la prueba de ADN de todas maneras.

El ascensor llegó en el momento en que Muse decía:

—Bueno, bueno, bueno.

—¿Qué?

—No lo sabes.

—¿Que no sé el qué?

—Creía que eras el gran abogado defensor de Lex.

—¿Y eso qué significa?

—Significa que Lex ya se ha marchado con el bebé —contestó Muse.

—¿Qué quiere decir que se ha marchado?

—Por aquí.

Comenzaron a subir la escalera de caracol que llevaba a la terraza.

—¿Muse?

—Como tú, el brillante y resplandeciente abogado defensor, ya sabes, no tengo ninguna razón para retener a Lex Ryder. A primera hora de esta mañana, desoyendo el consejo del médico, sacó al recién nacido del hospital, pero estaba en su derecho de hacerlo. Dejó a su compañero Buzz detrás y contrató a una enfermera pediatra para que le acompañase.

—¿Dónde han ido?

—Dado que no estamos ante un caso de asesinato, y que ni siquiera existen sospechas, no tengo ninguna razón para tratar de averiguar dónde están.

Muse llegó a la terraza. Myron la siguió. Ella se acercó a la poltrona tipo Cleopatra que había cerca de la arcada. Muse se detuvo, miró hacia abajo y señaló la butaca.

Su tono se volvió muy grave.

—Aquí.

Myron contempló la suave butaca de marfil. No había sangre ni arrugas, ninguna señal de muerte. Cualquiera habría esperado que la butaca mostrase algún indicio de lo que había pasado.

—¿Es aquí donde la encontraron?

Muse asintió.

—La jeringuilla estaba en el suelo. Ella estaba inconsciente, no respondía. Las únicas huellas que había en la jeringuilla eran suyas.

Myron echó un vistazo a través de la arcada. En la distancia, el perfil de Manhattan atrajo su atención. El agua estaba inmóvil. El cielo era púrpura y gris. Cerró los ojos y viajó dos noches atrás. Mientras el viento soplaba a través de la terraza, Myron volvió a oír las palabras de Suzze: «Algunas veces las personas necesitan ayuda... Quizá no lo sepas, pero me salvaste la vida un centenar de veces».

Esta vez no. Esta vez, a petición de Lex, Myron se mantuvo al margen, ¿no? Hizo lo que ella le pidió: averiguó quién había colgado las palabras «No es suyo» y encontró a Lex, pero después decidió quedarse al margen y permitió que Suzze se las arreglara por su cuenta. Myron mantuvo los ojos en el perfil de la ciudad.

—¿Dijiste que un tipo con acento hispano hizo la llamada a urgencias?

—Sí. Utilizó uno de los teléfonos portátiles. Estaba en el suelo, en la planta de abajo. Es probable que lo dejase caer cuando escapaba. Buscamos las huellas, pero estaban muy borrosas. Tenemos las de Lex y Suzze, y nada más. Cuando llegaron los de la ambulancia, la puerta estaba abierta. Entraron y la encontraron aquí.

Él se metió las manos en los bolsillos. La brisa le acarició la cara.

—¿Te das cuenta de que tu teoría sobre un inmigrante ilegal o un empleado de mantenimiento no tiene sentido?

—¿Por qué no?

—Un conserje, o lo que sea, pasa, ve la puerta entreabierta, entra en el apartamento, y después, supongo, sube hasta la terraza.

Muse pensó en eso.

—Tienes razón.

—Es mucho más probable que la persona que llamó estuviese con ella cuando se inyectó.

—¿Y?

—¿Qué quieres decir con «y»?

—Como ya te dije, yo actúo cuando se produce un crimen, no por curiosidad. Si ella se estaba drogando con un amigo, y él o ella huyeron, no me corresponde a mí averiguarlo. Si era su camello, vale; quizá pueda encontrarlo y demostrar que le vendió la droga, pero en realidad, no es eso lo que estoy intentando averiguar.

—Estuve con ella la noche anterior, Muse.

—Lo sé.

—Estuve en esta misma terraza. Estaba preocupada, pero no era una suicida.

—Es lo que me has dicho —admitió Muse—. Pero piénsalo: estaba preocupada pero no era una suicida. Es una distinción muy fina. Y para que conste, nunca dije que fuese una suicida. Pero estaba preocupada, ¿no? Eso pudo haberla llevado a saltar del vagón, y quizá cayó demasiado fuerte.

El viento volvió a levantarse. Le pareció volver a oír la voz de Suzze, ¿era la última cosa que le había dicho?: «Todos tenemos secretos, Myron».

—Hay que tener en cuenta otro detalle —precisó Muse—. Si fuera un asesinato, sería el crimen más estúpido que he visto en mi vida. Supongamos que alguien quería matar a Suzze. Digamos que, de alguna manera, consiguiera obligarla a inyectarse la heroína por su propia voluntad, sin violencia física. Quizás apuntándola con una pistola en la cabeza, lo que sea. ¿Me sigues?

—Continúa.

—Bueno, si quería matarla, ¿por qué no matarla sin más? ¿Por qué llamar a urgencias y correr el riesgo de que aún estuviera viva cuando llegasen aquí? En cuanto a eso, con la cantidad de drogas que había tomado en otros tiempos, ¿por qué no llevarla más allá de la arcada y dejar que cayese? En cualquier caso, lo que no tiene sentido es llamar a urgencias o dejar la puerta abierta para que entre el conserje o quien fuese. ¿Entiendes lo que digo?

—Sí —dijo Myron.

—¿Tiene sentido?

—Sí.

—¿Tienes algo que pueda contradecir lo que te estoy diciendo?

—Nada —admitió Myron, e intentó aclarar sus ideas—. Por lo tanto, si estás en lo cierto, es probable que ayer llamase a su camello. ¿Tienes alguna pista sobre quién es?

—Todavía no. Sabemos que ayer hizo un viaje. Quedó registrado en el peaje de la Garden State Parkway, cerca de la ruta 280. Pudo haber ido a Newark.

Myron pensó en ello.

—¿Revisaste su coche?

—¿Su coche? No. ¿Por qué?

—¿Te importa si lo reviso?

—¿Tienes las llaves?

—Sí.

Ella sacudió la cabeza.

—Agentes. Adelante. Tengo que volver al trabajo.

—Una pregunta más, Muse.

Muse aguardó.

—¿Por qué me estás enseñando todo esto a pesar de que anoche jugué al abogado-cliente?

—Porque ahora mismo no tengo ningún caso —dijo ella—. Y porque, si se me estuviera pasando algo por alto y esto fuera un asesinato, no me importa a quién se supone que defiendes. Tú querías a Suzze. No dejarías que el asesino escapase.

Bajaron en el ascensor en silencio. Muse salió en la planta baja, y Myron continuó hasta el garaje. Apretó el botón del mando a distancia y escuchó el pitido. Suzze conducía un Mercedes S63 AMG. Lo abrió y se sentó al volante. El perfume de alguna flor silvestre le hizo pensar en Suzze. Abrió la guantera y encontró el registro, la tarjeta del seguro y el manual del coche. Buscó debajo de los asientos sin saber qué. Pistas. Lo único que encontró fue calderilla y dos bolígrafos. Sherlock Holmes sin duda los hubiese utilizado para descubrir con exactitud dónde había ido Suzze, pero Myron no era capaz de hacerlo.

Puso en marcha el coche y miró el GPS en el salpicadero. Pinchó en «anteriores destinos» y vio una lista de los lugares que Suzze había pinchado en busca de direcciones. Que te zurzan, Sherlock Holmes. Su más reciente destino era Kasselton, Nueva Jersey. Para llegar allí tenía que ir por la Garden State Parkway, más allá de la salida 146, según los registros del peaje. La penúltima entrada correspondía a una intersección en Edison, Nueva Jersey. Myron sacó la Blackberry y comenzó a teclear las direcciones de la lista. Cuando acabó se las envió por e-mail a Esperanza. Ella podía buscarlas en Internet y deducir si alguna de ellas era importante. No había fechas junto a las entradas; por lo que Myron sabía, Suzze bien podía haber visitado esos lugares hacía meses y no haber vuelto a utilizar el GPS.

Sin embargo, todas las señales indicaban que Suzze había visitado Kasselton hacía poco, quizás incluso el día de su muerte. Valdría la pena hacer una visita rápida.

20

La dirección en Kasselton correspondía a un pequeño centro comercial con cuatro locales. El King's Supermarket era el principal. Los otros tres locales albergaban la Renato's Pizzeria, una heladería llamada SnowCap, donde podías hacerte tu propio helado, y una vieja barbería llamada Sal and Shorty Joe's Hair-Clipping, con el clásico poste rojo y blanco en la fachada.

¿Qué habría venido a hacer aquí Suzze?

Había supermercados, heladerías y pizzerías mucho más cerca de su casa, y Myron dudaba que Sal o Shorty Joe le cortasen el pelo a Suzze. ¿Por qué conducir hasta aquí? Myron permaneció ahí parado, esperando que se le ocurriera alguna respuesta. Pasaron un par de minutos. La respuesta no llegaba, así que Myron decidió darle un empujón.

Comenzó por el King's Supermarket. Sin saber qué otra cosa hacer, mostró la foto de Suzze T y preguntó si alguien la había visto. Un recurso de la vieja escuela. Como Sal y Shorty Joe. Unas cuantas personas reconocieron a Suzze de su época de tenista famosa. Algunos la habían visto en las noticias de la noche de ayer y supusieron que Myron era un poli, una suposición que él no intentó desmentir. Al final resultó que nadie la había visto en el supermercado.

Primer fallo.

Myron salió. Echó un vistazo al aparcamiento. ¿Qué otras posibilidades habría? Tal vez Suzze había venido hasta aquí para comprar droga. Los vendedores de drogas, sobre todo en los suburbios, utilizaban siempre los aparcamientos públicos. Aparcas el coche junto a otro, bajas la ventanilla de tu lado, alguien tira el dinero de un coche al otro y alguien tira la droga al tuyo.

Intentó imaginárselo. ¿Suzze, la mujer que le había hablado la noche anterior de los secretos y de su preocupación por ser demasiado competitiva? ¿La mujer embarazada de ocho meses que entró en su oficina dos días antes diciendo «soy rematadamente feliz» habría venido hasta este centro comercial a comprar heroína para matarse?

Lo siento pero no, Myron no podía creer eso.

Quizá tenía que encontrarse con alguien, no con un vendedor de drogas, en este aparcamiento. Tal vez sí, o tal vez no. Hasta el momento aún no había realizado un gran trabajo detectivesco. Vale, aún quedaba mucho por hacer. La Renato's Pizzeria estaba cerrada. La barbería, en cambio, funcionaba a pleno rendimiento. A través del cristal del escaparate, Myron vio a varios hombres mayores hablar, discutían de manera amable, como lo hacen las personas con aspecto de estar muy contentas. Se volvió hacia la heladería. Alguien estaba colgando un cartel que decía «¡Feliz cumpleaños, Laurent!». Varias niñas, de unos ocho o nueve años, entraban cargadas con paquetes de regalos de cumpleaños. Sus madres las llevaban de la mano; parecían cansadas y agobiadas, pero felices.

«Soy rematadamente feliz», volvió a oír la voz de Suzze.

Así, pensó mientras miraba a las madres, debió de ser la vida de Suzze. Era lo que Suzze quería. Las personas hacen tonterías. Se desprenden de la felicidad como si fuese una servilleta sucia. Podría haber vuelto a suceder: Suzze estaba muy cerca de la verdadera felicidad, pero lo había estropeado otra vez, como de costumbre.

Miró a través del escaparate de la heladería y vio a las niñas alejarse de las madres y saludarse las unas a las otras con gritos y abrazos. El local era un torbellino de colores y movimientos. Las madres se congregaron en el rincón donde estaba la cafetera. Myron intentó de nuevo imaginarse a Suzze en ese lugar, en su ambiente, y entonces vio a aquel hombre detrás del mostrador que le miraba. Era un hombre mayor, de unos sesenta y tantos, con barriga y un peinado para disimular la calva que podría ganar un premio. Miraba a Myron a través de unas gafas demasiado elegantes, como las que podría llevar un arquitecto de moda, y no paraba de acomodárselas sobre la nariz.

El gerente, se dijo Myron. Sin duda siempre miraba de esta manera a través del escaparate, para vigilar su territorio, un entrometido. Perfecto. Myron se acercó a la puerta con la foto de Suzze T preparada. En el momento en que llegó a la puerta, el hombre ya estaba allí y la mantenía abierta.

—¿Puedo ayudarle? —preguntó el hombre.

Myron le mostró la foto. El hombre la miró y cerró los ojos.

—¿Conoce a esta mujer?

La voz del hombre sonó muy distante.

—Hablé con ella ayer.

El tipo no tenía pinta de camello.

—¿De qué hablaron?

El hombre tragó saliva y apartó la vista.

—Mi hija —respondió—. Me preguntó algo acerca de mi hija.

—Sígame —dijo el hombre.

Pasaron por detrás del mostrador de los helados. La mujer que lo atendía estaba en una silla de ruedas. Mostraba una gran sonrisa y le explicaba a un cliente los extraños nombres de los sabores de los helados y los ingredientes que se podían combinar. Myron dirigió la vista a la izquierda. La fiesta estaba en plena marcha. Las niñas se turnaban para mezclar y triturar helados para crear sus propios sabores. Dos niñas que ya tenían edad para ir al instituto ayudaban con las porciones grandes, mientras otra mezclaba trozos de galleta, nueces, chocolate y cereales.

—¿Le gustan los helados? —preguntó el hombre.

Myron separó las manos.

—¿A quién no?

—Por suerte a muy pocas personas, t[...]
golpeó el mostrador con cubierta de form[...]
sar—. ¿Qué sabor le preparo?

—Estoy bien, gracias.

Pero el hombre no estaba dispuesto a ac[...]

—¿Kimberly?

La mujer en la silla de ruedas le miró. [...]

—Prepárale a nuestro invitado el Sno[...]

—Por supuesto.

La tienda estaba llena de carteles con el logo de SnowCap Ice Cream. Esto tendría que habérselo dicho antes. SnowCap. Snow. Myron miró de nuevo el rostro del hombre. Los últimos quince años no habían sido amigos ni enemigos del hombre, un envejecimiento convencional, pero Myron empezó a encajar las piezas.

—Usted es Karl Snow —dijo Myron—. El padre de Alista.

—¿Es poli? —le preguntó a Myron.

Myron titubeó.

—No importa. No tengo nada que decir.

Myron decidió darle una ayudita.

—¿Va a ayudar a encubrir otro asesinato?

Myron esperaba una reacción de sorpresa o de enfado, pero en cambio recibió una firme sacudida.

—He leído los periódicos. Suzze T murió de una sobredosis.

—Correcto, y su hija sólo se cayó por una ventana.

Myron lamentó haber pronunciado esas palabras en el mismo momento en que salieron de sus labios. Se había precipitado. Esperó el estallido, pero no se produjo. El rostro de Karl Snow se distendió.

—Siéntese. Dígame quién es usted.

Myron se sentó frente a Karl Snow y se presentó. Detrás de Snow, la fiesta de cumpleaños de Laurent era cada vez más bulliciosa. Myron pensó en la yuxtaposición obvia —la fiesta de cumpleaños de una niña atendida por un hombre que había perdido a su hija—, pero lo dejó correr enseguida.

—Las noticias decían que había muerto de una sobredosis —dijo Karl Snow—. ¿Es cierto?

—No estoy seguro —contestó Myron—. Es lo que estoy tratando de averiguar.

—No lo entiendo. ¿Por qué usted? ¿Por qué no la policía?

—¿Podría decirme por qué vino aquí?

Karl Snow se echó hacia atrás y volvió a acomodarse las gafas en la nariz.

—Déjeme preguntarle algo antes de hablar de eso. ¿Tiene usted alguna prueba de que Suzze T fue asesinada, sí o no?

—Para empezar —dijo Myron—, está el hecho de que estaba embarazada de ocho meses y que esperaba con ansia fundar una familia.

Él no pareció impresionado.

—No parece una gran prueba.

—No lo es —admitió Myron—. Pero hay algo que sé a ciencia cierta. Suzze estuvo aquí ayer. Habló con usted. Y unas pocas horas más tarde estaba muerta.

Miró detrás de él. La joven en la silla de ruedas se acercaba a ellos con un helado monstruosamente grande. Myron iba a levantarse para ayudarla, pero Karl Snow sacudió la cabeza y se quedó donde estaba.

—Un SnowCap Melter —dijo la mujer, y lo puso delante de Myron—. Que lo disfrute.

El helado hubiese costado meterlo en el maletero de un coche. Myron pensaba que la mesa iba a ceder bajo su peso.

—¿Es para una sola persona? —preguntó.

—Sí —contestó ella.

Myron la observó.

—¿Viene con una angioplastia, o quizá con una inyección de insulina?

Ella puso los ojos en blanco.

—Caray, nunca había oído decir eso.

—Señor Bolitar, le presento a mi hija Kimberly —dijo Karl Snow.

—Encantada de conocerle —contestó Kimberly, y le dedicó una de esas sonrisas que hacen que hasta los cínicos piensen en seres celestiales.

Charlaron durante un par de minutos. Ella era la encargada, Karl sólo era el propietario, y luego la joven volvió detrás del mostrador.

Karl aún miraba a su hija cuando dijo.

—Tenía doce años cuando Alista... —Se detuvo, como si no estuviese seguro de qué palabra utilizar—. Su madre murió dos años antes, de cáncer de mama. No lo llevé bien. Empecé a beber demasiado. Kimberly nació minusválida. Necesitaba una atención constante. Supongo que Alista se perdió por las grietas.

Como si hubiese sido una señal, se oyó un estallido de risas en la fiesta infantil, detrás de él. Myron contempló a Lauren, la niña que celebraba su cumpleaños. Ella también sonreía, y un aro de chocolate se había formado alrededor de su boca.

—No tengo ningún interés en perjudicarle a usted ni a su hija —afirmó Myron.

—Si hablo con usted ahora —dijo Snow con voz pausada—, necesito que me prometa que nunca volveré a verle. No quiero que la prensa se meta otra vez en nuestras vidas.

—Se lo prometo.

Karl Snow se frotó el rostro con las dos manos.

—Suzze quería saber algo sobre la muerte de Alista.

Myron esperó a que dijese algo más. Al ver que no lo hacía, preguntó:

—¿Qué quería saber?

—Quería saber si Gabriel Wire mató a mi hija.

—¿Y usted qué le respondió?

—Que después de reunirme en privado con el señor Wire, ya no creía que fuese el culpable. Le dije que había sido un trágico accidente y que me daba por satisfecho con esa conclusión. También le dije que se trataba de un acuerdo confidencial y que no podía decir nada más.

Myron le observó. Karl Snow lo había dicho todo con una voz monótona ensayada. Myron esperó a que Snow le mirase a los ojos. No lo hizo. En cambió Snow sacudió la cabeza y añadió en voz baja:

—No puedo creer que esté muerta.

Myron no sabía si se refería a Suzze o a Alista. Karl Snow parpadeó y miró a Kimberly. La visión pareció darle fuerza.

—¿Alguna vez ha perdido a un hijo?

—No.

—Le evitaré los clichés. Se lo evitaré todo. Sé cómo me ve la gente: el padre insensible que aceptó una buena cantidad de dinero a cambio de dejar que el asesino de su hija quedase en libertad.

—¿No fue eso lo que sucedió?

—Algunas veces tienes que amar a un hijo en privado. Y algunas veces tienes que llorarlo en privado.

Myron no tenía muy claro a qué se refería, así que esperó.

—Cómase el helado —le pidió Karl—, o Kimberly se dará cuenta. Esa chica tiene ojos en la nuca.

Myron cogió la cuchara y probó la crema batida con la primera capa de lo que parecía ser crema con cookies. Un manjar.

—¿Es bueno?

—Un manjar —exclamó Myron.

Snow sonrió de nuevo, pero sin mostrar ninguna alegría al hacerlo.

—Kimberly inventó el Melter.

—Es un genio.

—Es una buena hija. Adora este lugar. Me equivoqué con Alista. No cometeré el mismo error de nuevo.

—¿Es lo que le dijo a Suzze?

—En parte. Intenté que comprendiera mi posición en aquel momento.

—¿Y cuál era su posición?

—A Alista le encantaba HorsePower, y como todas las adolescentes, estaba colgada por Gabriel Wire. —Algo ensombreció su rostro. Parecía distante, perdido—. Se acercaba el cumpleaños de Alista. Los dulces dieciséis. No tenía dinero para ofrecerle una gran fiesta, pero sabía que HorsePower iban a actuar en el Madison Square Garden. Supongo que no daban muchos conciertos, en realidad nunca les seguí, pero sabía que vendían entradas en el sótano de la tienda de Marshall's, en la ruta cuatro. Así que me levanté a las cinco de la mañana y me fui a hacer cola. Tendría que haberlo visto. Nadie superaba los treinta, y allí estaba yo, esperando dos horas, para comprar las entradas del concierto. Cuando llegué a la ventanilla, la mujer comenzó a escribir en su ordenador y primero me dijo que estaba todo vendido, y después, bueno, después dijo: «No, espere, todavía me quedan dos», y nunca me sentí más feliz de haber comprado algo en mi vida. Era como el destino, ¿sabe? Como si ya estuviese decidido lo que iba a pasar.

Myron asintió de la forma menos comprometida que pudo.

—Así que volví a casa. Todavía faltaba una semana para el cumpleaños de Alista, y me dije que debía esperar. Le dije a Kimberly que había comprado las entradas. Ambos estábamos que nos moríamos de ganas, me refiero a que aquellas entradas me quemaban en el bolsillo. ¿Le ha pasado eso alguna vez? ¿Que ha comprado algo tan especial para alguien que está impaciente por dárselo?

—Claro —dijo Myron en voz baja.

—Es lo que nos pasaba a Kimberly y a mí. Acabamos yendo en coche hasta el instituto de Kimberly. Aparcamos allí, bajé a Kimberly y la acomodé en su silla, y cuando Alista salió, los dos sonreíamos como dos gatos que acaban de comerse al canario. Alista nos hizo una mueca, como hacen las adolescentes y dijo: «¿Qué pasa?», y entonces le enseñé las dos entradas. Alista gritó, me echó los brazos al cuello y me abrazó tan fuerte...

Su voz se apagó. Cogió una servilleta, comenzó a llevársela a los ojos, pero al final se detuvo. Miró la mesa.

—El caso es que Alista se llevó a su mejor amiga al concierto. Se suponía que después irían a casa de su amiga. Dormirían allí. Pero no lo hicieron. Ya conoce el resto.

—Lo siento.

Karl Snow sacudió la cabeza.

—Ha pasado mucho tiempo.

—¿No culpa a Gabriel Wire?

—¿Culpar? —Se quedó pensativo—. La verdad es que no cuidé mucho a Alista después de la muerte de su madre. Así que, cuando comencé a considerar esta cuestión a fondo, pensé: ¿Quién tuvo la culpa? ¿El tipo que vio a Alista entre la multitud? Era un extraño. ¿El guardia de seguridad que la dejó pasar a los camerinos? Era un extraño. Gabriel Wire también era un extraño. Yo era su padre, y no supe cuidarla. ¿Por qué debía esperar que ellos lo hicieran?

Karl Snow parpadeó y miró por un segundo a la derecha.

—¿Es lo que le dijo a Suzze?

—Le dije que no había ninguna prueba de que Gabriel Wire hiciese nada malo aquella noche; al menos nada que la policía pudiese probar. Ellos me lo dejaron muy claro. Sí, Alista había estado en la habitación de Wire en el hotel. Sí, se había caído desde su balcón; había caído treinta y dos pisos desde el balcón. Pero para ir de A a B, para pasar de aquellos hechos a acusar a un personaje famoso y poderoso, por no hablar de conseguir una condena... —Se encogió de hombros—. Tenía otra hija de la que preocuparme. No tenía dinero. ¿Sabe lo duro que es criar a una hija minusválida? ¿Lo caro que es? Y ahora SnowCap es una pequeña cadena. ¿De dónde cree que conseguí el dinero inicial?

Myron se esforzaba por comprenderlo, pero su voz sonó más dura de lo que deseaba.

—¿Del asesino de su hija?

—No lo entiende. Alista estaba muerta. Muerta significa muerta. No podía hacer nada por ella.

—Pero podía hacer algo por Kimberly.

—Sí. En realidad no es tan frío como parece. Supongamos que no hubiese aceptado el dinero. Wire se hubiera salido con la suya, y Kimberly seguiría estando mal. De esta manera, por lo menos, Kimberly estará siempre bien cuidada.

—No quiero que lo interprete mal, pero suena terriblemente frío.

—Supongo que para un extraño sí. Pero yo soy su padre, y un padre sólo tiene un trabajo: proteger a su hijo. Eso es todo. Y una vez que fracasé, una vez que dejé a mi hija ir a un concierto y no la vigilé... fracasé. No hay nada que lo pueda compensar. —Se detuvo, se enjugó una lágrima—. En cualquier caso, usted quería saber qué quería Suzze. Quería saber si yo creía que Gabriel Wire había matado a Alista.

—¿Le dijo por qué quería saberlo? ¿Después de todos estos años?

—No.

Parpadeó y desvió la mirada.

—¿Qué?

—Nada. Tendría que haberle dicho que lo dejase correr. Alista se vio con Gabriel Wire y mire lo que pasó.

—¿Está diciendo...?

—No estoy diciendo nada. En las noticias dijeron que murió de una sobredosis de heroína. Parecía muy alterada cuando se marchó, así que supongo que tampoco me sorprendió mucho.

Detrás de él una de las amigas de Lauren comenzó a llorar; al parecer, alguien había recibido la bolsa de regalos que no era. Karl Snow oyó el alboroto y se acercó a donde estaban las niñas, hijas de otras personas, criaturas que pronto crecerían y se enamorarían de estrellas del rock. Pero por ahora estaban allí, en la fiesta de cumpleaños de otra niña, pidiendo helados y la bolsa de regalos correcta.

21

Win sabía cómo conseguir una cita inmediata con Herman Ache. Windsor Horne Lockwood III, al igual que Windsor Horne Lockwood II y Windsor Horne Lockwood, había nacido con un *tee* de golf de plata en la boca. Sus antepasados habían sido los primeros socios del Merion Golf Club de Ardmore, en las afueras de Filadelfia. Win también era socio de Pine Valley, considerado el campo de golf número uno del mundo, a pesar de estar cerca de un parque acuático en la parte sur de Nueva Jersey, y, para poder jugar en un gran campo cerca de la ciudad de Nueva York, Win se había hecho socio del Ridgewood Golf Club, un diseño de A. W. Tillinghast con veintisiete hoyos que rivalizaba con los mejores campos del mundo.

Herman Ache, el antiguo mafioso, quería más al golf que a sus hijos. Parecía una exageración pero, tras su reciente visita a la penitenciaría federal, Win estaba seguro de que Herman Ache quería más al golf que a su hermano Frank. Así que Win llamó al despacho de Herman aquella mañana y le invitó a jugar una vuelta en Ridgewood aquel mismo día. Herman Ache aceptó sin el menor titubeo.

Herman Ache era demasiado astuto para no saber que Win se traía algo entre manos, pero no le importaba. Era una buena ocasión para jugar en Ridgewood; una oportunidad poco frecuente, incluso para el más rico y más poderoso de los jefes de la mafia. Hubiese estado dispuesto a hacer cualquier cosa, incluso a caer en una trampa de los federales, si eso significaba jugar en uno de los más legendarios campos de Pine Valley.

—Gracias de nuevo por invitarme —repitió Herman.

—Es un placer.

Estaban en la salida del hoyo uno, conocido como Uno Este. No se permitían los móviles en el campo, pero Win había hablado con Myron antes de salir y ya se había enterado de la conversación entre Myron y Karl Snow. Win no estaba seguro de lo que significaba. Despejó su mente y se acercó a la bola. Soltó el aliento y partió la calle en dos con un *drive* de doscientos sesenta metros.

Herman Ache, que tenía un *swing* más feo que la axila de un mono, fue el siguiente. Su bola salió desviada a la izquierda, por encima de los árboles, y casi acabó en la ruta 17.

Herman frunció el entrecejo. Miró el palo, dispuesto a echarle la culpa.

—¿Sabes qué? Vi a Tiger dar este mismo golpe en este hoyo en el Barclay Open.

—Sí —dijo Win—. Tú y Tiger sois prácticamente intercambiables en las salidas.

Herman Ache sonrió con sus afiladas fundas dentales. A pesar de estar cerca de cumplir los ochenta, vestía un polo de color amarillo Nike Dri-Fit y, siguiendo la última moda del golf, pantalones blancos ajustados, anchos en el dobladillo y sostenidos por un grueso cinturón negro, con una hebilla de plata del tamaño de un tapacubos.

Ache pidió un Mulligan, la repetición de la jugada, algo que Win nunca hacía cuando le invitaba alguien, y colocó otra bola en el *tee*.

—Déjame preguntarte algo, Win.

—Por favor, hazlo.

—Como ya sabes, soy un hombre mayor.

Ache volvió a sonreír. Intentaba actuar como un abuelo bondadoso, pero con aquellos dientes parecía un lémur. Herman Ache tenía ese tipo de bronceado, más naranja que marrón, y ese abundante pelo gris que sólo el dinero podía comprar; en resumen, llevaba un peluquín de los más caros. Su rostro no tenía ni una arruga ni se movía. Bótox. En grandes cantidades. Su piel era demasiado aceitosa, demasiado brillante, así que se parecía un poco a las figuras que Madame Toussaud creaba en sus momentos de ocio. El cuello le denunciaba. Era flaco y fofo, le colgaba como el escroto de un viejo.

—Lo sé —dijo Win.

—Y como ya sabes, me ocupo y soy propietario de una variada cantidad de empresas legales.

Cuando un hombre siente la necesidad de decirte que sus empresas son «legales», bueno, está claro que no lo son.

Win contestó con un sonido nada comprometido.

—Me pregunto si podrías considerar la posibilidad de patrocinarme para que me acepten como socio —añadió Herman Ache—. Con tus relaciones y tu nombre, si tú me patrocinases, creo que tendría muchas posibilidades de que me aceptaran.

Win se esforzó en no perder el color. También consiguió no llevarse la mano al corazón y tambalearse, aunque no fue fácil.

—Podemos discutirlo —dijo.

Herman se colocó detrás de la bola, entrecerró los ojos y estudió la calle como si estuviese buscando el Nuevo Mundo. Se acercó a la bola, se colocó junto a ella y realizó cuatro *swings* de práctica tremendamente lentos. Los *caddies* intercambiaron una mirada. Herman miró de nuevo la calle. Si esto hubiese sido una película, ahora se verían volar las manecillas del reloj, las páginas de un calendario arrastradas por el viento y las hojas volviéndose marrones, se vería caer la nieve, salir el sol y, al final, todo el paisaje de color verde.

El credo del golf número doce de Win. Es completamente aceptable ser un pésimo jugador de golf. No es en absoluto aceptable que juegues mal y seas lento.

Herman por fin ejecutó el golpe; otro golpe cerrado a la izquierda. La bola pegó en un árbol, volvió a la calle y entró en juego. Los *caddies* parecieron aliviados. Win y Ache hicieron los dos primeros hoyos hablando de tonterías. El golf, por naturaleza, es un juego maravillosamente egoísta. Te preocupas por tu resultado y nada más. Es algo muy bueno en muchos sentidos, pero no sirve para otra cosa que para mantener una conversación entretenida.

En la salida del tercer hoyo, el famoso par cinco con el *green* elevado, ambos miraron el paisaje, el silencio, el verde, la tranquilidad. Era fabuloso. Por un momento nadie se movió ni habló. Win respiraba con calma, casi con los ojos cerrados. Un campo es un santuario. Es fácil reírse, y el golf es la más sorprendente de las empresas, juega con la mente hasta de los participantes más veteranos, pero cuando Win estaba jugando en un día como el de hoy, cuando miraba la relajante extensión verde, había momentos en los que él, un agnóstico de primera, casi se sentía bendecido.

—¿Win?

—¿Sí?

—Gracias —dijo Herman Ache. Una lágrima asomaba por sus ojos—. Gracias por esto.

Win miró al hombre. El hechizo se rompió. No era el hombre con quien quería compartir este momento. «Sin embargo, aquí hay una apertura», pensó.

—¿Por mi apoyo para que te admitan como socio?

Herman Ache miró a Win con la esperanza de un náufrago.

—¿Sí?

—¿Qué debería decirle a la junta de admisión sobre tus intereses comerciales?

—Ya te lo he dicho. Ahora soy completamente legal.

—Ah, pero conocerán tu pasado.

—En primer lugar, aquello es el pasado. Y en cualquier caso no fui yo. Deja que te pregunte algo, Win: ¿Cuál es la diferencia entre el Herman Ache de ahora y el Herman Ache de hace cinco años?

—¿Por qué no me lo dices?

—Oh, lo haré. La diferencia es que ya no hay ningún Frank Ache.

—Comprendo.

—Todos aquellos asuntos criminales, toda esa violencia, no fui yo. Fue mi hermano Frank. Tú le conoces, Win. Frank es vulgar. Es violento y escandaloso. Hice todo lo posible por contenerle. Fue él quien causó todos los problemas. Se lo puedes decir a la junta.

Vender a su hermano para ser socio de un club de golf. Todo un príncipe.

—No estoy muy seguro de que criticar a tu propio hermano le siente bien al comité de admisiones —señaló Win—. Aquí tienen en gran estima los valores familiares.

Cambio de miradas, cambio de táctica.

—Oh, no lo estoy criticando. Mira, yo quiero mucho a Frank. Es mi hermano menor y siempre lo será. Cuido de él. ¿Sabes que está cumpliendo condena?

—Lo he oído —asintió Win—. ¿Le visitas?

—Claro, todas las semanas. Lo curioso es que a Frank le encanta estar allí.

—¿En la cárcel?

—Tú conoces a Frank. Casi dirige el lugar. Te seré sincero. Yo no quería que él aceptase todas las culpas, pero Frank, bueno, insistió. Él quería sacrificarse por toda la familia, y como mínimo, debo asegurarme de que esté bien atendido.

Win observó el rostro y el lenguaje corporal del viejo. Nada. La mayoría de las personas creen que de alguna manera puedes adivinar cuándo un hombre te está mintiendo: que hay unas señales claras del engaño y que si aprendes a distinguirlas, puedes saber cuándo alguien dice la verdad o una mentira. Los que creen en semejante tontería se engañan. Herman Ache era un psicópata. Casi con total seguridad había asesinado, o, para ser más exactos, había ordenado asesinar a más personas de las que Frank habría matado nunca. Frank Ache era previsible: su ataque frontal se podía prever con facilidad, y por lo tanto, se podía evitar. Herman Ache trabajaba más como una serpiente en la hierba, un lobo con piel de cordero, y por consiguiente era mucho más peligroso.

Las barras del hoyo siete las habían colocado hoy más cerca, así que Win dejó el *driver* para usar la madera tres.

—¿Puedo hacerte una pregunta sobre uno de tus intereses comerciales?

Herman Ache miró a Win y, ahora sí, la serpiente no estaba tan escondida.

—Háblame de tu relación con Gabriel Wire.

Incluso un psicópata puede parecer sorprendido.

—¿Por qué demonios quieres saber eso?

—Myron representa a su socio.

—¿Y?

—Sé que en el pasado tú te ocupabas de sus deudas de juego.

—¿Crees que eso es ilegal? Está bien que el gobierno venda lotería. Está bien que Las Vegas y Atlantic City acepten apuestas, pero si lo hace un empresario honrado es un crimen.

Win se esforzó en evitar bostezar.

—¿Así que todavía te ocupas del juego de Gabriel Wire?

—No entiendo cómo puede ser asunto tuyo. Wire y yo tenemos unos acuerdos comerciales legítimos. Es todo lo que necesitas saber.

—¿Acuerdos comerciales legítimos?

—Así es.

—Pero estoy confuso —añadió Win.

—¿Por?

—¿Qué tipo de arreglo comercial legítimo puede hacer que Evan Crisp vigile la casa de Wire en Biddle Island?

Sin soltar el palo, Ache se quedó inmóvil. Se lo devolvió al *caddie* y se quitó el guante blanco de la mano izquierda. Se acercó a Win.

—Escúchame —dijo en voz baja—. No es una cuestión en la que tú y Myron debáis inmiscuiros. Confía en mí. ¿Conoces a Crisp?

—Sólo por su reputación.

Ache asintió.

—Entonces ya sabes que no vale la pena.

Herman dirigió a Win otra mirada dura y se volvió a su *caddie*. Se puso el guante y pidió el *driver*. El *caddie* se lo dio y luego se dirigió hacia el bosque de la izquierda, porque parecía el terreno que preferían las bolas de Herman Ache.

—No tengo el menor interés en perjudicar tus negocios —dijo Win—. Es más, no tengo ningún interés en Gabriel Wire.

—¿Entonces qué quieres?

—Quiero saber qué pasó con Suzze T, con Alista Snow y con Kitty Bolitar.

—No sé de qué me hablas.

—¿Quieres oír mi teoría?

—¿Sobre qué?

—Volvamos dieciséis años atrás —dijo Win—. Gabriel Wire te debe una gran cantidad de dinero por las deudas de juego. Es un drogadicto, un perseguidor de faldas plisadas...

—¿Plisadas?

—Le gustan jóvenes —explicó Win.

—Oh, ahora lo entiendo. Plisadas.

—Me alegro. Gabriel Wire también es algo importante para ti, un jugador compulsivo. En resumen, es un desastre, aunque muy rentable. Tiene dinero y un enorme potencial para ganarlo, y los intereses de sus deudas continúan siendo interés compuesto. ¿Hasta aquí me sigues?

Herman Ache no dijo nada.

—Entonces Wire va demasiado lejos. Después de un concierto en el Madison Square Garden invita a Alista Snow, una ingenua niña de dieciséis años, a su habitación. Wire le da Rohypnol, cocaína y cualquiera otra droga que tiene por allí, y la chica acaba saltando por el balcón. Le entra el pánico. O quizá, como es un bien tan importante, tú ya tienes a un hombre en la escena. Quizá Crisp. Arreglas el follón, intimidas a los testigos e incluso compras a la familia Snow; lo que sea para proteger a tu chico. Ahora te debe más pasta. No sé cuáles son los arreglos comerciales legítimos que hicisteis, pero imagino que Wire te tiene que pagar... ¿la mitad de sus ganancias? Tienen que ser varios millones de dólares al año como mínimo.

Herman Ache se limitó a mirarle, esforzándose por no empezar a echar espuma por la boca.

—¿Win?

—¿Sí?

—Sé que a ti y a Myron os gusta pensar que sois unos tipos duros —dijo Ache—, pero ninguno de los dos está hecho a prueba de balas.

—Vaya, vaya. —Win separó los brazos—. ¿Qué ha pasado con el señor Legal? ¿El señor Empresario Legítimo?

—Quedas advertido.

—Por cierto, visité a tu hermano en la cárcel.

El rostro de Herman se descompuso.

—Te envía saludos.

22

Cuando Myron regresó de nuevo a la oficina, Big Cyndi estaba preparada.

—Tengo información sobre el tatuaje de Gabriel Wire, señor Bolitar.

—Oigamos lo que tienes.

Ese día Big Cyndi vestía toda de rosa. Llevaba suficiente colorete en las mejillas para pintar una furgoneta.

—Según las extensas investigaciones de Ma Gellan, Gabriel Wire tenía un tatuaje. En el muslo izquierdo, no en el derecho. Esto puede parecer un tanto extraño, pero, por favor, tenga paciencia.

—Te escucho.

—El tatuaje era un corazón, y era un tatuaje permanente. Pero Gabriel Wire lo rellenaba con nombres temporales.

—No estoy muy seguro de seguirte.

—Usted ha visto el aspecto de Gabriel Wire, ¿correcto?

—Sí.

—Era una estrella del rock y un guaperas del copón, pero tenía cierta debilidad.

—¿Cuál?

—Le gustaban las menores.

—¿Era un pedófilo?

—No, no lo creo. Sus ligues estaban ya bien desarrolladas. Pero eran jóvenes. Dieciséis, diecisiete.

Por ejemplo, Alista Snow. Y ahora que lo pensaba, Suzze T en aquellos tiempos.

—Por lo tanto, pese a que Gabriel Wire era una estrella del rock muy deseada, en muchas ocasiones necesitaba convencer a una chica de que significaba algo para él.

—No tengo muy claro qué tiene que ver eso con el tatuaje.

—Era un corazón rojo.

—¿Y?

—El corazón estaba vacío, sólo rojo. Entonces Gabriel Wire cogía un rotulador y escribía el nombre de la chica a la que perseguía. Fingía que se había hecho el tatuaje sólo para aquella chica en particular.

—¡Caray!

—Sí.

—Para que luego hablemos de personajes diabólicos.

Big Cyndi exhaló un suspiro.

—No se creería las cosas que son capaces de hacer los hombres para ligarse a algunas de nosotras, las más guapas.

Myron intentó procesar esta afirmación.

—¿Cómo funcionaba exactamente?

—Depende. Si Gabriel quería cerrar la venta de inmediato, llevaba a la chica a una sala de tatuajes aquella misma noche. Le decía que iba un momento a la parte de atrás y que le esperase. Entonces se escribía el nombre. Algunas veces lo hacía antes de la segunda cita.

—¿Era algo así como «te quiero tanto que, mira, me he hecho un tatuaje con tu nombre»?

—Así es.

Myron sacudió la cabeza.

—Tiene que admitirlo —dijo Big Cyndi—. Era genial.

—A mí me parece bastante morboso.

—Oh, yo creo que eso formaba parte del juego —afirmó Big Cyndi—. Gabriel Wire podía tener cualquier chica que desease, incluso menores. Así que me pregunté a mí misma, ¿por qué tomarse todo ese trabajo? ¿Por qué no pasar a otra chica?

—¿Y?

—Creo, que como muchos hombres, necesitaba que la chica se enamorase de verdad de él. Le gustaban jóvenes. Yo diría que estaba atascado en su desarrollo emocional, se quedó en la etapa de cuando un chico quiere partirle el corazón a una chica. Como en el instituto.

—Podría ser.

—Sólo es una teoría —dijo Big Cyndi.

—Vale, todo esto es muy interesante, pero ¿qué tiene que ver con el otro tatuaje, el que también tenía Suzze?

—El diseño parece que era una obra de arte original de algún tipo —explicó Big Cyndi—. Por lo tanto, Ma Gellan tiene la teoría de que Suzze y Gabriel fueron amantes. Suzze tenía ese tatuaje, y para impresionarla o engañarla, Gabriel también lo llevaba.

—¿Era temporal?

—No hay manera de saberlo con certeza —dijo Big Cyndi—, pero, teniendo en cuenta su pasado, es una posibilidad.

Esperanza apareció en el umbral. Myron la observó.

—¿Alguna idea?

—Sólo la más evidente —manifestó Esperanza—. Suzze y Gabriel eran amantes. Alguien colgó el tatuaje que ambos llevaban junto al mensaje sobre la paternidad del hijo de Suzze.

—Kitty admitió que lo colgó —dijo Myron.

—Eso podría cuadrar —admitió Esperanza.

—¿Por qué?

Sonó el teléfono del despacho. Big Cyndi fue a su mesa y contestó con su voz más almibarada: «MB Reps». Escuchó durante unos segundos, sacudió la cabeza hacia ellos y se señaló a sí misma: podía ocuparse de ello.

Esperanza le hizo una seña a Myron para que la siguiese a su despacho.

—Tengo los registros de las llamadas del móvil de Suzze.

En la televisión hacen que conseguir eso parezca difícil o, tal vez por necesidades del guión, puede llevar días o semanas. En realidad, se puede conseguir en cuestión de minutos. En ese caso se tardaría incluso menos. Suzze, como muchos otros clientes, pagaba todas sus facturas a través de MB Reps. Eso significaba que tenían su número de teléfono, su dirección, sus contraseñas y su número de la Seguridad Social. Esperanza podía obtener las llamadas *on line* como si fuese su propio teléfono.

—Su última llamada fue al móvil de Lex, pero él no contestó. Creo que podría estar en el avión, en el vuelo de regreso. Pero Lex la llamó antes, aquel mismo día. Inmediatamente después, hablamos de la mañana antes de que muriera Suzze, ella también llamó a un teléfono móvil desechable. Supongo que la poli creerá que llamaba a su camello para arreglar una compra.

—¿Pero no es así?

Esperanza sacudió la cabeza.

—El número corresponde al que Crush te dio para Kitty.

—¡Caray!

—Sí —dijo Esperanza—. Y quizá fue así como Suzze consiguió la droga.

—¿A través de Kitty?

—Sí.

Myron sacudió la cabeza.

—Sigo sin creérmelo.

—¿Qué es lo que no quieres creer?

—Suzze. Tú la viste aquí. Estaba embarazada. Se sentía feliz.

Esperanza se dejó caer en la silla y le miró durante unos segundos.

—¿Recuerdas cuando Suzze ganó el US Open?

—Por supuesto. ¿Qué tiene que ver con esto?

—Había mejorado su conducta. Se concentraba sólo en el tenis y enseguida ganó uno de los grandes trofeos. Nunca había visto a nadie desear algo con tanta intensidad. Todavía me parece estar viendo aquel último golpe, el que le dio la victoria, la expresión de absoluta alegría en su rostro, la manera de arrojar la raqueta al aire, cómo se volvió y te señaló.

—A nosotros —dijo Myron.

—Por favor, no seas condescendiente. Tú siempre fuiste su agente y amigo, pero en esto no puedes estar tan ciego. Quiero que pienses en lo que pasó después.

Myron intentó recordar.

—Celebramos una gran fiesta. Suzze trajo el trofeo con ella. Bebimos de la copa.

—¿Y entonces?

Myron asintió al ver adónde quería ir Esperanza.

—Se vino abajo.

—Cuando estaba en la cumbre.

Cuatro días después de la mayor victoria de su carrera —después de aparecer en el *Today Show, Late Night* de Letterman y en un montón de programas importantes—, Myron encontró a Suzze llorando todavía en la cama a las dos de la tarde. Dicen que no hay nada peor que ver un sueño hecho realidad. Suzze había creído que ganar el US Open le daría la felicidad instantánea. Creía que su desayuno sabría mejor por la mañana, que el sol le sentaría mejor a su piel. Que se miraría en el espejo y vería a alguien más atractivo, más inteligente, más digno de ser amado.

Ella creyó que ganar la cambiaría.

—Cuando las cosas le iban mejor que nunca —añadió Esperanza—, volvió a consumir drogas.

—¿Crees que eso es lo que le volvió a pasar ahora?

Esperanza levantó una mano y después la otra, y las movió como si estuviera pesando dos cosas.

—Felicidad, caída. Felicidad, caída.

—¿Y su visita a Karl Snow, después de todos estos años? ¿Crees que fue una coincidencia?

—No. Pero creo que reavivó sus emociones. Eso habla a favor de que consumiese, no en contra. Mientras tanto, investigué las direcciones que me diste del GPS de Suzze. La primera, bueno, ya averiguaste cuál era: la heladería de Karl Snow. El resto son fáciles de explicar, excepto que no tengo ninguna pista de la segunda.

—¿La intersección de Edison, en Nueva Jersey? Espera. ¿No dijiste que el móvil de Kitty fue adquirido en una tienda en Edison?

—Correcto. —Esperanza puso algo en la pantalla—. Aquí está la imagen por satélite de Google Earth.

Myron echó un vistazo. Un montón de tiendas, una gasolinera.

—Ninguna tienda de móviles —dijo Esperanza.

Myron pensó que valdría la pena acercarse por allí.

23

El Bluetooth del coche de Myron atendió su móvil. Pasó la primera media hora al teléfono, hablando con los clientes. La vida no se detiene porque irrumpa la muerte. Si necesitas alguna prueba de ello, vuelve al trabajo.

Unos pocos minutos antes de llegar, le llamó Win.

—¿Vas armado? —preguntó Win.

—Supongo que has hecho disgustar a Herman Ache.

—Lo hice.

—O sea, que está involucrado en algo con Gabriel Wire.

—Eso parece, sí, excepto por una cosa.

—¿Cuál es? —preguntó Myron.

—Le conté nuestra teoría de que ellos controlaban a Wire a través del chantaje y las deudas de juego.

—Correcto.

—Después de varios minutos —continuó Win—, el señor Ache admitió por fin que nuestra teoría era acertada.

—¿Eso qué significa?

—Herman Ache mentiría sobre lo que acaba de comer al mediodía —respondió Win.

—Por lo tanto, nos estamos perdiendo algo.

—Sí. Mientras tanto, ármate.

—Recogeré un arma cuando vuelva —dijo Myron.

—No hay necesidad de esperar —señaló Win—. Hay un treinta y ocho debajo de tu asiento.

Tremendo. Myron metió la mano debajo del asiento y notó el bulto.

—¿Hay alguna cosa más que necesite saber?

—Un *birdie* en el último hoyo. Hice setenta.

—Siempre dejando lo más importante para el final.

—Intentaba ser modesto.

—Creo —dijo Myron—, que en algún momento necesitaremos hablar con Gabriel Wire cara a cara.

—Eso podría significar asaltar el castillo —opinó Win—, o al menos su finca en Biddle Island.

—¿Crees que podremos atravesar su sistema de seguridad?

—Fingiré que no me lo has preguntado.

Cuando Myron llegó a la intersección con Edison, entró en el aparcamiento de otro centro comercial. Miró para ver si había alguna heladería —esta vez comenzaría por allí si la había—, pero no, éste era un centro más genérico, un Strip Mall USA, con un Best Buy, un Staples y una zapatería llamada DSW que tenía el tamaño de un pequeño principado europeo.

Entonces, ¿por qué allí?

Repasó en su mente la cronología del día anterior. Suzze recibió primero una llamada telefónica desde el móvil de su marido, Lex Ryder. La llamada duró cuarenta y siete minutos. Treinta minutos después de colgar, Suzze llamó al móvil desechable de Kitty. Aquella llamada fue más breve: cuatro minutos. Vale, bien, ¿qué vino después? Había una brecha de tiempo, pero cuatro horas más tarde, Suzze habló con Karl Snow en su heladería sobre la muerte de su hija, Alista Snow.

Por lo tanto, necesitaba llenar aquellas cuatro horas.

Si seguía la lógica del GPS, en algún momento entre la llamada de cuatro minutos de Suzze a Kitty y la visita de Suzze a Karl Snow, condujo hasta aquí, a esta intersección en Edison, Nueva Jersey. Suzze no puso la dirección en el GPS, como sí hizo con la del centro comercial de Karl Snow. Sólo indicó la intersección. Había un centro comercial en una esquina; una estación de servicio en la otra; un concesionario Audi en la tercera, y nada aparte de un bosque, en la cuarta.

Entonces, ¿por qué? ¿Por qué no puso una dirección concreta? Pista uno: Suzze vino hasta aquí después de llamar a Kitty. Si se consideraba su larga y complicada relación, una llamada de cuatro minutos parecía muy breve. Conclusión posible: Suzze y Kitty sólo habían hablado lo suficiente para fijar una cita. Segunda conclusión posible: acordaron encontrarse aquí, en esta intersección.

Myron buscó un restaurante o un café, pero no había ninguno. Parecía poco probable que dos antiguas estrellas del tenis decidieran venir aquí a comprarse unos zapatos, artículos de oficina o electrónica, así que eso eliminaba una de las esquinas. Miró la carretera, a izquierda y derecha. Y allí, una vez pasado el local del concesionario Audi, Myron vio un cartel que le llamó la atención. Las letras estaban escritas en tipografía Old English y decían: «GLENDALE MOBILE ESTATES».

Myron cruzó la carretera y vio que se trataba de un parque de caravanas. Incluso los parques de caravanas habían seguido el camino de Madison Avenue, con esos lujosos carteles publicitarios y la utilización de la palabra «estates»,* como si aquello fuese una parada obligatoria en una gira por las mansiones de élite de Newport, en Rhode Island. Las caravanas ocupaban una cuadrícula de calles con nombres como Garden Mews** y Old Oak Drive,*** aunque no había indicios de que hubiese ningún jardín o algún roble, viejo o no, y Myron no tenía claro qué eran los *mews*.

Desde ese lugar de la carretera, Myron vio varios carteles de «SE ALQUILA». Nueva conclusión: Kitty y Mickey se alojaban allí. Quizá

---

* *Estates* son propiedades, pero también significa «mansiones», «fincas». *(N. del T.)*

** *Garden* significa «jardín» y *mews* son las viejas caballerizas convertidas en viviendas. *(N. del T.)*

*** *Old oak* significa «viejo roble». *(N. del T.)*

Suzze no sabía la dirección exacta. Quizás el GPS no reconocería Garden Mews ni Old Oak Drive, así que le había indicado a Suzze la intersección más cercana.

No tenía ninguna foto de Kitty para mostrar, e incluso, de haberla tenido, hubiese parecido sospechoso. Tampoco podía dedicarse a llamar a las puertas de las caravanas. Al final, Myron optó por la antigua y siempre eficaz labor de vigilancia. Subió al coche y aparcó cerca del despacho de la administración del parque. Desde allí tenía una buena vista de la mayor parte de las caravanas. ¿Durante cuánto tiempo podría permanecer aparcado allí y esperar? Una hora, tal vez dos. Llamó a su viejo amigo Zorra, un antiguo agente del Mossad que siempre estaba dispuesto a hacer un turno de vigilancia. Zorra vendría aquí y se haría cargo dentro de dos horas.

Myron se acomodó y aprovechó el tiempo para hacer varias llamadas a sus clientes. Chaz Landreaux, su más antiguo jugador de la NBA y ex All Stars, confiaba en seguir jugar otro año en la liga profesional. A continuación llamó a los gerentes generales, dispuesto a conseguir una prueba para el veterano, pero no tenían ningún interés en él. Chaz estaba desconsolado.

—Todavía no estoy dispuesto a dejarlo —le dijo a Myron—. ¿Sabes a lo que me refiero?

Myron lo sabía.

—Tú continúa entrenando —le recomendó Myron—. Alguien te dará una oportunidad.

—Gracias, tío. Sé que puedo ayudar a un equipo joven.

—Yo también lo sé. Deja que te pregunte una cosa. En el peor de los casos posibles, si la NBA no está interesada, ¿qué te parecería jugar un año en China o en Europa?

—No me apetece mucho.

Al mirar a través del parabrisas, Myron vio que se abría la puerta de otra caravana. Esta vez, sin embargo, salió su sobrino Mickey.

Myron se irguió en el asiento.

—Chaz, seguiré trabajando en ello. Hablaremos mañana.

Colgó. Mickey mantenía la puerta abierta. Miró al interior de la caravana durante unos segundos, antes de cerrarla. Tal como Myron había notado la noche anterior, era un chico grandote, de un metro noventa o un metro noventa y dos de estatura, y unos ciento diez kilos de peso. Mickey caminaba con los hombros echados hacia atrás y la cabeza erguida. Eran, comprendió Myron, los andares Bolitar. El padre de Myron caminaba así; Brad caminaba así, y Myron también.

«No puedes escapar a los genes, chico. ¿Ahora qué?»

Intuyó que existía una remota posibilidad de que Suzze hubiese hablado o se hubiese encontrado con Mickey. Pero en realidad parecía poco probable. Sería mejor quedarse allí, esperar a que Mickey se fuese y acercarse luego a la caravana, con la esperanza de que Kitty estuviese dentro. Si no era así, si Kitty no estaba y él necesitaba encontrar a Mickey, no sería difícil hacerlo. Mickey vestía el polo rojo de los empleados de Staples. Era casi seguro que Mickey se dirigía al trabajo.

¿En Staples contrataban a empleados tan jóvenes?

Myron no estaba seguro. Myron bajó el parasol. Sabía que el reflejo del sol haría imposible que Mickey le viese. Cuando su sobrino se acercó, Myron vio la tarjeta de identificación en el polo. Decía: «Bob».

Todo era cada vez más extraño.

Esperó a que Mickey girará por la intersección antes de bajar del coche. Caminó hacia la carretera y echó una ojeada. Sí, Mickey iba hacia Staples. Myron se volvió y caminó por Garden Mews hacia la caravana. El parque estaba limpio y bien cuidado. Había sillas de jardín delante de algunas de las caravanas; otras tenían flores de plástico o ruedas decorativas clavadas en el suelo. Las campanillas se movían con el viento. Había una gran variedad de ornamentos de jardín, y la Madonna era con mucho la imagen más popular.

Myron llegó a la puerta y golpeó. Ninguna respuesta. Golpeó

más fuerte. Otra vez nada. Intentó mirar a través de la ventana, pero la cortina estaba bajada. Dio la vuelta a la caravana. Todas las cortinas estaban bajadas en pleno día. Volvió a golpear la puerta e intentó girar el pomo. Cerrado.

Vio que era una vieja cerradura de esas que se cierran de golpe. Myron no era un experto en forzar puertas, pero abrir esa vieja cerradura parecía bastante fácil. Se aseguró de que nadie mirara. Años atrás, Win le había enseñado cómo forzar una cerradura con una tarjeta más delgada que una tarjeta de crédito. La tarjeta dormía en su billetero, siempre la llevaba allí pero sin usarla, como un adolescente que lleva un condón con la ilusión de usarlo algún día. Sacó la tarjeta, asegurándose de nuevo de que nadie mirara, y la deslizó por el marco, para meterla entre el pasador y el marco y abrir así la puerta. Si la puerta de la caravana tenía un cerrojo o cualquier cosa por el estilo, sería inútil. Por fortuna la cerradura era barata y débil.

La puerta se abrió. Myron se apresuró a entrar y la cerró. Las luces estaban apagadas y, con todas las cortinas bajadas, la habitación tenía un resplandor fantasmal.

—¿Hola?

Ninguna respuesta.

Apretó el interruptor. Las bombillas se encendieron. La habitación tenía el aspecto que se podía esperar de una caravana de alquiler. Había uno de esos muebles multiusos de noventa dólares que requieren un montaje laborioso, con un puñado de libros en rústica, un televisor pequeño y un viejo ordenador portátil. Había una mesa de centro que no había visto un posavasos desde la caída del Muro de Berlín y un sofá cama. Myron sabía que era un sofá cama porque había encima una almohada y mantas plegadas. Mickey sin duda dormía aquí, y su madre ocupaba el dormitorio.

Myron vio una foto en la mesa. Encendió la lámpara y la levantó para verla. Mickey con el uniforme de baloncesto, el pelo revuelto, los rizos en la frente pegados por el sudor. Brad estaba a su lado, con un brazo alrededor del cuello de su hijo, como si estuviese a punto de sujetarlo con una amorosa llave. Padre e hijo mostraban unas sonrisas enormes. Brad miraba a su hijo con tanto amor y en un momento tan íntimo que Myron casi sintió la necesidad de apartar la mirada. La nariz de Brad, como Myron comprobó, estaba torcida. Pero había algo más que eso, Brad parecía mayor, el pelo comenzaba a retroceder de la frente. Algún pensamiento sobre el paso del tiempo y todo lo que habían perdido hizo que a Myron se le partiese el corazón de nuevo.

Myron oyó un ruido a su espalda. Se volvió con rapidez. El sonido procedía del dormitorio. Fue hasta la puerta y miró hacia el interior. La habitación principal estaba limpia y arreglada. El dormitorio tenía el aspecto de que hubiese pasado una tempestad, y allí, en el ojo del huracán, dormida (o tal vez algo peor) y tumbada boca arriba, estaba Kitty.

—¿Hola?

Ella no se movió. Su respiración era un jadeo ronco. La habitación olía a cigarrillos y a algo parecido a cerveza rancia. Se acercó a la cama. Myron decidió curiosear un poco antes de despertarla. El teléfono móvil estaba en la mesita de noche. Lo miró. Vio las llamadas de Suzze y Joel *Crush* Fishman. Había tres o cuatro llamadas, y algunas parecían números de larga distancia. Los anotó en su Blackberry y se los mandó por e-mail a Esperanza. Buscó en el bolso de Kitty y encontró los pasaportes de ella y de Mickey. Había docenas de visados, de países de todos los continentes. Myron los examinó, con intención de deducir una cronología. Muchos de ellos estaban manchados. Al parecer, Kitty había llegado a Estados Unidos dos meses antes, procedente de Perú. Si Myron lo había interpretado correctamente, ella había llegado a Perú, procedente de Chile, ocho meses antes.

Devolvió el pasaporte al bolso y siguió buscando. Al principio ninguna sorpresa, pero entonces comenzó a palpar en el forro del bolso y, vaya, notó un bulto duro. Metió los dedos por el corte y sacó una bolsa de plástico con una pequeña cantidad de polvo marrón dentro.

Heroína.

La furia le dominó. Estaba a punto de despertarla dando un puntapié en la cama cuando vio algo en el suelo. Durante unos segundos sólo parpadeó, incrédulo. Estaba allí, en el suelo, cerca de la cabeza de Kitty, donde podía dejar caer un libro o una revista al quedarse dormida. Myron se agachó para mirarla de cerca. No quería tocarla, no quería dejar ninguna huella.

Era un arma.

Miró alrededor, encontró una camiseta en el suelo y la utilizó para recoger el arma. Un treinta y ocho. Similar al que Myron llevaba en la cintura, cortesía de Win. ¿Qué demonios estaba pasando? Casi se sintió tentado de llamar a los servicios sociales y dejarlo correr.

—¿Kitty?

Ahora su voz era más fuerte, dura. Ningún movimiento. No dormía; estaba inconsciente. Dio un puntapié en la cama. Nada. Pensó en echarle agua en la cara, pero se decidió por darle unas suaves palmadas en el rostro. Se inclinó sobre ella y olió el aliento rancio. Volvió atrás en el tiempo, cuando ella era la adorable adolescente que dominaba la pista central, y su expresión *yiddish* favorita volvió en un instante: «El hombre planea y Dios se ríe». Y no era una risa bondadosa.

—¿Kitty? —llamó de nuevo, con voz un poco más fuerte.

Los ojos se abrieron de repente. Se giró deprisa, sorprendiendo a Myron que se echó hacia atrás, y entonces comprendió qué estaba haciendo.

Iba a por el arma.

—¿Buscas esto?

Sostuvo el revólver en alto. Ella se llevó las manos a los ojos, aunque apenas había luz, y parpadeó.

—¿Myron?

24

—¿Por qué demonios tienes un arma cargada?

Kitty saltó de la cama y miró por debajo de una de las cortinas bajadas.

—¿Cómo me has encontrado? —Tenía los ojos desorbitados—. Dios mío, ¿te han seguido?

—¿Qué? No.

—¿Estás seguro? —Pánico total. Corrió para mirar a través de otra de las ventanas—. ¿Cómo me has encontrado?

—Por favor, cálmate.

—No me calmaré. ¿Dónde está Mickey?

—Le vi ir al trabajo.

—¿Ya? ¿Qué hora es?

—La una. —Myron intentó seguir adelante—. ¿Ayer viste a Suzze?

—¿Es así como me encontraste? Prometió no decirlo.

—¿No decir qué?

—Cualquier cosa. Pero sobre todo dónde estoy. Se lo expliqué.

«Síguele la corriente», pensó Myron.

—¿Explicar qué?

—El peligro. Pero ella ya lo comprendió.

—Kitty, háblame. ¿En qué clase de peligro estás metida?

Ella sacudió la cabeza.

—No puedo creer que Suzze me vendiese.

—No lo hizo. Te encontré a través de su GPS y los registros de llamadas.

—¿Qué? ¿Cómo?

Él no estaba dispuesto a seguir por ese camino.

—¿Cuánto tiempo llevabas dormida?

—No lo sé. Anoche salí.

—¿Adónde?

—No es asunto tuyo.

—¿Colocándote?

—¡Fuera de aquí!

Myron dio un paso atrás y levantó las manos, como si quisiese indicarle que no pensaba hacerle daño. Tenía que dejar de atacarla. ¿Por qué siempre la jodemos cuando se trata de nuestra familia?

—¿Sabes lo de Suzze?

—Ella me lo dijo todo.

—¿Qué te dijo?

—Es confidencial. Se lo prometí. Ella me lo prometió.

—Kitty, Suzze está muerta.

Por un momento, Myron creyó que quizá no le había oído. Kitty le miró, con los ojos despejados por primera vez. Luego comenzó a sacudir la cabeza.

—Una sobredosis —añadió Myron—. Anoche.

Más sacudidas de cabeza.

—No.

—¿Dónde crees que consiguió la droga, Kitty?

—Ella no lo haría. Estaba embarazada.

—¿Tú se la diste?

—¿Yo? Por Dios, ¿qué clase de persona crees que soy?

«Una que tiene un arma junto a la cama —respondió para sí mismo—. Una que oculta drogas en el bolso. Una que se enrolla con desconocidos en un club para conseguir droga.» En voz alta dijo:

—Suzze estuvo aquí ayer, ¿verdad?

Kitty no respondió.

—¿Por qué?

—Me llamó —dijo Kitty.

—¿Cómo consiguió tu número?

—Se conectó con mi cuenta en Facebook. Como hiciste tú. Dijo que era urgente. Dijo que había algo que necesitaba contarme.

—Así que le enviaste por e-mail un número de móvil.

Kitty asintió.

—Entonces Suzze te llamó. Le dijiste que os encontrarais aquí.

—Aquí no —negó Kitty—. Seguía sin sentirme segura. No sabía si podía confiar en ella. Estaba asustada.

Myron empezó a comprender.

—Así que en lugar de darle esta dirección, sólo le indicaste la intersección.

—Así es. Le dije que aparcase en Staples. De esa manera podría vigilarla. Asegurarme de que venía sola y de que nadie la había seguido.

—¿Quién creías que podía estar siguiéndola?

Kitty sacudió la cabeza con firmeza. Estaba demasiado aterrorizada para responder. Ése no era un buen camino a seguir, si quería que ella continuase hablando. Myron optó por un camino más fructífero.

—Así que tú y Suzze hablasteis.

—Sí.

—¿De qué hablasteis?

—Ya te lo he dicho. Es confidencial.

Myron se acercó. Intentó fingir que no detestaba todo lo que representaba esta mujer. Apoyó una mano con gentileza en su hombro y la miró a los ojos.

—Por favor, escúchame, ¿vale?

Los ojos de Kittty estaban vidriosos.

—Suzze vino a visitarte aquí ayer —dijo Myron, como si estuviese hablando con un párvulo retrasado—. Después fue hasta Kasselton y habló con Karl Snow. ¿Sabes quién es?

Kitty cerró los ojos y asintió.

—A continuación fue a su casa y se inyectó drogas suficientes para matarse.

—Ella no haría tal cosa —afirmó Kitty—. No le haría eso al bebé. La conozco. La mataron. Ellos la mataron.

—¿Quiénes?

Otra sacudida de cabeza para insistir en que no hablaría.

—Kitty, necesito que me ayudes a averiguar qué pasó. ¿De qué hablasteis?

—Prometimos no decirlo.

—Ella está muerta. Eso anula cualquier promesa. No estás violando ninguna confidencia. ¿Qué te dijo?

Kitty metió la mano en el bolso y sacó un paquete de cigarrillos Kool. Sostuvo el paquete en la mano y lo miró durante unos segundos.

—Sabía que fui yo quien colgó el mensaje con las palabras «No es suyo».

—¿Estaba furiosa?

—Todo lo contrario. Quería que yo la perdonase.

Myron pensó en ello.

—¿Debido a los rumores que ella propagó de ti cuando estabas embarazada?

—Eso fue lo que creí. Creí que quería disculparse por decirle a todo el mundo que yo me acostaba con no sé cuántos tipos y que el bebé no era de Brad. —Kitty le miró a los ojos—. Suzze también te lo dijo a ti, ¿no?

—Sí.

—¿Por eso creíste que yo era una puta? ¿Por eso le dijiste a Brad que probablemente el bebé no era suyo?

—No fue sólo por eso.

—¿Pero contribuyó?

—Supongo —admitió Myron, conteniendo la furia—. No irás a decirme que Brad era el único hombre con el que te acostabas entonces, ¿no?

Myron vio que había cometido un error.

—¿Qué importa lo que diga? —preguntó ella—. Siempre vas a creer lo peor. Siempre lo hiciste.

—Sólo quería que Brad lo comprobase, nada más. Soy su hermano mayor. Sólo me preocupaba por él.

La voz de ella estaba llena de amargura.

—Qué noble.

La estaba perdiendo de nuevo. Se apartaba del camino.

—Así que Suzze vino aquí para disculparse de propagar aquellas habladurías.

—No.

—Pero acabas de decir...

—Dije que era lo que yo creía. Al principio. Lo hizo. Admitió que se había dejado dominar por su naturaleza competitiva. Yo le respondí que no fue su naturaleza competitiva. Le dije que fue la puta de su madre. El primer puesto o nada. No se hacen prisioneros. Aquella mujer estaba loca. ¿La recuerdas?

—Sí.

—Pero no tenía idea de lo loca que estaba la muy puta. ¿Recuerdas aquella preciosa patinadora olímpica de los años noventa?, ¿cómo se llamaba, aquella que fue agredida por el ex de su rival?

—Nancy Kerrigan.

—Correcto. Creía que la madre de Suzze sería capaz de hacer lo mismo, que contrataría a alguien para que me golpease la pierna con una llave de neumáticos o con cualquier cosa. Pero Suzze afirmó que no fue su madre. Dijo que quizá su madre la presionó hasta que no pudo más, pero que todo fue culpa suya, no de su madre.

—¿Qué había hecho?

Kitty alzó la mirada y miró a la derecha. Una pequeña sonrisa apareció en sus labios.

—¿Quieres oír algo divertido, Myron?

Él esperó.

—Amaba el tenis. El juego.

Sus ojos mostraban ahora una mirada distante, y Myron recordó cómo era ella en aquella época, su manera de cruzar la pista como una pantera.

—Yo no era tan competitiva comparada con las otras chicas. Claro que me gustaba ganar. Pero en realidad, desde que era pequeña, a mí me encantaba jugar por jugar. No entiendo a las personas que sólo quieren ganar. A menudo creía que eran unas personas horribles, sobre todo en el tenis. ¿Sabes por qué?

Myron sacudió la cabeza.

—En un partido de tenis se enfrentan dos personas. Una de ellas acaba ganando; la otra pierde, y creo que el placer no viene de ganar. Creo que el placer viene de derrotar a alguien. —Frunció el rostro, como una niña muy intrigada—. Se trata de algo que admiramos. Les llamamos ganadores, pero cuando lo piensas, lo único que hacen es conseguir que algún otro pierda. ¿Por qué los admiramos tanto?

—Es una buena pregunta.

—Quería ser una profesional del tenis porque no te puedes imaginar algo más maravilloso que ganarte la vida jugando a lo que más te gusta.

Él oyó la voz de Suzze: «Kitty era una gran jugadora, ¿verdad?».

—No puedo, no.

—Pero si realmente eres bueno, si tienes talento de verdad, todos intentan que deje de ser divertido. ¿Por qué lo hacen?

—No lo sé.

—¿Por qué, tan pronto como demostramos alguna cualidad, nos arrebatan la belleza y todo se reduce a ganar? Nos envían a esas ridículas escuelas de alta competición. Nos enfrentan a nuestros amigos. Ya no es suficiente con ganar; tus amigos tienen que fracasar. Suzze me lo explicó, como si yo no lo hubiese entendido. Yo, que había perdido mi carrera. Ella sabía mejor que nadie lo que el tenis significaba para mí.

Myron permaneció muy quieto, con miedo a romper el hechizo. Esperó a que Kitty dijese algo más, pero no lo hizo.

—Así que Suzze vino aquí para disculparse.

—Sí.

—¿Qué te dijo?

—Ella me dijo —la mirada de Kitty se apartó hacia la cortina de la ventana— que lamentaba haber arruinado mi carrera.

Myron intentó mantener una expresión neutra.

—¿Cómo estropeó tu carrera?

—No me creerás, Myron.

Él no respondió.

—Creíste que me había quedado embarazada adrede. Para atrapar a tu hermano. —Su sonrisa era siniestra ahora—. Es tan ridículo si te paras a pensarlo. ¿Por qué iba a hacer eso? Tenía diecisiete años. Quería ser una tenista profesional, no una madre. ¿Por qué iba a desear quedarme embarazada?

Myron había pensado algo parecido hacía poco.

—Lamento todo aquello —dijo—. Tendría que haberlo sabido. La píldora no es fiable al cien por cien. Me refiero a que eso lo aprendimos en la primera semana de las clases de salud en séptimo, ¿no?

—Pero no te lo creíste, ¿verdad?

—En aquel momento, no. Y lo lamento.

—Otra disculpa —dijo ella, y sacudió la cabeza—. También demasiado tarde. Pero, por supuesto, estabas equivocado.

—¿Equivocado en qué?

—En que la píldora no funcionaba. Verás, es lo que Suzze vino a decirme. Dijo que al principio lo había hecho como una broma. Pero piénsalo. Suzze sabía que yo era religiosa; que nunca abortaría. Por consiguiente, ¿cuál era la mejor manera de eliminarme, a mí, su principal competidora?

Le pareció volver a oír voz de Suzze dos noches atrás. «Mis padres me explicaron que en la competición vale todo. Haces lo que sea para ganar...»

—Dios mío.

Kitty asintió, como si quisiese confirmarlo.

—Fue lo que Suzze vino a decirme. Cambió mis píldoras. Así fue como acabé embarazada.

Tenía sentido. Un sentido sorprendente quizá, pero todo encajaba. Myron se tomó unos segundos, para dejar que aquello calase en él. Suzze estaba preocupada dos noches antes, cuando los dos se sentaron en aquella terraza. Ahora comprendía el porqué —la charla sobre la culpa, los peligros de ser demasiado competitiva, los arrepentimientos del pasado—, ahora todo estaba más claro.

—No tenía ni idea —reconoció Myron.

—Lo sé. Pero en realidad eso no cambia nada, ¿verdad?

—Supongo que no. ¿La perdonaste?

—La dejé hablar —continuó Kitty—. La dejé hablar y que lo explicase todo, hasta el último detalle. No la interrumpí. No le hice preguntas. Cuando acabó, me levanté, crucé esta misma habitación y la abracé. La abracé fuerte. La abracé durante mucho tiempo. Luego dije: «Gracias».

—¿Por qué?

—Fue lo que ella me preguntó. Y comprendo su pregunta. Mira en lo que me he convertido. Tendrías que preguntarte cómo sería ahora mi vida si ella no hubiese cambiado las pastillas. Quizá, si hubiese seguido adelante, habría llegado a ser la campeona de tenis que todos esperaban, a ganar los grandes torneos, a viajar por todo el mundo rodeada de lujos. Tal vez, si Brad y yo hubiésemos permanecido juntos, habríamos tenido varios hijos después de mi retirada, más o menos a estas alturas, y vivido felices para siempre. Tal vez. Pero ahora la única cosa que sé a ciencia cierta es que si Suzze no hubiese cambiado mis píldoras no existiría Mickey.

Las lágrimas asomaron a sus ojos.

—Mickey compensa diez veces todo lo que pasó después, las otras tragedias que siguieron. El hecho es que, fuesen cuales fuesen los motivos que tuvo Suzze, Mickey está aquí gracias a ella. El regalo más grande que me ha hecho Dios por lo que ella hizo. No sólo la perdoné, sino que le di las gracias, porque cada día, no importa lo jodida que me levante, me arrodillo y doy gracias a Dios por ese hermoso y perfecto muchacho.

Myron permaneció allí atónito. Kitty pasó a su lado, fue a la sala y luego a la zona de la cocina. Abrió la nevera. No había gran cosa, pero estaba todo en orden.

—Mickey irá a comprar comida —dijo—. ¿Quieres beber algo?

—No. ¿Qué le confesaste a Suzze?

—Nada.

Kitty mentía. Comenzó a mirar de nuevo a su alrededor.

—Entonces, ¿por qué fue a la heladería de Karl Snow después de salir de aquí?

—No lo sé —dijo Kitty. El sonido de un coche la sobresaltó—. Oh, Dios mío. —Cerró la puerta de la nevera y espió por debajo de la cortina bajada. El coche pasó de largo, pero Kitty no se relajó. Tenía los ojos de nuevo muy abiertos por la paranoia. Retrocedió hasta un rincón, y miró como si los muebles fuesen a saltar para atacarla—. Tenemos que hacer las maletas.

—¿Para ir adónde?

Ella abrió el armario. Las prendas de Mickey: todas en perchas, las camisas dobladas. El chico era ordenado.

—Quiero que me devuelvas el arma.

—Kitty, ¿qué está pasando?

—Si nos has encontrado... no estamos seguros.

—¿Quién no está seguro? ¿Dónde está Brad?

Kitty sacudió la cabeza y sacó una maleta de debajo del sofá. Comenzó a meter en ella las prendas de Mickey. Al mirar a esta heroinómana colgada —no había otra manera mejor de decirlo—, Myron llegó a una extraña y evidente conclusión.

—Brad no le haría esto a su familia —afirmó.

Eso hizo que ella se moviera más lentamente.

—No sé lo que está pasando, ni sé si de verdad estás en peligro o si tienes el cerebro frito por un estado de paranoia irracional, pero conozco a mi hermano. No os dejaría a ti y a tu hijo abandonados de esta manera; tú colgada y temiendo por tu vida, ya sea por motivos reales o imaginarios.

El rostro de Kitty pareció desmoronarse pedazo a pedazo. Su voz adquirió el tono del lamento de un niño.

—No es culpa suya.

Caray. Myron comprendió que tenía que ir poco a poco. Dio medio paso hacia ella y habló con la mayor gentileza posible.

—Lo sé.

—Estoy tan asustada.

Myron asintió.

—Pero Brad no puede ayudarnos.

—¿Dónde está?

Kitty sacudió la cabeza, con el cuerpo rígido.

—No lo puedo decir. Por favor. No lo puedo decir.

—Vale. —Levantó las manos. «Tranquilo, Myron. No la presiones demasiado»—. Pero quizá podrías dejar que yo te ayude.

Ella le miró con desconfianza.

—¿Cómo?

Por fin una abertura, aunque fuera pequeña. Él quería sugerirle que fuese a rehabilitación. Conocía un lugar no muy lejos de su casa, en Livingston. Trataría de que la admitieran allí, para que la desintoxicasen. Podía iniciar un tratamiento de rehabilitación y, mientras, él cuidaría a Mickey, sólo hasta que pudiesen contactar con Brad y consiguieran que volviese.

Pero sus propias palabras le acosaban: Brad no les dejaría hacerlo de esta manera. Por lo tanto, eso significaba una de estas dos cosas. Una, Brad no sabía lo mal que estaba su esposa; y dos, por alguna razón, no podía ayudarles.

—Kitty —dijo con voz pausada—. ¿Brad está en peligro? ¿Es él la razón por la que ahora tienes tanto miedo?

—Él volverá pronto.

Comenzó a rascarse los brazos con fuerza, como si tuviese piojos debajo de la piel. Sus ojos comenzaron a mirar a un lado y a otro. «Oh, oh», pensó Myron.

—¿Estás bien? —preguntó.

—No es nada. Sólo necesito ir al lavabo. ¿Dónde está mi bolso? Sí, seguro.

Ella corrió al dormitorio, cogió el bolso del suelo, donde Myron lo había dejado, y cerró la puerta del baño. Myron se tocó el bolsillo trasero. La bolsa con la heroína estaba todavía allí. Oyó los sonidos de una búsqueda frenética que llegaban desde el baño.

—¿Kitty? —llamó Myron.

Unas pisadas en los escalones que llevaban a la puerta le sobresaltaron. Myron volvió la cabeza hacia el ruido. A través de la puerta del baño, Kitty gritó: «¿Quién es?». Sin hacer caso del pánico de su cuñada, Myron sacó el arma y apuntó a la puerta. Giró el pomo y Mickey entró. Myron se apresuró a bajar el arma.

Mickey miró a su tío.

—¿Qué demonios...?

—Hola, Mickey. —Myron señaló la placa—. ¿O debería decir Bob?

—¿Cómo nos encontraste?

Mickey también estaba asustado. Lo notó en su voz. Furia, sí, pero sobre todo miedo.

—¿Dónde está mi madre? —preguntó.

—Está en el baño.

Él corrió hasta la puerta y apoyó una mano en ella.

—¿Mamá?

—Estoy bien, Mickey.

Mickey apoyó la cabeza en la puerta y cerró los ojos. Su voz era de una ternura insoportable.

—Mamá, por favor, sal.

—Se pondrá bien —dijo Myron.

Mickey se volvió hacia él, con los puños apretados. Tenía quince años y estaba dispuesto a enfrentarse al mundo. O al menos a su tío. Mickey era moreno, grande, y tenía esa melancólica y peligrosa cualidad que hace que a las chicas se les aflojen las rodillas. Myron se preguntó de dónde venía aquella melancolía, y al mirar la puerta del baño, se dijo que ya sabía la respuesta.

—¿Cómo nos encontraste? —volvió a preguntar Mickey.

—No te preocupes por eso. Tenía que hacerle unas preguntas a tu madre.

—¿Sobre qué?

—¿Dónde está tu padre?

—¡No se lo digas! —gritó Kitty.

El chico se volvió hacia la puerta.

—¿Mamá? Sal de ahí, ¿vale?

Se oyeron más sonidos de la frenética —y como Myron sabía, inútil— búsqueda. Kitty comenzó a maldecir.

Mickey se volvió hacia Myron.

—¡Fuera de aquí!

—No.

—¿Qué?

—Tú eres un adolescente; yo soy un adulto. La respuesta es no.

Kitty estaba llorando. Los dos podían oírla.

—¿Mickey?

—Sí, mamá.

—¿Cómo volví a casa anoche?

Mickey dirigió una rápida mirada de furia a Myron.

—Yo te traje.

—¿Tú me metiste en la cama?

Era evidente que a Mickey no le gustaba mantener esa conversación delante de Myron. Intentó susurrar a través de la puerta, como si Myron no pudiese oírle.

—Sí.

Myron sacudió la cabeza.

Kitty preguntó, con un tono que era casi un chillido:

—¿Revisaste mi bolso?

Fue Myron quien respondió.

—No, Kitty, fui yo.

Mickey se volvió para enfrentarse a su tío. Myron metió la mano en el bolsillo de atrás y sacó la heroína. Kitty salió hecha una furia.

—Dámelo.

—Ni lo sueñes.

—No sé quién te crees que eres...

—Ya he aguantado suficiente —dijo Myron—. Eres una yonqui. Él es un menor. Vendréis los dos conmigo.

—Tú no puedes decirnos qué debemos hacer —intervino Mickey.

—Sí, Mickey, puedo hacerlo. Soy tu tío. Puede que no te guste, pero no te dejaré aquí con una madre yonqui dispuesta a chutarse delante de su propio hijo.

Mickey se interpuso entre él y su madre.

—Estamos bien.

—No estáis bien. Estás trabajando ilegalmente, estoy seguro, con un alias. Tienes que ir a buscarla a los bares o, cuando ella vuelve a casa, la tienes que meter en la cama. Mantienes este lugar habitable. Te encargas de llenar la nevera mientras ella está inconsciente o se chuta.

—No puedes probar nada de eso.

—Claro que puedo, pero no importa. Esto es lo que va a pasar, y si no te gusta, mala suerte. Kitty, te llevaré a un centro de rehabilitación. Es un bonito lugar. No sé si te podrán ayudar, si es que puede alguien, pero vale la pena intentarlo. Mickey, tú te vienes conmigo.

—¡Y una mierda!

—Claro que sí. Puedes vivir en Livingston con tus abuelos, si no quieres estar conmigo. A tu madre la limpiarán. Nos pondremos en contacto con tu padre y le haremos saber lo que está pasando aquí.

Mickey mantuvo su cuerpo como escudo delante de su madre, que estaba acurrucada.

—No puedes obligarnos a ir contigo.

—Sí que puedo.

—¿Crees que te tengo miedo? Si el abuelo no hubiese intervenido...

—Esta vez no me asaltarás en la oscuridad —dijo Myron.

Mickey intentó sonreír.

—Aún puedo contigo.

—No, Mickey, no puedes. Eres fuerte, eres valiente, pero no tendrás ni una oportunidad. En cualquier caso no importa, puedes hacer lo que sugiero o llamaré a la poli. Como mínimo tu madre está poniendo en peligro el bienestar de un menor. Puede acabar en la cárcel.

—¡No! —gritó Kitty.

—No os voy a dar otra alternativa. ¿Dónde está Brad?

Kitty se apartó de detrás de su hijo. Intentó mantenerse erguida y, por un momento, Myron volvió a ver a la antigua atleta.

—¿Mamá? —dijo Mickey.

—Él tiene razón —admitió Kitty.

—No...

—Necesitamos ayuda. Necesitamos protección.

—Podemos cuidar de nosotros mismos —afirmó Mickey.

Ella sujetó el rostro de su hijo con las manos.

—Todo saldrá bien. Él tiene razón. Puedo recibir la ayuda que necesito. Tú estarás a salvo.

—¿A salvo de qué? —preguntó Myron una vez más—. De verdad, ya está bien. Quiero saber dónde está mi hermano.

—Nosotros también —dijo Kitty.

—¿Mamá? —repitió Mickey.

Myron dio un paso hacia ella.

—¿Qué quieres decir?

—Brad desapareció hace tres meses —respondió Kitty—. Por eso huimos. Ninguno de nosotros está a salvo.

25

Mientras ellos recogían sus pocas pertenencias, Myron llamó a Esperanza, y le pidió que arreglase una estancia para Kitty en el Coddington Rehabilitation Institute. Después, Myron llamó a su padre.

—¿Es posible que Mickey se quede en casa contigo un tiempo?

—Por supuesto —contestó papá—. ¿Qué pasa?

—Muchas cosas.

Su padre escuchó sin interrumpirle. Myron le habló de los problemas con las drogas de Kitty, de que tenía que apañárselas sola con Mickey y de la desaparición de Brad. Cuando acabó, su padre dijo:

—Tu hermano nunca abandonaría a su familia de esta manera.

Era lo mismo que pensaba Myron.

—Lo sé.

—Eso significa que tiene problemas —añadió papá—. Sé que vosotros dos tuvisteis problemas, pero...

No acabó la frase. Ésta era su forma de llevarlo. Cuando Myron era joven, su padre le animaba a triunfar sin empujar demasiado. Dejaba claro que se sentía orgulloso de los logros de su hijo, pero al mismo tiempo no hacía que eso pareciese una condición previa para estarlo. Así que, una vez más, su padre no pidió nada; no necesitaba hacerlo.

—Le encontraré —dijo Myron.

Durante el viaje en coche, Myron pidió más detalles.

Kitty iba sentada a su lado. En el asiento trasero, Mickey no les hacía caso. Miraba a través de la ventanilla, con los auriculares blancos del iPod en las orejas, interpretando el papel del adolescente petulante. Myron dedujo que, seguramente, lo era.

Cuando llegaron al Coddington Institute, había logrado averiguar varias cosas: Brad, Kitty y Mickey Bolitar habían llegado a Los Ángeles ocho meses antes. Después, hacía algunos meses, Brad tuvo que marcharse a cumplir «una misión secreta de emergencia», en palabras de Kitty, y les había pedido que no dijesen nada a nadie.

—¿Qué quería decir Brad con eso de no decirle nada a nadie?

Kitty afirmó no saberlo.

—Sólo dijo que no nos preocupásemos por él y que no se lo dijésemos a nadie. También nos pidió que tuviésemos cuidado.

—¿De qué? —Kitty se encogió de hombros.

—¿Alguna pista, Mickey? —El chico no se movió. Myron repitió la pregunta a voz en cuello para que le oyese. Mickey no podía oírle o prefirió no hacerle caso. Se volvió de nuevo a Kitty—. Creía que vosotros trabajabais para una organización benéfica.

—Así es.

—¿Y?

Otro movimiento de hombros. Myron formuló unas cuantas preguntas más, pero no averiguó nada más. Habían pasado varias semanas sin que recibieran noticias de Brad. En algún momento, Kitty empezó a tener la sensación de que les estaban vigilando. Alguien llamaba y colgaba sin decir nada. Una noche, alguien la asaltó en el aparcamiento de un centro comercial, pero ella consiguió escapar. Entonces decidió marcharse con Mickey y desaparecer del mapa.

—¿Por qué no me dijiste nada de eso antes? —preguntó Myron.

Kitty le miró furiosa, como si acabase de proponerle con toda naturalidad un acto de bestialismo.

—¿Estás de broma o qué?

Myron no quería desenterrar la vieja pelea en ese momento.

—A mí o a cualquiera —dijo—. Brad lleva desaparecido tres meses. ¿Cuánto tiempo más pensabas esperar?

—Ya te lo dije. Brad nos pidió que no se lo dijésemos a nadie. Que eso sería muy peligroso para todos.

Myron seguía sin creérselo —había algo en todo esto que no tenía sentido—, pero cuando intentó insistir, Kitty se cerró en banda y se echó a llorar. Luego, cuando creía que Mickey no la escuchaba (Myron estaba seguro de que sí), Kitty le suplicó que le devolviese la droga: «Sólo un último chute», empleando la lógica de que, de todas maneras, iba a entrar en rehabilitación, ¿qué mal podía hacerle?

Había una placa pequeña en la que podía leerse: The Coddington Institute. Myron entró por el camino particular que pasaba junto a la garita de seguridad. Desde el exterior, aquel lugar parecía una de esas residencias victorianas con servicio de «cama y desayuno». En el interior, al menos en la recepción, era una interesante mezcla de hotel de lujo y cárcel. Una suave música clásica sonaba por la megafonía. Un candelabro colgaba del techo. Había barrotes en las ventanas.

La placa de la recepcionista indicaba que se llamaba Christine Shippee, pero Myron sabía que era mucho más que una recepcionista. Christine era, de hecho, la fundadora del Coddington Institute. Les saludó desde detrás de lo que parecía un cristal a prueba de balas, aunque saludar podía ser una expresión exagerada. Christine tenía una expresión en el rostro que parecía ordenar: ríndete. Sus gafas de leer colgaban de una cadenilla. Les miró como si los hubiera sorprendido en falta y suspiró. A continuación deslizó unos formularios a través de una bandeja como las de los bancos.

—Rellenen los formularios y después vuelvan —dijo Christine a modo de presentación.

Myron se apartó hacia un rincón. Comenzó a escribir el nombre de ella, pero Kitty le detuvo.

—Pon Lisa Gallagher. Es mi alias. No quiero que ellos me encuentren.

Una vez más Myron le preguntó quiénes eran «ellos», y ella volvió a afirmar que no tenía ni idea. No era un buen momento para empezar a discutir, así que rellenó los formularios y los llevó a la ventanilla.

La recepcionista cogió las hojas, se puso las gafas de lectura y comenzó a leer en busca de errores. Kitty empezó a temblar con más fuerza. Mickey rodeó con los brazos a su madre para intentar calmarla. No funcionó. Kitty parecía ahora más pequeña, más frágil.

—¿Lleva alguna maleta? —le preguntó Christine.

Mickey se la mostró.

—Déjela allí. La revisaremos antes de llevarla a su habitación. —Christine centró su atención en Kitty—. Ahora despídase. Luego acérquese a la puerta y yo la dejaré pasar.

—Espere —dijo Mickey.

Christine Shippee le miró.

—¿Puedo ir con ella? —preguntó el chico.

—No.

—Pero quiero ver la habitación —explicó Mickey.

—Y yo quiero luchar en el barro con Hugh Jackman. No pasará ninguna de las dos cosas. Dígale adiós y muévase.

Mickey no se echó atrás.

—¿Cuándo podré visitarla?

—Ya lo veremos. A su madre hay que desintoxicarla.

—¿Cuánto tiempo llevará? —preguntó Mickey.

Christine dirigió la mirada hacia Myron.

—¿Por qué estoy hablando con un crío?

Kitty seguía con los tembleques.

—No sé qué hacer.

—Si no quieres entrar... —dijo Mickey.

—Mickey —le interrumpió Myron—. No la estás ayudando.

—¿No ves que está asustada? —respondió en voz baja su sobrino, furioso.

—Ya sé que está asustada —señaló Myron—. Pero así no vas a ayudarla. Deja que estas personas hagan su trabajo.

Kitty se aferró a su hijo y dijo:

—¿Mickey?

Una parte de Myron sentía una gran compasión por Kitty; pero otra parte mucho mayor de Myron quería apartarla de su hijo, darle una patada en su puñetero culo egoísta y mandarla al otro lado de la puerta. Mickey se acercó a Myron.

—Tiene que haber otra manera.

—No la hay.

—No voy a dejarla aquí.

—Sí, Mickey, sí que lo harás. O eso o llamo a la poli, a los servicios sociales o a quien sea.

Myron se daba cuenta de que no era sólo Kitty quien estaba asustada. Mickey también. Myron se dijo a sí mismo que aún era un crío, y recordó aquellas fotografías de la familia feliz: mamá, papá y su hijo único. Pero ahora el padre de Mickey había desaparecido en algún lugar de Sudamérica, y su madre estaba a punto de franquear una sólida puerta de seguridad y entrar en el duro y solitario mundo de la desintoxicación y la rehabilitación de su dependencia de las drogas.

—No te preocupes —afirmó Myron lo más amablemente que pudo—. Cuidaremos de ti.

Mickey hizo una mueca.

—¿Te lo crees de verdad? ¿Crees que quiero que me ayudes?

—¿Mickey?

Era Kitty. Mickey se volvió hacia su madre, y de pronto sus roles volvieron a ser los que deberían haber sido siempre: Kitty volvía a ser la madre y Mickey el hijo.

—Estaré bien —afirmó con la voz más firme que pudo—. Debes irte y quedarte con tus abuelos. Podrás venir a verme tan pronto como sea posible.

—Pero...

Ella volvió a acariciarle el rostro.

—No pasará nada. Te lo prometo. Pronto podrás venir a visitarme.

Mickey apoyó su rostro en el hombro de ella. Kitty le retuvo durante unos segundos y observó a Myron. Myron le indicó con un gesto que su hijo estaría bien. El gesto no le sirvió de consuelo a Kitty, pero al fin se apartó y se dirigió hacia la puerta sin decir palabra. Esperó a que sonase el timbre de la recepcionista y luego desapareció en el interior.

—Ella estará bien —le dijo Christine Shippee a Mickey, por fin con un matiz de amabilidad en su voz.

Mickey se dio la vuelta y salió de allí furioso. Myron le siguió. Pulsó el mando a distancia para abrir la puerta del coche. Mickey trató de abrir la puerta de atrás, pero Myron pulsó de nuevo el mando a distancia para cerrarla.

—¿Qué diablos?

—Sube adelante —dijo Myron—. No soy un chófer.

Mickey se sentó en el asiento del copiloto. Myron puso en marcha el coche. Se volvió hacia Mickey, pero el chico se había puesto otra vez los auriculares del iPod. Myron le tocó en el hombro.

—Quítatelos.

—¿De verdad, Myron? ¿Es así como crees que vamos a entendernos?

Pero unos poco minutos más tarde, Mickey hizo lo que le había pedido. El chico miraba a través de la ventanilla y le daba a Myron la nuca. Estaban a sólo unos diez minutos de la casa de Livingston. Myron quería preguntarle más cosas, quería animarle a que se abriese, pero quizá ya había sido suficiente por esa noche.

Sin dejar de mirar a través de la ventanilla, Mickey dijo:

—No te atrevas a juzgar a mi madre.

Myron mantuvo las manos en el volante.

—Sólo quiero ayudarla.

—Ella no ha sido siempre así.

Myron tenía mil preguntas que hacerle, pero quería darle tiempo al chico. Cuando Mickey habló de nuevo, lo hizo otra vez en tono defensivo.

—Es una buena madre.

—Seguro que lo es.

—No seas condescendiente, Myron.

Tenía razón.

—¿Entonces qué pasó?

—¿A qué te refieres?

—Has dicho que no siempre ha sido así. ¿Te refieres a que no era una yonqui?

—Deja de llamarla de esa manera.

—Pues aprende a usar esa palabra.

Nada.

—Dime qué querías decir con que «no siempre ha sido así» —continuó Myron—. ¿Qué fue lo que pasó?

—¿Qué quieres decir con qué fue lo que pasó? —Mickey volvió la mirada al parabrisas y miró la carretera con demasiada atención—. Pasó lo de papá. No puedes culparla a ella.

—No estoy culpando a nadie.

—Ella era tan feliz antes. No te lo puedes imaginar. Siempre se estaba riendo. Entonces papá se marchó y... —Se contuvo, parpadeó, tragó saliva—. Y entonces se derrumbó. No sabes lo que significaban el uno para el otro. Tú crees que los abuelos son una pareja fantástica, pero tienen amigos, una comunidad y otros parientes. Mamá y papá sólo se tenían el uno al otro.

—Y a ti.

Él frunció el entrecejo.

—Ya estás siendo condescendiente otra vez.

—Perdona.

—Tú no lo entiendes, pero si alguna vez los hubieses visto juntos, lo harías. Cuando estás tan enamorado... —Mickey se detuvo, preguntándose cómo seguir—. Algunas parejas no pueden estar separadas. Es como si fueran una persona. Quitas a una... —No acabó el argumento.

—¿Cuándo comenzó a consumir?

—Hace unos pocos meses.

—¿Después de que desapareciese tu padre?

—Sí. Antes había estado limpia desde que nací; antes de que lo digas, sí, sabía que había consumido drogas.

—¿Cómo lo sabes?

—Sé muchas cosas —respondió Mickey, y una sonrisa astuta y

265

triste apareció en su rostro—. Sé lo que hiciste. Sé cómo intentaste separarles. Sé que le dijiste a mi padre que mi madre quedó embarazada de otro tipo. Que se acostaba con cualquiera. Que no debía dejar los estudios por ella.

—¿Cómo sabes todo eso?

—Por mamá.

—¿Tu madre te contó todo eso?

Mickey asintió.

—Ella no me miente.

Caray.

—¿Qué más te dijo?

Mickey se cruzó de brazos.

—No voy a repasar los últimos quince años para ti.

—¿Te dijo que intenté tirármela?

—¿Qué? No. ¿Lo hiciste?

—No. Pero se lo dijo a tu padre para crear una barrera entre nosotros.

—Oh tío, eso es muy fuerte.

—¿Qué me dices de tu padre? ¿Qué te dijo?

—Dijo que tú hiciste que se alejasen.

—No era mi intención.

—¿A quién le importa cuál era tu intención? Hiciste que se alejasen. —Mickey soltó un suspiro—. Tú lo hiciste, y ahora estamos aquí.

—¿Eso qué significa?

—¿Qué crees que significa?

Él quería decir que su padre había desaparecido; que su madre era una yonqui; que culpaba a Myron de ello, y que se preguntaba cómo hubiesen sido sus vidas si Myron hubiese sido más comprensivo.

—Es una buena madre —repitió Mickey—. La mejor.

Sí, la yonqui era la madre del año. Como el propio padre de Myron había dicho hacía pocos días, los hijos tienen una manera de apartar lo malo. En este caso, parecía casi ilusorio. Claro que ¿cómo se juzga la tarea de un padre? Si juzgas a Kitty por el resultado —el resultado final, si quieres— entonces, bueno, mira a este chico. Es magnífico. Es valiente, fuerte, inteligente, y está dispuesto a luchar por su familia.

Así que quizá, pese a ser una yonqui loca, mentirosa y todo lo demás, Kitty, al fin y al cabo, había hecho algo bien.

Pasó otro minuto de silencio antes de que Myron decidiese reanudar la conversación con un comentario casual:

—He oído que eres muy bueno tirando al aro.

—¿Myron?

—¿Sí?

—No trates de caerme bien.

Mickey se puso de nuevo los auriculares, aumentó el volumen hasta un nivel nada saludable y volvió a mirar por la ventanilla del copiloto. Hicieron el resto del camino en silencio. Cuando llegaron a la vieja casa en Livingston, Mickey apagó el iPod y la miró fijamente.

—¿Ves aquella ventana de allá arriba? —preguntó Myron—. ¿La que tiene la pegatina?

Mickey siguió mirando sin decir nada.

—Cuando éramos niños, tu padre y yo compartíamos aquel dormitorio. Solíamos jugar a baloncesto, intercambiábamos cromos de béisbol y nos inventamos un juego de hockey con una pelota de tenis y la puerta del armario.

Mickey esperó un momento. Luego se volvió hacia su tío.

—Debíais de ser la hostia.

Todo el mundo se hace el listillo.

A pesar de los horrores de las últimas veinticuatro horas —o quizá por eso mismo—, Myron no pudo contener la risa. Mickey salió del coche y caminó por el mismo sendero donde la noche anterior había atacado a Myron. Su tío le siguió y, por un momento, estuvo tentado de placar en broma a su sobrino. Es curioso lo que nos pasa por la cabeza en los momentos más extraños.

Su madre estaba en la puerta. Primero abrazó a Mickey, de esa manera que sólo podía hacer ella. Cuando su madre daba un abrazo lo daba todo, no retenía nada. Mickey cerró los ojos y se dejó envolver.

Myron esperaba que el chico se echara a llorar, pero Mickey no era aficionado a la llantina. Mamá por fin le soltó y abrazó a su hijo. Luego dio un paso atrás y les detuvo ante la entrada con una mirada asesina.

—¿Qué está pasando con vosotros dos? —preguntó mamá.

—¿A qué te refieres? —dijo Myron.

—A mí no me vengas con ésas. Tu padre acaba de decirme que Mickey se quedará aquí un tiempo. Nada más. No me malinterpretes, Mickey, estoy encantada de que vengas a vivir con nosotros. Demasiado has tardado en venir, con todas esas tonterías por el extranjero. Tú perteneces a este lugar. Con nosotros. Con tu familia.

Mickey no dijo nada.

—¿Dónde está papá? —preguntó Myron.

—Está en el sótano, preparando tu viejo dormitorio para Mickey. A ver, ¿qué está pasando?

—¿Por qué no llamamos a papá y hablamos de todo?

—Por mí está bien —admitió mamá, y le apuntó con el dedo, como, eh, como una madre—, pero nada de cosas raras.

—¿Cosas raras?

—¿Al? Los chicos están aquí.

Entraron en la casa. Mamá cerró la puerta.

—¿Al?

Ninguna respuesta. Se miraron, pero nadie se movió. Myron fue hacia el sótano. La puerta del viejo dormitorio de Myron —que pronto sería el de Mickey— estaba abierta de par en par. Llamó a su padre.

—¿Papá?

No hubo respuesta.

Myron observó a su madre. Parecía más intrigada que otra cosa. Myron sintió que el pánico entraba en su pecho. Luchó contra él y por fin saltó y corrió por las escaleras del sótano. Mickey fue tras él.

Myron se detuvo cuando llegó al pie de las escaleras y Mickey chocó contra él, empujándolo un poco, pero Myron no sintió nada. Miraba fijamente hacia delante y sentía que todo su mundo comenzaba a derrumbarse.

26

Cuando Myron tenía diez años y Brad cinco, su padre los llevó al estadio de los Yankees para ver un partido contra los Red Sox. Casi todos los chicos tienen recuerdos como ése: aquel partido de la liga mayor de béisbol al que te llevó tu padre, el tiempo perfecto de julio, el momento en que te quedaste boquiabierto cuando saliste del túnel y viste el diamante por primera vez, el verde casi pintado de la hierba, el sol brillando como si fuese el primer día, tus héroes de uniforme haciendo ejercicios de calentamiento con la facilidad de los superdotados. Pero aquel día iba a ser diferente.

Su padre había conseguido asientos en las gradas superiores, tan arriba que podía sangrarte la nariz, pero en el último minuto un socio le había dado dos asientos más, tres filas por detrás del banquillo de los Red Sox. Por alguna extraña razón, y para horror del resto de su familia, Brad era un forofo de los Red Sox. En realidad, por una razón muy sencilla. Carl *Yaz* Yastrzemski había sido el primer cromo de béisbol de Brad. Quizá no parezca gran cosa, pero Brad era uno de esos chiquillos que son leales hasta la muerte a sus primeros cromos.

Una vez sentados, su padre sacó las entradas privilegiadas como si fuese un mago y se las mostró a Brad: «¡Sorpresa!».

Le dio las entradas a Myron. Su padre se quedaría en la grada superior, y sus dos hijos ocuparían las localidades de platea. Myron tomó de la mano al entusiasmado Brad y bajaron. Cuando llegaron, Myron no podía creer lo cerca que estaban del campo. Los asientos eran, en una palabra, espectaculares.

En cuanto Brad vio a Yaz a sólo unos metros de distancia, en su rostro apareció una sonrisa que incluso ahora, cuando Myron cerraba los ojos, podía ver y sentir. Brad comenzó a gritar como un loco. En el momento en que Carl Yastrzemski entró en la caja del bateador, Brad se desmelenó: «¡Yaz! ¡Yaz! ¡Yaz!».

El tipo que estaba sentado delante de ellos se volvió, ceñudo. Tendría unos veinticinco años y tenía la barba desaliñada. Era otra cosa que Myron nunca olvidaría. Aquella barba.

—Ya está bien —le ordenó el tipo barbudo a Brad—. ¡Cállate!

El tipo de la barba volvió a mirar al campo. Brad se quedó como si alguien le hubiese dado una bofetada.

—No le hagas caso —dijo Myron—. Está permitido gritar.

Fue entones cuando todo se torció. El tipo barbudo se dio la vuelta y agarró a Myron por la camisa. Myron, que entonces tenía diez años, era un niño alto, pero de todos modos era sólo un niño de diez años. El hombre apretó el escudo de los Yankees en su enorme puño de adulto y se acercó a Myron lo suficiente como para que éste oliese la cerveza rancia en su aliento.

—Le está dando dolor de cabeza a mi novia —dijo el hombre de la barba—. Que se calle ahora mismo.

Myron se quedó pasmado. Las lágrimas asomaron a sus ojos, pero no las dejó salir. Sintió miedo en el pecho y, por alguna razón, vergüenza. El hombre lo mantuvo agarrado por la camisa unos segundos más y le hizo sentarse de un empujón. Después volvió la atención al juego y pasó un brazo sobre los hombros de su novia. Con miedo de echarse a llorar, Myron cogió de la mano a Brad y corrió a la grada superior. No dijo nada, al menos al principio, pero su padre era perspicaz y los chicos de diez años no son grandes actores.

—¿Qué pasa? —preguntó papá.

Con el pecho atenazado por una mezcla de miedo y vergüenza, Myron le contó a su padre lo del hombre de la barba. Al Bolitar intentó mantener la calma mientras escuchaba. Apoyó una mano en el hombro de su hijo y asintió con él, pero el cuerpo de su padre se sacudía. Su rostro enrojeció. Cuando Myron llegó al punto de su relato en que el hombre le había agarrado por la camisa, los ojos de Al Bolitar parecieron estallar y tornarse negros.

—Ahora mismo vuelvo —dijo papá, con un tono muy controlado.

Myron observó el resto a través de los prismáticos.

Cinco minutos más tarde, su padre bajaba los escalones hasta la platea y se colocaba en la tercera fila detrás del hombre de la barba. Se llevó las manos a la boca como si fuese un megáfono y comenzó a gritar con toda su alma. El color rojo de su rostro se volvió escarlata. Su padre continuó gritando. El hombre barbudo no se volvió. Papá se inclinó hacia él hasta que su boca abierta quedó a un par de centímetros del hombre de la barba.

Gritó un poco más.

El hombre barbudo por fin se dio la vuelta y entonces su padre hizo algo que sorprendió a Myron hasta el tuétano. Empujó al hombre de la barba. El hombre de la barba separó las manos como si dijese: «¿Qué pasa?». Su padre le empujó dos veces más y después le señaló la salida con el pulgar, invitándolo a salir de allí con él. Cuando el tipo de la barba rehusó, su padre le empujó de nuevo.

A estas alturas, el público se había dado cuenta de lo que pasaba. Dos guardias de seguridad con sudaderas amarillas se apresuraron a bajar los escalones. Los jugadores, incluso Yaz, miraban lo que estaba pasando. Los guardias los separaron. Acompañaron a su padre escaleras arriba. Los aficionados le aplaudían. Su padre agradeció los aplausos mientras subía.

Diez minutos más tarde, su padre estaba en la grada superior.

—Volved abajo —dijo papá—. No os molestará.

Pero Myron y Brad sacudieron las cabezas. Preferían los asientos de allí arriba, junto a su verdadero héroe.

En esos momentos, más de treinta años más tarde, su héroe yacía en el suelo del sótano, agonizante.

Pasaron las horas.

En la sala de espera del hospital de St. Barnabas, su madre se balanceaba hacia atrás y hacia delante. Myron estaba sentado a su lado, con la voluntad de evitar que se derrumbase. Mickey estaba paseando. Su madre comenzó a explicarle que papá había estado sin aliento todo el día —«En realidad desde anoche»—, y que ella se lo había tomado a broma — «Al, ¿por qué continúas jadeando como si fueses un pervertido?»—, y que él le dijo que no era nada y que ella tendría que haber llamado al médico de inmediato, «pero ya sabes lo testarudo que es tu padre, nunca le pasa nada», y por qué, por qué no habría hecho que llamase al médico.

Cuando su madre dijo que su padre había estado sin aliento desde la noche anterior, pareció como si a Mickey le hubiesen dado un puñetazo en la tripa. Myron intentó dirigirle una mirada de consuelo, pero el chico se dio la vuelta deprisa y se alejó por el pasillo.

Myron se levantó para ir tras él, pero entonces apareció el doctor. La placa de identificación decía que se llamaba Mark Q. Ellis, y vestía una bata azul sujeta con un cordón rosa. Llevaba la mascarilla quirúrgica bajada y metida debajo de la barbilla. Los ojos de Ellis estaban inyectados en sangre, tenía la mirada borrosa y su rostro mostraba una barba de dos días. El agotamiento emanaba de todos sus poros. Aparentaba la edad de Myron, pero era demasiado joven para ser un gran cardiólogo. Myron había llamado a Win para que le localizase al mejor y lo llevara allí aunque fuese a punta de pistola.

—Su padre ha sufrido un grave infarto de miocardio —explicó el doctor Ellis.

Un infarto. Myron sintió que se le aflojaban las rodillas. Su madre soltó un gemido. Mickey volvió y se unió a ellos.

—Hemos conseguido que vuelva a respirar, pero aún no está fuera de peligro. Hay un bloqueo muy grave. Sabré algo más dentro de un rato.

Cuando se giró para marcharse, Myron le llamó:

—¿Doctor?

—¿Sí?

—Creo saber cómo mi padre pudo hacer un sobreesfuerzo excesivo. —Había dicho «creo saber», no «creo» o «sé», como hacen los niños cuando hablan con frases cortas y nerviosas. A Myron le costaba encontrar las palabras correctas—. Anoche mi sobrino y yo tuvimos una pelea.

Explicó que su padre acudió corriendo a separarlos. Mientras hablaba, Myron sintió que las lágrimas asomaban a sus ojos. La culpa, como cuando tenía diez años, y la vergüenza le dominaban. Vio a su madre por el rabillo del ojo. Ella le miraba de una manera que no había visto antes. Ellis escuchó, asintió y dijo:

—Gracias por la información —y desapareció por el pasillo.

Su madre continuaba mirándoles. Dirigió una mirada que parecía un rayo láser a Mickey y después otra a su hijo.

—¿Vosotros dos os peleasteis?

Myron estuvo a punto de señalar a Mickey y de gritar: «¡Empezó el!», pero en vez de hacer eso, agachó la cabeza y asintió. Mickey mantuvo la mirada —el chico parecía la viva imagen del estoicismo—, pero su rostro había perdido el color. Su madre mantuvo la mirada fija en Myron.

—No lo entiendo. ¿Dejaste que tu padre interviniese en vuestra pelea?

—Fue culpa mía —dijo Mickey.

Su madre se volvió para mirar a su nieto. Myron quería decir algo para defender al chico, pero al mismo tiempo no quería mentir.

—Él reaccionó ante algo que yo hice —dijo Myron—. Yo también soy culpable.

Ambos esperaron a que la mujer dijese algo. Ella no lo hizo, pero fue mucho peor. Se volvió para sentarse de nuevo en su silla. Se llevó la mano temblorosa —¿Parkinson o preocupación?— a la cara e intentó contener las lágrimas. Myron comenzó a acercarse a ella pero se detuvo. No era el momento. Recordó aquella escena que siempre había imaginado, cuando mamá y papá llegaron a la casa de Livingston por primera vez, con el bebé a cuestas, iniciando el viaje de la familia «El-Al». No pudo evitar preguntarse si ése sería el capítulo final.

Mickey fue al otro lado de la sala de espera y se sentó delante de un televisor. Myron caminó un poco más. Sentía mucho frío. Cerró los ojos y comenzó a negociar con cualquier forma de poder superior que pudiese existir: todo lo que estaba dispuesto a hacer, a dar, a cambiar y a sacrificar si salvaba a su padre. Al cabo de veinte minutos llegaron Win, Esperanza y Big Cyndi. Win informó a Myron de que el doctor Mark Ellis era muy bueno, pero que el amigo de Win, el legendario cardiólogo Dennis Callahan, del New York Presbyterian, estaba de camino. Pasaron todos a una sala de espera privada, excepto Mickey, que no quería saber nada de ellos. Big Cyndi sostuvo la mano de la madre de Myron y lloró teatralmente. Eso pareció ayudarle.

Las horas pasaban con una lentitud tortuosa. Consideras todas las posibilidades. Aceptas, rechazas, animas y lloras. La montaña rusa emocional no se detiene nunca. Una enfermera entró varias veces para decirles que no había novedades.

Todo el mundo guardaba un silencio agotador. Myron estaba paseando por los pasillos cuando Mickey se le acercó corriendo.

—¿Qué pasa?

—¿Suzze T ha muerto? —preguntó Mickey.

—¿No lo sabías?

—No. Acabo de verlo en las noticias.

—Por eso fui a ver a tu madre —dijo Myron.

—Espera, ¿qué tiene que ver mi madre?

—Suzze visitó la caravana unas pocas horas antes de morir.

Esto hizo que Mickey diese un paso atrás.

—¿Crees que mamá le dio la droga?

—No. Quiero decir que no lo sé. Dijo que no lo hizo. Que ella y Suzze habían tenido una conversación de corazón a corazón.

—¿Qué clase de corazón a corazón?

Myron recordó algo que Kitty le había dicho sobre la sobredosis de Suzze: «Ella no haría tal cosa. No le haría eso al bebé. La conozco. La mataron. Ellos la mataron». Algo encajó en el fondo del cerebro de Myron.

—Tu madre estaba segura de que alguien mató a Suzze.

Mickey no dijo nada.

—Estaba todavía más asustada cuando le hablé de la sobredosis.

—¿Y?

—Pues que todo esto está conectado, Mickey. Vosotros huyendo. Suzze muerta. Tu padre desaparecido.

Mickey se encogió de hombros de forma exagerada.

—No veo cómo.

—¿Chicos?

Se dieron la vuelta. La madre de Myron estaba allí. Había lágrimas en sus mejillas. Llevaba un pañuelo de papel hecho una bola en la mano. Se enjugó los ojos.

—Quiero saber qué está pasando.

—¿Qué?

—No empieces de nuevo —le riñó ella con una voz que sólo una madre puede usar con su hijo—. Tú y Mickey os peleasteis. Y de pronto él se viene a vivir con nosotros. ¿Dónde están sus padres? Quiero saber qué está pasando. Todo. Ahora mismo.

Myron se lo explicó. Ella escuchó temblorosa, llorosa. Él no se guardó nada. Le dijo que Kitty estaba en rehabilitación, e incluso que Brad había desaparecido. Cuando acabó, su madre se acercó a ambos. Miró primero a Mickey, que le sostuvo la mirada. Ella le cogió la mano.

—No es culpa tuya —le dijo—. ¿Me oyes?

Mickey asintió, con los ojos cerrados.

—Tu abuelo nunca te echaría la culpa. Yo tampoco. Con la obstrucción que tenía, quizá sin darte cuenta, le has salvado la vida. Y tú —se volvió hacia Myron—, deja de llorar y sal de aquí. Ya te llamaré si hay alguna novedad.

—No puedo marcharme.

—Claro que puedes.

—Suponte que papá se despierta.

Ella se le acercó más y echó la cabeza hacia atrás para mirarle.

—Tu padre te dijo que buscaras a tu hermano. No me importa lo enfermo que esté. Tú harás lo que él te dijo que hicieras.

27

¿Ahora qué?

Myron se llevó aparte a Mickey.

—Vi que tenías un portátil en la caravana. ¿Cuánto tiempo hace que lo tienes?

—Quizá dos años. ¿Por qué?

—¿Es el único ordenador que tenéis?

—Sí. Y te lo pregunto otra vez, ¿por qué?

—Si tu padre lo usó, quizás haya algo allí.

—Papá no era muy aficionado a la tecnología.

—Sé que tenía una dirección de correo. Escribía a tus abuelos, ¿no?

Mickey se encogió de hombros.

—Supongo.

—¿Sabes su contraseña?

—No.

—Vale, ¿qué otras cosas suyas tienes todavía?

El chico parpadeó. Se mordió el labio inferior. Una vez más, Myron se recordó a sí mismo cómo estaba la vida de Mickey ahora mismo: el padre desaparecido, la madre en rehabilitación, el abuelo con un infarto y quizá Myron era el culpable. Y el chico sólo tenía quince años. Myron comenzó a tenderle la mano, pero Mickey se puso rígido.

—No tenemos nada.

—Vale.

—No creemos en tener muchas posesiones —añadió Mickey,

poniéndose a la defensiva—. Viajamos mucho. Llevamos poco equipaje. ¿Qué podríamos tener?

Myron levantó las manos.

—Vale, sólo preguntaba.

—Papá dijo que no le buscásemos.

—Eso fue hace mucho tiempo. Mickey.

Él sacudió la cabeza.

—Tienes que dejarlo correr.

No había necesidad ni tiempo de darle explicaciones a un chico de quince años.

—¿Me puedes hacer un favor?

—¿Qué?

—Necesito que cuides de tu abuela durante unas horas, ¿de acuerdo?

Mickey no se molestó en responder. Fue a la sala de espera y se sentó en una silla delante de ella. Myron les hizo señas a Win, Esperanza y Big Cyndi para que salieran al pasillo con él. Tendrían que ponerse en contacto con la embajada estadounidense en Perú y averiguar si había noticias sobre su hermano. Tendrían que llamar a su fuente en el Departamento de Estado y hacer que se ocupasen del caso de Brad Bolitar. Tendrían que conseguir que algún genio de la informática entrase en el correo de Brad o descubriese la contraseña. Esperanza regresó a Nueva York. Big Cyndi se quedaría para ayudar a la madre de Myron y ver si podía sacarle alguna otra información a Mickey.

—Puedo ser encantadora —comentó Big Cyndi.

Cuando Myron se quedó a solas con Win, llamó de nuevo al móvil de Lex. Tampoco obtuvo respuesta.

—Todo esto está conectado de alguna manera —dijo Myron—. Primero desaparece mi hermano. Luego Kitty se asusta y huye. Acaba aquí. Cuelga un mensaje con las palabras «No es suyo» y el tatuaje que Suzze y Gabriel Wire compartían. Se encuentra con Lex. Suzze va a verla y después visita al padre de Alista Snow. Tiene que estar todo relacionado.

—Yo no diría que tiene que ser forzosamente así —precisó Win—, pero las cosas parecen volver a Gabriel Wire, ¿no? Estaba allí cuando Alista Snow murió, tuvo una aventura con Suzze T, y todavía trabaja con Lex Ryder.

—Necesitamos llegar hasta él —afirmó Myron.

Win entrelazó los dedos.

—¿Estás sugiriendo que debemos ir a visitar a una estrella del rock vigilada, aislada y recluida en una pequeña isla?

—Parece que allí están las respuestas.

—Complicado —dijo Win.

—¿Y cómo lo haremos?

—Tendremos que planificarlo —respondió Win—. Dame unas horas.

Myron consultó su reloj.

—Perfecto. Quiero volver a la caravana y mirar en el ordenador. Quizás haya algo allí.

Win le ofreció a Myron un coche con chófer, pero Myron pensaba que conducir durante el viaje le despejaría la cabeza. No había dormido mucho en las últimas noches, así que condujo con el equipo de sonido a tope. Conectó su iPod en la clavija del salpicadero y comenzó a escuchar música melódica. Los Weepis cantaban «El mundo gira como loco». Muy apropiado.

Cuando Myron era joven, su padre escuchaba emisoras de onda media mientras conducía. Sujetaba el volante con las muñecas y silbaba. Por las mañanas, su padre escuchaba una emisora de noticias mientras se afeitaba.

Myron continuaba esperando a que sonase el móvil. Antes de salir del hospital estuvo a punto de cambiar de opinión. «Supongamos —le había dicho Myron a su madre— que papá recupere el conocimiento sólo una vez más.» Y supongamos que él perdiera la última oportunidad de hablar con su padre.

Su madre le respondió muy tranquila:

—¿Qué le podrías decir que él ya no sepa?

Tenía toda la razón. En definitiva, se trataba de cumplir los deseos de su padre. ¿Qué hubiese querido su padre que Myron hiciese?, ¿sentarse en la sala de espera y echarse a llorar o salir en busca de su hermano? La respuesta era muy sencilla, si lo planteabas de esta manera. Myron llegó al parque de caravanas. Apagó el motor. La fatiga le pesaba en los huesos. Salió tambaleándose del coche y se frotó los ojos. Necesitaba una taza de café. Algo. La adrenalina comenzaba a desaparecer. Giró el pomo. Cerrado. ¿De verdad se había olvidado de pedirle la llave a Mickey? Sacudió la cabeza, buscó en la billetera y sacó la misma tarjeta de crédito.

Abrió la puerta, como había hecho horas antes. El ordenador seguía allí, en la habitación principal, cerca del sofá de Mickey. Lo conectó y, mientras esperaba a que se pusiese en marcha, revisó el lugar. Mickey tenía razón. En efecto, tenían muy pocas posesiones. La ropa estaba guardada. El televisor, sin duda, estaba incluido en el alquiler. Myron encontró un cajón que contenía viejos papeles y fotos. Acababa de vaciarlo sobre el sofá cuando escuchó el sonido del ordenador al ponerse en marcha.

Myron se sentó junto al montón de documentos, acercó el ordenador y abrió el historial de Internet. Facebook estaba allí. La búsqueda en Google mostraba que alguien había buscado el Three Downing en Manhattan y el centro comercial Garden State Plaza. Habían abierto otra página para buscar los transportes públicos que iban a esos dos lugares. Nada más. En cualquier caso, Brad había vuelto a Perú hacía tres meses, y el historial sólo abarcaba unos pocos días. Sonó el teléfono. Era Win.

—Ya está preparado. Nos vamos a Biddle Island dentro de dos horas, desde Peterboro.

Peterboro era un aeropuerto privado en el norte de Nueva Jersey.

—Vale, allí estaré.

Myron colgó y miró de nuevo la pantalla. El historial de Internet no le había dado ninguna pista útil. ¿Ahora qué?

Probó con las otras aplicaciones. Las fue pinchando una tras otra. Nadie había utilizado el calendario o la agenda: ambos estaban vacíos. El Power Point tenía algunas presentaciones escolares de Mickey; la más reciente era una historia de los mayas. Las leyendas que acompañaban las fotos estaban en español. Impresionante, pero no relevante. Buscó el archivo de Word. Había un montón de documentos que parecían trabajos escolares. Myron estaba a punto de renunciar cuando vio un archivo de hacía ocho meses titulado «Carta de renuncia». Myron hizo clic en el icono y leyó:

Para la Fundación Abeona.

Querido Juan:

Con todo el dolor del corazón, mi viejo amigo, renuncio a mi cargo en nuestra maravillosa organización. Kitty y yo siempre seremos sus leales servidores. Creemos en esta causa de todo corazón y hemos dado mucho por ella. En realidad creemos que esta experiencia nos ha enriquecido más a nosotros que a los jóvenes a los que ayudamos. Sé que tú lo comprendes. Siempre os estaremos agradecidos.

Ha llegado la hora, sin embargo, de que los vagabundos Bolitar se aposenten. He conseguido un trabajo en Los Ángeles. A Kitty y a mí nos gusta ser nómadas, pero ha pasado mucho tiempo desde la última vez que nos detuvimos lo suficiente para echar raíces. Creo que nuestro hijo Mickey lo necesita. Nunca nos pidió llevar este tipo de vida. Ha pasado su vida viajando, haciendo y perdiendo amigos, y sin poder llamar hogar a ningún lugar en los que ha vivido. Ahora necesita llevar una vida normal, que le permita cultivar sus aficiones, sobre todo el baloncesto. Así que, tras discutirlo mucho, Kitty y yo hemos decidido instalarnos en algún lugar donde pueda acabar sus dos últimos años de instituto y luego pueda ir a la universidad.

Después de eso, ¿quién sabe? Nunca me hubiera imaginado este tipo de vida para mí mismo. Mi padre solía citar un proverbio judío: El hombre planea y Dios se ríe. Kitty y yo esperamos regresar algún día. Sé que nadie abandona nunca definitivamente la Fundación Abeona. Sé que estoy perdiendo algo muy grande. Pero confío en que lo entenderás. Mientras tanto, haremos todo lo que podamos para que la transición sea lo más fácil posible.

Tuyo en la hermandad,

Brad.

Fundación Abeona. Kitty había colgado las palabras «No es suyo» utilizando el nombre de Abeona F. Myron se apresuró a buscar Fundación Abeona en Google. Nada. Vaya. Buscó Abeona y descubrió que era el nombre de una diosa romana poco conocida que protegía a los niños cuando dejaban de estar bajo el cuidado de los padres. Myron no tenía claro qué significaba todo esto, si es que significaba algo. Al parecer, Brad siempre había trabajado para organizaciones no gubernamentales. ¿Sería la Fundación Abeona una de ellas?

Llamó a Esperanza. Le dio la dirección de Juan y el nombre de la Fundación Abeona.

—Llámale. Averigua si sabe algo.

—Vale. ¿Myron?

—Sí.

—De verdad, quiero mucho a tu padre.

Él sonrió.

—Sí, lo sé.

Silencio.

—¿Conoces esa expresión que dice: «Nunca es buen momento para dar malas noticias»? —continuó Esperanza.

Oh, oh.

—¿De qué se trata?

—Soy un mar de dudas —dijo ella—. Podría esperar hasta que las cosas mejoren antes de decírtelo. O arrojarlo al montón de cosas que últimamente han ido mal y, con todo lo que está pasando, no te darías ni cuenta.

—Tíralo al montón.

—Tomás y yo nos vamos a divorciar.

—Maldita sea. —Pensó en las fotos en el despacho de ella, en las fotos de la familia feliz, con Esperanza, Tomás y el pequeño Héctor. El corazón se le cayó a los pies—. Lo siento mucho.

—Deseo que el proceso sea pacífico —añadió Esperanza—. Pero no creo que vaya a ser así. Tomás afirma que no estoy preparada para ser madre, debido a mi turbio pasado y a la cantidad de horas que trabajo. Reclamará la custodia exclusiva de Héctor.

—Jamás lo conseguirá —dijo Myron.

—Como si tú pudieses controlarlo. —Hizo un sonido que podría haber sido una media carcajada—. Pero me encanta cuando haces declaraciones grandilocuentes.

Myron recordó una de sus últimas conversaciones con Suzze: «Tengo una mala sensación. Creo que lo voy a joder todo.

»No lo harás.

»Es lo que hago siempre, Myron.

»Esta vez no. Tu agente no te dejará».

No la iba a dejar que lo jodiera todo. Pero ahora ella estaba muerta.

Myron Bolitar: el hombre de las declaraciones grandilocuentes.

Antes de que pudiese retirarla, Esperanza dijo:

—Me pongo en ello —y colgó.

Él se quedó mirando el teléfono un momento. La falta de sueño comenzaba a dominarle. La cabeza le dolía tanto que se preguntó si Kitty tendría algún analgésico en el botiquín. Estaba a punto de levantarse a buscarlo cuando algo llamó su atención.

Estaba en el montón de los papeles y las fotos, en un extremo del sofá. Debajo de todo, a la derecha; sólo asomaba una esquina de color azul. Myron entrecerró los ojos. Tendió la mano y lo dejó a la vista.

Era un pasaporte.

El día anterior había encontrado los pasaportes de Kitty y Mickey en el bolso de Kitty. A Brad se le había visto por última vez viajando por Perú, y por lo tanto era allí donde debía estar su pasaporte. Esto planteaba una pregunta obvia: ¿De quién era ese pasaporte?

Myron buscó la página con la foto. Allí, mirándole a la cara, estaba la foto de su hermano. Volvió a sentirse perdido, y ahora la cabeza dolorida empezaba a darle vueltas.

Myron se estaba preguntando cuál sería su siguiente movimiento cuando oyó unos susurros.

Hay momentos en que vale la pena tener los nervios a flor de piel. Éste era uno de ellos. En lugar de esperar o de intentar deducir de dónde venían los susurros o quién estaba cuchicheando, Myron reaccionó. Dio un salto y los papeles y las fotos cayeron del sofá. Detrás de él oyó como abrían de un puntapié la puerta de la caravana. Myron se dejó caer y rodó detrás del sofá.

Dos hombres entraron con armas en las manos.

Eran muy jóvenes, pálidos y esqueléticos, con un aire al «estilo yonqui» del pasado. El de la derecha lucía un enorme y complicado tatuaje que asomaba por encima del cuello de la camiseta y le subía por el cuello como una llama. El otro tenía una perilla de tipo duro.

El tipo de la perilla dijo:

—Qué demonios... Le hemos visto entrar.

—Tiene que estar en la otra habitación. Yo te cubro.

Inmóvil en el suelo, detrás del sofá, Myron agradeció en silencio a Win por aconsejarle que fuese armado. No disponía de mucho tiempo. La caravana era diminuta. Tardarían pocos segundos en encontrarle. Pensó en saltar y gritar: «¡Quietos!». Pero los dos tipos iban armados y era imposible saber cómo reaccionarían. Ninguno de ellos parecía muy fiable, y por lo tanto había muchas probabilidades de que se asustaran y comenzasen a disparar.

No, lo mejor sería mantener su confusión, hacer que se separasen.

Myron tomó una decisión. Confiaba en que fuese la más correcta y racional, sin dejarse llevar por el impulso emocional de infligir daño porque su padre podía estar muriéndose y su hermano estaba... Pensó en el pasaporte de Brad y comprendió que no tenía ni idea de dónde estaba su hermano, ni de qué estaba haciendo o qué peligros corría.

«Despeja la mente. Actúa con racionalidad.»

Perilla dio dos pasos hacia la puerta del dormitorio. Sin levantarse, Myron se movió hasta el extremo del sofá. Esperó un segundo más, apuntó a la rodilla de Perilla y, sin previo aviso, apretó el gatillo.

La rodilla estalló.

Perilla soltó un grito y cayó al suelo. Su arma fue a parar al otro lado de la habitación, pero Myron no le prestó atención. Permaneció agachado y oculto a la vista, esperando la reacción de Tatuaje en el Cuello. Myron le estaba apuntando, por si empezaba a disparar, pero Tatuaje en el Cuello no lo hizo. Él también gritó y, tal como esperaba Myron, huyó de la caravana.

Tatuaje en el Cuello dio media vuelta y se arrojó al exterior. Myron se movió deprisa. Se levantó y salió de detrás del sofá. En el suelo, delante de él, Perilla se retorcía de dolor. Myron se agachó, le sujetó la cabeza y le obligó a mirarle. Luego apoyó el arma en el rostro de Perilla.

—Deja de gritar o te mato.

Perilla convirtió los chillidos en unos gemidos de animal.

Myron recuperó el arma y corrió hacia la ventana. Miró al exterior. Tatuaje en el Cuello estaba subiendo en un coche. Myron se fijó en el número de la matrícula. Nueva York. Sin perder un segundo, escribió la combinación de letras y números en la Blackberry y se la envió a Esperanza. No le quedaba mucho tiempo. Volvió junto a Perilla.

—¿Para quién trabajas?

Sin cesar de gimotear, protestó con una voz infantil:

—Me has disparado.

—Sí, lo sé. ¿Para quién trabajas?

—Vete al infierno.

Myron se puso en cuclillas. Apoyó el cañón del arma en la otra rodilla del hombre.

—En realidad no tengo mucho tiempo.

—Por favor —suplicó Perilla, y su voz subió muchas octavas—. No lo sé.

—¿Cómo te llamas?

—¿Qué?

—Tu nombre. No importa. Te llamaré Perilla. Esto es lo que va a ocurrir, Perilla. Primero dispararé en la otra rodilla. Luego pasaré a los codos.

Perilla lloriqueaba.

—Por favor.

—Acabarás por decírmelo.

—¡No lo sé! Lo juro.

Alguien del parque podría había oído el disparo. Tatuaje en el Cuello podría volver con refuerzos en cualquier momento. En cualquier caso, Myron disponía de muy poco tiempo. Era el momento de demostrarle que iba en serio. Con un pequeño suspiro, Myron comenzó a presionar el gatillo. Estaba dispuesto a todo, pero un destello de sentido común apareció en su mente. Aunque fuera capaz de dispararle a un hombre indefenso y desarmado, el resultado del disparo sería contraproducente. El dolor haría que Perilla perdiese el conocimiento o le produciría un shock, en lugar de hacerle hablar.

Myron aún no estaba seguro de lo que iba a hacer cuando dijo:

—Última oportunidad...

Perilla acudió al rescate.

—¡Su nombre es Bert! Es todo lo que sé. ¡Bert!

—¿Apellido?

—¡No lo sé! Kevin lo montó todo.

—¿Quién es Kevin?

—El tipo que acaba de dejarme aquí, tío.

—¿Qué quería Bert que hicierais?

—Te seguimos, tío. Desde el hospital. Dijo que tú nos llevarías hasta Kitty Bolitar.

Myron sabía de verdad que había sido muy descuidado. Esos dos idiotas habían estado detrás de él todo ese tiempo y Myron ni siquiera había notado que le seguían. Patético.

—¿Qué se suponía que debíais hacer cuando encontraseis a Kitty?

Perilla comenzó a lloriquear de nuevo.

—Por favor.

Myron apoyó el cañón en la cabeza del hombre.

—Mírame a los ojos.

—Por favor.

—Deja de llorar y mírame a los ojos.

Lo hizo. Se sorbió los mocos e intentó controlarse. Su rodilla era un desastre. Myron sabía que seguramente nunca más volvería a caminar sin cojear. Algún día, quizás a Myron le preocuparía eso, pero lo dudaba.

—Dime la verdad y acabemos con todo esto. Es probable que ni siquiera tengas que ir a la cárcel. Pero si me engañas te pego un tiro en la cabeza, así no habrá testigos. ¿Lo entiendes?

El tipo mantuvo la mirada con firmeza.

—De todas maneras vas a matarme.

—No, no lo haré. ¿Sabes por qué? Porque todavía sigo siendo el tipo bueno, y quiero seguir siéndolo. Dime la verdad y nos salvaremos los dos: ¿qué se suponía que debíais hacer cuando encontraseis a Kitty?

Entonces, mientras se oía una sirena que señalaba que estaban llegando varios coches de la policía, Perilla le dio a Myron la respuesta que esperaba:

—Se suponía que debíamos mataros a los dos.

Myron abrió la puerta de la caravana. Las sirenas sonaban ahora más fuerte. No tenía tiempo de llegar a su coche. Corría hacia la izquierda, lejos de la entrada de Glendale State, cuando dos coches de la policía entraron en el parque de caravanas. El potente faro de uno de los coches de la poli lo alumbró.

—¡Alto! ¡Policía!

Myron no hizo caso. Los polis le perseguían, o al menos Myron creyó que lo hacían. No miró atrás, siguió corriendo. La gente salió de las caravanas para ver qué era todo aquel escándalo, pero nadie se interpuso en su camino. Myron llevaba el arma en la cintura. No pensaba sacarla de ahí y darles a los polis una excusa para abrir fuego. Mientras no representase una amenaza física, no le dispararían.

¿Correcto?

El altavoz del coche de la policía sonó con una descarga de estática:

—Habla la policía. Deténgase y levante las manos.

Por un momento estuvo a punto de hacerlo. Podía tratar de explicarlo todo. Pero eso le llevaría horas, quizá días, y ahora no tenía tiempo. Win había encontrado la manera de llegar a Biddle Island. Myron sabía que todo conducía al lugar donde se ocultaba Gabriel Wire, y no pensaba darle la oportunidad de escapar.

El parque de caravanas acababa en una zona arbolada. Myron encontró un sendero y lo siguió. La policía repitió el aviso de que se detuviese. Se internó por la izquierda y continuó corriendo. Oyó ruidos a sus espaldas, en el sotobosque. Los polis le perseguían por el bosque. Aumentó la velocidad con el deseo de ganar distancia. Tenía que decidir entre ocultarse detrás de un peñasco o de un árbol, mientras los polis seguían corriendo tras él, pero ¿de qué le serviría? Necesitaba salir de allí y llegar al aeropuerto de Peterboro.

Oyó más gritos, pero sonaban más distantes. Se arriesgó a mirar atrás. Alguien llevaba una linterna, pero estaba muy lejos. Bien. Sin dejar de moverse, Myron sacó el Bluetooth del bolsillo y se puso el auricular en la oreja.

Apretó la tecla de llamada rápida a Win.

—Dime.

—Necesito un vehículo —respondió Myron.

Se explicó con rapidez. Win escuchó sin interrumpir. Myron no necesitaba darle su situación. El GPS de su Blackberry ayudaría a Win a encontrarle. Sólo necesitaba mantenerse oculto hasta que eso ocurriese. Cuando acabó, Win dijo:

—Estás a unos cien metros al oeste de la autopista uno. Dirígete al norte por la autopista y verás un montón de tiendas. Busca un lugar donde ocultarte o pasar desapercibido. Contrataré una limusina para que pase a recogerte y te lleve al aeropuerto.

28

Myron encontró un Panera Bread abierto. El delicioso olor de las pastas le recordó que no había comido desde hacía siglos. Pidió un café y una pasta. Se sentó cerca de la ventana, junto a una puerta lateral, por si acaso necesitaba salir deprisa. Desde ese punto privilegiado podía controlar todos los coches que entraban en el aparcamiento. Si llegaba un coche de la poli, podía salir de allí y llegar al bosque en un santiamén. Probó el café y olió la pasta. Comenzó a pensar en su padre. Siempre comía rápido. Antaño, los sábados por la mañana, su padre los llevaba a su hermano y a él al Seymour's Luncheonette, en Livingston Avenue, a tomar un batido, patatas fritas, y a veces le compraba a Brad un sobre de cromos de béisbol. Myron y Brad se sentaban en los taburetes y los hacían girar. Su padre siempre se quedaba junto a ellos, como si eso fuese lo que debía hacer un hombre. Cuando traían las patatas, se inclinaba sobre el mostrador y se las comía con voracidad. Su padre nunca había sido gordo, pero siempre había estado varios kilos por encima del peso ideal.

¿Habría sido eso la causa de lo que había sucedido? ¿Qué habría pasado si su padre hubiese comido mejor? ¿Qué habría pasado si su padre hubiese hecho más ejercicio, si hubiese tenido un trabajo menos estresante, o si su hijo que no se hubiese metido en líos que le mantenían despierto toda la noche? ¿Qué habría pasado si su padre no hubiese salido de la casa para defender a ese hijo?

Suficiente.

Myron volvió a colocarse el Bluetooth en la oreja y llamó a la investigadora del condado, Loren Muse. Cuando respondió, Myron dijo:

—Tengo un problema.

—¿Cuál?

—¿Tienes algún contacto en Edison, Nueva Jersey?

—Está en el condado de Middlesex. Mi jurisdicción cubre Essex y Hudson. Pero sí.

—Esta noche ha habido un tiroteo.

—¿Es un hecho?

—Y teóricamente, puede que yo haya disparado en defensa propia.

—¿Teóricamente?

—No quiero decir que pueda usarse en mi contra.

—Vaya con el abogado. Adelante.

Mientras Myron se lo explicaba, una limusina negra pasó con mucha lentitud. Un cartel en la ventanilla decía: «DOM DELUISE». Myron se acercó al vehículo, sin dejar de hablar por el Bluetooth, y se metió en el espacio de los pasajeros. El chófer dijo hola. Myron movió los labios en un hola silencioso y señaló el auricular para indicarle que estaba hablando por teléfono y que era un gilipollas pretencioso.

Loren Muse no parecía muy contenta.

—¿Qué quieres que haga con esta información?

—Pasársela a tu contacto.

—¿Para qué? ¿Para informarle de que el autor de los disparos me ha llamado y me ha dicho que aún no está dispuesto a entregarse?

—Más o menos.

—¿Cuándo crees que tendrás tiempo de honrarnos con tu presencia? —preguntó Muse.

—Pronto.

—Bueno, eso tendría que satisfacerle.

—Estoy tratando de ahorrarles algunos dolores de cabeza, Muse.

—Podrías hacerlo si vinieras ahora.

—No puedo.

Silencio. Luego Muse preguntó:

—¿Tiene algo que ver con la sobredosis de Suzze?

—Sí, eso creo.

—¿Crees que los tipos de la caravana eran sus camellos?

—Podrían serlo, sí.

—¿Todavía crees que la muerte de Suzze fue un asesinato?

—Sí, es posible.

—¿Y crees que podrías echarme una mano con todos esos elementos?

Myron deliberó si debería echarle a Muse un cable, y explicarle que Suzze había visitado a Kitty o que el teléfono desechable al que Suzze había llamado no mucho antes de su muerte había pertenecido a su cuñada. Pero entonces comprendió que eso llevaría a más preguntas —y quizás a una visita al instituto de rehabilitación—, y decidió que no era el momento de hacerlo.

Sin embargo, intentó responder a la pregunta con otra.

—¿Tienes alguna nueva prueba que sugiera que sucedió algo más, aparte de la sobredosis?

—Ah, ya veo —dijo Muse—. Aunque yo te dé algo, tú continuarás dándome nada.

—La verdad es que todavía no sé nada.

—Estás lleno de mierda, Myron. Pero en este momento qué puede importarme. En respuesta a tu pregunta, te diré que no hay ni la más mínima prueba que sugiera algo extraño en la muerte de Suzze T. ¿Te sirve de algo?

—En realidad, no.

—¿Dónde estás ahora? —preguntó Muse.

Myron frunció el entrecejo.

—¿Lo preguntas en serio?

—No me lo vas a decir, ¿eh?

—No te lo voy a decir.

—O sea, que sólo confías en mí hasta cierto punto.

—Tienes la obligación, como agente de la ley, de informar de cualquier cosa que te diga —respondió Myron—. No puedes decir lo que no sabes.

—¿Qué te parece si me dices quién vivía en la caravana? De todas maneras lo voy a averiguar.

—No, pero...

Podría echarle un cable, a pesar de que había dado su palabra de que no lo haría.

—¿Pero qué?

—Consigue una orden de arresto contra un maestro de escuela primaria en Ridgewood llamado Joel Fishman. Es un traficante.

Myron había prometido al viejo Crush que no le denunciaría, pero cuando apuntas con un arma a alguien en una escuela primaria, bueno, no puedes pedir garantías.

Cuando acabó de darle suficientes detalles para arrestar a Joel Fishman, Myron apretó el botón de concluir la llamada. Como el uso de teléfonos móviles no está permitido en los hospitales, llamó a la recepción. Le pasaron de una persona a otra, hasta que pudo hablar con una enfermera dispuesta a decirle que no había novedades en el estado de su padre. Fantástico.

La limusina aparcó en la pista de despegue, junto al avión. Nada de perder el tiempo con facturación de equipajes, tarjetas de embarque, ni colas de seguridad en las que el tipo que va delante de ti se olvida de sacar la calderilla del bolsillo a pesar de las cuarenta peticiones de que lo haga y, finalmente, hace sonar la alarma el detector de metales. Cuando vuelas en un jet privado, aparcas en la pista, subes las escalerillas, y bingo, despegas.

Como Win señalaba a menudo, era bueno ser rico.

Win ya estaba a en el avión, con una pareja que le presentó como «Sassy y Sinclair Sinthorpe» y sus hijos, mellizos adolescentes, «Billings y Blakely».

Myron frunció el entrecejo. ¿Y los ricos se reían de los nombres afroamericanos?

Sassy y Sinclair llevaban americanas de mezclilla. Sassy vestía pantalones de montar y guantes de cuero. Tenía el pelo rubio recogido en una coleta. Rondaba los cincuenta y tantos y tenía muchas arrugas por tomar demasiado el sol. Mostraba una sonrisa de caballo y era un prototipo deslumbrante de persona rica. Sinclair era calvo y gordo, y llevaba un pañuelo en el cuello. Se reía con ganas por cualquier cosa y decía «evidentemente, evidentemente», en respuesta a casi todo lo que se le decía.

—Es tan emocionante —dijo Sassy, casi sin mover los labios—. ¿No lo es, Sinclair?

—Evidentemente, evidentemente.

—Como si estuviésemos ayudando a James Bond en una misión secreta.

—Evidentemente, evidentemente.

—Chicos, ¿verdad que es emocionante?

Billings y Blakely la miraron con el clásico odio adolescente.

—Esto se merece un cóctel —dijo Sassy.

Le ofrecieron a Myron una copa. Él declinó la invitación.

Billings y Blakely continuaban contemplando la escena con altivo desprecio, o quizás era una expresión facial genética por defecto. Los mellizos tenían el pelo ondulado, como Kennedy, y vestían prendas de tenis blancas con suéteres anudados alrededor del cuello. El mundo de Win.

Ocuparon sus asientos y al cabo de cinco minutos, el avión despegó. Win se sentó junto a Myron.

—Sinclair es mi primo —dijo Win—. Tienen una casa en Biddle Island e iban a ir allí mañana. Sólo les pedí que adelantasen la partida.

—¿Y así Crisp no sabrá que vamos en este vuelo?

—Exacto. Si hubiese cogido mi avión o el barco, nos hubiésemos denunciado. Puede que tenga a alguien vigilando el aeropuerto. Dejaremos que mis primos bajen primero y luego saldremos.

—¿Tienes algún plan para entrar en la propiedad de Wire?

—Lo tengo. No obstante, necesitaremos alguna ayuda local.

—¿De quién?

—Ya me ocupo yo —dijo Win esbozando una leve sonrisa—. No hay cobertura de móvil en la isla, pero tengo un teléfono por satélite, por si acaso el hospital necesita ponerse en contacto con nosotros.

Myron asintió. Se echó hacia atrás y cerró los ojos.

—Otra cosa muy importante —añadió Win.

—Te escucho.

—Esperanza localizó la matrícula de tus amigos del parque de caravanas. El coche está alquilado a una compañía llamada Regent Rental. Buscó el historial de la compañía. ¿Adivina quién es el dueño?

Myron seguía con los ojos cerrados.

—Herman Ache.

—¿Debo mostrarme impresionado?

—¿Tengo razón?

—Sí. ¿Cómo lo has sabido?

—Un acierto obvio. Todo está relacionado.

—¿Tienes alguna teoría?

—Más o menos.

—Por favor, explícamela.

—Creo que se trata de lo que hablamos antes. Frank Ache te dijo que Wire tenía grandes deudas de juego, ¿no?

—Correcto.

—Pues empecemos por ahí: Gabriel Wire, y quizá Lex también, le debía mucho dinero a Herman Ache. Pero creo que Herman le echó el anzuelo a Wire tras el incidente de Alista Snow.

—¿Al protegerle de las acusaciones de asesinato?

—Haciendo que retiraran los cargos, criminales y de cualquier otro tipo. Sea lo que sea lo que esté pasando aquí, todo comenzó la noche que Alista Snow murió.

Win asintió mientras reflexionaba sobre ello.

—Eso explicaría por qué Suzze visitó a Karl Snow ayer.

—Correcto, otra conexión —asintió Myron—. Suzze también está vinculada de alguna manera con lo que sucedió aquella noche. Quizás a través de Lex, o quizás a través de su amante secreto, Gabriel Wire. No estoy seguro. Por las razones que fuese, ella necesitaba confesar la verdad. Fue a ver a Kitty y admitió haber cambiado las pastillas anticonceptivas. Luego fue a visitar a Karl Snow. Quizá le dijo lo que le había pasado en realidad a su hija, no lo sé.

Myron se detuvo. De nuevo había algo que no cuadraba. Win lo dedujo.

—Entonces, después de limpiar su conciencia, ¿la embarazada Suzze T compró heroína, volvió a su ático y se suicidó?

Myron sacudió la cabeza.

—No me importa lo que indican las pruebas. No tiene sentido.

—¿Tienes una teoría alternativa?

—La tengo. Herman Ache la mandó matar. Fue, a todas luces, un trabajo de profesionales. Yo diría que fue Crisp quien lo hizo. Es muy bueno haciendo que los asesinatos parezcan casos de muerte natural.

—¿Motivo?

Myron todavía no estaba seguro.

—Suzze sabía algo, con toda probabilidad algo que perjudicaría a Wire, quizá podía servir de base a los cargos criminales por la muerte de Alista Snow. Así que ordena matarla. Luego envía a dos hombres a buscar a Kitty, para que la maten también.

—¿Por qué a Kitty?

—No lo sé. Tal vez quería hacer limpieza. Herman supuso que ella sabía algo, o quizá temía que Suzze hubiese hablado con ella. Fuera lo que fuese, Herman decidió no correr riesgos. Tierra quemada. Eliminar a Suzze y a Kitty.

—Y a ti —acabó Win por él.

—Sí.

—¿Qué pasa con tu hermano? ¿Cómo encaja en todo esto?

—No lo sé.

—Todavía hay mucho que no sabemos.

—Casi todo —asintió Myron—. Pero hay otro detalle: Si Brad volvió a Perú, ¿por qué estaba su pasaporte en la caravana?

—¿La respuesta más probable? No fue a Perú. En ese caso, ¿cuál sería la conclusión lógica?

—Que Kitty mintió —dijo Myron.

—Kitty mintió —repitió Win—. ¿No era una canción de Steely Dan?

—*Katy mintió*. Era el nombre de un álbum, no de una canción.

—Oh, claro. Me encantaba aquel álbum.

Myron intentó apagar su cerebro sólo por un rato para poder descansar antes de asaltar el castillo. Cerró los ojos y echó la cabeza hacia atrás cuando el avión empezó a descender. Cinco minutos más tarde estaban en tierra. Myron consultó su reloj. Habían llegado al aeropuerto de Peterboro cuarenta minutos antes.

Sí. Era bueno ser rico.

29

Las cortinas del avión estaban echadas para que nadie pudiese ver el interior. La familia Sinthorpe desembarcó. Los pilotos aparcaron el avión, apagaron las luces y descendieron. Myron y Win permanecieron en el aparato. Ya era de noche.

Myron llamó al hospital con el móvil por satélite. Esta vez el doctor Ellis se puso al teléfono.

—Su padre ha salido de cirugía, pero ha sido muy duro. Su corazón se detuvo dos veces en el quirófano.

Las lágrimas afloraron de nuevo, pero Myron las contuvo.

—¿Puedo hablar con mi madre?

—Le dimos un sedante y está durmiendo en una habitación. Su sobrino duerme en una silla. Ha sido una noche larga.

—Gracias.

Win salió del baño, vestido de negro de pies a cabeza.

—Hay una muda de ropa ahí dentro —dijo—. También hay una ducha. Te ayudará a despejarte. La ayuda local llegará en diez minutos.

La ducha del avión no estaba diseñada para personas altas, pero la presión del agua era muy fuerte. Myron se agachó, pasó nueve de los diez minutos debajo del chorro y dedicó el minuto restante a secarse y vestirse con las prendas negras. Win tenía razón: se sentía renovado.

—Nuestro transporte nos espera —dijo Win—. Pero primero...

Le dio a Myron dos armas. La más grande tenía una funda sobaquera y la más pequeña era para llevarla sujeta al tobillo. Myron las abrochó en su lugar. Win abrió la marcha. Los escalones de la escalerilla estaban resbaladizos. Llovía a cántaros. Win se colocó debajo del avión para protegerse. Sacó las gafas de visión nocturna de la funda y se las fijó al rostro como si fuesen una máscara de buceo. Dio una vuelta completa poco a poco.

—Todo despejado —anunció.

Guardó las gafas en el estuche. Luego cogió el móvil y pulsó una tecla. Se encendió la pantalla. Myron vio que alguien encendía y apagaba los faros de un coche. Win echó a andar hacia el vehículo. Myron le siguió. El aeropuerto sólo tenía una pista de aterrizaje y un edificio de cemento. No había nada más. Una carretera pasaba por delante de la pista. No había luces de tráfico, ni siquiera una reja para impedir que los coches entrasen; había que adivinar, supuso Myron, cuándo aterrizaba un avión. O quizá formaba parte de la mística de Biddle Island. Así, «sabías» cuándo alguien llegaba.

La lluvia continuaba arreciando. Un relámpago cruzó el cielo. Win llegó al coche primero y abrió la puerta de atrás. Myron entró y se tumbo en el asiento trasero. Miró hacia delante y se sorprendió al ver a Billings y Blakely.

—¿Nuestra ayuda local?

Win sonrió.

—¿Quién mejor?

El interior del coche olía como un narguile viejo.

—El primo Windsor dijo que quieres entrar en la casa de Wire —dijo el mellizo que iba al volante.

—¿Quién eres tú? —preguntó Myron.

Él pareció ofenderse.

—Soy Billings.

—Y yo soy Blakely.

—Correcto, lo siento.

—Blakely y yo hemos pasado todos los veranos en esta isla desde que tenemos uso de razón. Puede llegar a ser aburrido.

—No hay bastantes chicas —añadió Blakely.

—Muy cierto —afirmó Billings. Puso el coche en marcha. No

había más coches en la carretera—. El año pasado nos inventamos unas historias crueles sobre algunas de las *au pairs* más feas.

—Para que las despidiesen —explicó Blakely.

—Exacto.

—Ninguna de esas mamás quieren cuidar de sus pequeños retoños.

—Cielos, no.

—Así que tuvieron que cambiar las *au pairs*.

—A menudo por otras más atractivas.

—¿Ves qué astucia?

Myron observó a Win. Win sonrió.

—Finge que sí —dijo Myron.

—En cualquier caso, esta isla puede ser aburrida —manifestó Blakely.

—Aburrilandia —añadió Billings.

—Tediosa.

—Agotadora.

—De verdad, te puedes morir de aburrimiento. Y en realidad, nadie sabe siquiera si Gabriel Wire vive en aquella mansión.

—Nunca le hemos visto.

—Pero hemos estado cerca de la casa.

—La hemos tocado.

Blakely se volvió y le sonrió a Myron.

—Verás, aquí traemos a las chicas. Les decimos que la casa pertenece a Gabriel Wire y que está muy vigilada.

—Porque el peligro es afrodisíaco.

—Si les mencionas el peligro a las chicas, se les caen las bragas, ¿oyes lo que digo?

Myron miró de nuevo a Win. Win seguía sonriendo.

—Finge que sí —repitió Myron.

—Nos llevó algún tiempo hacerlo —continuó Billings—, por el sistema de ensayo y error, pero al final encontramos un sendero seguro hasta la playa que hay junto a la casa de Wire.

—Y ya nunca nos volvieron a pillar.

—Al menos en los dos últimos veranos.

—Vamos a la playa. Algunas veces llevamos chicas.

—En tus tiempos —dijo Billings, mirando a Myron— es probable que lo llamasen el Sendero de los Enamorados o algo así.

—Como en una peli antigua.

—Así es. Como cuando las llevabais a una granja y después ibais al Sendero de los Enamorados, ¿no?

—Sí —asintió Myron—. Después del viaje en calesa.

—Correcto, ¿lo ves?, la playa junto a la casa de Wire es nuestra versión de todo aquello.

—Billings es muy bueno con las damas —dijo Blakely.

—El viejo Blakely es muy modesto.

Ambos se rieron sin mover las mandíbulas. Blakely sacó un cigarrillo liado y lo encendió. Dio una calada y se lo pasó a su hermano.

—Allí también fumamos maría —dijo Billings.

—Grifa.

—Hierba.

—Choco.

—Mandanga.

—Porros.

—Un poco de afgano.

—Marihuana —les interrumpió Myron—. Ya lo he pillado.

Los chicos comenzaron a reírse. Éste no era el primer porro de la noche.

—Blakely y Billings van a llevarnos por su sendero secreto —dijo Win.

—Donde traemos a las chicas.

—Nuestros encantos.

—Nenas deliciosas.

—Calentorras de fábula.

—Tías buenas.

—Macizas estupendas.

300

Myron miró a Win.

—Parecen muy jóvenes para meterlos en esto.

—No, es guay —dijo Billings—. No nos harán daño.

—Además, somos valientes.

—Sobre todo cuando vamos colocados.

—Un poquito de costo.

—Algo de doña Juanita.

—Un toque de Mari Juana.

—Kifi.

Ahora reían como histéricos. Todo lo histérico que puedes reírte sin mover las mandíbulas. Myron miró a Win un vez más, preguntándose si se podía confiar en una pareja de aristócratas drogatas. Por otra parte, allanar casas, incluso en los edificios mejor vigilados, era uno de los puntos fuertes de Win. Tenía un plan, y Myron sólo tenía que seguirlo.

Pasaron ante dos garitas de vigilancia junto a la carretera con un simple gesto. Los mellizos y su coche que apestaba a canutos eran bien conocidos en la isla. Nadie les molestó. Billings, o Blakely —Myron ya se había olvidado—, conducía de forma errática. Myron se ajustó el cinturón de seguridad. Durante el día, la isla parecía remota. Por la noche y bajo la lluvia, parecía total y completamente abandonada.

Billings —ahora Myron lo recordó— sacó el coche de la calzada y se metió por un camino de tierra. El terreno puso a prueba los amortiguadores. Myron rebotó en la parte de atrás mientras el coche se desplazaba a través de un espeso bosque, hasta que llegaron a un claro. Delante de ellos, Myron vio que la luna casi rozaba el agua. El coche se detuvo cerca de la playa.

Blakely se volvió de nuevo. Le ofreció el porro a Myron. Él lo rechazó con un «no gracias».

—¿Estás seguro? Es de la buena.

—De primera —añadió Billings.

—Súper.

—Lo entiendo —dijo Myron—. Es muy buena.

Los mellizos se echaron hacia atrás y por un momento reinó el silencio.

—Cada vez que vengo a la playa —explicó Billings— recojo un grano de arena.

—Oh, no —exclamó Blakely—. Ya empezamos de nuevo.

—No, hablo en serio. Piénsalo. Un grano de arena. Recojo un pequeño grano de arena y pienso en cuántos granos de arena hay en esta playa. Después pienso en cuántos hay en toda la isla. Y entonces comienzo a pensar en cuántos granos de arena hay en todo el mundo. Y entonces alucino.

Myron volvió a mirar a Win.

—Lo estupendo, lo estupendo de verdad, es que todo nuestro planeta es más pequeño que este grano de arena si lo comparamos con los otros granos de arena. ¿Puedes siquiera llegar a entenderlo? Nuestro sistema solar es más pequeño que este grano de arena si lo comparas con el resto de los universos.

—¿Cuánta mierda has fumado hoy? —preguntó Myron.

Billings se echó a reír.

—Venga. Vamos a ponerte en camino hacia el señor Famosa Estrella del Rock.

—Odio su música —añadió Blakely.

—Una mierda total.

—Vómito autoindulgente.

—Maullidos pretenciosos.

Se apearon del coche. Cuando Myron estaba a punto de abrir la puerta, Win le puso una mano sobre la rodilla.

—Espera. Deja que ellos lleven la delantera. Debemos permanecer ocultos.

—¿De verdad confías en estos chicos?

—Sirven para esto. No te preocupes.

Un minuto más tarde, Win indicó con un gesto que todo iba bien. La lluvia continuaba azotándoles el rostro. Los mellizos se internaron por un sendero que se apartaba de la playa. Myron y Win les seguían a unos cincuenta metros. La lluvia disminuía mucho la visibilidad. Caminaron por una senda que zigzagueaba a través de una zona boscosa. El sendero había desaparecido, así que tenían que agacharse por debajo de las ramas de los árboles y rodear algunas rocas. De vez en cuando, Myron veía la playa a su izquierda, a través de algún claro entre los árboles. Por fin, Win extendió un brazo delante de Myron, como si barrase el paso. Ambos se detuvieron.

Los mellizos habían desaparecido.

—Han llegado a la propiedad de Wire —anunció Win—. A partir de ahora debemos ser más cautelosos.

Myron dejó que Win fuese por delante de él. Avanzaron a paso lento. El bosque parecía un agujero negro. Myron se enjugó la lluvia de la cara. Win se agachó. Sacó las gafas de visión nocturna y se las puso. Le hizo una seña a Myron para que esperase y luego desapareció en la oscuridad. Unos momentos más tarde, Win volvió al bosque y le indicó a Myron que se adelantase.

Myron salió a un claro y, a la luz de la luna, vio que se encontraban en una playa. A unos cincuenta metros por delante de ellos, a la izquierda, Billings y Blakely se habían tumbado sobre unos peñascos enormes. Estaban boca arriba y compartían un porro, sin preocuparse por la lluvia. Las olas batían contra las rocas. Win estaba mirando fijamente a la derecha; Myron siguió su mirada colina arriba y vio lo que había llamado la atención de su amigo.

¡Joder!

La mansión de Gabriel Wire estaba colgada sobre la colina, mirando hacia la bahía de Long Island. De estilo neogótico victoriano, construida con ladrillos rojos y piedra, tenía el tejado de terracota y agujas que recordaban el palacio de Westminster. Era el refugio perfecto para el ego de una estrella del rock, un edificio enorme y sensual, y no tenía absolutamente nada que ver con las discretas casas WASP que salpicaban el resto de la isla. La fachada transmitía una sensación de fortaleza, con una entrada en arco que parecía una réplica aumentada del arco que había en la terraza de Lex y Suzze.

Billings y Blakely se acercaron a ellos. Se quedaron mirando la casa durante varios segundos.

—¿Qué os habíamos dicho? —manifestó Billings.

—En mi opinión —dijo Blakely—, creo que es vulgar.

—Espectacularmente ostentosa.

—Puro esteroide.

—Fanfarrona.

—Pretenciosa.

—Pura sobrecompensación.

Los chicos se rieron con esto último. Luego, en un tono un poco más sombrío, Blakely dijo:

—Pero tío, oh tío, qué guarida para las chicas.

—Un nido de amor.

—Un paraíso del herpes.

—Un palacio del pene.

—Una trampa para conejitas.

Myron contuvo un suspiro. Era como estar con un diccionario de sinónimos. Se volvió hacia Win y preguntó cuál era el plan.

—Sígueme —contestó Win.

Mientras volvían hacia la línea de árboles y avanzaban hacia la casa, Win le explicó que Billings y Blakely se acercarían a la casa por delante.

—Los mellizos han llegado hasta la casa en varias ocasiones —dijo Win—, pero nunca han conseguido entrar. Han llamado al timbre. Han intentado abrir alguna ventana. Pero siempre los echaba algún guardia de seguridad. Los chicos afirman que sólo hay un guardia en la casa por la noche, y que un segundo guardia vigila la entrada de la carretera.

—Pero no pueden saberlo con seguridad.

—No, así que nosotros tampoco.

Myron pensó en eso.

—Pero han conseguido llegar hasta la casa sin ser vistos por el guardia. Eso significa que no debe haber sensores de movimiento.

—Los sensores de movimiento no sirven en las grandes fincas abiertas —explicó Win—. Hay demasiados animales que disparan las alarmas. Probablemente habrá algún tipo de alarmas en las puertas y en las ventanas, pero eso no debería preocuparnos.

Myron sabía que las alarmas antirrobo mantenían alejados a los ladrones aficionados o a los vulgares, pero no a Win y su bolsa de herramientas.

—Entonces el único riesgo que corremos —dijo Myron— es que aún no sabemos cuántos guardias hay dentro de la casa.

Win sonrió. Sus ojos tenían un brillo burlón.

—¿Qué sería la vida sin unos cuantos riesgos?

Todavía entre los árboles, Win y Myron llegaron a unos veinte metros de la casa. Win le hizo una seña a Myron para que se agachase. Señaló una puerta lateral y susurró:

—La entrada de servicio. Nos acercaremos por allí.

Sacó el móvil y lo conectó. A lo lejos, Billings y Blakely comenzaron a subir por la colina hacia la entrada. El viento soplaba con más fuerza sobre los chicos en su ascenso. Mantuvieron las cabezas agachadas mientras se acercaban a la mansión.

Win le hizo un gesto a Myron. Se echaron cuerpo a tierra y avanzaron al estilo comando hacia la entrada de servicio. Myron vio que la puerta daba a una cocina, una despensa o algo así, pero las luces estaban apagadas. El suelo estaba empapado por la lluvia, y ellos avanzaban como caracoles, deslizándose sobre el barro.

Cuando Win y Myron llegaron a la puerta lateral, permanecieron tumbados a la espera. Myron torció la cabeza a un lado y apoyó la barbilla en el suelo mojado. Desde allí podía ver el mar. Los relámpagos cortaban el cielo en dos. Retumbaban los truenos. Aguardaron allí durante unos minutos. Myron comenzó a ponerse nervioso.

Al cabo de un rato oyó un grito a través del viento y la lluvia:

—¡Tu música apesta!

Era Billings, o Blakely. El otro, el que no había gritado, añadió:

—¡Es horrenda!

—Asquerosa.

—Vomitiva.

—Despreciable.

—Un atentado auditivo.

—Un crimen contra las orejas.

Win se había levantado y manipulaba la puerta con un pequeño destornillador. La puerta no representaba un problema, pero Win había visto un sensor magnético. Sacó una lámina de metal y la colocó entre los dos sensores para que hiciese de conductor.

A través de la lluvia, Myron veía la silueta de los mellizos correr hacia el agua. Detrás de ellos iba un hombre, el guardia de seguridad, que se detuvo cuando los mellizos llegaron a la playa. Se llevó algo a la boca, algo que parecía un walkie-talkie, pensó Myron, y dijo:

—Otra vez esos dos mellizos drogados.

Win abrió la puerta. Myron saltó al interior. Win le siguió y cerró la puerta. Estaban en una cocina ultramoderna. En el centro había una enorme cocina de ocho fuegos y una chimenea plateada hasta el techo. Ollas y sartenes colgaban del techo en un caos decorativo. Myron recordó haber leído que Gabriel Wire era un cocinero de primera, y se dijo que esto lo corroboraba. Las ollas y sartenes se veían impolutas: nuevas, poco usadas o, sencillamente, bien cuidadas.

Myron y Win permanecieron quietos durante un minuto. Ninguna pisada, ninguna voz llamando por un walkie-talkie, nada. A lo lejos, quizás en la planta de arriba, se oía el débil sonido de una música.

Win hizo una seña a Myron para que se adelantase. Ya habían planeado la estrategia que iban a seguir después de entrar en la casa. Myron buscaría a Gabriel Wire y Win se ocuparía de cualquiera que acudiese en su defensa. Myron conectó la Blackberry a una frecuencia de radio y se colocó el Bluetooth en la oreja. Win hizo lo mismo. Ahora Win podía avisar a Myron de cualquier problema, y viceversa.

Myron, manteniéndose siempre agachado, abrió la puerta de la cocina y entró en lo que podía ser una sala de baile. No había luces: la única iluminación procedía de los salvapantallas de dos ordenadores. Myron se esperaba una decoración más sofisticada, pero la habitación parecía la sala de espera de un dentista. Las paredes eran blancas. El sofá y los dos sillones parecían más prácticos que elegantes, algo que podías comprar en cualquier tienda de muebles de la carretera. Había un archivador, una impresora y un fax en un rincón de la estancia.

La enorme escalera era de madera, con las balaustradas decoradas, y una alfombra de color rojo sangre cubría los peldaños. Myron comenzó a subir por ella. La música, todavía débil, sonaba un poco más fuerte. Llegó al rellano y se internó por un largo pasillo. La pared de la derecha estaba cubierta con álbumes de platino y discos enmarcados de HorsePower. A la izquierda había fotos de la India y el Tíbet, lugares que Gabriel Wire había visitado con frecuencia. Se decía que Wire tenía una lujosa mansión en un barrio elegante del sur de Bombay y que a menudo se alojaba de incógnito en monasterios del distrito de Kham, en la zona oriental del Tíbet. Myron se preguntó si estaría allí. La casa era muy deprimente. Sí, afuera estaba oscuro y el tiempo podría haber sido mejor, ¿pero realmente Gabriel Wire se había pasado la mayor parte de los últimos quince años encerrado allí solo? Podría ser. Quizás eso era lo que Wire quería que la gente creyese, o quizás era un loco que había decidido apartarse del mundo, como Howard Hughes. Tal vez ya estaba harto de ser el famoso Gabriel Wire, el centro de la atención pública. O quizá serían ciertos los rumores que decían que Wire salía en muchas ocasiones, ocultándose bajo distintos disfraces, para visitar el Metropolitan, en Manhattan, o sentarse en las gradas de Fenway Park. Quizás habría reflexionado sobre los errores de su vida —las drogas, las deudas de juego, las menores— y habría recordado por qué había empezado, qué fue lo que le impulsó, qué era lo que le hacía feliz: componer música.

Quizá la conducta de Wire de rechazar la fama no era tan descabellada. Quizás era la única manera de sobrevivir y prosperar. O tal vez, como cualquier otra persona que ha decidido cambiar de vida, había tocado fondo, ¿acaso podía caer más abajo, después de sentirse responsable de la muerte de una chica de dieciséis años?

Myron pasó por delante del último álbum de platino que colgaba de la pared: un disco llamado *Aspects of Juno*, el primer disco de HorsePower. Como cualquier otro aficionado esporádico a la música, Myron había oído hablar del legendario primer encuentro entre Gabriel Wire y Lex Ryder. Lex estaba actuando en un bar llamado Espy, en la zona de Santa Kilda, cerca de Melbourne, un sábado por la noche; tocaba temas lentos y aguantaba los abucheos de la revoltosa multitud borracha. Uno de de los que estaban entre el público era un apuesto y joven cantante llamado Gabriel Wire. Wire, declaró más tarde, que a pesar del estrépito que había a su alrededor se sintió hipnotizado e inspirado por las melodías y las letras. Por fin, cuando los abucheos alcanzaron una intensidad atronadora, Gabriel Wire se subió al escenario y, más por salvar a aquel pobre cabrón que por cualquier otra cosa, empezó a improvisar con Lex Ryder, cambiando las letras sobre la marcha, acelerando el ritmo y buscando que alguien se ocupase del bajo y la batería. Ryder asintió. Respondió con más riffs, pasó del teclado al piano y luego otra vez a los teclados. Los dos músicos se realimentaban mutuamente. El público guardó un respetuoso silencio, como si por fin comprendiese que estaba siendo testigo de un acontecimiento.

Había nacido HorsePower.

Lex lo había expresado poéticamente en el Three Downing unas noches antes: «Las cosas ondulan». Todo empezó allí, en aquel bar cutre, al otro lado del mundo, hacía más de veinticinco años.

Sin darse cuenta, Myron volvió a acordarse de su padre. Había intentado no pensar en él, concentrarse sólo en su trabajo, pero de pronto vio a su padre, no como un hombre fuerte y sano, sino tendido en el suelo del sótano. Quería salir corriendo de allí. Quería subir a un maldito avión, regresar al hospital y estar junto a él, pero también pensó que sería mucho más importante para su padre que encontrara a su hermano menor.

¿Cómo se habría visto mezclado su hermano con Gabriel Wire y con la muerte de Alista Snow?

La respuesta era evidente y aleccionadora: a través de Kitty.

Volvió a sentir aquella furia tan familiar —¿acaso el marido de Kitty, su hermano, no había desaparecido mientras ella cambiaba favores sexuales por droga?— mientras avanzaba por el pasillo. Ahora la música se oía mucho mejor. Una guitarra acústica y una suave voz cantando, la voz de Gabriel Wire.

El sonido era conmovedor. Myron se detuvo y escuchó la letra por un momento.

> Mi único amor, nunca más tendremos de nuevo un ayer,
> y ahora estoy sentado a través de una noche interminable.

Procedía del final del pasillo, de las escaleras que llevaban al segundo piso.

> Mi visión se nubla con las lágrimas,
> apenas siento el intenso frío,
> apenas noto caer la lluvia...

Pasó por delante de una puerta abierta y se arriesgó a echar una rápida mirada. Esa habitación también estaba decorada con un mobiliario tremendamente funcional y una moqueta gris de pared a pared. Ningún adorno, ningún detalle de buen gusto. Resultaba extraño. La fachada era tan espectacular que te dejaba boquiabierto, y en cambio el interior parecía una oficina de mandos intermedios. Aquella estancia podía ser, se dijo Myron, un dormitorio de invitados o el alojamiento de uno de los guardias de seguridad.

Continuó avanzando. Había una escalera angosta al final del pasillo. Ahora se acercaba, cada vez más, al lastimero sonido:

> Recuerdo nuestra última vez juntos.
> Hablamos de un amor eterno,
> nuestros ojos se encontraron en una especie de trance,
> todos desaparecieron mientras nos tomamos de las manos,
> pero ahora tú también te has ido...

Había otra puerta abierta antes de llegar a la escalera. Myron echó un vistazo y se quedó de piedra.

Una habitación infantil.

Un móvil de bebé con todo su surtido de animales —caballos, patos, jirafas, de brillantes colores— colgaba sobre una cuna victoriana. Una luz auxiliar iluminaba la estancia lo suficiente para que Myron viese el papel estampado con Winnie el osito —los dibujos antiguos de Winnie, no los más modernos—; en un rincón, una mujer con uniforme de niñera dormitaba en una silla. Myron entró de puntillas en la habitación y miró la cuna. Un bebé. Myron dedujo que era su ahijado. Así que Lex estaba por aquí, o al menos había traído aquí al hijo de Suzze. ¿Por qué?

Myron quería decírselo a Win, pero no se atrevía a hablar. Con el teclado en silencio, escribió un mensaje: «BEBÉ EN EL PRIMER PISO».

Aquí no había nada más que hacer. Salió en silencio al pasillo. La tenue luz proyectaba sombras muy largas. La angosta escalera que tenía enfrente parecía conducir a las habitaciones de la servidumbre, en el ático. Los escalones ya no tenían alfombra, sólo madera desnuda, los subió con todo el sigilo de que fue capaz. La voz que cantaba sonaba aún más cerca:

En aquel momento mi sol se fue,
y ahora la lluvia no cesa
en un tiempo interminable,
en medio de un momento,
y el momento no puede avanzar...

Myron llegó al rellano. En una casa más pequeña, ese piso se podría considerar un ático. Allí habían despejado toda la planta para crear una enorme estancia que se extendía a lo largo de toda la mansión. Una vez más las luces eran mortecinas, pero las tres grandes pantallas de televisión en un extremo daban a la habitación un resplandor siniestro. Los tres televisores estaban encendidos y se veían deportes: un partido de baloncesto de la liga nacional, el ESPN Sports Center y un partido de baloncesto en el extranjero. Habían silenciado el volumen. Ésta era la sala de juegos definitiva de un adulto. En la penumbra, Myron vio una máquina de *pinball* HorsePower. Había un bar de caoba bien provisto, con seis taburetes y un espejo ahumado. El suelo estaba salpicado con lo que parecían pufs enormes, en forma de pera, lo bastante grandes como para acoger una orgía.

Uno de los enormes pufs estaba en el centro de la sala, entre los tres televisores. Myron distinguió la silueta de una cabeza. El suelo estaba cubierto de botellas que a Myron le parecieron de alcohol.

Ahora tú también te has ido,
y en la lluvia, el tiempo está quieto,
sin ti el tiempo se detiene...

La música cesó, como si alguien hubiese apretado un interruptor. Myron vio que el hombre del puf se ponía rígido, o quizás era sólo su imaginación. Myron no sabía qué hacer —¿decir algo, acercarse poco a poco, esperar?—, pero la decisión la tomó el hombre.

El hombre se levantó tambaleándose. Se volvió hacia Myron, pero el resplandor de los televisores sólo permitía ver una silueta oscura. Instintivamente, Myron acercó la mano hacia el arma de su bolsillo.

—Hola, Myron —dijo el hombre.

No era Gabriel Wire.

—¿Lex?

Estaba temblando, tal vez por efecto de la bebida. Si Lex estaba sorprendido de ver a Myron allí, no lo demostraba. Sus reacciones, sin duda, estaban amortiguadas por el alcohol. Lex abrió los brazos y avanzó hacia Myron. Él también se acercó, y tuvo que sujetar a Lex cuando éste se dejó caer en sus brazos. Lex hundió su cabeza en el hombro de Myron, y éste la sostuvo.

—Culpa mía. Ha sido culpa mía —repitió Lex entre sollozos.

Myron intentó tranquilizarle. Le llevó algún tiempo. Lex olía a whisky, y Myron le dejó llorar. Lo llevó hacia un taburete y lo sentó. En el Bluetooth, oyó a Win que decía:

—Tuve que tumbar al guardia de seguridad. Sin ningún problema, no te preocupes, pero quizá te convendría acelerar el paso.

Myron asintió, como si Win pudiese verle. Lex estaba hecho una pena.

Myron decidió saltarse los preliminares y fue al grano.

—¿Por qué llamaste a Suzze?

—¿Qué?

—Lex, no tengo tiempo para esto, así que, por favor, escucha. Suzze recibió una llamada tuya por la mañana. Después fue a ver a Kitty y al padre de Alista Snow. Luego volvió a casa y se metió una sobredosis. ¿Qué le dijiste?

Él comenzó a llorar de nuevo.

—Fue culpa mía.

—¿Qué le dijiste, Lex?

—Seguí mi propio consejo.

—¿Qué consejo?

—Te lo dije. En el Three Downing. ¿Lo recuerdas?

Myron lo recordó:

—No has de ocultar ningún secreto a la persona que amas.

—Exacto. —Se volvió a tambalear—. Así que le dije a mi verdadero amor la verdad. Después de todos estos años. Tendría que habérselo dicho mucho antes, pero deduje que, en cierto modo, Suzze siempre lo había sabido. ¿Sabes a qué me refiero?

Myron no tenía ni la más remota idea.

—En el fondo creía que ella siempre había sabido la verdad. Que no era una coincidencia.

Qué difícil es hablar con un borracho.

—¿Qué es lo que no era una coincidencia, Lex?

—Que nos enamorásemos. Como si hubiese estado dispuesto de antemano. Como si ella siempre hubiese sabido la verdad. Ya sabes, en lo más profundo. Y quizá, ¿quién sabe?, fue así. En el subconsciente. O quizás ella se enamoró de la música, no del hombre. Como si los dos estuviesen entretejidos de alguna manera. ¿Cómo separar a un hombre de su música?

—¿Qué le dijiste?

—La verdad. —Lex se echó a llorar de nuevo—. Ahora ella está muerta. Me equivoqué, Myron. La verdad no nos hace libres. La verdad es demasiado dura para soportarla. Me olvidé de eso. La verdad puede acercar a las personas, pero también puede ser muy dura.

—¿Qué verdad, Lex?

Lex sollozaba.

—¿Qué le dijiste a Suzze?

—No importa. Está muerta. ¿Ahora qué más da?

Myron decidió cambiar de táctica.

—¿Recuerdas a mi hermano Brad?

Lex dejó de llorar. Ahora parecía desconcertado.

—Creo que mi hermano puede tener problemas a causa de todo esto.

—¿Por lo que le dije a Suzze?

—Sí. Quizás. Por eso estoy aquí.

—¿Por tu hermano? —Se quedó pensativo—. No veo cómo. Oh, espera. —Se detuvo y dijo algo que le heló la sangre—. Sí. Supongo que, incluso después de todos estos años, podría llegar hasta tu hermano.

—¿Cómo?

Lex sacudió la cabeza.

—Mi Suzze...

—Por favor, Lex, explícame qué le dijiste.

Más llantos, más sacudidas de cabeza. Myron tenía que encontrar la manera de ayudarle a seguir.

—Suzze estaba enamorada de Gabriel Wire, ¿no?

Lex lloró un poco más y se limpió la nariz con la manga de la camisa.

—¿Cómo lo has sabido?

—Por el tatuaje.

Él asintió.

—Suzze lo dibujó, ¿sabes?

—Lo sé.

—Eran unas letras hebreas y gaélicas combinadas en un soneto de amor. Suzze tenía dotes artísticas.

—¿Así que fueron amantes?

Lex frunció el entrecejo.

—Ella creía que yo no lo sabía. Era su secreto. Ella le amaba. —La voz de Lex se volvió amarga—. Todos aman a Gabriel Wire. ¿Sabes la edad que tenía Suzze cuando empezó a tener relaciones con él?

—Dieciséis —dijo Myron.

Lex asintió.

—A Wire siempre le atrajeron las chicas menores de edad. Niñas, no. No se trataba de eso. Sólo jovencitas. Así que procuraba que Suzze, Kitty y otras jóvenes promesas del tenis acudiesen a las fiestas. Los famosos con los famosas. Las estrellas del rock con las estrellas del tenis. Un encuentro en el paraíso de la celebridad. Yo nunca les presté mucha atención. Ya tenía bastantes chicas como para meterme en asuntos ilegales, ¿sabes a qué me refiero?

—Lo sé —asintió Myron—. Encontré una foto para el álbum *Live Wire*. Gabriel tenía el mismo tatuaje que Suzze.

—¿Aquél? —Lex se rió—. Era temporal. Sólo quería otro agujero en su cinturón. Suzze estaba tan loca por él que siguió incluso después de que matara a Alista Snow.

¡Jopé!

—Un momento —dijo Myron—. ¿Acabas de decir que Gabriel mató a Alista Snow?

—¿No lo sabías? Por supuesto. La drogó en la terraza. Pero el muy cabrón no le dio suficiente. La violó, y entonces ella se volvió loca. Dijo que lo denunciaría. Hay que reconocer que Wire, aunque no eso no lo justifica, iba muy drogado ese día. La tiró por el balcón. Está todo grabado.

—¿Cómo?

—La habitación tiene una cámara de seguridad.

—¿Quién tiene ahora el vídeo?

Él sacudió la cabeza.

—No te lo puedo decir.

Pero Myron ya lo sabía, así que lo dijo:

—Herman Ache.

Lex no respondió. No necesitaba hacerlo. Todo cuadraba, por supuesto. Era tal como Myron había pensado.

—Ambos le debíamos mucho a Ache —añadió Lex—. Sobre todo Gabriel, pero él utilizaba a HorsePower como una garantía. Uno de sus hombres estaba con nosotros a todas horas. Para proteger su inversión.

—¿Por eso Evan Crisp está todavía aquí?

Lex tembló al escuchar el nombre.

—¿También conoces a Crisp?

—Nos conocimos.

—Me da miedo —afirmó él en un susurro—. Incluso he llegado a pensar que él mató a Suzze. Una vez que ella supo la verdad, quiero decir. Crisp nos había advertido. Había demasiado dinero en juego. Mataría a cualquiera que se interpusiese en el camino.

—¿Qué te hace estar tan seguro de que él no la mató?

—Me juró que no lo hizo. —Lex se echó hacia atrás—. ¿Cómo pudo hacerlo? Ella se inyectó. Aquella investigadora, ¿cómo se llama?

—Loren Muse.

—Correcto. Dijo que no había ninguna prueba de que la hubiesen asesinado. Que todo indicaba una sobredosis.

—¿Viste alguna vez el vídeo de Wire matando a Alista Snow?

—Hace años. Ache y Crisp nos hicieron sentar a los dos y nos lo mostraron. Wire no dejaba de decir que fue un accidente, que no quería tirarla por el balcón, pero en realidad, ¿cuál es la diferencia? Él mató a aquella pobre chica. Dos noches más tarde, y no me lo estoy inventando, le pidió a Suzze que fuese. Ella lo hizo. Suzze creía que él era una víctima de la prensa. Estaba ciega, pero claro, sólo tenía dieciséis años. ¿Cuál es la excusa del resto del mundo? Luego él la abandonó. ¿Sabes cómo nos liamos Suzze y yo?

Myron sacudió la cabeza.

—Fue diez años más tarde, en una gala en el Museo de Historia Natural. Suzze me pidió que la sacase a bailar, y estoy seguro de que la única razón por la que ella se acercó a mí aquella noche fue porque esperaba que pudiese llevarla otra vez hasta Wire. Todavía le amaba.

—Pero se enamoró de ti.

Él consiguió sonreír al oírle.

—Sí, lo hizo. De verdad. Éramos compañeros del alma. Sabía que Suzze me amaba, y yo la amaba. Creí que eso sería suficiente. Pero en realidad, si te paras a pensarlo, Suzze ya se había enamorado de mí. Antes me refería a eso, a enamorarse de la música. Ella se enamoró de una hermosa fachada, sí, pero también se enamoró de la música, de la letra, el significado. Como con Cyrano de Bergerac. ¿Recuerdas aquella obra?

—Sí.

—Todos se enamoran de una hermosa fachada. Todo el mundo; nos enamoramos de la belleza exterior. No es ninguna novedad, ¿verdad, Myron? Somos así de superficiales. A veces, cuando ves a alguien, enseguida notas por su cara que es un hijo de puta. Gabriel era todo lo contrario. Parecía tan poético, tan conmovedor, tan hermoso y sensible. La fachada. Debajo no había nada más que podredumbre.

—¿Lex?

—Sí.

—¿Qué le dijiste a Suzze por teléfono?

—La verdad.

—¿Le dijiste que Gabriel Wire había matado a Alista Snow?

—Ésa fue una parte de lo que le dije, sí.

—¿Qué más le dijiste?

Él sacudió la cabeza.

—Le dije a Suzze la verdad, y eso la mató. Ahora tengo un hijo al que proteger.

—¿Qué más le dijiste, Lex?

—Le dije dónde estaba Gabriel Wire.

Myron tragó saliva.

—¿Dónde está, Lex?

Entonces pasó la cosa más extraña. Lex dejó de llorar. Sonrió y miró hacia uno de los pufs que había frente a los televisores. Myron sintió que se le helaba la sangre.

Lex no habló. Sólo miró el puf. Myron recordó lo que había oído mientras subía las escaleras. Había oído cantar.

Había oído cantar a Gabriel Wire.

Myron se levantó del taburete. Fue hacia el puf. Notaba los pies pesados, como si estuviese caminando por la nieve en un sueño profundo. Vio una forma extraña delante del puf, muy abajo, quizás en el suelo. Se acercó, dirigió su mirada al suelo y vio lo que era.

Una guitarra.

Myron se volvió hacia Lex Ryder. Lex continuaba sonriendo.

—Le he oído —dijo Myron.

—¿Qué has oído a quién?

—A Wire. Le he oído cantar mientras subía por las escaleras.

—No —dijo Lex—. Me oías a mí. Siempre he sido yo. Eso fue lo que le dije a Suzze. Gabriel Wire murió hace quince años.

30

En la planta baja, Win despertó al guardia de seguridad. El guardia abrió los ojos de par en par. Estaba maniatado y amordazado. Win sonrió.

—Buenas noches —dijo—. Voy a quitarle la mordaza. Responderá a mis preguntas y no gritará pidiendo ayuda. Si se niega, le mataré. ¿Alguna pregunta?

El guardia de seguridad sacudió la cabeza.

—Comencemos con una pregunta sencilla —añadió Win—. ¿Dónde está Evan Crisp?

—Nos conocimos en el Espy, en Melbourne. Es la única parte de nuestra historia que es verdad.

Estaban de nuevo en los taburetes. Myron necesitaba un trago. Sirvió dos dedos de whisky Macallan en dos copas. Lex miró en el fondo de la suya, como si contuviese un secreto.

—En aquella época yo ya había publicado mi primer álbum en solitario. No pasó nada, así que comencé a pensar en formar una banda. Estaba en el Espy cuando entró Gabriel Wire. Tenía dieciocho años; yo, veinte. Gabriel había abandonado los estudios y le habían arrestado un par de veces, una por tenencia de drogas y otra por agresión. Pero cuando entró en aquel bar se giraron todas las cabezas... ¿Sabes a qué me refiero?

Myron asintió, sin intención de interrumpir.

319

—No sabía cantar ni una nota. Era incapaz de tocar ningún instrumento. Pero si un grupo de rock fuera una peli, yo tendría que ofrecerle el papel de líder. Nos inventamos toda esa historia de que yo tocaba en el bar y él se subió al escenario para salvarme. En realidad, robé la historia de una escena de una peli, *Eddie and the Cruisers*. ¿La has visto?

Myron asintió una vez más.

—Todavía encuentro a personas que juran haber estado en el Espy aquella noche. No sé si mienten para sentirse importantes o si sólo se engañan a ellos mismos. Lo más probable es que sean las dos cosas.

Myron recordó su propia infancia. Todos sus amigos afirmaban haber visto una actuación «sorpresa» de Bruce Springsteen en el Stony Pony, en Asbury Park. Myron tenía sus dudas. Estaba en el instituto cuando oyó los rumores, y había ido tres veces, pero Bruce nunca apareció.

—En cualquier caso, nos convertimos en HorsePower, pero yo escribía todas las canciones, todas las melodías, todas las letras. Utilizábamos *playback* en el escenario. Yo le enseñé a Gabriel cómo seguir una tonada, pero la mayor parte del tiempo yo cantaba por encima de él o lo modificábamos en el estudio.

Se interrumpió y bebió un sorbo, parecía desorientado. Para hacerle recuperar el hilo del relato, Myron preguntó:

—¿Por qué?

—¿Por qué qué?

—¿Por qué necesitabas usarlo como reclamo?

—No seas obtuso —exclamó Lex—. Tenía la imagen ideal. Como te he dicho, Gabriel era una hermosa, poética y conmovedora fachada. Yo lo veía como mi mejor instrumento. Funcionó. Le encantaba ser una gran estrella, ligarse a cualquier jovencita que se cruzase en su camino, ganar dinero a manta. Yo también me sentía feliz. Todos escuchaban mi música. Todo el mundo.

—Pero nunca te reconocieron el mérito.

—¿Y qué? Nunca me importó. Lo mío era la música. Lo era todo para mí. Y el hecho de que todo el mundo me considerase un segundón... Bueno, la broma era a costa de ellos, ¿no?

Myron se dijo que quizá fuera así.

—Lo sé —continuó Lex—. Era suficiente para mí. De alguna manera, éramos como una auténtica banda de rock. Necesitaba a Gabriel. En cierto sentido, su belleza era su talento. Los diseñadores de moda de mayor éxito recurren a las modelos más hermosas para presentar sus vestidos. ¿Acaso las modelos no interpretan un papel? Las grandes compañías tienen portavoces atractivos. ¿No son relevantes para el proceso? Eso era Gabriel para HorsePower. La prueba está a la vista. Escucha las obras que grabé en solitario, antes de encontrar a Wire. La música es igual de buena. A nadie le importa. ¿Recuerdas a Milli Vanilli?

Myron lo recordaba. Eran dos modelos masculinos llamados Rob y Fab que sólo movían los labios mientras otros cantaban, y llegaron al número uno de las listas de éxitos. Incluso ganaron el Grammy al Mejor Artista Revelación.

—¿Recuerdas cómo el mundo odió a aquellos dos tipos cuando se supo la verdad?

Myron asintió.

—Los machacaron.

—Así es. La gente llegó a quemar sus discos. ¿Por qué? ¿La música no era la misma?

—Lo era.

Se inclinó hacia Myron con aire conspirador.

—¿Sabes por qué los fans se volvieron de aquella manera contra aquellos dos tipos?

Myron sacudió la cabeza, con la intención de que siguiera hablando.

—Porque aquellos dos niños bonitos desvelaron una verdad: todos somos superficiales. ¡La música de Milli Vanilli era una mierda y ganaron un Grammy! La gente les escuchaba sólo porque Rob y Fab eran guapos y estaban de moda. Aquel escándalo hizo algo más que desmontar la fachada. Fue como poner un espejo delante de los fans y demostrar que eran unos imbéciles. Hay muchas cosas que somos capaces de perdonar, pero no podemos perdonar a aquellos que revelan nuestra auténtica estupidez. No nos gusta vernos a nosotros mismos como personas superficiales. Pero lo somos. Gabriel Wire parecía un artista profundo y conmovedor, pero no lo era. Las personas creían que Gabriel no concedía entrevistas porque se sentía demasiado importante, pero no las concedía porque era demasiado idiota. Sé que se burlaron de mí durante años. Una parte de mí se sentía dolida, ¿quién no?, pero la mayor parte de mí comprendía que era el único camino. Una vez que creé a Gabriel Wire, no podía destruirle sin destruirme a mí.

Myron intentaba asimilar las consecuencias de esa información.

—A eso te referías cuando decías que Suzze, al enamorarse de ti, se había enamorado de tu música. Como Cyrano.

—Sí.

—No lo entiendo. Cuando decías que Gabriel Wire estaba muerto...

—Lo decía literalmente. Alguien lo mató. Probablemente, Crisp.

—¿Por qué lo hizo?

—No estoy seguro, pero tengo mis sospechas. Cuando Gabriel mató a Alista Snow, Herman Ache vio que ésa era su oportunidad. Si podían sacarle de ese lío, no sólo conseguirían cobrar su cuantiosa deuda de juego, sino que Wire estaría en deuda con ellos para siempre.

—Sí, vale, lo entiendo.

—Así que lo salvaron de la hoguera. Intimidaron a los testigos. Ofrecieron dinero al padre de Alista Snow. La verdad es que no sé qué pasó después. Creo que Wire se trastornó. Comenzó a actuar de una forma extraña. O quizás ellos comprendieron que en realidad ya no le necesitábamos. Yo podía componer la música por mi cuenta. Quizá llegaron a la conclusión de que estaríamos mejor con Wire muerto.

Myron pensó en eso.

—Parece demasiado arriesgado. Además, vosotros ganabais una pasta con las apariciones en algún que otro concierto.

—Las giras también eran un gran riesgo. Gabriel quería hacer muchas más, pero utilizar el *playback* era cada vez más difícil después de aquellos escándalos. No valía la pena.

—Sigo sin entenderlo. ¿Por qué matar a Wire? Y ya que estamos en ello, ¿cuándo?

—Unas pocas semanas después del asesinato de Alista Snow —contestó Lex—. Primero abandonó el país. Esa parte era verdad. Si no hubieran podido librarle de las acusaciones, creo que Gabriel se habría quedado en el extranjero, se habría convertido en otro Roman Polanski o algo así. Regresó cuando consiguieron desmontar el caso contra él. Los testigos enmudecieron. No había ningún vídeo de seguridad. El último paso fue que Gabriel se reuniese con Karl Snow y le diese una pasta. Después de todo aquello, la prensa y la poli dejaron de incordiar.

—Entonces, después de todo aquello, ¿Crisp mató a Gabriel Wire?

Lex se encogió de hombros. No tenía sentido.

—¿Le dijiste a Suzze todo esto por teléfono?

—No, no todo, pero estaba dispuesto a hacerlo. Verás, cuando vi que todo estaba volviendo a irrumpir en nuestras vidas, incluyendo a Kitty, me dije que debía ser yo quien se lo dijese primero. En cualquier caso, deseaba hacerlo desde hacía años, y ahora íbamos a tener un bebé... Necesitábamos librarnos de todas las mentiras, de todos los secretos. ¿Sabes a qué me refiero?

—Lo sé. Pero cuando viste el mensaje que decía «No es suyo», tú sabías que no era verdad.

—Sí.

—¿Entonces por qué escapaste?

—Te lo dije en el Three Downing. Sólo necesitaba ganar tiempo. Suzze no me dijo nada del mensaje. ¿Por qué? Ella lo había visto, y, tío, entonces comprendí enseguida que algo no iba bien. Piénsalo. Cuando acudió a ti, no sólo quería que me encontrases. Quería saber quién había colgado el mensaje en su muro. —Inclinó la cabeza a un lado—. ¿Por qué crees que lo hizo?

—Tú creías que todavía estaba enamorada de Gabriel.

—No es que lo creyera; lo sabía. Suzze ni siquiera te lo dijo a ti porque, bueno, ¿acaso la habrías ayudado a que se volviera a unir con otro hombre? No.

—Estás equivocado. Ella te quería.

—Por supuesto que sí. —Lex sonrió—. Porque yo era Wire. ¿No lo entiendes? Cuando vi aquel mensaje, me refiero al shock que le provocó... Sólo necesitaba ganar tiempo para saber qué hacer. Así que vine aquí y compuse algo de música. Entonces, como te he dicho, llamé a Suzze con la intención de contarle la verdad. Comencé diciéndole que Wire estaba muerto, que había muerto hace más de quince años. Pero no me creyó. Quería pruebas.

—¿Viste el cadáver?

—No.

Myron separó las manos.

—Entonces, hasta donde tú sabes, podría estar vivo. Quizás está viviendo en el extranjero. Quizá se hace pasar por otra persona o vive en una comuna en el Tíbet.

Lex contuvo la risa al oírle.

—¿Te creíste todas esas tonterías? Oh, vamos. Éramos nosotros quienes propagábamos los rumores. En un par de ocasiones les pedimos a varias actrices aspirantes a estrellas que dijesen que habían estado con él, y ellas aceptaron hacerlo para que se hablase de ellas. No, Gabriel está muerto.

—¿Cómo lo sabes?

Él sacudió la cabeza.

—Es curioso.

—¿Qué?

—Es lo mismo que Suzze no dejaba de preguntarme. ¿Cómo podía saberlo con certeza?

—¿Tú qué le dijiste?

—Le dije que había un testigo. Una persona que vio el asesinato de Gabriel.

—¿Quién?

Myron lo supo antes de que Lex respondiese. ¿A quién había llamado Suzze inmediatamente después de hablar con Lex? ¿Quién colgó algo que le hizo temer a Lex que la verdad saldría a relucir? ¿Quién, si seguía desenredando la madeja, relacionaba todo aquello con su hermano?

—Kitty —dijo Lex—. Kitty vio cómo mataban a Gabriel Wire.

Con el guardia de seguridad todavía maniatado —y con las voces de Myron y Lex Ryder sonando en su oído—, Win se dirigía hacia los ordenadores de la planta baja. Aquella austera decoración ahora tenía sentido. Lex podía venir cuando quisiera para utilizar el estudio de grabación. Crisp y algunos guardias de seguridad de absoluta confianza podían pasar allí la noche. Pero no había nadie viviendo allí. Se notaba ese vacío. El guardia de seguridad era un matón, un antiguo empleado de Ache. Sabía mantener la boca cerrada, pero ni siquiera él conocía la situación. Los guardias se sustituían al cabo de unos meses. Todos sabían que no se podía acceder a la planta alta. Ese guardia en particular nunca había visto a Gabriel Wire, por supuesto, pero tampoco había preguntado por él. Creía que Wire viajaba mucho. Le dijeron que Wire era una especie de ermitaño paranoico y que nunca debía abordarle. Así que nunca lo hizo.

Win se había preguntado por la falta de medidas de seguridad, pero ahora tenía mucho sentido. Wire vivía en una isla con muy pocos habitantes, la mayoría de los cuales evitaba la publicidad o quería proteger su intimidad. Y si se producía algún fallo y alguien conseguía entrar en la casa, ¿qué pasaría? Desde luego, no encontraría a Gabriel Wire, pero Ache, Crisp y Ryder habían inventado historias suficientes sobre viajes secretos y disfraces para explicar cualquier ausencia.

Era bastante ingenioso.

Win no era un experto informático, sólo sabía lo suficiente. Gracias a sus dotes de persuasión, el guardia le había ayudado con el resto. Win buscó las listas de pasajeros. Miró en los archivos de Crisp. El tipo no era tonto. Nunca dejaría nada que pudiese ser utilizado ante un tribunal, pero a Win no le preocupaban los tribunales de justicia.

Cuando acabó, Win hizo tres llamadas. La primera de ellas, a su piloto.

—¿Está preparado?

—Sí —respondió el piloto.

—Parta ahora mismo. Yo le avisaré cuando pueda aterrizar.

La segunda llamada fue para Esperanza.

—¿Alguna novedad sobre el estado del señor Bolitar?

Al Bolitar siempre había insistido en que Win le llamase Al. Pero Win no era capaz de hacerlo.

—Acaban de llevarlo de nuevo a cirugía —le informó Esperanza—. No pinta muy bien.

Win colgó de nuevo. La tercera llamada fue a una prisión federal en Lewisburg, Pensilvania.

Cuando Win acabó, se sentó y siguió escuchando a Myron y Lex Ryder. Consideró sus opciones, pero en realidad sólo había una. Esta vez habían ido demasiado lejos. Habían llegado hasta el borde del abismo, y ahora sólo había una manera de apartarse de él.

Sonó la radio del guardia de seguridad. Entre los ruidos de la electricidad estática, una voz preguntó:

—¿Billy?

La voz pertenecía a Crisp.

Win sonrió. Significaba que Crisp estaba cerca. El gran enfrentamiento estaba a punto de producirse. Frank Ache le había avisado cuando fue a visitarle a la prisión. Win le había dicho que lo filmaría en vídeo, pero no, Frank tendría que conformarse con un relato oral.

Win le llevó la radio al guardia. Cuando Win se acercó, el guardia comenzó a gimotear. Win lo entendía. Sacó el arma y la apoyó en la frente del hombre. En realidad, aquello era una exageración. El tipo ya había intentado hacerse el duro. No había durado.

—Es probable que tengan una palabra de código para decirle a

Crisp que tiene problemas —dijo Win—. Si la utiliza, me suplicará que apriete el gatillo. ¿Lo comprende?

El guardia asintió, dispuesto a complacerle.

Win puso la radio junto a la oreja de Billy y apretó el botón de hablar.

—Aquí Billy —dijo el guardia.

—¿Situación?

—Todo despejado.

—¿Se ha resuelto el problema anterior?

—Sí. Como le dije, eran los mellizos. Escaparon cuando me vieron salir.

—Me han confirmado que ya se han marchado —indicó Crisp—. ¿Cómo se comporta nuestro huésped?

—Todavía está arriba, trabajando en aquella nueva canción.

—Muy bien —dijo Crisp—. Ahora voy para allá. ¿Billy?

—Sí.

—No hay ninguna razón para decirle que voy para allá.

La conversación concluyó. Crisp estaba de camino.

Había llegado la hora de que Win se preparase.

—¿Kitty? —preguntó Myron.

Lex Ryder asintió.

—¿Cómo supo que Wire estaba muerto?

—Ella lo vio.

—¿Ella les vio matar a Wire?

Lex Ryder asintió.

—No lo supe hasta hace unos días. Me llamó por teléfono e intentó sacarme pasta. «Sé lo que le hiciste a Gabriel», dijo. Creí que me estaba engañando. Le respondí: «Tú no sabes nada», y colgué. No se lo dije a nadie. Supuse que se marcharía. Al día siguiente colgó aquel tatuaje y el mensaje con aquellas palabras: «No es suyo». Era un aviso. La llamé. Le dije que nos encontrásemos en el Three Downing. Cuando la vi, me di cuenta de que estaba mal, hecha un asco. Supongo que podría haberle dado dinero, pero era una drogadicta perdida. No se podía confiar en ella. Buzz acabó llamando a Crisp y le dijo lo que ella estaba soltando. Entonces tú entraste en el club. Durante el alboroto, le dije a Kitty que se largase y no volviese. Dijo que lo había estado haciéndolo durante dieciséis años; desde que vio matar a Wire.

Así que, pensó Myron, Kitty no se había vuelto paranoica. Conocía un secreto que podía costarles millones de dólares a Herman Ache y Evan Crisp. Eso explicaba por qué Perilla y Tatuaje en el Cuello le siguieron hasta la caravana de Kitty. Ache se había dado cuenta de que Myron podía conducirle hasta Kitty. Había ordenado que lo siguiesen y, una vez que los encontrasen, las órdenes eran claras: matarlos a los dos.

¿Por qué no recurrió a Crisp? Respuesta obvia: Crisp estaba ocupado con algo más importante. Seguir a Myron era un tiro a ciegas. Ache contrató a unos matones baratos.

Win volvió a su oreja.

—¿Has acabado ahí arriba?

—Casi.

—Crisp está en camino.

—¿Tienes algún plan?

—Sí.

—¿Necesitas mi ayuda?

—Necesito que te quedes donde estás.

—¿Win?

—¿Sí?

—Crisp quizá sepa qué le pasó a mi hermano.

—Sí, lo sé.

—No le mates.

—Bueno —dijo Win—. No inmediatamente.

31

Dos horas más tarde se encontraban de nuevo en el pequeño aeropuerto de Biddle Island y subían al avión de Win. Mii les recibió con un ajustado uniforme de azafata rojo rematado con un sombrero bombonera.

—Bienvenido a bordo —dijo Mii—, cuidado con el escalón. Bienvenido a bordo, cuidado con el escalón.

Lex fue el primero en subir la escalerilla. Estaba saliendo de la borrachera, y eso no le sentaba bien. Le seguía la niñera, cargada con el hijo de Lex. Después subieron Myron, Win y un tembloroso Evan Crisp, que llevaba las manos atadas a la espalda con varias bridas de plástico. Win sabía que algunas personas podían soltarse de esas ligaduras. Pero muy pocas personas serían capaces de librarse de ellas si tuviesen atados también los antebrazos y el pecho. Además, Win respaldaba las ataduras con un arma. Crisp hubiese corrido el riesgo. Win no estaba dispuesto a permitírselo.

Myron observó a Win.

—Un momento —dijo Win.

Mii volvió a la puerta y saludó a Win.

—Vale, ahora —dijo Win.

Myron se puso delante para cargar a Crisp. Win se ocupó de agarrarlo por detrás y empujarlo hacia arriba. Myron lo había cargado antes, al estilo de los bomberos, pero ahora Crisp comenzaba a recuperar el conocimiento.

Win había comprado el jet de lujo a un rapero muy popular que había sido número uno en las listas de éxitos antes de convertirse en un don nadie y verse forzado a liquidar los frutos de su derroche. La cabina de pasajeros tenía unos enormes sillones de cuero, alfombras gruesas, una pantalla de televisión y acabados de madera. Disponía de comedor y un dormitorio. Lex, la niñera, y el bebé estaban en el comedor. Win y Myron no querían que compartieran el espacio con Crisp. Empujaron a Crisp a un asiento. Win le sujetó con más bridas. Crisp estaba despertando de los efectos de un tranquilizante. Win había utilizado una forma diluida de etorfina, un sedante empleado para dormir elefantes y que podía ser mortal para un ser humano. En las películas los sedantes funcionan instantáneamente, pero en la realidad no siempre es así.

En definitiva, Crisp no resultó ser indestructible. Nadie lo era. Como Herman Ache había dicho poéticamente, nadie —ni siquiera Myron y Win— estaba hecho a prueba de balas. La verdad es que cargarse a los mejores, por lo general, no plantea problemas. Si una bomba cae en tu casa, no importa lo bueno que seas en el combate cuerpo a cuerpo; estarás muerto en cualquier caso.

Tras interrogar al guardia de seguridad, Win sabía el camino que Crisp había tomado para llegar a casa de Wire. Win encontró el lugar ideal para preparar una emboscada. Se dirigió allí con dos armas. Una cargada con balas de verdad y la otra con una dosis de etorfina. No esperó. Mientras apuntaba con el arma real, le disparó a Crisp con la que iba cargada de etorfina y se mantuvo a distancia mientras el hombre se dormía.

Win y Myron se sentaron uno al lado del otro, dos filas de asientos más atrás. Mii, muy metida en su papel de azafata profesional, leyó las normas de seguridad, les mostró cómo utilizar el cinturón de seguridad, cómo sujetarse la máscara de oxígeno antes de ayudar a los demás y cómo inflar el chaleco salvavidas. Win la observaba con su típica sonrisa libidinosa.

—Enséñame cómo se sopla el tubo de nuevo —le pidió a Mii.

Ése era Win.

El despegue fue tan suave que podría ser una coreografía de la Motown. Myron llamó a Esperanza. Cuando oyó que su padre había entrado de nuevo en el quirófano, cerró los ojos e intentó respirar profundamente, concentrándose en los aspectos más positivos de la situación. Su padre tenía el mejor cuidado médico posible y, si Myron quería hacer algo por él, sólo había una manera de hacerlo: encontrar a Brad.

—¿Has averiguado algo sobre la Fundación Abeona? —le preguntó a Esperanza.

—Poca cosa. Tu hermano trabajó para ellos varias temporadas durante los últimos quince años, pero nadie le ha visto ni ha sabido nada de él en los últimos ocho meses.

Myron colgó. Win y él hablaron de lo que ya sabían y de lo que eso podía significar.

—Lex me dio la respuesta correcta desde el principio —afirmó Myron—. Todas las parejas tienen secretos.

—En realidad no es una revelación trascendental —opinó Win.

—¿Nosotros tenemos secretos, Win?

—No. Pero tampoco tenemos sexo.

—¿Crees que el sexo conduce a tener secretos? —preguntó Myron.

—¿Tú no?

—Siempre creí que el sexo lleva a tener una mayor intimidad.

—Bah —dijo Win.

—¿Bah?

—Eres tan ingenuo.

—¿Por qué?

—¿Acaso no somos nosotros la prueba de que es exactamente al revés? Son las parejas que mantienen relaciones sexuales, como Lex y Suzze, las que tienen secretos.

Tenía razón.

—¿Y eso adónde nos lleva?

—Ya lo verás.

—Creí que no teníamos secretos.

Crisp comenzaba a moverse. Abrió un ojo y después el otro. No reaccionó. Intentaba deducir dónde estaba y qué podría hacer.

Observó a Myron y Win.

—¿Sabéis lo que Herman Ache os hará? —preguntó Crisp—. No podéis ser tan estúpidos.

Win enarcó una ceja.

—¿No podemos?

—Tíos, no os creáis tan duros.

—Siempre nos dicen lo mismo.

—Herman os matará. Matará a vuestras familias. Se asegurará de que la última cosa que vuestros seres queridos hagan sea maldecir vuestros nombres y suplicar que les maten.

—Bueno, bueno —dijo Win—. Herman tiene un don para el melodrama, ¿verdad? Por fortuna, tengo un plan. Un plan que beneficiará a todos los involucrados, incluso a ti.

Crisp no dijo nada.

—Vamos a hacerle una visita a nuestro querido Herman —le explicó Win—. Nos sentaremos los cuatro, quizás ante un buen café con leche, y cooperaremos. Nos lo explicaremos todo, y después elaboraremos un acuerdo de mutuo beneficio para que nadie resulte perjudicado.

—¿Eso qué significa?

—Distensión, ¿sabes qué es?

—Lo sé —dijo Crisp—. Pero no sé si lo sabe Herman.

Myron estaba de acuerdo, pero Win parecía muy tranquilo.

—Herman es un encanto, ya lo verás —manifestó Win—. Mientras tanto, ¿qué le pasó al hermano de Myron?

Crisp frunció el entrecejo.

—¿El tipo que está casado con Kitty?

—Sí.

—¿Cómo demonios voy a saberlo?

Win suspiró.

—Cooperar. Explicarlo todo, ¿te acuerdas?

—Estoy hablando en serio. Ni siquiera sabía que Kitty estaba por aquí hasta que llamó a Lex. No tengo ni idea de dónde está su marido.

Myron pensó en eso. Sabía que Crisp podía estar mintiendo —lo más probable era que sí—, pero sus palabras concordaban con lo que le había dicho Lex.

Win se desabrochó el cinturón de seguridad, se acercó a Evan Crisp y le dio el móvil.

—Necesito que hables con Herman Ache. Dile que nos reuniremos con él en su casa de Livingston dentro de una hora.

Crisp le miró con expresión escéptica.

—Estás de coña, ¿verdad?

—Soy un tipo muy divertido. Pero no.

—No te dejará entrar armado.

—No importa. No necesitaremos armas. Si alguien toca un pelo de nuestras cabezas, el mundo descubrirá la verdad sobre Gabriel Wire. Adiós, adiós a la pasta. También nos llevaremos a Lex Ryder, la gallina de los huevos de oro, si lo quieres llamar así, a un lugar seguro. ¿Lo ves?

—Cooperación —dijo Crisp—. Explicarlo todo.

—Me encanta ver que nos entendemos.

Crisp hizo la llamada. Win estuvo a su lado todo el tiempo. Al otro lado del teléfono, a Herman Ache no pareció gustarle lo que oía, pero Crisp le explicó lo que Win quería hacer. Al final Herman aceptó el encuentro.

—Maravilloso —afirmó Win.

Myron observó la sonrisa de Crisp y después a Win.

—No me gusta que me oculten secretos —señaló Myron.

—¿No confías en mí? —preguntó Win.

—Tú me conoces.

—Sí, y lo tengo todo bajo control.

—No eres infalible, Win.

—Correcto. —Luego añadió—: Pero no siempre soy tu fiel escudero.

—Podrías ponernos en una situación peligrosa.

—No, Myron, fuiste tú quien lo hizo. Cuando aceptaste ayudar a Suzze y a todos los que recurrieron a ti antes que ella, nos pusiste donde estamos ahora. Yo sólo estoy tratando de encontrar una salida.

—¡Jopé! —dijo Myron.

—La verdad duele, viejo amigo.

La verdad era que sí.

—Si no hay nada más... —Win consultó su reloj y le sonrió a su azafata favorita—. Todavía tenemos media hora antes de aterrizar. Puedes quedarte aquí y vigilar a nuestro prisionero. Yo me voy al dormitorio para disfrutar un poco de Mii tiempo.

32

Big Cyndi les recibió en el Essex County Airport de Caldwell, Nueva Jersey. Metió a Lex, la niñera y el bebé en un todoterreno. Big Cyndi les conduciría hasta donde estaba Zorra, un travesti, antiguo agente del Mossad. Zorra los ocultaría en un piso franco y nadie, ni siquiera Myron ni Win sabrían dónde estaban. De esta manera, aunque su plan fracasara y Herman Ache los capturase y los torturase, no podrían decirle dónde estaba Lex.

«Qué reconfortante», opinó Myron.

Win tenía un coche esperando. Por lo general utilizaba un chófer, pero ¿por qué poner en peligro a alguien más? Crisp ya se había despertado del todo. Le empujaron al asiento trasero, le ajustaron las ligaduras y le ataron las piernas. Myron se sentó en el asiento del pasajero; Win se puso al volante.

Herman Ache vivía en una legendaria mansión en Livingston, a unos pocos kilómetros de donde había crecido Myron. Cuando Myron era un crío, la finca había pertenecido a un famoso jefe de la mafia. Los rumores sobre aquel lugar eran algo habitual a la hora del patio. Un chico decía que si entrabas en la propiedad, unos pistoleros de verdad te disparaban. Otro chico decía que había un crematorio detrás de la casa, donde el jefe mafioso incineraba a sus víctimas.

Este segundo rumor era cierto.

Las columnas de la reja de la entrada estaban coronadas con unas cabezas de león de bronce. Win entró por el largo camino hasta la primera explanada. Era lo más lejos que podían llegar. Aparcaron.

Myron observó a tres matones gigantescos con trajes que les quedaban mal. El de en medio, que parecía el jefe, era muy corpulento.

Win sacó sus armas y las colocó en la guantera.

—Líbrate de las armas —dijo Win—. Nos van a cachear.

Myron le miró.

—¿Tienes un plan?

—Sí.

—¿Quieres compartirlo conmigo?

—Ya lo he hecho. Los cuatro vamos a sentarnos a charlar. Nos comportaremos de forma razonable. Averiguaremos lo que necesitamos saber de tu hermano. Aceptaremos no perjudicar sus negocios si no nos hacen daño. ¿Qué es lo que te preocupa?

—Me preocupa que confíes en que un psicópata como Herman Ache vaya a comportarse de forma razonable.

—Lo que más le preocupa es la buena marcha de sus negocios y su apariencia de legitimidad. Matarnos perjudicaría su imagen.

El más grandullón de los matones —medía casi dos metros y pesaba unos ciento cincuenta kilos— golpeó el cristal de la ventanilla de Win con el anillo. Win bajó el cristal.

—¿En qué puedo ayudarle?

—Tengo ayuda más que suficiente. —Corpulento miró a Win como si fuese algo que acabase de caer del culo de un perro—. Así que usted es el famoso Win.

Win sonrió alegremente.

—No parece gran cosa —opinó Corpulento.

—Podría contestarle con algunos tópicos: no juzgue un libro por las tapas, las cosas buenas vienen en envases pequeños, pero sería demasiado para su entendimiento.

—¿Se está haciendo el gracioso?

—Evidentemente, no.

Corpulento frunció su entrecejo de neardental.

—¿Va armado?

—No —dijo Win, y se golpeó el pecho—. Yo, Win; ¿tú armado?

—¿Eh?

Win suspiró.

—No, no vamos armados.

—Los vamos a cachear. A fondo.

Win le guiñó un ojo a Corpulento.

—Contaba con ello, muchachote.

Corpulento dio un paso atrás.

—Baje del coche antes de que le abra un agujero en la cabeza. Ahora.

Homofobia. Siempre les cabrea.

Por lo general, Myron se unía a Win en sus temerarias provocaciones, pero esta vez la situación le parecía fuera de control. Win dejó puestas las llaves de contacto. Myron y él salieron del coche. Corpulento les dijo dónde tenían que ponerse. Obedecieron. Los otros dos hombres abrieron la puerta trasera y utilizaron navajas de barbero para cortar las ataduras de Evan Crisp. Crisp se masajeó las muñecas para recuperar la circulación. Se acercó hasta Win y se detuvo delante de él. Los dos hombres se miraron el uno al otro.

—Esta vez no podrás atacarme a traición —dijo Crisp.

Win le dedicó una sonrisa.

—¿Quieres intentarlo, Crisp?

—Con mucho gusto. Pero ahora no tenemos tiempo, así que les diré a mis chicos que apunten con un arma a la cabeza de su amigo mientras le doy un puñetazo. Sólo una pequeña compensación.

—El señor Ache dio instrucciones específicas —intervino Corpulento—. Nada de dañar la mercancía hasta que hable con ellos. Síganme.

Corpulento abrió la marcha. Myron y Win iban detrás de él. Crisp y los otros dos gorilas ocuparon la retaguardia. Delante, Myron vio la oscura mansión que un antiguo mafioso había descrito como un «clásico de Transilvania». Encajaba. Myron pensó: «Tío, ésta es la noche de las mansiones siniestras». Mientras caminaban, Myron habría jurado oír las voces de los muertos gritando para advertirles.

Corpulento les hizo entrar por una puerta trasera. Les hizo pasar por un detector de metales y después les revisó de nuevo con un detector manual. Myron intentó mantener la calma. Se preguntaba dónde habría escondido el arma Win. No era posible que se metiera en una situación como ésta sin llevar un arma.

Cuando acabó con el detector, Corpulento cacheó con rudeza a Myron. Luego pasó a Win y le dedicó más tiempo.

—Concienzudo, como había prometido —dijo Win—. ¿Hay un bote para las propinas?

—Un tipo divertido —afirmó Corpulento. Cuando acabó, dio un paso atrás y abrió la puerta de un armario. Sacó dos chándales grises—. Desnúdense. Luego se pueden poner esto.

—¿Son de puro algodón? —preguntó Win—. Tengo la piel muy sensible, por no hablar de mi pasión por la alta costura.

—Un tipo divertido —repitió Corpulento.

—El gris no le sienta nada bien a mi complexión. Es como si me borrara por completo.

Win parecía un tanto tenso al ver hacia dónde iban las cosas. Su tono tenía la cualidad de un silbido en la oscuridad. Los otros dos gorilas se rieron y sacaron las armas. Myron miró a Win, y éste se encogió de hombros. No había mucho donde elegir. Se desnudaron hasta quedarse en calzoncillos. Corpulento les ordenó que también se los quitasen. Por fortuna, el registro fue breve. Los chistes homofóbicos de Win les habían preocupado y no fueron muy meticulosos.

Cuando acabaron, Corpulento le dio uno de los chándales a Myron y otro a Win.

—Vístanse.

Lo hicieron en silencio.

—El señor Ache les espera en la biblioteca —dijo Corpulento.

Crisp abría la marcha esbozando una sonrisa en el rostro. Corpulento y los matones se quedaron atrás. No era ninguna sorpresa. La situación de Gabriel Wire debía mantenerse en el máximo secreto. Myron se dijo que nadie lo sabía, excepto Ache, Crisp y, quizás, algún abogado. Ni siquiera los guardias de seguridad que trabajaban en la finca lo sabían. Para ellos, Wire era una especie de ermitaño loco, y tenían instrucciones estrictas de no violar su intimidad.

—Quizá yo debería encargarme de la charla —dijo Myron.

—Vale.

—Tienes razón. Herman Ache procurará hacer lo que más convenga a sus intereses. Tenemos su gallina de los huevos de oro.

—De acuerdo.

Cuando entraron en la biblioteca, Herman Ache les esperaba con una copa de brandy. Estaba de pie, junto a uno de esos viejos globos terráqueos que sirven de mueble bar. Win también tenía uno. Es más, toda la habitación parecía como si Win se hubiese encargado de decorarla. Las paredes estaban cubiertas de estanterías, con tres niveles y una escalera deslizante para llegar a los libros más altos. Los sillones de cuero eran de color burdeos. Había una alfombra oriental y molduras en el techo.

Esa noche la peluca gris de Herman Ache brillaba demasiado. Vestía un polo con un suéter con escote en V encima. Llevaba el escudo de un club de golf en el pecho.

Herman señaló a Win.

—Te dije que no te metieses en esto.

Win asintió.

—Lo hiciste.

Entonces Win metió la mano dentro del pantalón del chándal, sacó un arma y le disparó a Herman Ache entre los dos ojos. Herman Ache cayó como un saco de patatas. Myron soltó una exclamación y se giró hacia Win, que ya apuntaba con el arma a Evan Crisp.

—No —le dijo Win a Crisp—. Si te quisiera muerto, ya lo estarías. No me obligues.

Crisp se quedó inmóvil.

Herman Ache estaba muerto. No cabía ninguna duda.

—¿Win? —dijo Myron.

Win mantuvo la mirada fija en Crisp.

—Cachéale, Myron.

Myron, aturdido, hizo lo que Win le pedía. No encontró ningún arma. Win le ordenó a Crisp que se pusiese de rodillas y con las manos en la nuca. Crisp lo hizo. Win mantuvo el arma apuntando a la cabeza de Crisp.

—¿Win?

—No teníamos alternativa, Myron. El señor Crisp estaba en lo cierto. Herman hubiese ordenado matar a todos nuestros seres queridos.

—¿Qué pasa con toda aquella charla sobre sus intereses comerciales? ¿Qué pasa con la distensión?

—Herman la habría aceptado durante algún tiempo, pero no a la larga. Tú lo sabes. En el momento en que descubrimos que Wire estaba muerto, el juego se convirtió en: nosotros o él. No nos habría dejado seguir vivos con esa amenaza sobre su cabeza.

—Pero matar a Herman Ache... —Myron sacudió la cabeza para intentar despejarse—. Ni siquiera tú podrás librarte de algo así.

—No te preocupes por eso ahora.

Crisp permanecía quieto como una estatua, con las manos en la nuca.

—¿Ahora qué? —preguntó Myron.

—Pues quizá mataré a nuestro amigo, el señor Crisp.

Crisp cerró los ojos.

—¿Win? —dijo Myron.

—Bah, no te preocupes —dijo Win, manteniendo la pistola siempre apuntada a la cabeza de Crisp—. El señor Crisp no es más que un empleado. No tiene ninguna obligación de lealtad hacia Herman Ache, ¿verdad?

Crisp, por fin, rompió el silencio.

—No, no la tengo.

—Ya lo ves. —Win observó a Myron—. Adelante. Pregúntaselo.

Myron se colocó delante de Crisp. Éste alzó la cabeza y le miró a los ojos.

—¿Cómo lo hiciste? —preguntó Myron.

—¿Hacer qué?

—¿Cómo mataste a Suzze?

—No lo hice.

—Bien —intervino Win—. Ahora ambos estamos mintiendo.

—¿Qué? —preguntó Crisp.

—Mientes cuando dices que no mataste a Suzze —respondió Win—. Y yo he mentido al decir que no iba a matarte.

En algún lugar, a lo lejos, sonó un reloj de pared. Herman Ache continuaba sangrando en el suelo. Un charco de sangre de forma casi circular seguía creciendo alrededor de su cabeza.

—Mi teoría es —continuó Win— que tú no eres sólo un empleado en este asunto, sino un socio de pleno derecho, pero en realidad eso no importa. Eres un tipo muy peligroso. No te gusta que te haya ganado la partida. Si hubiese ocurrido lo contrario, a mí tampoco me gustaría. Así que ya lo sabes. No puedo permitirte seguir con vida para luchar otro día.

Crisp giró la cabeza para mirar a Win. Intentó cruzar su mirada con la de Win, como si eso pudiese servirle de algo. Myron podía oler el miedo en Crisp. Aunque fuera un tipo duro, el tipo más duro del mundo, cuando ves la muerte cara a cara, sólo puedes pensar en una cosa: no quiero morir. El mundo se reduce a algo muy sencillo: sobrevivir. No rezamos en las trincheras porque nos preparamos para encontrarnos con nuestro Hacedor. Rezamos para no hacerlo.

Crisp estaba acorralado, quería encontrar la manera de escapar. Win esperaba, como si disfrutara de la situación. Había acorralado a su presa y era como si estuviese jugando con ella.

—¡Socorro! —gritó Crisp—. ¡Han matado a Herman!

—Por favor. —Win parecía aburrido—. No te servirá de nada.

Los ojos de Crisp mostraron su confusión, pero Myron comprendió lo que estaba pasando. Sólo había un modo de que Win hubiese podido entrar con un arma: alguien le había ayudado desde dentro.

Corpulento.

Corpulento había puesto el arma en el chándal de Win.

Win levantó el cañón y apuntó a la frente de Crisp.

—¿Unas últimas palabras?

Los ojos de Crisp se movieron como pájaros espantados. Giró la cabeza con la ilusión de encontrar el perdón en Myron. Le miró e hizo un último y desesperado intento.

—Salvé la vida de su ahijado.

Incluso Win pareció contener el aliento. Myron se acercó a Crisp y se agachó para mirarle cara a cara.

—¿De qué estás hablando?

—Teníamos un buen negocio entre manos —explicó Crisp—. Estábamos ganando mucho dinero y, en realidad, no perjudicábamos a nadie. Entonces a Lex le entraron los remordimientos y lo estropeó todo. Después de todos esos años, ¿por qué demonios tuvo que contárselo todo a Suzze? ¿Cómo creería que iba a reaccionar Herman?

—Así que te enviaron a ti para silenciarla —dijo Myron.

Crisp asintió.

—Volé a Jersey City. Esperé en el garaje y la sorprendí cuando aparcó. Le apunté con el arma a la barriga y la hice subir por las escaleras. Allí no hay cámaras de seguridad. Hablamos un poco. Cuando llegamos al ático, le ordené que se inyectase la sobredosis de heroína o le dispararía en la cabeza. Yo quería hacer que pareciese un accidente, o un suicidio. Podía usar el arma, pero sería más fácil con las drogas. Con un pasado como el suyo, los polis se tragarían sin problemas que habría muerto por sobredosis.

—Pero Suzze se negó —dijo Myron.

—Así es. Suzze quería hacer un trato.

Myron casi podía verlo. Suzze encañonada por el arma, sin parpadear. Él estaba en lo cierto. Ella no se habría suicidado. No obedecería una orden como ésa, ni siquiera a punta de pistola.

—¿Qué clase de trato?

Crisp se arriesgó a mirar a Win. Sabía que Win no alardeaba, que había llegado a la conclusión de que sería demasiado peligroso dejarlo vivir. A pesar de todo, el tipo intentaba agotar sus posibilidades de sobrevivir. Esta revelación era algo así como el chut de un delantero desde la mitad del campo acorralado por los defensas, un intento de mostrar la suficiente humanidad para que Myron convenciese a Win de no que apretase el gatillo.

Myron recordó la llamada a urgencias del conserje con acento hispano.

—Suzze aceptó inyectarse la sobredosis —dijo Myron—, si tú llamabas a urgencias.

Crisp asintió.

¿Cómo no lo había visto antes? Nadie podría forzar a Suzze a inyectarse heroína. Ella hubiese luchado por salvar su vida. Excepto con una condición.

—Suzze aceptó —continuó Myron— con la condición de su hijo tuviese una oportunidad de vivir.

—Sí —asintió Crisp—. Hicimos un trato. Le prometí hacer la llamada en el momento en que ella se inyectase.

A Myron se le rompió el corazón. Podía imaginarse a Suzze llegar a la conclusión de que si le disparaban en la cabeza, su hijo nonato moriría con ella. Por lo tanto, había luchado, no para salvarse a sí misma, sino para salvar a su bebé. Y había encontrado la manera de hacerlo. Era muy arriesgado. Si la muerte por sobredosis se producía inmediatamente, el bebé también moriría. Pero al menos tendría una oportunidad. Suzze, sin duda, sabía cómo actuaba una sobredosis de heroína, sabía que su vida se apagaría lentamente, que habría tiempo.

—¿Cumpliste tu promesa?

—Sí.

Myron formuló la pregunta más obvia.

—¿Por qué?

Crisp se encogió de hombros y contestó:

343

—¿Por qué no? No había ninguna razón para matar a un bebé inocente si no era necesario.

La moral de un asesino. Así que ahora Myron lo sabía. Habían venido aquí en busca de respuestas. Sólo necesitaba una más.

—Háblame de mi hermano.

—Ya se lo dije. No sé nada de él.

—Tú fuiste a por Kitty.

—Claro. Cuando volvió y comenzó a montar aquel escándalo intentamos encontrarla. Pero no sé nada de su hermano. Lo juro.

Tras estas últimas palabras, Win apretó el gatillo y le pegó un tiro a Evan Crisp en la nuca. Myron dio un salto, sobresaltado por el disparo. La sangre salpicó la alfombra oriental mientras el cuerpo caía al suelo. Win hizo una rápida comprobación, pero no era necesario darle el tiro de gracia. Herman Ache y Evan Crisp estaban muertos.

—Ellos o nosotros —dijo Win.

Myron sólo observó.

—¿Ahora qué?

—Ahora —respondió Win—, tú te vas con tu padre.

—¿Qué vas a hacer?

—No te preocupes por eso. Quizá no me verás durante algún tiempo. Pero estaré bien.

—¿Qué quiere decir que no te veré durante algún tiempo? No irás a cargar con la responsabilidad de todo esto tú solo.

—Claro que sí.

—Yo también estoy aquí.

—No, tú no estás. Ya me he ocupado de eso. Llévate mi coche. Encontraré la manera de comunicarme contigo, pero no me verás durante algún tiempo.

Myron quería oponerse a ello, pero sabía que sólo serviría para retrasar las cosas y poner en peligro lo inevitable.

—¿Cuánto tiempo?

—No lo sé. No teníamos elección. Estos dos no nos habrían dejado salir con vida de ésta. Tienes que aceptar que es así.

Myron lo hizo. Ahora veía por qué Win no se lo había dicho. Myron hubiese buscado otra alternativa, cuando, en realidad, no la había. Cuando Win visitó a Frank Ache en la prisión, le había prometido un intercambio de favores. Había cumplido su parte y, además, había salvado sus vidas.

—Ve —dijo Win—. Esto se ha acabado.

Myron sacudió la cabeza.

—No se ha acabado —afirmó—. No hasta que encuentre a Brad.

—Crisp decía la verdad —señaló Win—. Cualquiera que sea el peligro en que esté metido tu hermano, no tiene nada que ver con esto.

—Lo sé —admitió Myron.

Habían ido hasta allí en busca de respuestas, pero Myron se daba cuenta de que aún no las sabía todas.

—Ve —repitió Win.

Myron abrazó a Win, y éste le devolvió el abrazo. Fue un abrazo fuerte y largo. No pronunciaron ni una palabra, no era necesario hacerlo. Pero Myron recordó lo que Win dijo después de que Suzze acudiese a su oficina en busca de ayuda, acerca de nuestra tendencia a creer que las cosas buenas duran para siempre. No es cierto. Nos creemos que siempre seremos jóvenes, y que los momentos y las personas que amamos son eternos. No lo son. Mientras Myron abrazaba a su amigo, supo que nada volvería a ser igual entre ellos. Algo en su relación había cambiado. Algo había desaparecido para siempre.

Después de aquel abrazo, Myron regresó por el pasillo y se cambió de ropa. Corpulento aún estaba allí. Los otros dos gorilas habían desaparecido. Myron no sabía qué habría sido de ellos, ni le importaba. Corpulento le hizo un gesto. Myron se acercó a él y le dijo: «Necesito pedirle un último favor». Le dijo a Corpulento lo que quería. Corpulento pareció sorprendido, pero respondió: «Deme un minuto». Fue hasta la otra habitación y, cuando volvió, le dio a Myron lo que éste le había pedido. Myron le dio las gracias. Salió, subió al coche de Win y lo puso en marcha.

En esos momentos, casi todo había acabado.

Había recorrido un par de kilómetros cuando Esperanza le llamó.

—Tu padre acaba de despertar —dijo—. Quiere verte.

—Dile que le quiero.

—¿Vienes de camino?

—No. Todavía no puedo ir. No hasta que termine de hacer lo que me pidió.

Myron colgó el teléfono y comenzó a llorar.

33

Christine Shippee recibió a Myron en el vestíbulo del Coddington Rehab Institute.

—Parece usted un muerto recalentado —dijo Christine—, y con lo que tengo que ver por aquí cada día, eso es mucho decir.

—Necesito hablar con Kitty.

—Se lo dije por teléfono. No puede hacerlo. La confió a nuestro cuidado.

—Necesito cierta información.

—Lo veo difícil.

—Aun ante el riesgo de parecer melodramático, se trata de un asunto de vida o muerte.

—Corríjame si me equivoco —dijo Christine—, pero usted nos llamó para pedir ayuda, ¿no?

—Sí.

—Conocía las normas cuando la dejo aquí, ¿correcto?

—Sí. Y quiero que la ayuden. Los dos sabemos cuánto lo necesita. Pero ahora mismo mi padre está muriéndose, y me ha pedido que le consiga unas últimas respuestas.

—¿Y usted cree que Kitty las tiene?

—Sí.

—Ahora mismo está hecha un desastre. Ya sabe cómo funciona mi protocolo. Las primeras cuarenta y ocho horas son un infierno. No podrá concentrarse. Lo único que quiere es una dosis.

—Lo sé.

Christine sacudió la cabeza.

—Tiene diez minutos. —Tocó el timbre para abrir la puerta y le acompañó por un pasillo. No se oía ningún sonido. Como si le hubiese leído el pensamiento, Christine Shippee añadió—: Todas las habitaciones están insonorizadas.

Cuando llegaron a la puerta de Kitty, Myron dijo:

—Una cosa más.

Christine esperó.

—Necesito hablar con ella a solas.

—No.

—La conversación tiene que ser confidencial.

—No se lo diré a nadie.

—Por razones legales —explicó Myron—. Si oye algo y algún día tiene que testificar, no quiero que tenga que mentir bajo juramento.

—Dios mío, ¿qué va a preguntarle?

Myron no respondió.

—Podría tener un ataque de locura —señaló Christine—, y podría volverse violenta.

—Soy una persona adulta.

Ella pensó en ello unos minutos. Luego suspiró, abrió la puerta y dijo:

—Bajo su propia responsabilidad.

Myron entró. Kitty yacía en la cama, parecía medio dormida y sollozaba. Cerró la puerta y se acercó a la cama. Encendió una lámpara. Kitty estaba empapada en sudor. Abrió los ojos y la luz la hizo parpadear.

—¿Myron?

—Ha llegado la hora de acabar con las mentiras —dijo él.

—Necesito una dosis, Myron. No te puedes imaginar lo que es esto.

—Les viste matar a Gabriel Wire.

—¿Les vi? —Ella pareció intrigada, pero a continuación pareció pensárselo mejor y asintió—. Sí. Lo vi. Fui a llevarle un mensaje de

Suzze. Ella todavía le amaba. Todavía tenía su llave. Me colé por una entrada lateral. Oí el disparo y me escondí.

—Por eso necesitabas escaparte con mi hermano. Necesitabas huir porque temías por tu vida. Brad estaba indeciso. Así que le dijiste aquella mentira sobre mí, para crear un obstáculo insalvable entre nosotros. Le dijiste que había intentado seducirte.

—Por favor —dijo ella, y se agarró a él con desesperación—. Myron, necesito una dosis. Sólo una más y dejaré que me ayuden. Te lo prometo.

Myron intentó mantener su atención. Sabía que no disponía de mucho tiempo.

—En realidad no me importa lo que le dijiste a Suzze, pero imagino que sólo le confirmaste lo que Lex le dijo: que habían asesinado a Wire hacía varios años. Colgaste aquel mensaje para vengarte y después le dijiste a Lex que más le valdría ayudarte.

—Sólo necesitaba unos pocos dólares. Estaba desesperada.

—Sí, fantástico. Y a Suzze le costó la vida.

Ella se echó a llorar.

—Pero nada de eso importa ya —añadió Myron—. Ahora sólo me importa una cosa.

Kitty cerró los ojos con fuerza.

—No hablaré.

—Abre los ojos, Kitty.

—No.

—Abre los ojos.

Ella abrió un solo ojo, como un niño asustado, y después abrió los dos. Myron le mostró una bolsa de plástico con heroína, la bolsa que le había dado Corpulento. Kitty intentó arrebatársela, pero él la alejó de ella justo a tiempo. Kitty comenzó a mover las manos, se la pidió a gritos, pero su cuñado la apartó.

—Dime la verdad —dijo Myron—. Y te daré la bolsa.

—¿Lo prometes?

—Lo prometo.

Ella comenzó a llorar.

—Echo tanto de menos a Brad.

—Lo sé. Por eso volviste a consumir, ¿no? No podías enfrentarte a la vida sin él. Como dijo Mickey, algunas parejas no están hechas para vivir separadas. —Entonces, con las lágrimas corriendo por las mejillas, mientras recordaba a su hermano de cinco años gritando entusiasmado en el estadio de los Yankees, Myron añadió—: Brad está muerto, ¿verdad?

Ella no podía moverse. Se desplomó en la cama, con los ojos ciegos.

—¿Cómo murió, Kitty?

Kitty permaneció boca arriba con la mirada fija en el techo, como si hubiese entrado en trance. Cuando por fin habló, su voz sonó muy lejana.

—Él y Mickey iban por la nacional cinco para ir a un partido de la liga amateur en San Diego. Un todoterreno perdió el control y cruzó la mediana. Brad murió a causa del impacto, delante mismo de su hijo. Mickey pasó tres semanas en el hospital.

Era eso. Myron se había armado de valor —intuía que algo así se aproximaba—, pero la confirmación lo derrumbó. Se dejó caer en una silla, al otro lado de la habitación. Su hermano menor estaba muerto. Finalmente, no había tenido nada que ver con Herman Ache o con Gabriel Wire, ni siquiera con Kitty. Fue un simple accidente de tráfico.

Era demasiado absurdo para soportarlo.

Myron echó un vistazo a la habitación. Kitty se había quedado inmóvil como una muerta, los temblores habían desaparecido.

—¿Por qué no nos lo dijiste?

—Ya sabes por qué.

Lo sabía porque era así como lo había deducido. Kitty había copiado la idea de la falsa desaparición de Gabriel Wire. Había visto cómo le mataban; y, aún más importante, había visto cómo Lex y los otros habían fingido que seguía estando vivo. Había aprendido de aquello.

Fingir que Wire estaba vivo le dio la idea de fingir que también lo estaba Brad.

—Hubieses intentado quitarme a Mickey —dijo Kitty.

Myron sacudió la cabeza.

—Cuando tu hermano murió —Kitty se detuvo, tragó el nudo en la garganta— fue como si me hubiese transformado en una marioneta a la que le hubieran cortado los hilos. Me derrumbé.

—Podrías haber acudido a nosotros.

—Te equivocas. Sabía muy bien lo que habría ocurrido si te hubiese dicho lo de Brad. Habrías venido a Los Ángeles y me habrías visto con el mono, como me viste ayer. No te estoy mintiendo, Myron. Ahora no. Habrías hecho lo que considerabas correcto una vez más. Habrías solicitado al juez la custodia, argumentando, como hiciste ayer, que soy una yonqui irresponsable, incapaz de cuidar de Mickey. Me habrías quitado a mi hijo. No lo niegues.

No podía.

—Y tomaste la decisión de fingir que Brad continuaba vivo.

—Funcionó, ¿no?

—¿Y al diablo con lo que Mickey necesitaba?

—Necesitaba a su madre, ¿cómo es posible que no lo entiendas?

Pero Myron lo entendía. Recordó que Mickey no dejaba de repetirle lo buena madre que era.

—¿Qué pasa con nosotros? ¿Qué pasa con la familia de Brad?

—¿La familia de Brad? Mickey y yo somos su familia. Ninguno de vosotros ha formado parte de su vida desde hace quince años.

—¿Quién tuvo la culpa?

—Exacto, Myron. ¿Quién?

No dijo nada. Creía que la culpable era ella; Kitty creía que era él. Y su padre... ¿qué le había dicho su padre? Al nacer ya somos de cierta manera. Su padre había dicho que Brad no estaba destinado a quedarse en casa o aposentarse. Pero su padre había basado aquella creencia en una mentira de Myron.

—Sé que no me creerás. Sé que tú crees que le mentí y que le engañé para que se fugase conmigo. Quizá lo hice. Pero tomé la decisión correcta. Brad era feliz. Los dos éramos felices.

Myron recordó las fotografías, las risas. Había pensado que eran una mentira, que la felicidad que veía en aquellas fotos era sólo una ilusión. No lo era. En eso Kitty tenía razón.

—Sí, ése era mi plan. Quería demorar la noticia hasta que me hubiese curado.

Myron sacudió la cabeza.

—Quieres que pida perdón —continuó Kitty—, pero no lo haré. Algunas veces haces lo correcto y el resultado es un error. Y otras veces, bueno, mira a Suzze. Intentó sabotear mi carrera cambiando las píldoras anticonceptivas, y gracias a eso tuve a Mickey. ¿No lo entiendes? Todo es un caos. No se trata del bien o el mal. Te aferras a las personas que más quieres. Perdí el amor de mi vida en un maldito accidente. ¿Fue eso justo? ¿Fue correcto? Quizá, si hubieses sido más comprensivo, Myron. Si nos hubieses aceptado, habría acudido a ti en busca de ayuda.

Pero Kitty no había acudido a él en busca de ayuda; ni entonces ni ahora. De nuevo las ondulaciones. Quizá les habría ayudado hacía quince años. O quizás ellos habrían huido de todas maneras. Quizá si Kitty hubiese confiado en él, no se habría comportado de la forma en que lo hizo cuando ella quedó embarazada, si se hubiese acercado a él en lugar de recurrir a Lex hacía unos días. Tal vez Suzze todavía estaría con vida. Tal vez Brad también. Tal vez...

—Una pregunta más. ¿Alguna vez le dijiste a Brad la verdad?

—¿De que trataste de ligar conmigo? Sí. Le dije que era una mentira. Lo comprendió.

Myron tragó saliva. Sentía los nervios a flor de piel. Notó cómo se le ahogaba la voz cuando preguntó:

—¿Me perdonó?

—Sí, Myron. Te perdonó.

—Pero nunca se puso en contacto conmigo.

—No entiendes cómo era nuestra vida —dijo Kitty, con su mirada en la bolsa de su mano—. Éramos nómadas. Éramos felices viviendo así. Era el trabajo de su vida. Era lo que le gustaba hacer, lo que estaba destinado a hacer. Y cuando volvimos, creo que te hubiese llamado, pero...

Se interrumpió, sacudió la cabeza, cerró los ojos.

Había llegado el momento de ir a ver a su padre. Aún tenía la bolsa de heroína en la mano. La miró, sin saber qué hacer.

—No me crees —dijo Kitty—. Que Brad te perdonase.

Myron no dijo nada.

—¿No encontraste el pasaporte de Mickey? —preguntó Kitty.

Myron se sintió desconcertado por la pregunta.

—Lo encontré. En la caravana.

—Míralo bien —dijo ella.

—¿El pasaporte?

—Sí.

—¿Por qué?

Kitty mantuvo los ojos cerrados y no respondió. Myron volvió a mirar la bolsa de heroína. Había hecho una promesa que no quería cumplir. Kitty le salvó de este último dilema moral.

Sacudió la cabeza y le dijo que se marchase.

Cuando Myron volvió al hospital, abrió la puerta de la habitación de su padre sin prisas.

Estaba oscuro, pero vio que su padre dormía. Su madre estaba sentada junto a la cama. Se volvió y vio el rostro de Myron. Lo supo. Soltó un ligero grito y se tapó la boca una mano. Myron le hizo un gesto. Ella se levantó y salió al pasillo.

—Dímelo.

Se lo dijo. Su madre encajó el golpe. Se tambaleó, lloró y, cuando se recuperó, volvió deprisa a la habitación. Myron la siguió.

Los ojos de su padre permanecían cerrados, su respiración era desigual y rasposa. Los tubos parecían salir por todas partes. Su madre se sentó de nuevo junto al lecho. Su mano, temblorosa por el Parkinson, sujetó la suya.

—¿Qué? —preguntó mamá a Myron en voz baja—. ¿Estamos de acuerdo?

Myron no respondió.

Unos minutos más tarde su padre abrió los ojos. Myron sintió las lágrimas en sus ojos mientras miraba al hombre que admiraba más que a ningún otro. Su padre le miró con una confusión suplicante, casi infantil.

Su padre se esforzaba en pronunciar una palabra:

—Brad...

Myron contuvo las lágrimas y se preparó para decir la mentira, pero su madre apoyó una mano en el brazo de su hijo para detenerle. Sus miradas se encontraron.

—Brad —repitió papá, un poco más agitado.

Sin dejar de mirar a Myron, su madre sacudió la cabeza. Él lo comprendió. No quería que le mintiese a su padre. Sería una tremenda traición. Se volvió a hacia la persona que había sido su marido desde hacía cuarenta y tres años y le apretó la mano con fuerza.

Su padre comenzó a llorar.

—No pasa nada, Al —dijo mamá en voz baja—. No pasa nada.

EPÍLOGO

SEIS SEMANAS MÁS TARDE
Los Ángeles, California

Su padre se apoyó en el bastón y abrió la marcha. Había perdido diez kilos desde la operación a corazón abierto. Myron habría preferido que utilizase una silla de ruedas para subir por la pendiente de la colina, pero Al Bolitar no aceptó. Quería caminar hasta el lugar del último descanso de su hijo.

Su madre estaba con ellos, por supuesto. Mickey también. Mickey le había pedido prestado un traje a Myron. No le quedaba muy bien. Myron iba al final de la comitiva para asegurarse, se dijo a sí mismo, de que nadie se quedase atrás.

Hacía un sol de justicia. Myron alzó la mirada y los ojos se le llenaron de lágrimas. Habían cambiado tantas cosas desde que Suzze había acudido a su despacho en busca de ayuda.

Ayuda. Vaya broma, si te paras a pensar en ello.

El marido de Esperanza no sólo había solicitado el divorcio, sino que también reclamaba la custodia exclusiva de Héctor. Basaba su demanda en que Esperanza pasaba demasiadas horas en su trabajo y descuidaba sus deberes maternales. Esperanza se alteró tanto por la amenaza que le pidió a Myron que le comprase su parte de la empresa, pero la idea de trabajar en MB Reps sin Esperanza o sin Win era demasiado desalentadora. Al final, después de muchas discusiones, acordaron vender MB Reps. La megaagencia que la compró decidió fusionar las dos compañías y desprenderse del nombre MB.

Big Cyndi invirtió su indemnización en tomarse el tiempo suficiente para escribir unas memorias en las que pensaba contarlo todo. El mundo aguardaba. Win todavía se mantenía oculto. Myron sólo había recibido un mensaje suyo en las últimas seis semanas: un e-mail con un breve y sencillo texto:

Estás en mi corazón,
pero Tuu y Mii están en mi cama.

Ése era Win.

Terese, su prometida, aún no podía regresar de Angola, y ahora, tras los súbitos cambios en su vida, Myron no podía irse. Todavía no. Quizá durante mucho tiempo.

Cuando se acercaban a la tumba, Myron alcanzó a Mickey.

—¿Estás bien?

—Sí —dijo Mickey, y aceleró el paso para poner distancia entre él y su tío.

Lo hacía a menudo. Al cabo de unos minutos la comitiva se detuvo.

Todavía no habían colocado ninguna lápida sobre la tumba de Brad. Sólo había una placa.

Durante un buen rato nadie dijo nada. Los cuatro permanecieron allí, con la mirada perdida en la lejanía. Los coches circulaban por una autopista cercana ajenos al dolor de aquella familia destrozada. Sin previo aviso, su padre comenzó a recitar el *kaddish,* la oración hebrea para los muertos. No eran personas religiosas, todo lo contrario, pero hay actos que se hacen por tradición, como un ritual, por necesidad.

—*Yit'gadal v'yit'kadash sg'mei raba...*

Myron se arriesgó a mirar a Mickey. Había participado en la mentira sobre la muerte de su padre, con la voluntad de encontrar la manera de mantener íntegra la imagen de su familia. Ahora, de pie junto al lugar donde yacía el cuerpo de su padre, el chico se mantenía imperturbable, con la cabeza erguida y los ojos secos. Quizás era la única manera de sobrevivir cuando los golpes continúan lloviendo sobre ti. Kitty por fin había vuelto a casa después de la cura de rehabilitación, pero enseguida se marchó en busca de una dosis. La encontraron inconsciente en un sucio motel en Newark y la arrastraron de vuelta a la clínica. Estaba recibiendo ayuda de nuevo, pero la muerte de Brad la había destrozado, y Myron no sabía si conseguiría superarlo.

La primera vez que Myron sugirió asumir la custodia de Mickey, su sobrino, como era lógico, se rebeló. Nunca dejaría a nadie que no fuese su madre cuidar de él, dijo, y si Myron lo intentaba, iría a juicio para pedir la emancipación o se fugaría de casa. Pero los padres de Myron tenían que regresar a Florida y el curso escolar comenzaba el lunes siguiente, de modo Myron y Mickey, por fin, llegaron a una especie de acuerdo. Mickey aceptó quedarse a vivir en la casa de Livingston con Myron como tutor no oficial. Asistiría a clase en el instituto de Livingston, la escuela donde estudiaron su tío y su padre. Myron, a cambio, aceptaba mantenerse fuera de su camino y asegurarse de que Kitty, a pesar de todo, conservase la custodia exclusiva sobre su hijo.

Era una tregua flexible y difícil.

Con las manos unidas y la cabeza inclinada, el padre de Myron acabó la larga plegaria con las palabras:

—*Aleinu v'al kol Yis'ra'eil v'im'ru Amen.*

Su madre y Myron se unieron en aquel último amén. Mickey permaneció en silencio. Durante varios minutos nadie se movió. Myron vio la tierra removida e intentó imaginarse a su hermano menor allí abajo. No pudo.

Recordó la última vez que había visto a su hermano, aquella noche nevada de hacía dieciséis años, cuando Myron, el hermano mayor que siempre había intentado protegerle, le rompió la nariz a Brad.

Kitty tenía razón. Brad había estado dudando entre dejar la escuela y escapar a lugares desconocidos. Cuando su padre se enteró, envió a Myron a hablar con su hermano menor.

—Tú ve —le dijo papá—, y discúlpate por todo lo que dijiste de ella.

Myron protestó, arguyó que Kitty había mentido sobre las pastillas anticonceptivas, que tenía mala reputación y todas aquellas idioteces que ahora sabía que no eran ciertas. Su padre se había dado cuenta ya entonces.

—¿Quieres que se aleje para siempre? —preguntó su padre—. Ve, discúlpate y tráelos a los dos a casa.

Pero cuando Myron llegó, Kitty, en su desesperación por escapar, se inventó la historia de que Myron había intentado ligar con ella. Brad se puso como loco. Al escuchar a su hermano gritar y desvariar, Myron comprendió que tenía razón sobre Kitty desde el principio. Su hermano era un idiota por haberse liado con ella. Myron comenzó a discutir, acusó a Kitty de todo tipo de traiciones y entonces gritó las últimas palabras que le había dicho a su hermano:

—¿Vas a creer a esa puta mentirosa en vez de creer a tu hermano?

Brad le lanzó un puñetazo. Myron lo eludió y, furioso, se lo devolvió. Incluso ahora, junto al lugar del descanso final de Brad, Myron oyó el desagradable ruido que hizo la nariz de su hermano al romperse bajo el impacto de sus nudillos.

Ésa era última imagen que tenía Myron de su hermano: Brad estaba en el suelo y lo miraba sorprendido, mientras Kitty intentaba contener la sangre que se derramaba de su nariz.

Cuando Myron volvió a casa, no pudo decirle a su padre lo que había hecho. Ni se atrevió a repetir la terrible mentira de Kitty para justificarse. Así que Myron, aquel día, mintió a su padre.

—Me disculpé, pero Brad no quiso oírme. Tendrías que hablar con él, papá. A ti te escuchará.

Pero su padre sacudió la cabeza.

—Si Brad ha hecho eso, quizás es lo que está destinado a hacer. Quizá debemos dejarle ir para que encuentre su camino.

Lo hicieron. Ahora volvían a estar juntos por primera vez, en un cementerio a cuatro mil ochocientos kilómetros de casa.

Transcurrió otro minuto de silencio. Al Bolitar sacudió la cabeza y dijo:

—Nunca tendría que haber pasado. —Se detuvo y miró al cielo—. Un padre nunca tendría que recitar el *kaddish* por su hijo.

Sin añadir nada más, comenzó a bajar por el sendero.

Después de dejar a mamá y a papá en el vuelo de Los Ángeles a Miami, Myron y Mickey tomaron un avión con destino al aeropuerto de Newark. Volaron en silencio. Cuando llegaron, buscaron el coche de Myron en el aparcamiento y tomaron la Garden State Parkway. Ninguno de los dos habló durante los primeros minutos del trayecto. Cuando Mickey vio que dejaban atrás la salida de Livingston, por fin dijo.

—¿Adónde vamos?

—Ya lo verás.

Diez minutos más tarde entraron en el aparcamiento del centro comercial. Myron puso la palanca de cambios en punto muerto y sonrió a su sobrino. Mickey miró a través del parabrisas y después a Myron.

—¿Me llevas a tomar un helado?

—Ven —dijo Myron.

—¿Me estás tomando el pelo o qué?

Cuando entraron en la heladería SnowCap, Kimberly se les acercó en la silla de ruedas con una gran sonrisa y dijo:

—¡Eh, ha vuelto! ¿Qué le sirvo?

—Prepárele a mi sobrino su SnowCap Melter. Necesito hablar con su padre un momento.

—Claro. Está en el cuarto de atrás.

Karl Snow estaba repasando las facturas cuando Myron entró en la habitación. Le miró por encima de las gafas de leer.

—Me prometió que no volvería a verle nunca más.

—Lo siento.

—¿Entonces por qué ha vuelto?

—Porque usted me mintió. Intentó venderme lo pragmático que había sido. Su hija estaba muerta, dijo, y ya nada podría devolvérsela. Era imposible que Gabriel Wire fuese a la cárcel por lo que había hecho. Así que cogió el dinero para ayudar a Kimberly. Lo explicó de una manera muy hermosa y racional, y yo, simplemente, no pude creerme ni una palabra. No, después de ver cómo trataba a Kimberly. Entonces pensé en el orden.

—¿Qué orden?

—Lex Ryder llama a Suzze y le dice que Gabriel Wire está muerto. Suzze se queda atónita. Desconfía, visita a Kitty para confirmar si Lex le ha contado la verdad. Vale, hasta aquí lo entiendo. —Myron ladeó la cabeza—. Pero entonces, ¿por qué Suzze vino a visitarle inmediatamente a usted después de ver a Kitty, la única persona que fue testigo del asesinato de Gabriel?

Karl Snow no dijo nada. No era necesario. Myron lo sabía. Lex había creído que Ache y Crisp habían matado a Wire, pero eso no tenía sentido. Tenían una muy buena razón para seguir con HorsePower.

—Gabriel Wire era rico, conocía a gente importante y se iba a librar del asesinato de Alista. Usted lo sabía. Sabía que nunca comparecería ante la justicia por lo que le hizo a su hija. Así que decidió actuar. En cierto modo, es irónico.

—¿Qué?

—Todo el mundo cree que usted vendió a su hija.

—¿Y? —dijo Karl Snow—. ¿Cree que me importa lo que el mundo crea?

—Supongo que no.

—Se lo dije antes. Algunas veces hay que amar a un hijo en privado. Y algunas veces tienes que llorarlo en privado.

Y algunas veces tienes que hacer justicia en privado.

—¿Piensa usted contárselo a alguien? —preguntó Snow.

—No.

No pareció sentirse aliviado. Sin duda pensaba en lo mismo que Myron. Las ondulaciones. Si Snow no hubiese actuado como un vengador —si no hubiese matado a Gabriel Wire—, Kitty no habría sido testigo del crimen ni habría tenido que huir. El hermano de Myron tal vez estaría con vida y Suzze T también. Pero este tipo de lógica sólo funciona hasta cierto punto. El propio padre de Myron había expresado la rabia atroz que siente un padre al enterrar a un hijo. La hija de Karl Snow había sido asesinada. Así que el bien y el mal... ¿quién sabe?

Myron se levantó y se dirigió hacia la puerta. Se volvió para decir adiós, pero Karl Snow mantuvo la cabeza gacha y la mirada fija en aquellas facturas con demasiada concentración. En la heladería, Mickey se estaba comiendo el SnowCap Melter. Kimberly había acercado su silla para animarle un poco. Bajó la voz y susurró algo que hizo que Mickey estallara en carcajadas.

Myron recordó de nuevo su puño golpeando el rostro de su hermano. Pero ahora había algo que le ayudaba a superarlo. El pasaporte. Siguiendo las instrucciones de Kitty, lo había examinado con atención. Primero observó los sellos de los visados, los muchos países que habían visitado. Pero no era aquello lo que Kitty quería que viese, sino la primera página, la página de identificación. Observó con atención el nombre de Mickey. Su verdadero nombre. Myron creía que Mickey era un diminutivo de Michael. No lo era.

El verdadero nombre de Mickey era Myron.

Kimberly le acababa de decir algo tan divertido a Mickey que éste dejó caer la cuchara, se echó hacia atrás y se rió por primera vez desde que Myron le había conocido. El sonido se enroscó en el pecho de Myron. Aquella risa le resultaba tan familiar, tan parecida a la de Brad, que parecía proceder de algún recuerdo lejano, en algún maravilloso momento compartido por los dos hermanos mucho tiempo atrás, como si hubiera resonado a través de los años antes de encontrar el camino de esta heladería para llegar al corazón del hijo de Brad.

Myron se detuvo y escuchó. Sabía que el eco de aquella risa acabaría por apagarse, pero esperaba que nunca enmudeciese.

AGRADECIMIENTOS

Ésta es la parte donde le doy las gracias a la pandilla, y menuda pandilla. En orden alfabético: Christine Ball, Eliane Benesti, David Berkeley (la cuerda del paracaídas), Anne Armstrong-Coben, Yvonne Craig, Diane Discepolo, Missy Higgins, Ben Sevier, Brain Tart, Lisa Erbach Vance y Jon Wood.

Esto es una obra de ficción, por lo tanto significa que me invento cosas. O sea que si se pregunta si basé el personaje en fulano de tal, o si de verdad hay alguien así en su ciudad o en la escuela de su hijo, la respuesta es no.

Para aquellos que disfrutaron al conocer al sobrino de Myron, la historia de Mickey Bolitar y por extensión Myron continuará en mi nueva novela *Shelter*, que se publicará en otoño de 2011. Para más detalles, y leer un capítulo de muestra, vaya a www.HarlanCoben.com.

Advertencia: La muestra puede contener un fragmento de *Alta tensión*. No lo lea hasta haber acabado de leer este libro.

Como siempre, muchas gracias.

Títulos de HARLAN COBEN en Serie Negra

SERIE PROTAGONIZADA POR MYRON BOLITAR
(por orden de aparición original)

Motivo de ruptura (Serie Negra, 50)
Christian Steele está a punto de cumplir el sueño americano y ser una de las estrellas de la NFL. El agente Myron Bolytar también alcanzará, por fin, su meta, representando a Steele. Una llamada de auxilio, sin embargo, pone en peligro la firma del contrato y el futuro de Bolitar.

Golpe de efecto (Serie Negra, 51)
Valerie Simpson, joven estrella del tenis norteamericano, quiere a Myron Bolitar como su agente. Va a reaparecer y está dispuesta a olvidar su pasado. Pero alguien no está dispuesto a ver resugir a Valerie Simpson. ¿Por qué matarla ahora, durante el USA Open?

Tiempo muerto (Serie Negra, 52)
Calvin Johnson, el nuevo general manager de los New Jersey Dragons, contrata a Bolitar. No lo quiere para el equipo, sino para que busque a su gran estrella, Greg Downing, desaparecido misteriosamente, un jugador con el que Bolitar compitió sobre las canchas y por el amor de una mujer.

Muerte en el hoyo 18 (Serie Negra, 53)
Bolitar va a tener suerte: Linda Coldren, número uno en la lista de ganancias en el circuito americano de golf, promete contratarle. Antes, sin embargo, tendrá que encontrar a su hijo, que ha desaparecido sin dejar rastro. Muy pronto comprenderá que nunca debió de hacerlo.

Un paso en falso (Serie Negra, 54)
Myron Bolitar ha recibido un encargo muy especial: proteger a una fulgurante estrella del baloncesto, la bella Brenda Slaughter, cuya vida parece correr peligro. De un tiempo a esta parte recibe amenazas telefónicas anónimas, y su padre se ha marchado de casa, dejando vacías las cuentas bancarias.

El último detalle (Serie Negra, 55)
Esperanza Díaz, socia de Myron en MB SportsReps, ha sido detenida por asesinato. La acusan de haber asesinado a Clu Haid, pitcher de los New York Yankees, cliente de la agencia. El muerto, una estrella del béisbol en declive, se había visto envuelto hace poco en un escándalo de consumo de heroína.

El miedo más profundo (Serie Negra, 56)
Emily Downing, una antigua novia de Bolitar, acude a él desesperada. Su hijo Jeremy se está muriendo y necesita con urgencia un transplante de médula ósea. El chico es hijo del propio Myron, concebido la víspera de la boda de Emily con otro hombre. Bolitar inicia una búsqueda afanosa a pesar de sus dudas.

La promesa (Serie Negra, 57)
Myron Bolitar no sabe por qué hizo aquella promesa, no deja de arrepentirse. «No haré preguntas. No se lo diré a vuestros padres. Eso os lo prometo. Os llevaré donde queráis ir. Por tarde que sea. No me importa lo lejos que estéis o lo colocadas que vayáis. A cualquier hora, cualquier día. Llamadme e iré a buscaros».

Desaparecida (Serie Negra, 58)
Myron Bolitar no es uno más. Es la única esperanza de Terese Collins. Hace ocho años ambos huyeron a una isla caribeña para dedicarse a amarse. Pero ella desapareció sin dejar ni el más mínimo rastro, incluso para alguien tan avieso como Bolitar. Hasta que sonó el teléfono a las cinco de la mañana.

OTROS TÍTULOS

No se lo digas a nadie (Serie Negra, 71)
El pediatra David Beck y su esposa han ido a celebrar un aniversario muy especial al lago Charmaine. Se besaron por primera vez a los doce años, y, ahora, trece años después, la corteza del mismo árbol vuelve a recoger el testimonio de ese amor. Pero lo que empieza siendo un romántico fin de semana pronto se verá trocado en tragedia.

Por siempre jamás (Serie Negra, 83)
Will Klein tiene su héroe: su hermano mayor Ken. Una noche de calor agobiante aparece en el sótano de la casa de los Klein una joven, antiguo amor de Will, asesinada y

violada. El principal sospechoso es Ken. Ante la abrumadora evidencia en contra suya, Ken desaparece.

Última oportunidad (Serie Negra, 82)

El doctor Seidman, un cirujano plástico especializado en niños, se despierta de pronto en la cama de un hospital. Ha sobrevivido a los disparos que recibió en su casa la mañana en que su hija Tara, de seis meses, fue secuestrada y su mujer asesinada. Él es el sospechoso.

Sólo una mirada (Serie Negra, 81)

Cuando Grace Lawson recoge unas fotos de la familia recién reveladas descubre una, de hace al menos veinte años, en la que aparecen cinco personas. Una de ellas guarda un sorprendente parecido con su marido, Jack. Cuando éste ve la foto, niega ser él. Y esa misma noche, se marcha en coche sin dar explicación alguna.

El inocente (Serie Negra, 21)

Una noche, Matt Hunter intenta, ingenuo de él, mediar en una pelea y acaba matando a otro joven. Nueve años después, es un ex convicto felizmente casado y a punto de ser padre. Pero, de pronto, una llamada angustiosa e inexplicable, hecha desde el teléfono de su mujer, hace pedazos por segunda vez la vida de Matt.

El bosque (Serie Negra, 13)

Hace veinte años, en un campamento de verano, cuatro adolescentes se adentraron de noche en el bosque. Dos fueron hallados asesinados y a los otros dos no volvieron a verlos nunca más. Para cuatro familias la vida cambió para siempre. Dos décadas después, está a punto de cambiar otra vez.

Ni una palabra (Serie Negra, 24)

¿Qué haría un padre por proteger a su hijo? ¿Hasta dónde estaría dispuesto a llegar? ¿Llegaría a mantenerle localizado permanente por el GPS de su móvil? Es lo que hacen Tia y Mike Baye, aunque vigilarle así no impedirá que Adam, su hijo de 16 años, desaparezca tras el suicidio de su mejor amigo.